荊楚文庫

田氏一家言

〔清〕田舜年 編
周西之 熊先群 校注

荊楚文庫編纂出版委員會
湖北人民出版社

荊楚文庫

田氏一家言

TIANSHI YIJIA YAN

圖書在版編目（CIP）數據

田氏一家言 / 〔清〕田舜年編；周西之，熊先群校注 .
武漢 ：湖北人民出版社，2019.9
ISBN 978-7-216-09760-4
Ⅰ．田…
Ⅱ．①田… ②周… ③熊…
Ⅲ．古典詩歌—詩集—中國—清代
Ⅳ．I222.749
中國版本圖書館 CIP 數據核字（2019）第 135682 號

責任編輯：姚德海　杨　猛
整體設計：范漢成　曾顯惠　思　蒙
美術編輯：董　昀
責任校對：范承勇
責任印製：王鐵兵
出版發行：湖北人民出版社（中國・武漢）
地址：武漢市雄楚大道 268 號
電話：(027)87679656　郵政編碼：430070
録排：武漢偉創偉業廣告有限公司
印刷：湖北新華印務有限公司
開本：720mm×1000mm　1/16
印張：25　插頁：2
字數：344 千字
版次：2019 年 9 月第 1 版　2019 年 9 月第 1 次印刷
定價：120.00 元

ISBN 978-7-216-09760-4

出版説明

湖北乃九省通衢，北學南學交會融通之地，文明昌盛，歷代文獻豐厚。守望傳統，編纂荆楚文獻，湖北淵源有自。清同治年間設立官書局，以整理鄉邦文獻爲旨趣。光緒年間張之洞督鄂後，以崇文書局推進典籍集成，湖北鄉賢身體力行之，編纂《湖北文徵》，集元明清三代湖北先哲遺作，收兩千七百餘作者文八千餘篇，洋洋六百萬言。盧氏兄弟輯録湖北先賢之作而成《湖北先正遺書》。至當代，武漢多所大學、圖書館在鄉邦典籍整理方面亦多所用力。爲傳承和弘揚優秀傳統文化，湖北省委、省政府决定編纂大型歷史文獻叢書《荆楚文庫》。

《荆楚文庫》以“搶救、保護、整理、出版”湖北文獻爲宗旨，分三編集藏。

甲、文獻編。收録歷代鄂籍人士著述，長期寓居湖北人士著述，省外人士探究湖北著述。包括傳世文獻、出土文獻和民間文獻。

乙、方志編。收録歷代省志、府縣志等。

丙、研究編。收録今人研究評述荆楚人物、史地、風物的學術著作和工具書及圖册。

文獻編、方志編録籍以 1949 年爲下限。

研究編簡體横排，文獻編繁體横排，方志編影印或點校出版。

《荆楚文庫》編纂出版委員會

2015 年 11 月

前　言

一、《田氏一家言》概况

1983年，由鶴（峰）五（峰）兩縣統戰部組織編輯出版了《容美土司史料匯編》一書，其中載有《田氏一家言》。《田氏一家言》是300年前由土司田舜年編輯出版的田氏六代九位詩人的詩文總集，含詩集10卷、文集2卷。改土歸流之後，經三百年風雨滄桑，輾轉流離，文集散佚罄盡，僅五峰田氏後裔保留下來手鈔殘本523首詩詞。此次整理的校注本含田九齡詩139首（含佚詩1首、補齊與明刻本同題9首、錯置詩題1首）；田宗文詩84首；田玄詩22首；田圭詩44首；田霈霖詩13首；田既霖詩14首（含佚詩2首）；田甘霖詩176首，詞8闋；田商霖詩22首；田舜年詩13首，詞2闋（含佚詞1闋）。

二、田氏詩人群誕生的歷史背景

元明時期，容美土家族歷史有了一些零星記載。容美土司用"寇長陽、犯巴東、擠麻寮"等手段，換來了朝廷認可的合法地位。約在嘉靖九年（1530），田氏詩人世家的第一位（代）詩人、容美土家族詩人鼻祖——田九齡誕生了。田九齡字子壽，土司田世爵第六子。他與唐代詩人張九齡同名同字，或是在起名時就想把他造就成家族破天荒的一代詩人。其父田世爵爲容美宣撫使田秀第七子。《田世爵世家》載其庶出長兄百里俾"年雖長而母賤，遂陰結父左右爲心腹，欲弑父並屠弟以自立”。並於弘治十八年（1505）“因乘便殺其應襲嫡長世宗及世祖、世貴、五哥俾、六哥俾五人，而嗾其同黨同知弑父於觀音坡河側”。時田世爵尚在襁褓之中，幸得乳母覃氏與夫墨文松以子代死，負世爵奔桑植，始得免禍，正德九年（1514）才回司襲職。由於親身經歷了土司家族争權奪利的腥風血雨，田世爵總結了慘痛的歷史教訓，决心用漢文化之精華——儒家的道德倫理學教育後代，以免悲劇再現，於是聘請漢族名士進司任教，“以詩書嚴課諸男，有不嗜學者，叱犬同繫同食，以激辱之”。

田九齡高才積學，性耽書史，游學荆楚，廣交天下名士，以詩文齊名七才子，終於脱穎而出，這是家族背景。田舜年在《紫芝亭詩集》小叙中寫道：“龍溪公（田世爵）自以幼遭家難失學，及生五世祖輩八人，咸聘名儒以教之。”總結證實了這一背景。也正是這一背景爲産生田氏詩人世家，構成我國古代少數民族獨一無二的人文風景綫奠定了堅實的基礎。

事實上在此之前的元代，容美土司就已使用漢字漢語，結束了本民族只有口語没有文字的歷史。如《太祖實録》中的“施南道宣慰使覃大勝弟大旺，副宣慰覃大興，隆中路宣撫司同知南木什用，金洞安撫副使達谷什用，忠孝安撫司同知墨谷什用……結剌什用……答谷什用”等，并且已將“達”“答”這類音聲相同而形義皆非的細微差别區分開來，學習漢文化已有相當水平。到了明洪武二十八年（1395），朱元璋發布政令：“諸土司皆立縣學。”弘治十四年（1501），明孝宗朱祐樘再次下令，土司土官子弟凡要求襲司職的必須入學，“不入學者，不准承襲”。使中央推行的少數民族“漢化”政策和少數民族的文化趨同心理融合在一起，實現了分明來遲的書同文，行同倫，車同軌，這是社會歷史背景。這個背景促進了土漢文化交流，乃至後來的漢族名士文人大量入司，土司子弟入學荆楚，爲田氏詩人群提供了豐富的營養。正如田舜年在《田氏一家言跋》中總結的“异地而神交、曠世而相感”。

田世爵雖“以詩書嚴課諸男，諸子皆淹貫練達，並爲成材”，田九齡更是“高才積學，以詩文齊名七才子”，但他心中的願望並未實現。長子田九霄“刻深峻鷙”，繼位數年，“每叱馭出門，民皆閉户，鷄犬無聲”，可見其惡劣殘暴，甚至殺掉了抗倭驅寇戰功卓著的胞弟田九璋。面對再現的兄弟相殘，田九齡雖不屑腐鼠滋味，但“以才名見忌”，不願丢掉性命，只好“避居蘭澧”。

離鄉背井，骨肉離散，書劍飄零，天涯孤旅，是田九齡一生的形象寫照。刻骨銘心的骨肉相殘使他先是隱於五峰莊，後避居蘭澧。而家鄉的親人、家鄉的山山水水又不能不使他時時縈懷，於艱難苦恨中，他愛上了詩歌，爲自己尋找到了精神寄託，找到了排遣胸臆的方法，用詩歌一洗胸中塊壘。

嘉靖年間，倭寇猖獗。田世爵曾兩次奉詔率田九霄、田九龍、田九璋、田九齡四個兒子及土兵數千遠赴東南沿海抗倭，榮獲“東南戰功第一”。金戈鐵馬，沙場點兵，田世爵最後因勞累過度而病死在軍營中。英雄的土家男兒馳騁疆場，雄風激盪，寫下了保家衛國的光輝篇章。田九齡隨父出征，千里戰場為其提供了充分的邊塞詩素材。

比田九齡約小三十歲的侄兒田宗文，同樣生活在土司内部争權奪利的激烈時期。刀光劍影迫使他出居澧州，構築“離騷草堂”，做了六叔的近鄰。叔侄二人游歷了祖國的名山大川、長城古道、大漠幽燕、吴越海疆，足迹遍兩都（首都北京，留都南京）。同交海内豪賢，與天下諸名達唱酬寄贈，被稱爲“二阮”（“竹林七賢”之阮籍、阮咸叔侄）。他們從大山裏走出去，與江漢中原名士唱和，代表了土家人的文化素質，也代表了土家人的自尊與自信。

這一時期的田九齡、田宗文叔侄有着相同的生命體驗，惺惺相惜。田宗文走上詩歌創作的道路，顯然受到了田九齡的直接影響，所以他們的詩風亦有相同之處：寫寄懷詩深情凄惋；寫咏物詩婉轉含蓄；寫酬贈詩熱情奔放。是剪不斷理還亂的家國情仇、山水情緣把他們緊緊地維繫在一起。

明天啓至清康熙十四年（1675），跨過了田楚産一代，有田玄、田信夫、田霈霖、田既霖、田甘霖、田商霖六位詩人相繼在世。田玄、田信夫係田楚産子，田霈霖、田既霖、田甘霖係田玄子，田商霖係田信夫子。田玄及三個兒子都做過司主。田楚産爲什麽没能成爲詩人，其中原委已不可考，或許是他不太喜歡詩詞。但從他爲《楚騷館詩集》寫的跋來看，文學水平是相當高的。跋的後面有這樣一段話："嗣是見賢思齊，淘洗一切，勉步學芳躅躅，余於後世小子有深望焉。"似有自己未習詩詞的悔意，並寄希望於後世小子，對兩個兒子成爲詩人，肯定起到了督促作用。

崇禎十七年（1644），甲申國變。先是李自成的農民起義軍攻破北京，崇禎皇帝煤山（今北京之景山）自縊。接着是清軍入關，李自成敗出北京，宗廟南遷，南明小朝廷建立。

在此之前，田玄曾遣軍鎮壓過李自成的農民起義軍。清軍入關，李自成戰敗後，其餘部郝搖旗、劉體純等組成了川東十三家，在興山、秭歸、巴東一帶繼續抗清。順治十五年（1658），劉體純遣劉應昌等率精卒二千，晝伏夜行，抵達容美，擒田甘霖及其妻子，還有田信夫，把百姓大部都捉到巴東去了。田甘霖等耗盡資財，歷時四年方得還鄉。

"國破山河在"，在國家的前途和命運面前，以田玄爲代表的四父子，表現出對國家的關心。田玄寫下了《甲申除夕感懷》組詩，文安之評："慷慨悲歌，珠璣萃於一門，三復諸作，一往情深。"田玄父子感到腐敗的明王朝不能阻擋强大的李自成農民軍，自然也抵擋不了更加强大的清軍鐵騎，而南明政權與李自成殘部組成的聯合抗清陣營，只爲争權奪利，拜爵封侯，絶對成不了氣候。他心情十分矛盾，雖"矢志終身晋，寧忘五世韓"，却又"待價求知己，匏匏寄此身"。父子兩代的家國之恨，在詩中多有表現。

其間較爲重要的詩人當數田甘霖。他經受了許多苦難，一生充滿了傳奇色彩。青年時期，因才華横溢而受到排斥，和他的先祖田九齡、田宗文叔侄有着相似的命運，隱居陶莊。好在長兄無壽，次兄無"才"，又以元配之死獲得司主地位，但代價可謂慘痛。其詩或沉鬱、或跌宕、或恢弘，都發揮得淋漓盡致，蕩氣回腸。田甘霖堪稱一代奇人。

這一時期的田圭（信夫）、田商霖父子，雖時有總攝政務，但畢竟不是司主。也正因爲如此，他們的大部分時間都在田園之中，所以他們的詩能讀出田園氣息。確切地説，他們又不是真正意義上的田園詩人，那是因爲他們連爲五斗米折腰的機會都没有，複雜的社會背景和家族處境造就了他們父子。他們没有在權利鬥争中掙扎，而是坦然處世。其作品體現出一些民族風情和容美土司下層人民的處境。

田氏詩人群的最後一位詩人田舜年，主要生活在清康熙年間。社會需要發展，如改土歸流之類的國家步伐還没有實施到容美等少數民族地區。作爲宣慰使，他雄心勃勃地發展工商業，開發洞穴與園林文化，在顧彩的《容美紀游》中還可以看到他的旅游經濟設想。“風月狂挑吟擔，江山養就豪骨”，從小耳濡目染，他把對詩詞的愛好之情發揮到了極致，而且别開生面，如六言詩，古今皆鳳毛麟角，而田舜年却寫了不少，在藝術上表現出新奇雄闊，古今亦不多見，故而嚴守昇對他的《白鹿堂詩集》未敢置評。

三、田舜年編輯《田氏一家言》的歷史貢獻

《田氏一家言》首先就是一部容美土家族的歷史。田氏族人五峰拔貢田太斗在《讀九峰公〈田氏一家言〉感賦》一詩中就有“一家私典策，半部小春秋”這樣的評價。而《田氏一家言》的編輯準備工作却是一個相對漫長的過程。早在明代天啓二年（1622），田舜年的曾祖父田楚産就收集整理了其叔父田宗文的《楚騷館詩集》，並爲之作跋。田舜年的父親田甘霖在《次雪齋山行韻》詩中寫道：“倩翁綉出容城譜，傳吾詩書百代艱。”表達了要將田氏詩文傳揚天下的拳拳之情。至田舜年更是爲編輯《田氏一家言》費盡心思。當他欣聞耆老蔣玉淵、嚴守昇、毛子霞等同集黄鶴樓爲九老會兼有清詩之選時，便作詩以贈：

遥聞江漢集耆英，黄鶴樓前杖履輕。
高士舊爲三徑主，德星近傍九秋明。
方瞳待辨荆山璞，直釣應收渭水璜。
捧袂青雲難驟得，渴求長自仰金莖。

雖是故交知己，話仍説得客氣之極。用“耆英”“高士”“德星”形容他們的詩壇地位德高望重，如三徑賢主、九秋明月。甚至稱贊他們的慧眼有如老神仙的方瞳定能識得“荆山璞”與“渭水璜”的。同時也充滿自信，因爲荆山璞與渭水璜雖是未經雕琢，但内涵畢竟是玉。不過他又好像存在僥幸心理，不抱太大的希望，故此他直言“應收渭水璜”。因爲他和他的父輩算是清王朝的子民，容美土司是清王朝的版圖，編選清詩應該有他們的一席之地。但所謂“直釣”又好像一語雙關，有俗話“姜太公釣魚，願者上鈎”的意思。可見他希望能入清詩之選，如久旱之盼甘露。

在編輯《田氏一家言》時，田舜年也不是没有失誤。或是出於某種偏見，他的《紫芝亭詩集》小叙載：“兹予匯梓先祖父詩，因搜求止得第七、第八卷各半，唯七言近體與絶句耳，汰其太染時調者，得若干首付焉。”所謂“時調”，即時新曲調的意思，相對於流傳已久的傳統曲調而言。往往一調或數調流傳，歷時長短不一，有興起、盛行和衰歇的過程。如明代中葉流行的“打草竿”“擘破玉”“秋夜月”等。又或是對非司主詩人没有足够的重視，對田信夫的詩也是“兹不具載，略取數首著於篇後”。不得窺其全貌，實在是不應有的損失。

如果説元、明、清詩文是上承唐宋，下啓“五四”新文化運動的橋梁，那麽，近體詩詞的興盛到衰變，田九齡的“時調”，田舜年《白鹿堂文集》中的《古城記》《許田射獵傳奇》這樣的應時而生的戲曲小説，都是這座橋梁中的磚石。甚至包括田甘霖《溪流感咏》，這種不拘字行、不拘章法的詩，已是新詩的雛形，只是没有使用白話文而已。

總而言之，田舜年功不可没。《田氏一家言》不僅僅是單純地記録下了土家族前輩英雄輝煌燦爛的文治武功，更重要的是保存了關於古容美的社會政治、軍事、經濟及民族習俗信息，爲今天研究北起大巴山、南至南嶺的這條文化沉積帶留下了極爲珍貴的資料。

四、《田氏一家言》的文學價值

一些史學家指出，在我國位於第二階梯中段的東緣和第三階梯中段的西緣，北起大巴山，中經巫山、武陵山、雪峰山，止於南嶺，是一條文化沉積帶。這裏保存着在其他地方已經絶迹或瀕臨絶迹的許多古代文化事象。大約《詩經》中的《秦風》《豳風》和《召南》中的部分篇章，偉大的詩人屈原都誕生在這條文化沉積帶。流行於武陵山區的大儺、清江流域的撒爾嗬、土家人跳喪展示的“死亡慶典”，使我們今天既能聽到《國殤》這樣的上古遺韻，又能産生三千年前“此武王伐紂之歌也”的聯想。

流行於巴渝一帶的《竹枝詞》本來是民歌，經唐代詩人劉禹錫改造成文學作品中的新詞，成爲雅俗共賞的奇葩。《竹枝詞》雖有近體七絶詩的格律，却不屬近體詩的範疇。之所以有雅俗共賞的韻味，就是因爲可用通俗流行的語言入詩，所表現的比、興手法相對淺顯，有文化或没文化的人都能懂得其弦外之音。

《田氏一家言》諸體具備，除詞牌應用較少外，稱得上體裁廣泛。證明土家族文化已經從地域文化走向了統一的多元文化，而且成績斐然，填補了明清時期容美土家族由通俗文學向高雅文學發展的空缺。其文學價值主要體現在以下四個方面：

1. 言其所言，走自己的創作道路

明代的前後“七子”提出“文必秦漢，詩必盛唐”的文學主張，廓清了明初“臺閣體”詩歌的影響。但這個復古運動也産生了流弊，使復古與擬古之間往往難以劃清界限。這種流弊後來愈演愈烈，有的人甚至把古人的詩改幾句或幾個字就成爲自己的作品了。其實“詩必盛唐”的主張未必有錯，縱觀詩史，不僅僅是元、明、清詩歌在成就上遠遜於唐詩，即使是宋詩也大大不如唐詩。所謂“盛唐氣象”，是以李白爲代表的浪漫主義和以杜甫爲代表的現實主義兩峰對峙，形成詩的頂峰。前後“七子”把復古主張搞成模擬形式，王世貞主盟文壇二十年，當時的影響不是很好。

同時代的田九齡與田宗文並没有在擬古的詩潮前徘徊，雖不能完全排除田九齡的擬古之嫌，但他的擬古詩主要表現在邊塞詩和宫詞之類的題材上，而且占量很小。他的模擬只能理解爲是在訓練寫作技巧，説田九齡的詩“殆與七子相近”，顯然存在偏頗。《田氏一家言》的首席評論員嚴守昇這樣評田九齡的詩：“先生詩風骨内含，韻度外朗，居然大雅。元音雖間落時蹊，未去陳言，而造詣深厚之力，不可誣也，諸絶猶有朱弦洞越一唱三嘆之致。”大體是不錯的，但未免有失察之處。所謂元音，袁枚《隨園詩話》：“夫詩爲天地元音，有定而無定，到恰好處，自成音節。”當然是指詩歌的和諧聲調。田九齡只有五絶《秋色》之二和《中秋》兩首不協律，但其詩如行雲流水，一氣呵成，看不出有傳鈔之誤，顯然作者在意而不在句。所謂“未去陳言”，或許是指邊塞、宫詞一類詩中的模擬痕迹。所以嚴守昇評《秋興》“每每借徑唐賢，當是熟處難忘”，顯然是指其中“一曲高歌明鏡裹，少年人奈白頭何”二句出自唐詩“高堂明鏡悲白髮”，“白頭吟望苦低垂”。

在田九齡現存的詩中看不出他與王世貞有直接交往，在《雲夢師寄游太和近作兼附弇州公諸刻》《王弇州先生自鄖鎮游太和山雲夢師行且往謁恨不能從》《聞弇州公陟南少司馬志喜》這三首詩中表現出對文壇領袖的仰慕，從大山裹走出去的土家學子希望得到提携和文化交流，歌頌一下文壇領袖也是很自然的事情。但仰慕不等於文章也亦步亦趨。田氏詩人群有如“黄鳥于飛，集于灌木”，“天機所動，將亦有自然之律吕焉”，其聲清和圓轉，不造作，不勉强而自娱，各言其所言，自言其所言。土司内部的莫測風雲，繁衍生息之地的奇山秀水，端午節的榴花蒲劍，七夕的競艷瓜果，中秋節的明月村醪，重陽節的叢菊萸尊，武陵山區的大儺，“半是村街半是浮”的吊脚樓，園中的薤韭藥苗，山間的子規春禽、麋鹿於菀、煙蘿殘霞、楊柳竹枝。凡此種種，在詩人的筆下顯得痛快淋漓，情趣盎然，栩栩如生。保留了一些土家族的文化特徵，顯現出土家族的文化底蘊。土家文明的傳承與開放，充分證明土家族絶不是一個偏執的民族。

2. 富有時代的真情實感

隨着社會的不斷發展變化，個人與群體、個人與社會的矛盾也就顯現出來，而社會和群體的力量總是大大超過個人的力量。此時的詩人就會發生理智與感情的衝撞。明初以楊士奇、楊溥、楊榮爲首的臺閣體就是重理智輕感情的典型代表。對皇帝的阿諛奉承和道德説教成爲詩歌的兩大特色，没有真情實感，也没有宋人的氣節，雖然宋詩也是重理智而輕感情的。

《田氏一家言》詩中所表現的是真情流露，敢於批判社會黑暗與政治腐敗。比如田九齡的《明月寺贈太空禪師》：

漫從初地訪生公，風挾松濤萬壑雄。
仙梵阬浮雙樹杪，曇花散落諸天中。
坐來明月元爲鏡，話别塵根總是空。
最喜隨緣沾世界，莫令人世有魔宫。

《奉蔣公邊儲九永》：

地盡崇山萬嶺深，邊城吹角晝陰森。
一時幟樹騷壇極，萬里人安保障心。
刍粟自推西楚重，炎蒸誰道五溪淫。
即看只尺陰霾散，日月天門迴照臨。

詩中歌頌了文化物質生活相對繁榮，社會政治制度相對先進的漢區。揭露土司制度黑暗，不僅僅是骨肉相殘的血腥家史，而是嚴肅的社會批判。即使是在參悟禪機之餘，仍然念念不忘“莫令人世有魔宫”的美好政治願望。再如田宗文的《有感》：

石門寒雨暗芳蓀，霧隱雲霾虎自蹲。
四海南風時正動，五溪白日晝長昏。

《感述》：

五溪銅柱暗寒煙，回首依稀抱病年。
有地已全歸禹貢，殊方何事异堯天。
愁聞豺虎横原野，不見南風起陌阡。
只尺講堂餘化在，願同文物入薰弦。

詩中認爲一個統一的國家，不應該存在兩種不同的社會制度。措詞之激烈，已達深惡痛絶的程度。

“二阮”處境相同，心息相通。都希望消滅血腥野蠻落後的土司制度，使土司統治區的人民過上廣大漢區人民那樣的生活。作爲土司王族成員而成爲土司統治者的叛逆，是需要時代精神支撑的。

還有田玄的《軍官行》，田霈霖的《封侯篇》，都不同程度地反映了官場和軍隊的腐敗，反映了當時的社會現實，具有“史”的意義。

俄國革命民主主義者、進步的文藝批評家别林斯基曾經説過：“没有一個詩人能够由於自身和依賴自身而偉大，他既不能依賴自己的痛苦，也不能依賴自己的幸福；任何偉大的詩人之所以偉大，是因爲他的痛苦和幸福深深植根於社會和歷史的土壤裏，他從而成爲社會、時代以及人類的代表和喉舌。”（《别林斯基論文學》）作爲抒情詩的作者，就是千方百計使抒情主人公成爲人民意願的代表者。前面的詩中正是着意刻畫了“莫令人世有魔宫”“願同文物入薰弦”的美好願望，表達出對“殊方何事异堯天”“不見南風起陌阡”的深深憂慮。

3. 重視本土傳統文化的傳承與發展

據史學家考證，容美土家族是巴人的後裔，那麽，巴渝文化就是容美土家族的傳統文化。田氏詩人對巴渝文化無疑是重視的。“既看遠近梯航至，願效巴渝頌白環”（田九齡《早朝效唐人體》）；“四海有誰堪和雪，野人何處著巴渝”（田九齡《王弇州先生自鄖鎮游太和山雲夢師行且往謁恨不能從》）；“白雪倡來高自絶，和歌寧復數巴渝”（田宗文《奉呈殷夷陵海岱公》）。他們認爲即使是對朝廷的朝貢，對文壇巨匠的追隨，與朋友的唱酬，都應該弘揚巴渝文化。但是相對於只有口語沒有文字的土家族來説，漢文化就是新文化、先進文化。巴渝文化只有同先進的漢文化融爲一體，才能發揚光大。田楚產在《楚騷館詩集跋》中説：“亦惟是佷山以西，固稱僻陋，其人類强毅果敢，漁獵耕稼而外，一切不習。余家叨沐國恩，世守疆界，所謂便纖綺、甘肥脆者，又其故態。余叔則卓不受變，如蟬蜕污泥，自致塵壒之表，高山仰止，景行行止，异地异世，尚有遐思，而況親炙一堂者哉！”説明了先進的漢文化對巴渝文化的重要影響，是漢文化與本土文化的交流，使田氏詩人親身受到教益，造就出田氏詩人世家。田舜年也認爲：“由是而推，則求中原文獻於荒裔絶徼，不有如山鷄之羽文彩可觀，澤雉之性耿介足重者乎……況風雅一道，流行於天壤，清廟明堂之上有傳書，崇山大谷之間亦有傳人，其勢恒足以相埒。”（《田氏一家言跋》）既然《詩經》中的民歌都成了經典，那麽土家文化和中原文化結合之後就會燦然可觀，崇山大谷之間的傳人寫出來的作品，是可以和中原文化媲美的。如田九齡的《竹枝詞》：“郎去湘江經幾秋，西風北雁又南洲。含顰日日江頭望，不見郎舟見客舟。”確有夢得風格。

五、《田氏一家言》的局限性

任何一部文學作品都會有一定的局限性,《田氏一家言》也不例外。時代背景、人生觀、生活經歷、接觸的群體、涉獵的文學領域,以及文學功底的深淺等方面決定了其局限性。本文僅從三個方面闡述。

1. 體裁的局限性

這個局限性主要是對現存作品而言。《田氏一家言》本來規模宏大,有詩文十二卷,現在只有殘缺不全的詩集九卷。總體看來,僅田甘霖一人作品體裁最廣,其餘詩人(田九齡缺詞牌)缺少古風和詞牌的運用。所謂古風是指近體詩形成之前除楚辭體外的各種詩體。其特點是不拘句數,排列整齊的有四言、五言、六言、七言,亦有雜言每句從一字至十餘字的,不求對仗,平仄和用韻都很自由。由於缺少約束,用古詩體創作,更能發揮想象,體現詩人風貌。詩仙李白就有專題《古風五十九首》《蜀道難》《梁甫吟》《將進酒》之類表現出積極浪漫主義的詩篇;詩聖杜甫工律詩,亦有《北征》《洗兵馬》《石壕吏》等古風,反映社會生活,現實而沉鬱。

詞的發展,相對要晚一些。肇於隋唐,盛於五代兩宋。唐代設立管理宮廷音樂的官署——教坊,專管雅樂以外的音樂歌舞之類的教習。於晚唐有所發展,至五代有《花間集》五百闋。至宋代有專門的御用文人創新譜曲,發展詞牌至大成。詞的約束較律詩更大,但其形式是長短句,平仄有限制,而長短句的運用比律詩更富有音樂性,更便於抒發情感,表現風貌,爲文人所喜愛。李白的《菩薩蠻》爲百代詞曲之祖,宋李清照的婉約、蘇軾的豪放開啓兩大風格不同的派別。後世如明末的陳子龍就繼承了婉約詞風,近代的民主革命人士秋謹却屬豪放一派。

這種演繹,其實與流派有莫大的關係,在下一節叙述。但體裁與文學確有關係。如田宗文只有雜言七古一首,對今天全面瞭解他們的詩風，的確存在難度。然而對祖宗的遺産，不可以管窺豹，只見一斑，簡單地做出結論。鑒於原書的缺佚、個體的風格喜好等，田氏詩人群創作的詩歌體裁看起來存在局限但還不足以説明是一種缺陷。

2. 題材的局限性

題材是詩人社會接觸面的體現。田氏詩人群的社會接觸面相對狹窄。五代九位詩人，數量上空前，但相對社會群體而言，比例仍然很小。但這不是主要原因，關鍵在於他們的生活體驗，描寫生活必須來源於生活，這是古今詩人的自然而必然之路。穿越時空兩百年，“不與人間滄桑同换”，但其間有田九齡叔侄避居澧州，與天下名士唱和；田玄祖孫三代與上層社會接觸，吟咏酬寄；田圭父子介於朝野之間，相對狹小的社會背景決定了田氏詩人群在題材上的局限。

他們有很多作品都是唱酬之作。固然，酬唱詩中的一部分是咏物寄懷，命題而賦。但比例太大，自然會影響詩詞的質量。不然的話，就不會出現嚴守昇評田九齡《送陳長陽調武昌之崇陽》詩“未能免俗，聊復爾爾”之類的評語。

更有甚者，是在與上層文人的唱酬詩中有過於奉承的現象。如田霈霖《奉陪相國鐵庵文夫子觀雨中白蓮分賦二首》，首先詩題就顯得啰嗦，説“奉陪文相國觀雨中白蓮二首”不就得了，文鐵庵係南明大臣，名聲顯赫，時人誰不知道？而在詩的第一首尾聯稱贊文相：“先生况是濂公侣，素質尤煩彩筆夸。”這就够了，但他却在第二首尾聯繼續奉承：“當宴幸有瀛臺客，咏賞應拼醉碧筩。”顯然多餘。既把咏物詩有限的篇幅縮小了，又於禮節上顯得卑下。當然，這也許是當時現實的原因造成的，不可求全責備，仁者見仁，智者見智而已。

而最主要的是體現民族風情和傳統文化的題材更少。雖有田九齡的《竹枝詞》，田圭的《治圃》《澧陽口號》《和伯珩侄咏莳瓜得肉字》等篇章，於民族風情的傳統文化略見一斑，但直接體現土司治下下層人民生活的作品幾乎爲零。而田圭《冬日熟睡驚聞索債使至疾起漫賦》和《元夕同友人飲顧山人宅》這樣的詩中的内容，還需要研究才行。

3. 接受新文化的局限性

這個問題只表現在近體詩詞上。《田氏一家言》中，不合格律的詩詞較多，有些是出於傳鈔之誤，可以校正。更多的是文意通順，不能考校，只可保持原貌。

三仄脚、三平調、孤平一類的詩病在《田氏一家言》中確實不少。值得思考的是，一個“吾”字，古今皆讀平聲，田甘霖的律詩中九次用到吾字，“嗤吾醉中文”（《獨酌酡矣出觀山色偶成》），“龍媒天駟吾何能”（《陶莊感舊題壁》之三），“爲秦爲晋非關吾”（《忠溪春日遣懷效李長吉南園》之四），“總期良藥愈吾生”“前言贈吾如金擲”（《得覃次公無規語三復致嘆》），“而吾先訂下榻期”（《步毛廓庵先生見懷韻且訂前約》），“傳吾詩書百代艱”（《次雪齋山行韻》），“可知造化憑吾補”（《荷筆》），“温柔錯認是吾鄉”（《七夕前一日賦得建章宫柳入新秋》）。僅僅三句用對了。有趣的是毛郭庵的《見懷》詩中“洞口雲封係吾思”，也把吾字用錯了。是不是值得玩味呢？吾字是不大可能出現傳鈔錯誤的，那就有點“兒夫不習衣冠語，逢著游人只道卬”（田圭《澧陽口號》）的味道了。

關於詞作，9 題 10 闋詞中，只有田甘霖的《鷓鴣天・松山除夜》一闋合律。田舜年的《喜遷鶯・中秋登子耀如閬喜樓》更是與定格相去甚遠。漢族文人，也是《田氏一家言》的首批讀者嚴守昇、文安之、黄忠含、伍驚等，爲詩集作序寫跋，並留下評語 107 條，但少有指出其局限的，多溢美與敷衍之詞。

究其原因，首先應該是民族之間的語言隔膜。土家語與漢語不通音義。漢語也有方言，那個時期一般只設縣學，漢語標準音在漢區也不普及。容美土司連私塾都没有，漢語僅在土司中上層使用，土民仍以土家語爲主。土漢文化交流，也不大可能是在標準音中進行的。在這樣的前提下，就難免出現鄉音難改、餘習不盡的現象。

其次，當時供作詩參照的工具書只有金代刊行的官韻書《平水韻》，源於宋代的《禮部韻略》，田氏詩人是否人手一册就很難説，手鈔本又難免疏漏。而有關詞譜的書，南宋朱敦儒的《應制詞韻》早已不傳，清康熙年間萬樹的《詞律》相對較晚，其間更没有整理各種詞牌定格的書問世，所以他們的詞作更爲出格。

由於語言交流中的方言誤導，以及工具書的缺少，詩作者疏於考證，這種局限性使格律詩詞欠工。近體詩詞是一定要講格律的，白璧微瑕也是瑕。特别是對未成名的詩人，是不可以不理會章法，用無意求工來解釋的。

六、田氏詩人群流派淺探

中國是一個詩的國度。詩歌是一條大河，各個詩派就是這條大河的支流，一起匯入文學的海洋。

《詩經》之後是楚辭、漢賦和代表“魏晋風骨”的建安文學。接着是南朝宋詩人謝靈運上承陶淵明開田園山水詩一派，下啓王維、孟浩然。隨後的齊梁艷體漫延到唐初三十年。初唐四傑（王勃、楊炯、盧照鄰、駱賓王）與沈佺期、宋之問、杜審言等改造宫體詩，結束了“六代淫哇”。陳子昂從漢魏風骨中汲取營養，開闢唐詩疆域，上承阮籍、曹植，下啓李白、杜甫。王維、孟浩然描摹自然，歌頌隱逸；王昌齡、李頎、高適、岑參的邊塞英雄形象；李白積極的浪漫；杜甫嚴肅的悲憫：諸多代表形成“盛唐氣象”。憫亂哀時的大曆基調，元稹、白居易、韓愈、孟郊的元和新體，其源都出於杜甫。晚唐的杜牧熔清新峻拔於一爐，李商隱以華麗精工、托旨幽微而獨樹一幟，讓唐詩放出了最後的异彩。

到了宋代，大約是在時間上距唐近，覺得在原有形式上無法超越唐詩，就想走新路。於是出現了北宋楊億、劉筠、錢惟演的唱酬“西崑體”，使宋詩開始走向“重理智而輕感情”的道路，缺乏熱情。如果説唐詩“狠”宋詩“冷”的話，那麽蘇（軾）詩却是不冷不狠的“清雄”，黄山谷則用“崑體工夫造老杜渾成之地”。

但宋代是詞的時代。周邦彦、吴文英、柳永、姜夔等詞人精通音律，大量度曲創新，造就出秦（觀）、李（清照）一派的婉約風貌，蘇（軾）、辛（棄疾）一派的豪放氣勢，把詞推向了可與唐詩對峙的高峰。

元詩的主流表現在對宋詩的反動。元初的王惲就是棄宋宗唐的代表。嚴羽、戴表元、仇遠等人都主張詩歌回到唐代，甚至漢魏六朝。著名詩人詩論家元好問的“北人不拾江西唾，未要曾郎借齒牙”，更是鮮明地表現了他對南宋時期執詩壇牛耳的江西詩派的輕視。至正末年的薩都剌、楊維楨，他們具有重視個人權利的思想和感情，敢於同傳統的倫理綱常發生衝突，爲我國詩歌進入新的天地打開了一條很窄的門縫。

明代初期的“臺閣體”，很快被前後“七子”聲勢浩大的復古運動所廓清。“公安派”的三袁（袁宗道、袁宏道、袁中道）和“竟陵派”的鍾惺、譚元春都主張書寫“性靈”。袁宏道甚至稱贊“擘破玉”“打草竿”之類的時調“猶是無聞無識真人所作，故多真聲”。晚明新思潮的旗手李贄則倡道“童心説”，以“絶假純真，最初一念之本心也”作爲爲人爲文的根本，與“性靈説”遥相呼應，异曲同工。

明末清初的吴偉業和清初的王士禛，他們的作品則表現出個人意識的增强和對自我的極端珍視，與五四文學就有了一些相通之處。

以上是歷代詩歌流派流變的大概輪廓，至《田氏一家言》最後一位詩人田舜年的生活時期。其間亦有少數民族詩人，如唐代的坎曼爾，元代的薩都剌，但總的説來，仍然缺乏對少數民族詩人與詩歌的專輯介紹。

《田氏一家言》九位詩人縱貫兩百年，風格各异，探討其流派其實很艱難。從風格入手，略嫌紛雜，却又别無他途可求。倒是田舜年的《田氏一家言跋》中有些議論值得細細研究。

譯成白話文如下：

詩是用來表達感情和意志的，各抒己見而已。即使是高岡嘎玉之聲，也不如鳳凰的鳴叫中聽。黄鳥于飛，集于灌木，其自娱之聲仍然清和圓轉。只要靈性驅動，就會有自然的音樂出現。

真如人們所説，法度嚴謹的詩歌，必然是大曆之前，有盛唐各位名師大家的作品擺在眼前，後學者就没有必要去追逐趕上他們。《詩經》中的國風，大都是民間士女們在交際應酬中信口而出的，今天都成了經典，但没聽説周公、召公、尹吉甫對此進行校正考核。除此之外，再也没有哪部經典是經過聖人選擇的。這樣推究，若探求尋取中原的典籍文獻到蠻荒之地，不就像山鷄的羽毛紋彩美麗可觀，野雉的性情光明正直足以崇尚嗎？那個虬髯客，不肯隨李世民建功立業而自尋樂趣於邊遠之地，説他没有一點本領，是不對的。

四始（風、大雅、小雅、頌）之後，屈原的《離騷》和宋玉的賦，獨自傳佈久遠。又豈僅如流行於盛會閲覽的司馬相如辭賦、載入漢家廟堂的盤本之歌（《盤中詩》）！况且風雅（國風、大雅、小雅）一道已流行到各地，太廟及明堂都有記載，崇山大谷之間也有傳人，其情勢是可以與四始、楚辭等相當的。眉山蘇門的文章，流傳海外已久，而來朝貢的藩屬之國的使者，也往往出示其宴會上的酬唱之作，爲朝廷官宦先生們所贊許，並編成典籍，傳爲美談。杜甫説“五溪衣服共雲山”，就是這樣的内容這樣的感情。所以無論四海九州，這樣的情景這樣的道理都是一樣，是没有範圍界限的。

就讀《田氏一家言》來説，目前還没有過分不同的見解。是否有其他地方尚未見面的相交以及曠代的交感相應者這樣的同道，就不是我這個不肖所知道的了。綜上所述，還是説自己想説的話，各抒己見而已。

田舜年的這篇跋表明自己動手編輯《田氏一家言》，是以期傳世。長子田丙如一歲三至嚴守昇家，同研詩稿。嚴守昇盡讀一家言，爲之作序，並留下評語 99 條。還有南明大臣文安之爲《秀碧堂詩集》作序，留下評語7條。江漢名士毛會建、伍騭、黄中含等並爲第一批讀者，伍騭爲《白鹿爲堂詩集》作序，黄中含有評語1條。

有這樣多的名士序評《田氏一家言》，應該是盡善盡美的了，可是田舜年仍然覺得需要説出自己想説的話，於是就有了這篇文章。全文分爲四段，闡述了幾個有關詩歌創作與欣賞的論點。

第一段主要是對《田氏一家言》進行評介。指出一家言是靈性驅動産生的自然之聲，如黄鳥清和圓轉的歌唱。借詩歌表達感情意志，抒寫胸臆，詞貴自然。用不造作、非勉强的創作方法去實現自然美。這個創作論符合明末公安派袁氏兄弟的“性靈”説。

第二段肯定了唐詩是高不可攀的頂峰，説大曆以上的盛唐諸名家章法嚴謹，造詣高深，田氏詩人群是後學者，没有必要去追逐趕上他們。如果一門心思想超越，反而會影響自己的發揮。脱離自然狀態，就不是説自己想説的話，各言其所言了。又指出《詩經》中的國風都是民歌，民歌也能成爲經典，這是一個文化淵源關係，據傳是孔聖人删定《詩經》，但没聽説當時的聖賢周公、召公、伊吉甫對《詩經》進行考校。之後也没有哪部作品是聖人選擇的。中原文化在荒徼的傳承同樣輝煌。不求功名，自尋樂趣，笑傲江湖、怡情山水是可傚法的。土家詩人性情光明正直，文如其人，詩歌創作是一種樂趣，不一定要聖賢選擇。

第三段理直氣壯地宣佈，崇山大谷之間的文化與《詩經》、楚辭、漢賦是可以媲美的，其地位應當等同，應該遵重少數民族的文人文學。他又舉例首先肯定眉山蘇軾一門的文章，可以流傳海外，經久不衰。而藩國荒服的使臣也間有好的酬答之作爲官宦先生所喜愛，並將其編成典籍，流傳於中國。既然宴享贈答之章都可以編成典籍，傳爲美談，那麽四海九州、崇山大谷中田氏詩人的作品都是可以編集成册流傳，不能有地域之分的。杜甫的“五溪衣服共雲山”，所表達的就是這樣的見解。説明了編輯《田氏一家言》的背景和理由。

最後一段進行總結。對於田氏詩人的作品，編輯期間還没有聽到過於不同的意見。希望有异地而神交、曠世而相感者這樣的同道，進行文化交流，提出寶貴意見。而這種情形又是可遇而不可求的，只是説出自己想説的話而已。

歸納以上内容，其詩歌創作理論之一：

各言其所言，自言其所言。有不受拘束，隨心所欲之意。説出心裏話，是要具備“童心”的。童心就是真心、真情實感。詩歌創作要表現真實感情。

理論之二：

天機所動，將亦有自然之律吕。天機就是靈性，創作靈感。“眼處心生句自神，暗中摸索意非真”（元好問《論詩三十首》）。用靈性創作不勉强不造作的自然之聲。提倡抒寫胸臆要詞貴自然，不要一味學習古人的格調。

理論之三：

异地而神交，曠世而相感。把文化交流提高到很重要的地位，彼此慕名而尚未謀面的相交，從來没有過的交感相應，都是文化交流的途徑。不分民族，不分地域，天下九州皆同。

以上理論在他的詩作中得到體現。如“静釣煙蘿月，殘霞未斂紅”“村農勤覓酒，熟客厭驚尨”“選藤充几杖，第石件圖書”（《山居五首》）。“瞥見和盤托出，輕圓怕觸封夷”（《荷珠》）。“水國散來阿堵，波心叠叠匀施”（《荷錢》）。“喜烟雲洗盡，對影唯月。千山出萃，萬籟聲分，心事光明高揭”（《喜遷鶯·中秋登子耀如聞喜樓》）。這些句子描寫生活情趣、自然景物、人文景觀，感情真實，形象生動，實乃靈性所至。

但他對田氏其他詩人的總結較少，即使加上嚴守昇、文安之、黄中含、伍鷺等人的評語仍嫌不足。而且他們的評語又顯得不深入。下面對田氏詩人風貌逐一闡述。

1. 冲融大雅，風骨内含的田九齡

田九齡是《田氏一家言》中第一代詩人，容美土家族詩人鼻祖。他的詩“冲融大雅，聲調諧和，殆與七子相近”（田舜年評）；“風骨内含，韻度外朗，居然大雅”（嚴守昇評）。兩個評語都是對《紫芝亭詩集》的總評。

總評之中没有“渾成”一詞（對單首詩有這樣的評語），其實“渾成”境象，於詩人整體風貌亦有相當重要之地位。渾成即渾然一體，無雕琢之痕。況周頤《宋詞三百首序》：“以渾成之一境爲學人必赴之程境，更有進於渾成者，要非可躐而至，此關係學力者也。”躐謂越級而升，學力謂學問的工夫造詣。

這樣看來，探討詩人風貌流派，就顯得複雜化了，至少有文學功底、表現手法、題材涉及、感情抒發四個方面的體現。文學功底與基礎有關，表現手法與學識有關，題材涉及與閱歷有關，感情抒發與意識有關。本文認爲，最主要的是表現手法和感情抒發。

田九齡與後七子同時，自然會受到擬古之風的衝擊，他的邊塞詩、閨情閨怨、宫詞之類作品，就有明顯的模擬痕迹。如“前軍未出飛狐道，已報先平虎穴回”（《從軍行五首》），源自王昌齡《從軍行七首》“前軍夜戰洮河北，已報生擒吐谷渾”；“美酒春濃琥珀流，葡萄莫漫羡凉州”（《凉州曲》），源自王翰《凉州詞二首》“葡萄美酒夜光杯，欲飲琵琶馬上催”；“笛聲吹落關山月”（《出塞曲》），“無那關山萬里秋”（《凉州曲》），出自王昌齡《凉州詞》“更吹羌笛關山月，無那金閨萬里愁”。把《長門怨》“金屋流塵黯黯生，寒蛩四壁起秋聲。誰憐一片長門月，不似昭陽分外明”與唐代三位詩人的《長門怨》詩句比較一下，李白“金屋無人螢火流”，“月光欲到長門殿，别作深宫一段愁”；裴交泰“一種蛾眉明月夜，南宫歌管北宫愁”；劉皂“雨滴長門秋夜長，愁心和雨到昭陽”。不難發現，詩人是在因襲陳言，藝術上也没有任何突破。《四時宫詞》也受到王昌齡《長信秋詞》和《西宫春怨》的影響。其古體模仿的痕迹更多。

但他的擬古之作並不是一無是處，在藝術上雖然不如王昌齡思入微茫、李頎尺幅千里、高適鐵馬秋風、岑參意奇語奇，却在意境上有所翻新。如《閨怨》：“郎逐征人去，書隨塞雁來。何時沙漠外，刬却望鄉臺。”“見説從軍樂事强，東方千騎領輝光。”寫閨怨隱去怨情，表現了土家婦女通情達理的氣質，視從軍報國爲無上光榮之事。《古意》：“漫訝天南多戍婦，月中猶自隱嫦娥。”借古意抒發今情，人仙相喻，雖然是一種脆弱得不切實際的安慰，但這已經不是詩人在安慰軍人的妻眷，分明是在説軍人的妻眷們能够理解正義的戰争，只有共同做出努力和犧牲，把敵人徹底消滅，才有真正的和平環境。而“秋風一夜度關河，響落寒雲雁陣過。夢斷白狼山下客，流黄機外月明多”(《古思邊》)的意境，不再是思婦難以打發的不眠之夜，而是通過辛勤勞動，爲了使邊疆的將士親人早日换上新的征衣而夜夜紡紗織布。這樣的思婦形象鮮活豐滿，使前人此類作品中缺少的愛情成分得以昇華。

嚴守昇在《田信夫詩集序》中説：“然其先世世爾雅，與吾邑孫氏、油江袁氏倡和不歇。”當然是指田九齡叔侄與華容雲夢師、孫習儒、公安袁氏兄弟的唱和。可惜的是與袁氏兄弟的酬唱之作已經盪然無存，不然的話，或許可以從中得知他與公安派“性靈説”的關係。

然而田九齡的創作理念，却可以在他的《采石懷李白七首》詩中找到迹象。“飛來明月滿長空，我亦吴山駕彩虹。惆悵秋風雲水外，落霞疑是錦袍紅。”李白的詩篇如長天明月，飄泊的身影常在雲水之間，看到天邊的落霞，也以爲是謫仙身着錦袍歸來。彩虹横空，絢麗瑰奇，富有浪漫色彩。詩人駕吴山彩虹，不單純是景仰李白，意在學習李白雄奇豪放而又浪漫的詩風，並在《登五峰懷鵬初兄》《登澧城遇仙樓》等詩中有所表現。

對詩中所表現的感情與理智，詩人也處理得很好。如《紫芝亭》詩中“藏真已自依山餌，不待桃花始避秦”就是詩人懂得用感情看待事物，用理智處理事物。雖以才名見忌避居蘭澧，而詩集仍以司内紫芝亭名之，可知辭根而不忘根本，感情與理智得到和諧的統一。

詩人游寺廟，與高僧唱和，這樣的詩有五首，感嘆的是社會現象，於佛事佛理却輕描淡掃。那是因爲佛理講究慈悲爲懷、修善果的因果報應，利於統治者説教化民，對一般人没有太多的現實意義。所以詩人的向道之心勝於向佛，是因爲道教講神仙思想和神仙方術，其不死之藥可以長生，投合上至統治者下至平民百姓的心理。田九齡向道的詩有8首。體現在兩個方面：一是道家的老莊學説，清静無爲，天地與我並生，萬物與我並一，如“試問道心齊物我”（《送魯山人歸武陵》），“爲讀南華慨古今”（《晚過孔道談玄》）；二是研習方術，以期得道成仙，如“聊同老子話黄金”（《晚過孔道談玄》），“好是淮南成道後，共携鷄犬踏空行”（《武當道上示兒宗鼎》）。

道家是哲學派别，道教是宗教派别，二者糾纏不清，原因是歷代道教總是攀扯道家，把老子奉爲道教之祖——太上老君。而《老子》書中確有“谷神不死”“長生久視之道”的養生論，《莊子》書中亦有“不食五穀，吸風飲露，乘雲氣御飛龍，而游乎四海之外”的神仙家言。這就給了道教以理由，形成“道”既不能單一的指作爲學派的道家，也不能單一的指作爲宗教的道教。

詩人崇尚李白，而李白又是唐代重要詩人中受道教影響最深刻的人。這就有了歷史淵源。李白二十五歲仗劍出蜀，其目的之一，在《初下荆門》“此行不爲鱸魚膾，自愛名山入剡中”中説得很清楚。入名山正是“五嶽尋仙不辭遠”（《廬山謡寄盧侍御虚舟》），爲求仙學道而漫游名山大川。李白仕途失意，田九齡報國無門。李白“躡太清”“朝玉京”，往往是爲了反襯現實的苦難；田九齡“讀南華”“問道心”，又往往是爲了反襯出世之心。二者就有了相通之處。

田九齡的詩還有用典太多的毛病，本來把典故用於詩中，可以增大載量，給讀者以想象空間。但用典太多或生僻，反而使詩顯得生硬。現將其咏物詩《水仙》録下：

誰謂仙源渺去津，素娥終夕浴寒濱。
何來姑射山頭雪，恍覿羅浮夢裏春。
明月漫留交甫佩，香魂空逐馬嵬塵。
争如一片冰壺色，妒殺凌波步玉神。

全詩八句，用了八個典故，其雕琢之痕，使水仙的形象支離破碎。這種作詩的方法，又似乎源於黄庭堅“無一字無來處”“奪胎换骨”“點鐵成金”的論詩標榜。在此也將黄庭堅的詩録一首進行比照。

我居北海君南海，寄雁傳書謝不能。
桃李春風一杯酒，江湖夜雨十年燈。
持家但有四立壁，治病不蘄三折肱。
想得讀書頭已白，隔溪猿哭瘴溪藤。

詩題叫作《寄黄幾復》。黄幾復是黄山谷的朋友，少年交游，時爲廣州四會縣令。

全詩亦是句句用典，所不同的是讀黄詩即使不知其典也能解讀。讀田詩若不知其典就如墜五里霧中。黄庭堅講究句句有來歷，首聯出句就脱胎於《左傳》僖公四年：“齊侯以諸侯之師侵蔡，蔡潰，遂伐楚。楚子使與師言曰：‘君處北海，寡人處南海，唯是風馬牛不相及也。’”對句寄雁傳書，是用蘇武“雁足傳書”的典故。頷聯是指詩人曾與黄幾復杯酒往返，歡聚在一起。史載二黄於熙寧九年（1076）同科出身，宋代的進士考試常在春季，即所謂“春榜動，選場開”。此時二人春風得意，所以説：“桃李春風一杯酒”；後來二人一别十年，天南地北，無由會面，只能在雨夜孤獨之時，對着燈光，思念舊友，所以説“江湖夜雨十年燈”。頸聯“四立壁”，出自《史記·司馬相如列傳》：“文君夜奔相如，相如馳歸成都，家徒四壁立”；“三折肱”源於《左傳》定公十三年齊高强曰：“三折肱知爲良醫。”尾聯“瘴溪”指舊傳南方一帶多瘴厲，故名。這首詩也表現了詩人“奇拗瘦硬”的風格。如頸聯第六字仄聲爲大拗，詩人在對句第五字用平聲作爲補償，一字雙救，這大約就是奇拗。而遣詞造句使詩的形象顯得瘦硬，意境又能渾然一體，並無雕琢之痕。所以朱弁在《風月堂詩話》中説：“山谷乃用崑體工夫而造老杜渾成之地。”不是没有道理。田九齡“尋聲逐響於千秋之上”，偶爾也會弄巧成拙，把某些作品搞成“點金成鐵”了。

田九齡現存作品之中比較而言，其古風氣象宏闊；懷古之作，以絶句見長；唱和咏物抒懷之作，則偏重七律；而多唱酬，多用典故，堆砌詞藻，則屬“西崑體”風貌。偶爾也有李白的浪漫，杜甫的沉鬱，但不是主流。

2.“楚騷館主”田宗文

田宗文出居澧州後的居所以“楚騷館”命名，是研究其詩思想傾向和感情表達的主要源頭。詩人同情屈原的遭遇，崇敬屈原的人品思想，寫了六首與屈原有關的詩。“積雨迷芳杜，那能不損思”（《過三閭祠有感》），“踟躕風雨夕，收淚讀離騷”（《似墨李丈過訪言愁酒酣感賦》），“讀罷離騷回首處，瀟然一榻白雲高”（《山居秋興二首》），“吊罷靈均倍惆悵，還因濁酒暫爲歡”（《林扶京來自襄洛過楚騷館有贈》），“惆悵有誰同吊古，屈原祠畔淚沾衣”（《携家澧浦諸昆季餞送志别》），而在楚騷館中與人對酌時所排遣的愁緒也是“誰道散愁惟有酒，萸樽偏遣淚如絲”（《九日與虞子墨對酌楚騷館有贈》）。這些詩句充滿了對屈原深厚的情感。

屈原本是戰國時的楚國貴族，初輔佐懷王，做過左徒、三閭大夫。學識極其淵博，主張彰明法度，舉賢授能，東聯齊國，西抗强秦。後遭子蘭、靳尚等人讒害而去職。頃襄王時被放逐，長期流浪沅湘流域。後因楚國的政治更加腐敗，首都郢亦被秦軍攻破，他既無力挽救楚國的危亡，又深感政治理想無法實現，遂投汨羅江以死明志。所作《離騷》自述身世、志趣，指斥統治集團昏庸腐朽，感嘆抱負不申；《九章》亦多揭露現實的黑暗與混亂，並抒發懷歸之情。兩者均突出表現了他對楚國國事的深切憂念和爲理想而獻身的精神。

屈原的精神境界，深深地影響着田宗文短暫的一生，所以在他的大部分詩作中都表現出對惠政的贊美。其《有感》《感述》二首則深惡痛絶地揭露了血腥而落後的土司統治。在大量的唱和詩中不忘歌頌做官的朋友的政績，希望他們關心人民疾苦。如“陽春欲和慚非調，北望空懸宓子堂”（《投贈陳長陽》），“共知薦最明堂日，獨有循良早見招”（《奉送殷夷陵開美入覲》），“聖主從容頻問俗，定知花縣有棠陰”（《華容周明府入覲》），“擊壤向來同父老，還因歌頌奏車前”（《奉呈王郡侯》），“前席定知承顧問，好將民瘼諷明王”（《走筆送陳明府》）等詩句，是屈原精神的繼承，表達出詩人愛國愛民的思想。就同類詩歌與田九齡比較，大阮更多地表現出羡慕之情，小阮則更多地表現出“人民性”。二者殊途同歸，都含有進取出世之心。

與佛有關的詩，田宗文只有兩首，即《宿伸公房別伸公》和《慧真禪師來憩石人峰倚杖訪之因贈一律》，内容仍然與佛事没有太多關係，這一點與田九齡同，而在向道方面則有過之而無不及。現存的 84 首詩中有 9 首表達了對道教生活的向往。其中“永夜放歌渾不寐，赤松何處可招尋”（《登山以雨留山院》），“長生吾所慕，從此欲棲玄”（《入觀國山贈女道士貞一》），直言不諱地表達對長生不死的羡慕與追求。而且詩人還有實際行動，親自動手與玄璞子煉藥君山，“行吟竹杖相追隨，君山老人實可師。有身不就黄金藥，寂寞空爲世所悲”（《短歌行約玄璞子鍊藥君山》）就是例證。固然詩人追求長生不死，實與身體狀況有關，這一情節將在後面的詩人小傳中叙述。

道教徒采真漫游，縱情山水，如閑雲野鶴。向往這種生活又是歌頌隱逸的一部分。而詩人的遭遇在某種程度上又和屈原千古相通，所以詩人始終陷於隱逸與進取、理智與感情的矛盾之中不能自拔，進步思想與黑暗現實的矛盾，在當時歷史條件下，是無法解决的。因此，他總是陷於“不稱意”的苦悶中，而且只能找到“從此欲棲玄”，或者“且將身逐酒家胡”（《春日與六季父飲東墅酒家二首》）這樣一條擺脱苦悶的出路。這樣的結論不免有些消極，甚至包含逃避現實的成分，但事實就是這樣，歷史與社會背景决定了他（包括田九齡）不可能找到更好的出路。

在這樣的前提下，田宗文的詩多出悲涼之音，便在情理之中了。

“多難不堪摇落後，潸然雙淚俯江流”（《登遇仙樓》）；“屈原祠畔淚沾衣”（《携家澧浦諸昆季餞送志别》）；“凄然咏采苓”（《山谷亭》）；“離歌動客愁”（《病中送劉功甫之南岳》）；“疲馬愁岐路”（《過掇刀祠見姚铏兄弟壁間詩感作》）；“故園何處是，極目不勝愁”（《重登太岳絶頂》）。詩人疲馬孤騎，無論登山臨水，咏景狀物，總是愁緒滿懷，淚濕衣衫，抒發懷歸之情而又走不出身世之感。他的詩集稱“楚騷館”，署名澧水田宗文而不稱容美，大約還是爲身世之感而耿耿於懷。

詩中多用典故，堆砌詞藻，仍然是和田九齡一樣的通病。試舉一例，詩題《投贈陳長陽》：

仙吏星軺出建章，到來花色似河陽。
尊前客下陳蕃榻，賦裏蘭栽楚國香。
夢斷薜蘿回洛水，興高雲物满瀟湘。
陽春欲和慚非調，北望空懸宓子堂。

這只是一道很普通的贈詩，却句句用典，而且連詩題也藏有典故。投贈，語出《詩·衛風·木瓜》：“投我以木桃，報之以瓊琚。”星軺，古稱皇帝的使者爲星使，因稱使者所乘車爲“星軺”。建章，漢宫名，《史記·封禪書》：“於是作建章宫，度爲千門萬户。”河陽花色，晋潘岳任河陽縣令時，於一縣遍種桃李。陳蕃榻，東漢豫章太守陳蕃不接賓客，唯徐穉來，特設一榻，穉去則懸挂之。蘭栽，見屈原《離騷》：“余既滋蘭之九畹兮，又樹蕙之百畝。”薜蘿，見屈原《山鬼》：“若有人兮山之阿，披薜荔兮帶女蘿。”瀟湘，湘江的别稱，因水清而得名。《湘中記》：“湘川清照五六丈……是納瀟湘之名矣。”陽春，古代楚國歌曲名。宋玉《對楚王問》：“客有歌於郢中者，其始曰《下里》《巴人》，國中屬而和者數千人……其爲《陽春》《白雪》，國中屬而和者不過數十人。”宓子，即宓子賤，孔子弟子。爲單父宰，彈琴而治。這樣多的典故運用，把一首詩搞得複雜化了。

從形式上看，田宗文的詩以五律見長，七律次之。但於格調渾成情感抒發方式，不及田九齡老練成熟。但詩中表現出的進步思想較田九齡則有過之，表現手法偏於飄逸。鑒於多唱和、多典故、多堆砌詞藻，似與“西崑體”淵源尤深。

3.“尺木遥飛迴脱胎”的田玄

田玄是容美第一代土司詩人。作爲司主，其社會履歷，自然與田九齡叔侄和田圭父子不同。他的重要作品爲《甲申除夕感懷十首》，從詩歌理論的感情上講，表現了對明王朝的依戀之情。如“坐嘆龍髯杳，誰攀羲轡還”（之一），“遺人辭故主，擁鼻增辛酸。矢志終身晋，寧忘五世韓”（之四）。對時局的看法却顯得很理智，如“閒心嗟過客，冷眼盼殘棋”（之六），“待價求知己，刳匏寄此身”（之十）。而且能正確地審度局勢，“來朝真面目，另是一番新”（之十）。

詩人在明末動盪的局勢中表現得很清醒，朝廷南遷，半壁河山淪陷，清軍鐵蹄鋭不可擋，眼見大勢已去，詩人自然没有杜甫“北極朝廷終不改，西山寇盗莫相侵”（《登樓》）的堅定信念。如以詩歌流派傾向而論，組詩仍然是屬於輕感情而重理智的。

寓言詩是歷代詩人所用不多的選題。田玄的兩首寓言詩：《百舌鳥誤爲弋者中傷哀鳴酸楚爲此惜之並詰》和《又代弋者答》，采用了一個罕爲人用的所謂“自破自立”手法，即佛教中所謂“立一義”，隨即又“破一義”，“破”後又“立”，“立”後又“破”，最後得到究竟的辨析方法。用現代話來説，就是先講一番道理，經駁斥後又建立新的理論，再駁再建，最後得到正確的結論。這二首詩應該與某些社會現象及時代背景有關，可惜的是，詩人没有得出結論，哪怕是不盡如人意的結論也好。

田玄的古風發揮得很好，如《春游作歌招歐陽子》，就寫得氣勢奔放。嚴守昇評此詩“放蕩不羈，有仙才”，很是準確。文安之評此詩“山水於人原自多助，此乃獨能領略”，其中“獨”字下得不甚妥帖。劉勰《文心雕龍·物色》：“若乃山林皋壤，實文思之奥府，略語則闕，詳説則繁。然屈平所以能洞監《風》《騷》之情者，抑亦江山之助乎！”

這段話是說，至於深山、密林、平原、廣澤，實在是啓發文思無比豐富的寶庫。想收之於筆底，寫得簡略，便有所欠缺；說得詳盡，又失之於繁瑣，當然很難描繪。但屈原所以能够體會《詩經》中的情韻，創作了《離騷》，應該得到了江山的幫助吧！這種江山之助，前輩詩人早已領略，而且不僅僅是崇山峻嶺之山水可以助人，平原、廣澤一樣可以啓迪詩人的靈感。

總而言之，田玄的古風如大河奔流，更勝律詩一籌。而總的詩風確如《龍蛻》詩中所表現的"節間猶竟帶風雷""尺木遥飛迥脱胎"。

4. 田霈霖的"峭刻遒邁"與田既霖的"雋佚淡宕"

田霈霖存詩僅13首，田既霖只有14首，從數量上講，是少了些，主要作品又都是和家大人《甲申除夕感懷十首》。《田氏世家》載田霈霖："公富於文辭，章疏箋答，千言立就。詩尤峭刻遒邁，不落時蹊。"載田既霖："爲文雋佚淡宕，大有魏晋之風。"就是說田霈霖的詩雄健挺拔，與韓（愈）孟（郊）一派"力求新警，用字造句避免平庸淺率，追求奇崛瘦硬"的詩風相同，而又不求時尚，不落俗套，"桃李不言，下自成蹊"。田既霖的詩俊逸豪放，雋拔挺秀，具有"情調慷慨，語言剛健"的魏晋之風骨。這樣的評價顯然過於夸張，即使他們的作品只存十之二三，仍然是可見一斑的。

他們的組詩《甲申除夕感懷和家大人韻十首》，其表現手法和乃父差不多，不用贅述。田霈霖的《奉陪相國鐵庵文夫子觀雨中白蓮分賦二首》，遣詞造句不見新奇，兩首的尾聯所咏均脱離主題，"二首自喻喻人，俱有深意，即景情應臻上乘"，黄中含的評語實有曲意逢迎之嫌。其古風《封侯篇》全用比、興兼白描的手法，把南明王朝網羅各種武裝力量作最後的抗争這樣的一段史實，描寫得惟妙惟肖。"薄視天王猶餓虎""尚夸此舉真神武"這樣的句子既形象生動又極盡諷刺之能事。雖只一首，仍以古風見長。

田既霖的另兩首七律同爲張某所作。張某將還五峰，詩人留之；張某還五峰，詩人送之。"主人投轄情先急，淑女牽衣别更難"，留得誠愬；“花間長揖先揮手，馬上添杯强執銜”，送得深情。全詩雋永清逸，意味深長，但缺乏挺拔豪放，慷慨剛健，不似魏晋風骨。

5. 任性自適的田圭、田商霖父子

田圭父子在田氏詩人群中占有非常重要的地位。那是因爲他們的身份相對特殊，没做過司主，却時有總攝政務，田珠濤亦被少傅主常以政事委之，均能悉力匡持，咸有成緒。田圭於司中治圃，莳花種菜，縱酒吟詩；田商霖經常往返於鳩兹、九溪，可能是從事某種經營，不與田九齡叔侄相同。“只覺菜根香，寧希粱與肉”（田圭《和伯珩侄咏莳瓜得肉字》），“何知留滯迹，不是爲憂貧”（田商霖《有人自家園來細訊音問感懷》），正是達生任性，縱情自適的表現。《莊子・達生》：“達生之情者，不務生之無以爲。”郭象注：“生之所無以爲者，分外物也。”莊子認爲通達人生的人不應當有所作爲，去改變現實。田圭父子便是以這種參透人生、不受世事牽累的處世態度生活，淡泊自然。

熱愛生活是他們父子的共同特點。“東郊數畝即於陵，小隱家風淡似冰。博得朝飧十八種，不須箸下羨何曾。”（田圭《治圃三首》之一）享受勞動成果是何等愜意。東郊的園圃只有數畝，而詩人心中的園圃却廣大無比。

“解衣换得酒盈杯，携向花間剪韭回。如此風流良不俗，可愁籬外客頻來。”（田圭《治圃三首》之三）花卉與蔬菜套種間作，是詩人獨有的情趣，而與朋友共享，更是樂趣無窮。

“竊比東陵侯，寒暑自忖度。抱瓮親出汲，聊以避塵俗。播種漸成行，時時除蟲蠹。綿綿日漸繁，引藤上茅屋。只覺菜根香，寧希粱與肉。瓜熟野人田，即是野人福。”（田圭《和伯珩侄咏莳瓜得肉字》）一個完整的種瓜得瓜過程，任何人讀了，都會百分之百地認爲詩人是在種瓜，甚至想討他一個瓜吃。

“去家千里夢千回，魂繞青山識路隈。檢束行裝毋更遠，故園松菊待余培。”（田商霖《道上一絶》）表現出對家鄉深深的眷念和無可替代的責任。

他們就是這樣熱愛勞動，贊美勞動，盡情地享受着勞動情趣和勞動成果，在田園中閃耀着輝煌。這部分詩作是以寫田園山水詩而得名的陶（潛）、謝（靈運）、王（維）、孟（浩然）的繼承，氣象渾穆或有不及，而唯取適性、不甚矜琢的風格，又是陶、謝、王、孟所不具備的。

如果把田園山水詩看作是田圭父子的創作主流，只能是表現形式上的劃分。尤爲可貴的是田圭具有反傳統的精神。“從來葵藿與香稻，亦是儒家一飽需。盡道宣尼無不可，却將學稼小樊須。”（《治圃三首》之二）指出任何聖賢都是要喫飯的，孔夫子也不例外，但他却輕視弟子樊須學稼，不懂得知識要與勞動相結合的道理。

“止有筋骸香史册，惜無姓字落人間。貞肌當日何曾愛，佳話千年不可删。嫂氏包羞存粉黛，游人心服拜紅顔。殺身饒有相成路，莫道蚊虻不負山。”（《坐中偶話及露筋祠事漫成》）。據《高郵州志》載：“唐時有一女子，不詳其姓氏，或曰鄭荷花……與嫂行郊外，日暮，嫂挽女投宿田舍，女不從，乃露坐草中。時秋蚊方殷，弱質不勝，嗣旦，血竭露筋而死。後人因號露筋女，爲立祠以敬祀之，俗稱仙女廟。”貞節，是封建道德的傳統觀念，是女子比生命更重要的東西。詩人却不以爲然。護貞節而不惜生命，雖然成爲千年佳話，如果貞女的殺身能够與蚊虻的負山精神互相成全的話，那麽蚊虻的集體力量也是值得歌頌的。

敢於批評孔夫子的錯誤觀點，敢於同傳統的倫理綱常發生衝突，敢於重視個人權利的思想和感情。這就和明末清初的吴偉業在《圓圓曲》詩中敢於謳歌吴三桂對愛情的堅貞和捍衛愛情的勇敢（“慟哭六軍俱縞素，衝冠一怒爲紅顔”）這種珍視自我的新思想有了相呼應的關係，异曲同工，與詩歌的發展過程相吻合了。

6. 屈伸自如，英雄自詡的田甘霖

田甘霖的詩，體裁、題材屬《田氏一家言》之最。嚴守昇在《田武靖公父子合傳》中高度評價：“其詩在義山（李商隱），長吉（李賀）之間，與時尚迥絶矣。”

李商隱與李賀都是唐代詩人。義山擅長律、絶，富於文采，構思精密，情致婉曲。其詩對當時藩鎮割據、宦官擅權和時政弊端多有所反映，所作咏史詩多托古以斥時政，“無題”詩膾炙人口，至其實際含義，諸家所釋不一。有用典太多，意旨隱晦之病。長吉長於樂府，多表現政治上不得意的悲憤，對宦官專權、藩鎮割據的現實也有所揭露、諷刺。因其多病早衰，生活困頓，詩中於世事滄桑、生死枯榮，感觸尤多。善於熔鑄詞采，馳騁想象，運用神話傳説，創造出新奇瑰麗的詩境，在詩史上獨樹一幟，嚴羽《滄浪詩話》稱爲“李長吉體”。但也有刻意雕琢之病。

田甘霖有同和長吉的《馬詩三首》，有效長吉《南園》的《忠溪春日感懷》四首，有復和陶蘇的《飲酒詩》十二首，有仿元稹《生春》的《何處生春早》十章，但没有仿效義山的作品。而這種仿效義山又往往流於形式，於感情抒發和手法表現不盡相同。

就其《馬詩三首》而論，“何物拳毛駿，偏能識李王”“從權借明公，鼎足屬太宗”，詩人咏馬，而意不在馬，分明是自比李淵，而將畜馬的子孫喻作李世民。李淵開闢了大唐江山，其子李世民又是常以“亡隋爲戒”、任賢納諫，取得“貞觀之治”的一代明君。詩中比喻明明白白，看不出半點謙虚的成分。李長吉的《馬詩二十三首》：“向前敲瘦骨，猶自帶銅聲。”“大漠沙如雪，燕山月似鈎。何當金絡腦，快走踏清秋。”“厩中皆肉馬，不解上青天。”這些詩句中表現出詩人意欲投筆從戎，削平藩鎮，爲國建功的熱切願望，喻有識之士被棄置不用，平庸之輩竊據高位，用辛辣、詼諧的筆墨表現嚴肅深沉的主題。二者在藝術和意境上都形成鮮明的對照。

再看田甘霖的《忠溪春日遣懷效李長吉南園四首》：

其 一

書生原不止雕蟲，摩筆空中看玉弓。
珍重好天休放去，攢眉信是使君風。

其　二

買盡山園招野鶴，孤群能耐此春遲。

當春無計留春住，空費檐蛛一縷絲。

其　三

漫惱孤琴問蔡邕，當時何自損高風。

一溪藏盡愚生拙，春去春來聽碧翁。

其　四

收拾溪山圍虎落，消磨歲月煮龍牙。

爲秦爲晋非關吾，不染閒心一嶺霞。

李長吉有組詩《南園十三首》，也將其同韻的四首録下：

其　一

尋章摘句老雕蟲，曉月當簾挂玉弓。

不見年年遼海上，文章何處哭秋風。

其　二

泉沙耎卧鴛鴦暖，曲岸回篙舴艋遲。

瀉酒木蘭椒葉蓋，病容扶起種菱絲。

其　三

邊讓今朝憶蔡邕，無心裁曲卧春風。

舍南有竹堪書字，老去溪頭作釣翁。

其　四

松溪黑水新龍卵，桂洞生硝舊馬牙。

誰遣虞卿裁道帔，輕綃一匹染朝霞。

田詩摩筆遣懷，有看重爲詩爲文的一面，但表現的主題是忘懷世事，消極遁世，聽天由命的山水情懷。藝術上近乎直白，不見曲筆。李詩叙事言情，深沉婉曲，以寥蕭之景表現仕進絶望的痛苦，渲染濃烈的悲劇氣氛，創造出物我兩契的深遠意境。藝術表現手法迥异。

常以“英雄自詡”是田甘霖詩中的重要表現。“龍子與龍孫，個個沾明晃”(《立秋前二日兒子舜定於筤筜谷避暑喜成》)，“天馬來，白如雪，皓皓張膽食生鐵，駒生駒兮皆汗血”(《汗血歌》)，“孫紫騮，兒白雪，皎皎錚錚悦老鐵，何物産此真汗血”(《後汗血歌》)。汗血馬是寶馬，是千里馬。兒孫們是汗血馬，必然父祖也是汗血馬，這就牽出了一連串的“龍種”。所以詩人寫了一首《汗血歌》之後覺得意猶未盡，又寫了一首《後汗血歌》，對“龍種”加以補充，英雄虎子的自負之情表現得淋漓盡致。這種以“英雄自詡”的心理寫照，是高度的自我肯定，也是這個民族的自信與氣質。而“鵝籠幻出小諸侯，坐擁高車尚黑頭”(《陶莊感舊題壁五首》之四)，“豈以瞠乎甘蠖屈，願將展矣效龍伸”(《坡公贈潞公詩有細閱後生真有道欲談前事已無人感而賦此以示兒輩即以一聯爲起句三首》之一)，是詩人曾爲形勢所迫隱居陶莊、取得土司最高權力之後，於英雄氣概中又不免有幾分滄桑感。這樣看來，詩人此類詩篇所表現的是“絶假純真”的個人思想感情，“自言其所言”“各言其所言”而已。

詩人亦有仿元稹《何處生春早》這樣的閨情院體，被嚴守昇評爲：“其閨情院體，又復新俊，如是真不可測。”其中造語確有新俊之處，但完全是封建士大夫們吟風弄月的閒情逸志，多用來填補人生的空虚。可是詩人在另一題《和荆艷詩九首》中，却以深沉的構思，一反閒情逸志去感嘆世事。“光華不復旦，糾縵難繼作。偶然逢此盛，簫鼓雜弦索。”(《月華》)據《卿雲歌》載：“卿雲爛兮，糾縵縵兮，日月光華，旦復旦兮。”相傳是舜禪位給禹時，和臣僚們一起唱的歌。詩人却説“光華不復旦，糾縵難繼作”，偶然響起的音樂聲，又是如此的不協調，一個“雜”字下得極其蒼凉。“往來頻不倦，豈是大小東。爲問花樣成，年年同不同。”(《鶯梭》)大東爲《詩・小雅》篇名，寫西周王室與東方諸侯國之間的矛盾。大東小東，言東國之遠近。從這個意義上講，詩人是在影射土司統治地區年年朝貢之事。“爲問花樣成，年年同不同”是在嘆息一年比一年嚴重。一方面揭露明王朝對少數民族地區的橫徵暴斂，一方面感慨國力日衰，與《月華》聯繫起來讀，應該是詩人認爲腐朽的明王朝已經時日不多了。在《甲申除夕感懷十首》詩中，亦對明王朝的腐敗没落有揭露譴責，在這一點上與二李（長吉、義山）的表現相同。

7. 自然之子田舜年

田舜年存詩不多，就現存作品探討，《山居五首》可代表詩人風貌。組詩基調明朗、健康，從可愛的山居圖中，隱隱可以看到土司時期的社會生活和人的精神面貌的某些特徵。其詞《喜遷鶯·中秋登子耀如聞喜樓》寫得神采飛揚，豪氣干雲。唱酬詩《寄贈毛子霞先生》寫得情意深長，應酬之詞與毛詩比較，並無溢美之嫌，比其大伯的詩得體。

總之，田氏詩人群風格各异。“二阮”近唐宋，頗受“西崑體”影響；田玄父子略嫌重理智而輕感情（以《甲申除夕感懷十首》而論），田甘霖更是以其對時局的敏鋭判斷和應變之能貫穿於詩中，詩如其人；田圭父子則追求任性自適、達生淡泊；田舜年師法自然，抒寫靈性，並提出“自言其所言，各言其所言”的創作主張，與明末清初的詩壇主流相吻合。於此，用一首小詩作結：

容陽世守閲滄桑，鐵骨銅聲出大荒。
淡掃輕描皆雅俊，一家韻語九回腸。

七、詩人小傳

1. 田九齡

田九齡，字子壽。司主田世爵第六子。生卒年不載，但從他的《庚寅元日立春》一詩中，可以考證其生年。詩云：

元日韶華動管灰，楚宫花鳥近昭回。
輕寒漫逐初陽散，明月還遲宿霧開。
象緯夜旋天北極，芙荷春入地南隈。
何人解致椒花頌，直取南山作壽杯。

庚寅即萬曆十八年（1590），正月初一立春不是件稀奇事，關鍵是最後一聯。《椒花頌》是新年祝詞，典出《晋書·列女傳·劉臻妻陳氏》，詩人却要“直取南山作壽杯”，顯然有其難言之隱。據嚴守昇所撰《容美田氏族譜·容美宣撫使田九龍世家》稱，次兄田九龍生於嘉靖四年（1525），因此，田九齡生於庚寅嘉靖九年（1530）是完全可能的，剛好1590年庚寅是詩人六十歲。避居蘭澧。浪迹天涯，人間换甲子，六十歲是值得慶賀的，所以有“直取南山作壽杯”的感慨，也是悲凉身世的寫照。另據其五律《重九生日感懷》（明刻本存），可以確認生於重陽節。

考其卒年，大約在1593年之後，1595年之前，因爲其侄田宗文“携家澧浦”時的年齡不會小於十八歲，而田楚産在《楚騷館詩集》跋文中説田宗文“命不逮顔氏子”，史載顔回只活了不到三十歲，那麽田宗文的壽命無論如何也不會超過二十九歲，如果田宗文的十八歲是1585年之前，就應該於1595年左右離世。又見於田宗文殘存詩題中有《答鵬初燕市晤魏太常懋權王省元问伯》和《挽六季父四韻》，魏懋權卒於萬曆十三年（1585），證明田宗文出居澧州當在1585年之前。另有挽後七子吴國倫的詩，吴國倫逝於1593年。這樣推算，田九齡的壽命應是六十三四歲。於鶴峰鍋廠灣發現的田九齡墓碑載“明故田公九齡之塋，皇明萬曆十九年三月”（乾隆二十九年三月吉日立）顯然有誤。

田世爵因家難後，認爲“亂賊之禍，始於大義不明，故以詩書嚴課諸男，有不嗜學者，叱犬同繫同食，以激辱之”。田九齡從小從華容孫太史學，青年時游學荆楚，開始廣交天下名士，並以詩文唱和。

嘉靖三十八年（1559），長兄九霄繼司主，爲人“刻深峻騺”。田九齡因才名見忌，避居蘭澧。安置妻兒（有二子，名宗鼎、宗陽）之後，便開始孤劍飄零，浪迹天涯，遍游名山大川。廣闊的視野造就了這位容美土家族的詩人鼻祖。其詩日趨成熟，冲融大雅，聲調諧和，終成大家。

約在隆慶年間，次兄田九龍繼位。九齡回司與親人團聚，與兄宴飲，作有《春日同賓從謙兄幕府得竟傳寄》詩一首，其中“已自甘棠成蔽芾，更看棠棣錦爲春”一聯，稱頌了二哥的政績，表達了兄弟間的情誼。已過中年的田九齡並未携家回司，而是時常往返於蘭澧和容美之間，在紫芝亭吟詩爲文，過了十餘年比較順心的日子。從他《坐紫芝亭偶接台州馮仁卿書》一詩中有“逢人投璧知非是”一句判斷，九齡五十歲時在司中（五十歲爲知非之年）。但司中争權奪利時有發生，其時九龍長子宗俞病故，欲爲嫡長孫田楚産請給冠帶，庶長子宗元發難謀司奪位，楚産出奔忠峒。九齡因避嫌，返回蘭澧。

晚年，詩人爲整理詩集回到司中。畢生心血就是三千首左右的詩，需要整理刻行於世。集名《紫芝亭》，共二十卷，足見工程之浩大，編輯整理之繁複。清人張旋均輯《湖北先賢詩佩》録其詩三首。之後卒於容美。

筆者於數年前有《田氏一家言及詩人評》十首，現分録於小傳之後：

忌有才名避澧州，秋聲鴻雁漫飄流。
南疆北漠滄浪月，一曲昭君誰與儔。

2. 田宗文

田宗文，字國華，田九龍次子。生卒年不詳，按田九齡小傳考證，約生於嘉靖四十四年（1565），卒於萬曆二十三年（1595）。有一子，名楚球。

十八歲之前携家澧浦，做了六叔田九齡的近鄰。“世事變遷驚歲月，人情翻覆失疏親”（《丙戌春日試筆諫六季父》），這樣的處境同他的六叔一樣，不願被卷入土司内部的權利之争而遠避他鄉。

出居澧州之後，營建的居所稱“離騷草堂”，書齋名“楚騷館”。以魏晋間“竹林七賢”中“二阮”（阮籍與侄阮咸）自喻，稱六叔大阮，自呼小阮。常於芳郊借草，花下開樽，詩箋往返，倒也有幾分隱賢情趣，至少不再十分孤獨。

叔侄二人共同師承雲夢師（湖南華容孫兆儒），與孫氏族人也結下了深厚的友誼，尤以孫鵬初、孫習儒二人爲最，常有酬唱往來。在較長一段時間内，叔侄二人一起游歷，廣交天下名士。可惜今天有史料證明身份的僅雲夢師、孫鵬初、艾和甫、魏懋權、沈思孝、殷無美、郭美命等寥寥數人而已。

萬曆十七年（1589）己丑歲，宗文下湘江進見雲夢師後，便去了洞庭君山約玄璞子煉藥。他的身體一直很不好，雖翩翩公子，却多愁多病。《病起思親感作》《病中送劉功甫之南岳》《病起過隆興寺訪毛茂才》，這些詩題可以證明他多病，去石人峰見慧真禪師也是倚杖訪之。他和玄璞子是在澧州城南的遇仙樓認識的。玄璞子應是頗具仙風道骨的道士，善書法，懂詩文，家在浙江紹興會稽山，因尋仙而到君山。

道教徒不僅尋仙，而且想煉成丹藥服食，以求長生不老。能長生的丹藥自然也能治病，於是就有了君山之約。其實道教的丹藥在後期已由草木煉制改爲金石丹砂煉制，主要原料爲鉛、汞，都是巨毒之物，對身體有害無益。宗文之所以“奈何數奇，命不逮顔氏子”，大抵與以多病之身，服用有毒丹藥有關。

萬曆十八年（1590）庚寅歲，雲夢師病逝。“二阮”赴華容弔唁，淚灑湘江。約一兩年後，宗文覺得身體漸差，便回“離騷草堂”整理詩集。據《湖北先賢詩佩》載：“（宗文）遺詩二百首，華容友人孫羽侯（鵬初）序之。”證明已刻行於世。以《楚騷館詩集》署名澧水田宗文而推，當卒於澧水“離騷草堂”。

江湖何止恨萍踪，日月殊方迥不同。

文物熏弦難合璧，辭章依舊哭秋風。

3. 田玄

田玄，字太初，號墨顛，《田氏世家》稱“仁忠公”，南明賜謚武靖。田楚産長子，生於明萬曆十八年（1590），卒於隆武二年（1646）。娶妻忠峒田氏，誥封一品夫人，生四男二女。是容美第一位司主詩人。

明天啓五年（1625），三十五歲的田玄襲容美宣撫使。從小便受到良好的家教，終日與諸弟、賓友談詩論文，質疑詢難。雖隆冬盛暑，手不釋卷。視事之後，惠愛軍民，交游士大夫如文安之、黄中含等，並對避亂至容美的縉紳上流妥善安頓，給予官養，與他們結下了良好的人際關係。

崇禎三年（1630），農民起義軍領袖李自成加入不沾泥部，號八隊闖將，謀勇兼備。六年，由澠池渡河，由晋入豫，轉戰豫、鄂、川、陝、甘邊區。十一年，田玄奉詔遣弟田圭、田瞻，子霈霖、既霖、甘霖等領精兵，自帶糧草，於湖北竹山、房縣、襄陽一帶大破闖軍。爲此，朝廷大大地嘉奬了田玄，並恢復國初舊職，即提昇容美宣撫使爲宣慰使，加封太子太保、後軍左都督、正一品服色。

崇禎十七年（1644）甲申國變，李自成的農民軍攻破北京，不久又被清軍鐵騎趕出北京。南明小朝廷建立後不斷南遷。面對國變，田玄無力回天，寫了《甲申除夕感懷十首》，慷慨悲歌，於1646年憂鬱而死。

誰言龍蜕是凡胎，文治武功俱俊才。

南北烽烟失津渡，家天國步豈徘徊。

4. 田圭

田圭，字信夫，田楚産次子。考其生卒年，長兄田玄生於萬曆十八年（1590），圭應生於萬曆二十年（1592）。又因與田甘霖同被李自成餘部擒往巴東，時在順治十五年（1658），至少滯留四年後方歸。那麽其年壽當是七十歲以上。有一子，即田商霖。餘不載。

據《田氏族譜》載："公沉重喜學，詩酒娱情，至老不倦。"田玄執政時，田圭曾輔佐兄長總攝政務，後又相繼輔佐霈霖、既霖、甘霖執政，成爲名符其實的容美土司四朝元老。

閑時，則在司府東郊治圃，種瓜種韭菜，蒔花護藥苗，享受田園樂趣。亦喜交游，同三際上人、王孫鼎梅、顧山人、田伯珩等，游山玩水，縱情詩酒。而且對民族風情感興趣，對土家族的服裝、土家族的語言、土家族的儺戲、土家族的吊脚樓均有描繪。

某年三月三日，偕同諸子在雙溪橋下飲酒，玩曲水流觴的游戲。突發奇想，如果能將這片山水買下來，經營成旅游景點該是多麽好啊！"丘壑如容買，經營待勝游"，詩句便是心靈的呼唤，他應該是容美土家族第一個提出開發旅游業的人。

1658年被擒往巴東，四年後得歸，爲此事司内耗盡資財。田圭此時已年届七十，生活艱難，窮愁潦倒。到了冬天，日上三竿仍在高卧，一是因爲没有糧食蔬菜充飢，二是躲避討債之人。過中秋節，也靠鄰居送酒，下酒菜只有韭菜、蒜頭，實在太清貧了。好在田圭爲人爲文都唯取適性，淡泊自然。卒年無法考證，死後葬於八峰山麓。

縱酒吟詩小小燈，蒔花種菜輞川雲。
曾爲司佐因何事，怕見清晨討債人。

5. 田霈霖

田霈霖，字雙雲，號禿髯，田玄長子。生於萬曆三十七年（1609），卒於順治五年（1648）。官容美宣慰使，賜太子太保、榮禄大夫、後軍左都督、蟒玉正一品服色。元配田氏，生一男一女，女嫁椒山劉元敏，男爲遺腹子，四歲夭。

《容美宣尉使田霈霖世家》稱其生而沉毅英果，虬髯虎額，耻以武弁自居，常率諸弟刻意向學，遨游於荆、澧、湖、湘之間，與士人談詩結社，論志講業。二十歲時補澧州博士弟子，因不滿督學的苛刻約束，拂袖而去，改讀長陽縣學。

崇禎十一年（1638），與諸父諸弟及其屬官唐鎮邦、唐鎮祖、劉起沛等，領兵萬餘，大破闖軍於竹山、房縣、光化、谷城等地。時居儲位，朝廷授以散官，不受。乃特加授父田玄爲容美軍民宣慰使。

隆武二年（1646），田玄故，襲宣慰使。忌弟甘霖才華，以太夫人孕甘霖時感异夢，爲家胤所忌，甘霖元配覃美玉出身戲子，不對門户，恐是田門灾星爲由，令其携家困居陶莊（今鶴峰桃子壩）。次年，殘寇“一隻虎”部由清江竄入容美，霈霖以爲是降卒，未加防備。殘寇乘隙將司内庫藏寶玩、野積公儲劫擄殆盡。尤傷心者，田玄及夫人墓並被掘發。霈霖因此涕泣流連，耿耿爲懷，鬱鬱不樂者一年，竟憂憤暴卒，壽三十有九。

其詩集名《鏡池閣》，散佚頗多，僅存十之二三。

韻朗儀豐若素秋，青萍自吼乃優柔。
忌才本是宫廷事，不與詩文挂上鈎。

6. 田既霖

田既霖，字夏雲，田玄次子。考其生卒年，《容美宣慰使田既霖世家》載其“殁於順治十四年丙申，諸賊稱永曆十三年”。古代以干支記年，丙申或不會錯，但應爲順治十三年（1656），與永曆十三年（1659）相差四年。考其襲職後，自傷非撥亂之才，提前傳職於弟甘霖，甘霖承襲於順治十四年（1657），可知應殁於順治十三年。再以“壽止三十八歲”推算，則生於萬曆四十六年（1618）。這樣的推算顯然是荒謬的。因爲推算其兄長生於1609年，弟甘霖詳載生於1612年十月初一，他不可能比弟弟還晚生六年，只能是生於1610年年底或1611年年初。其年壽約爲四十六歲。正配田夫人無子，生一女，適忠峒。

順治五年（1648）襲宣慰使。時值李自成餘部受南明小朝廷招撫，以聯合抗清爲名，在施州、秭歸、巴東、長陽一帶，勒糧索餉，燒殺擄掠，無惡不作。素性淡雅的他，自傷才非撥亂，於順治八年（1651）以諸政委決於弟甘霖，自己則静心整理著述。但田既霖提出了十分苛刻殘忍的條件，以太夫人之夢爲由，言弟媳覃美玉乃田門灾星，導致父兄三年内相繼捐館（死亡），必死。後美玉果然投繯自盡。若以其淡雅之性，連王位都可抛開，不致有此殘忍之舉，或是出於長兄遺命，亦或是迫於族人壓力，已不得而知。

《田氏世家》載其爲文雋佚淡宕，大有魏晋之風。曾於崇禎十五年（1642），與伯兄同赴科場，下第而歸。有《止止亭詩集》存世。順治十三年（1656）歿於容美，葬於八峰水寨。

經綸一挽少才華，便向青蓮野老家。
遠岫流雲閑骨格，抛開王位换烟霞。

7. 田甘霖

田甘霖，字特雲，號鐵峰，田玄第三子。生於萬曆四十年（1612），卒於康熙十四年（1675）。元配覃夫人，生子舜年、慶年。續弦向夫人，餘不載。

少年時勤於學，攻舉子業。二十歲補長陽博士弟子員，三十歲入楚闈。學識博雜，爲田氏詩人群之佼佼者。

元配覃美玉，能歌善舞，且通音律，婚姻美滿幸福。因甘霖母异夢，累遭誣謗，視爲灾星。於順治八年（1651）爲形勢所迫，甘霖忍肺腑之痛，任其投繯。實乃深情苦恨，兩相權衡取其輕也。

順治十二年（1655），眼觀南明政權已無路可走，順天而行，代兄奉表降清。十四年（1657），承襲清封容美宣慰使。

順治十五年（1658），"西山寇"劉體純遣劉應昌等，率二千精兵晝伏夜行抵容美，擒甘霖及家眷歸巴東，强授招討使印信。被困軍中四年，經文安之、毛廓庵等人説情，並以萬金贖回。脱困劉營後又流亡松、澧二年，不知何故。

經此劫難後，甘霖回司首先向清政府陳述因果，請求恢復封號。清政府念及在西南諸土司中“率先歸順”的壯舉，加封田甘霖爲太子太傅、左都督，正一品。但遭“劉營之變”，司屬土民被驅北歸，致使户口星散，六十年元氣未復。故田甘霖發佈榜文，准許土民回歸家園。親自帶頭，和兒子們一起下地種田，開荒種糧，植樹養馬，鼓勵土民恢復家園。並創立學館，加强對漢文化的學習推廣，頗有成效。

康熙十二年（1673），“三藩之亂”暴發。吴三桂舉兵反叛，自稱周王。十七年攻克衡陽，旋稱帝，國號大周，建元昭武。容美土司處於吴三桂勢力範圍之内，於康熙十三年不得已接受其“容美路都統承恩伯”封號。十四年（1675）病逝，葬八峰之陰。

田甘霖的一生，前四十三年附明，後二十年仕清。三次接受封號，大清封他爲“容美宣慰使”，文安之代表南明封他爲“容美等處軍民宣慰招討使”，吴三桂封他爲“容美路都統承恩伯”。不致於在明清交替的社會動盪中淹没，皆因具備審時度勢，敏鋭的觀察判斷能力。

有《敬簡堂詩集》存世。

月華肅鼓與鶯梭，自有玄機費琢磨。
白雪紫騮王者氣，更從詩外顯清波。

8. 田商霖

田商霖，字珠濤，號甫田，田圭子。生卒年難以確定，田舜年在《田珠濤詩小引》中稱其爲“從伯”，可見長於田甘霖。《田氏家譜》稱，商霖乃獨生子，那麽他的生年當晚於伯父長子田霈霖，約在1610年。又因其有《喜少傅主君還自虎營》一詩，假若包括少傅主流亡松、澧的兩年，證明1664年尚在人世，其壽年超過五十四歲。

珠濤品行忠貞勤勞，田甘霖常以政事委之，皆能悉力匡扶，頗露才華。而且全無勢利眼光，不分遠近貧富，都能同等對待，所以時人或無貶意地説他“愚不可及”。從他的詩題中看出常去澧州、石門一帶，最遠去過安徽蕪湖，活動範圍相對狹窄。與三際禪師、方昇耳臣、劉秉三、李簡生、袁書田等，有往來或酬唱。

其詩篇或時事、或百姓、或親友、或山水園林，都很有感染力。田舜年在編輯《田氏一家言》時，於旁支群從未暇多取，而獨及珠濤者，“則以其忠，且才而有難忠者，故籍其詩以傳之云爾”。

1664年之後，偶因鄰難致殞。

清歌短劍出山隈，時事鄉情總夢回。
即使離家千里外，不忘松菊待澆培。

9. 田舜年

田舜年，字韶初，又字眉生，號九峰，田甘霖長子。生於崇禎十二年（1639），卒於康熙四十五年（1706）。妻剛氏，誥封一品夫人。按《容美紀游》中“十二朗君”之稱，應有子十餘，嫡長子炳如、次庶子旻如均承襲過司主。

九峰從小隨父母困居陶莊，父親教他讀書識字、寫詩填詞，母親教他識音辨律，爲他一生愛創作、愛戲曲的兩大嗜好打下了良好的基礎。

康熙十四年（1675）襲父職，同時襲容美路都統承恩伯之“僞職”。其時吴三桂叛軍已攻陷湖南、四川，他趁朝廷大軍與叛軍大戰之機，藉口五峰、石梁、水濜三安撫使不與合兵，欲謀攻容美爲由，舉兵掠三安撫使，盡派田氏子弟襲安撫使職，領管三司土地、户籍。十七年（1678）吴三桂死，孫世璠繼位。他窺時機已至，舉兵於澧州大破叛軍。康熙帝念他反戈之功，加驃騎將軍銜。又趁機請誥封三代，康熙准奏。數年後又請求“陛見”，康熙亦准奏。終於二十八年（1689）臘月二十五、二十九年（1690）正月十三日兩次朝見康熙皇帝於乾清門。

康熙十八年（1679），開始搜集整理《田氏一家言》，請嚴守昇爲之序，自己作跋，歷時十年方成。也正是朝見康熙的那一年。

康熙四十三年（1704），九峰邀請戲曲家顧彩游容美。二月十九日踏入容陽第一門户大隘關，七月初五日過長樂坪出司，歷時四個月又十六天。其間恒演《桃花扇》，移植《南桃花扇》等大型連臺戲，每月初二、十六舉詩會，請顧彩主盟。與顧彩唱酬，爲覓佳句，到了刑政皆輟、如痴如醉的程度。爲顧彩能寫下《容美紀游》一書，成爲今天瞭解研究容美土家族明清時期歷史不可或缺的史料，做了巨大貢獻。

九峰青年時期就讀荆州，雖屢試不第，但其文學成就在田氏詩人群中首屈一指。著作最豐，惜散失太多，僅存詩十四首，詞兩闕。

田舜年所著《容陽世述録》載："長樂坪爲司中十二園圃之第一，將築室開市其間，以樂游人。"十二園圃可能有白溢寨、平山、萬全洞、細柳城、雲來莊、萬人洞、晴田峒、南府、燕喜洞等。如此龐大的旅游開發工程，可惜没有實現。

康熙四十二年（1703），九峰告老退職，應襲長子炳如爲政暴虐，以至衆叛親離，父子反目，繳其印信，立次庶子旻如。在處理傳襲危機的過程中，受到湖廣總督石文晟參劾。四十五年（1706）五月赴武昌申辯，被扣押。六月二十日冤死獄中，石文晟奏報田舜年"中暑病故"。

江山豪骨足清雄，何止詩豐文更豐。
白鹿紫芝傳後世，先將荆璞辨方瞳。

校注說明

一、此次校注整理所用底本爲鶴（峰）五（峰）兩縣統戰部搜集整理康熙年間田舜年所輯《田氏一家言》五峰田氏後裔保存的手抄殘本，且編入《容美土司史料匯編》。此校注中《紫芝亭詩集》和《楚騷館詩集》中與明朝天啓七年（1627）田玄刊刻的《田子壽詩集》（後附《田國華詩集》）的重複内容，仍以其作爲參照本，稱作“明刻本”。

二、底本中通假字、借音字、俗體字、錯訛字予以説明。

三、底本中剥蝕之處，盡量予以訂正；存疑處保留原貌並予以説明；空缺處以“□”表示。

四、嚴平子的評語見於手鈔殘本。

五、爲便於閱讀和欣賞，對詩中的部分字詞進行注音。詩的韻脚和律詩中的注音，與現代漢字注音不同的，爲古漢字讀音（包含四聲的區别）。注釋時，引用少量名家例句，以供參考。

总　目　録

田氏一家言序

高岡萬里，其腹流爲大海，海固山之餘也。禹貢導水，各各入海，而導山止自積石〔1〕。博望侯窮極天際，不知有崑崙；秦皇漢武求异人於海上，概無所得，不解搜奇探秘於山中，《禮書》所云："寶藏興焉〔2〕。"未之思耶？淺之乎，古今人但樂其發耳。唐人有云："始知世上客，不如山中人。"殊有旨也。吾楚氣薄於洞庭之東，而西南九嶷二酉爲墳典丘索所依。對峙者容陽諸峰，人迹罕通，雁飛不到。而田氏世守其中，自漢歷唐，迄今千百年，列爵分土，階級公孤〔3〕，勛紀琬琰，風景山河，不與人間滄桑同换。望氣者謂此中人語不足爲外人道矣，乃田氏世集异書産詞人，與天下諸名家倡和。

憶自嘉隆，子壽先生與吾邑孫氏雲夢山人頡頏王李，繼起者太初使君家聲益振，有丈夫子三人，長雙雲，次夏雲，又次特雲，古稱三珠不啻也〔4〕。特雲座上常滿，刻燭成詩，迥絶一時。今韶初使君，其冢嗣也〔5〕。克昌世業，剛大塞於天地，而詩文又冠絶古今，卷帙盈笥，爛然如萬花谷矣。

爰輯高曾以來，傍及群從，著爲《田氏一家言》，屬予題序。展覽一過，真堪與墳典丘索競爽千秋。自晋王氏七葉，人人有集，遂爲江左望族。今田氏乃更多且久矣。陳音之射〔6〕，淵源遠古，授受五世；而越女之劍〔7〕，於廣漠無人之境忽然得之，不知從何處來。田氏之闊絶寰宇，各立機杼與劍同；而歷代沿習，世擅雕龍與射同，皆兼之矣。古人章，惟蕭梁一門著録最盛。其源自漢初圖籍，迄今繁衍人間，博奥永世。詩書之澤千百年如一日，天之所以與田氏者，豈偶然哉！予束髮景仰〔8〕，欲至不能得，如方丈然。年垂八十而得盡窺笥藏，匪但觀海，庶幾寶山滿載，博望侯輸嚴子遠矣。

康熙十八年己未嘉平朔確道人嚴守昇平子一名頤解人撰[9]。

【校注】

〔1〕積石：山名。即阿尼瑪卿山。在青海省東南部。《書·禹貢》："導河積石，至於龍門。"

〔2〕禮書：指《禮記》。寶藏興焉：珍貴物品産生。《禮記·中庸》："今夫山，一卷石之多，及其廣大，草木生之，禽獸居之，寶藏興焉。"

〔3〕階級公孤：官的品級很高。公，三公；孤，少師、少傅、少保。

〔4〕三珠：對唐初王勔、王勮、王勃三兄弟的美稱。比喻傑出的三兄弟。

〔5〕冢嗣：嫡長子。底本作"家嗣"，誤。

〔6〕陳音：楚之郢（今湖北江陵紀南）人。春秋末期楚之射道五世傳人。當時著名射箭手，越國軍隊箭術總教官。事見《吴越春秋》。

〔7〕越女：春秋時越國民女。出於南林，善劍術。受招聘北見於王，途遇袁公授予袁公劍法。後爲越軍劍術總教官。事見《吴越春秋》。

〔8〕束髮：整理儀容以示敬重。

〔9〕嚴守昇：名頤，字平子。湖南華容人。入清，削髮爲僧。有《瀨園集》傳世。

又　敘

天下自守相外[1]，列爵畫疆者，十五都會所在有之[2]。獨容陽田氏動人想慕，如方丈在海中，欲至不能得者，爲其階級公孤，尊且大則然歟？抑藩屏王室，忠貞世篤，太常紀勛[3]，璽書世珍則然歟？顧何以文人騷客瞻仰靡及，如梁菀建安，詞流輻輳，投止如歸，各展所挾，以鳴得意，則一家言實傾人聽睹也。

予自崇禎壬午逐隊武昌，則知特雲先生以列爵攻舉子業，偕諸生入闈，一時都人士咸异其事。時予年三十，略有姓字在人間，特雲遂與予兩兩神交矣。若前此子壽諸君，起家爾雅，與隆萬諸名家倡和，則予舞象時稔知之[4]，不自特雲始也。迨今可四十年，乃得與韶初使君定交，並其長君大别[5]，以賞奇剖疑商定，不以道阻千里，一歲三至，如其研席，然後盡讀其一家言。

蓋自子壽名家嘉隆，太初列傳儒行，而特雲下惟不窺園舍，與雙雲、夏雲伯仲喁於一堂。積漸至韶初[6]，書益富，交益廣，著作益多。又得大别世君侍隨晨夕，以文字爲菽水[7]。此外若信夫、珠濤等，期功内外[8]，指不勝屈。予友雪齋遥籍本支[9]，適會一日之盛。江左王氏人人有集，則田氏過之矣。古稱一家之言，如曹如謝，概弗逮。讀其詩者如探幽選勝，處處移懷而錦綉璀璨，膏馥沾人，受用不盡。

大約天下作詩者，概爲制科干禄分去大半，而山中人顓志肆力，旬鍛月煉，世擅厥美。予既爲諸賢列傳弁序，適韶初、大别嗣音遠至，再宣前此未盡之懷。昌黎持《河東集》，行止必隨，三年不去手，彼或爲一人一日之交私。田氏上下二百年，十餘人無私可阿。三百篇唯衛武公不嫌數見[10]，則好學者之難也，《瀨園集》亦類數見田氏矣。

華容友人嚴頤再撰。

【校注】

〔1〕守相：郡守、丞相。

〔2〕十五都會：指明代所設兩京十三布政司。

〔3〕紀勣：記載辛勞。

〔4〕舞象：學象舞。古代成童所學。以指成童（十五歲以上）之年。

〔5〕大别：田舜年長子炳如字。

〔6〕韶初：田舜年字韶初，號九峰。康熙十四年（1675）襲父職，任容美宣慰使。

〔7〕菽水：豆類和清水。啜菽飲水。

〔8〕期功：指五服之内的宗親。李東陽《劉益齋傳》："生彌月而孤，族無期功之親。"

〔9〕雪齋：與田甘霖友善。

〔10〕衛武公：姬姓，衛氏，名和，武公爲其謚號。好學明德，國人美之。司馬貞《史記索隱》："暨武能修，從文始約。"《詩經》中《小雅·青蠅》《小雅·賓之初筵》《大雅·抑》皆傳衛武公所作，《國風·淇澳》則傳衛人美武公所作。

荆楚文库

紫芝亭詩集

田九齡 著

目　録

紫芝亭詩集小叙

子壽諱九齡，先六世祖龍溪公第六子也。龍溪公自以幼遭家難失學，及生五世祖輩八人[1]，咸聘名儒以教之。

子壽乃從華容孫太史學[2]，性耽書史，喜交游，足迹遍兩都[3]，所交與唱和多當時名士，有詩文二十卷，武昌吴明卿爲之序[4]。其詩冲融大雅，聲調諧和，殆與七子相近，奈昔年兵燹悉失去[5]。

兹予匯梓先祖父詩，因搜求止得其第七、八卷各半，唯七言近體與絶句耳，汰其太染時調者[6]，得若干首付焉。嗟呼！余先世能文者不少矣，而皆失傳，即卓卓如子壽公者，猶以家鷄見輕[7]，漸至淪盡，其何以啓迪後人乎？予之兹役又曷能已[8]。

康熙丁巳孟冬月，五世從孫舜年謹識[9]。

【校注】

〔1〕龍溪公：田世爵。字廷器，號龍溪。容美土司第十四任土司王。田世爵所生八子依次爲：九霄、九龍、九成、九天、九璋、九齡、九貢、九籌。

〔2〕孫太史：孫斯億，字兆儒，號雲夢山人，華容人。博覽群書，喜游歷，好交接，著有《鳴鋏集》《中州北游稿》等，曾與修《岳州府志》。爲田九齡、田宗文叔侄之師。

〔3〕兩都：明都北京、留都南京。

〔4〕吴明卿：明“後七子”吴國倫字。

〔5〕兵燹（xiǎn）：因戰亂而造成的焚燒破壞等灾害。

〔6〕時調：時新曲調。相對於流傳已久的傳統曲調而言。往往一調或數調流傳，歷時長短不一，有興起、盛行和衰歇的過程。

〔7〕家鷄：喻自家詩文書法風格。朱長文《墨池編》：“（庾翼）在荆州與

都下書云：‘小兒輩乃賤家鷄，愛野鶩，皆學逸少書。須吾還，當比之。’”野鶩或野雉，喻別家風格。

〔8〕淪盡：佚失殆盡。

〔9〕康熙丁巳孟冬月：康熙十六年（1677）十月。丁巳，《容美土司史料匯編》作“己巳”。則爲康熙二十八年（1689）。五世從孫：田舜年的高祖田九龍與田子壽係同胞兄弟，故自稱五世從孫。

登五峰懷鵬初兄[1]

步出遥天騁望奇，白雲寒色坐相思[2]。談詩澤國啣杯處，折柳章臺握手時[3]。對客何曾羞犢鼻，逢時翻自悔娥眉[4]。怪來不遣三秋雁，南望蒼梧莫可期[5]。

嚴平子評：藹藹春雲，態度飄然[6]。

【校注】

〔1〕鵬初：孫羽侯，字鵬初，號湘山，孫斯億之子。萬曆十七年（1589）進士，選爲翰林院庶吉士，歷任禮、刑二科給事中。萬曆二十三年（1595）冬被罷官。孫羽侯罷官後回歸故里，杜門博覽，文友四海，矢志著述，倡修《儒藏》，悉心教子，名顯海内。

〔2〕騁望：放眼遠望。明刻本爲“騪望”，搜索眺望。騪，同“搜”。

〔3〕澤國：指水鄉。啣杯：口含酒杯，多指飲酒。李白《廣陵贈別》詩：“繫馬垂楊下，啣杯大道間。”折柳：折取柳枝，語出《三輔黄圖·橋》：“霸橋在長安東，跨水作橋。漢人送客至此橋折柳贈別。”後多用爲贈别或送别之詞。章臺：即章華臺。故址有四，此指在今湖北省監利縣西北，晋代杜預以爲春秋時楚靈王所建者即此。臺高十丈，基廣十五丈。

〔4〕犢鼻：即犢鼻褌，短褲，形如犢鼻，故名。《史記·司馬相如傳》：“相如身着犢鼻褌，與保庸雜作，滌器於市中。”

〔5〕三秋雁：代指書信。蒼梧：即九嶷山，亦稱“九疑山”。莫可期，明刻本爲“盡可疑”，戲言九嶷山“多疑”。《水經注》曰：“峰秀數郡之間，羅岩九舉，各導一溪，岫壑負阻，异嶺同勢，游者疑焉，故曰九疑山。”元結《九疑圖記》曰：”九峰相似，望而疑之，謂之九疑。”

〔6〕飄然：飄，《韻會》通作漂，志節高遠貌。《漢書·楊惲傳》：“夫西河魏土，文侯所興，有段干木、田子方之遺風，漂然皆有節概。”

雲夢師游自衡岳寄以諸稿奉酬一律[1]

書來滿貯烟霞氣，雲踏岣嶁最上頭[2]。五老忽從天外出，三江恍向坐中收[3]。雲回彩筆金書映，樹引輕輿素石留[4]。幸是懸泉雙舞鶴，可能先路到丹丘[5]。

【校注】

〔1〕雲夢師：孫斯億。衡岳：南岳衡山，在湖南省衡山等縣境内。孫斯億詩作中有《浮湘》《南岳》等篇。諸稿，明刻本作“詣稿”。

〔2〕烟霞氣，底本作“烟雲氣”，烟雲乃過眼之物，不合詩情，應從明刻本，指山水清潤的氣息。岣嶁：衡山七十二峰之一。古稱衡山主峰，故衡山又稱岣嶁山。

〔3〕五老：指衡山最著名的五座山峰：祝融、天柱、芙蓉、紫蓋、石廩。三江：古時三江之名很多，比較接近的有郭璞注《山海經·海内東經》，稱長江、湘江、沅水爲三江；《元和郡縣志》稱岷江、澧水、湘江爲三江。

〔4〕金書：岣嶁山上有碑，字形怪异難辨，後人附會爲禹治水所刻。《廣輿記》載，禹祀衡山，夢蒼水使者授金簡玉牒於此。韓愈《岣嶁山》詩：“岣嶁山尖神禹碑，字青石赤形模奇。”輿：轎子。底本作“興”，誤。素石：指神禹碑。

〔5〕懸泉：瀑布。此指衡山水簾洞勝景。丹丘：古稱道教神仙的居住地。

王弇州先生自鄖鎮游太和山雲夢師行且往謁恨不能從[1]

何年安石重歸吴，天下蒼生思正紆[2]。赤幟三千馳藝圃，天風六翮起南圖[3]。仙鳧已度蔘山鳥，明月猶遺漢浦珠[4]。四海有誰堪和雪，野人何處著巴渝[5]。

【校注】

〔1〕王弇州：指王世貞，字元美，號鳳洲，又號弇州山人，明代南直隸蘇州府太倉州人。十七歲中秀才，十八歲中舉人，二十二歲中進士，歷任大理寺左寺、刑部員外郎和郎中、山東按察副使青州兵備使、浙江左參政、山西按察使，萬曆時期出任過湖廣按察使、廣西右布政使、鄖陽巡撫，後因惡張居正被罷歸故里，張居正死後，王世貞起復爲應天府尹、南京兵部侍郎，累官至南京刑部尚書，卒贈太子少保。與李攀龍、徐中行、梁有譽、宗臣、謝榛、吴國倫合稱“後七子”。李攀龍死後，王世貞獨領文壇二十年，著有《弇州山人四部稿》《弇山堂别集》《嘉靖以來首輔傳》《觚不觚録》等。鄖鎮：即今鄖陽縣境，爲赴武當山的必經之路與休整補給處。太和山：武當山的别稱。

〔2〕安石：謝安，字安石。東晋陳郡陽夏（今河南太康）人。吴：東晋國都建康（今江蘇南京）屬三國時吴地。此指王世貞得罪嚴嵩被免官。兩句用謝安典，《晋書·謝安傳》：“安石不肯出，將如蒼生何？”

〔3〕三千：孔夫子有三千弟子，此指王世貞開後七子一派，獨操文柄二十年，領袖群倫的成績。天風：風。風行天空，故稱。六翮：謂鳥類雙翅中的正羽，用以指鳥的兩翼。

〔4〕仙鳧：比喻足迹、行踪。《後漢書·方術傳上·王喬》：“王喬者，河東人也。顯宗世，爲葉令。喬有神術，每月朔望，常自縣詣臺朝。帝怪其來數，而不見車騎，密令太史伺望之。言其臨至，輒有雙鳧從東南飛來。於是候鳧至，舉羅張之，但得一隻舄焉。乃詔尚方診視，則四年中所賜尚書官屬履也。”嵾山：指武當山。底本譌作“索山”，據明刻本改。漢浦珠：代王世貞與孫兆孺留在漢水之濱的詩歌。

〔5〕雪：指雅曲《陽春》《白雪》。巴渝：古曲調名。即巴渝歌。

錢塘張公客中大雪走筆慰鄉國之感〔1〕

雪雨憐君興獨勞，他鄉風味怯村醪〔2〕。光牽天目山頭月，影叠錢塘水面濤〔3〕。銀海東西雙崦失，玉山南北兩峰高〔4〕。何當共逐春流去，處處烟波泛短艘。

嚴平子評：遂將鄉國移來雪中，匪曰慰之，實動之矣。

【校注】

〔1〕張公：未詳。客中：旅居他鄉。走筆：揮筆疾書。

〔2〕輿，似爲“輿”之誤。村醪：鄉下釀的酒。

〔3〕天目：山名，在浙江臨安境内。錢塘：浙江的下游稱錢塘江。江口呈喇叭狀，海潮倒灌，成著名的“錢塘潮”。

〔4〕雙崦：即東西二崦，亦稱上崦、下崦，是兩個湖泊，在今蘇州光福鎮西北虎山橋畔。王鏊《虎山橋》詩：“人家斜日東西崦，野寺浮嵐遠近鐘。”兩峰：指杭州的南高峰和北高峰。

雪中喜張武昌殷夷陵先後書至〔1〕

十年踪迹楚山隈，車馬何曾點徑苔〔2〕。竹翠不教狂客問，月明惟聽美人來〔3〕。曲中秀色詞爲雪，笛裏殘花怨是梅〔4〕。幸有玉人雙白璧，强開樽酒送深杯〔5〕。

嚴平子評：輕描淡掃，匪夷所思。

【校注】

〔1〕張武昌：不詳。或是田宗文詩中的武昌佐郡張叔見。

〔2〕點徑苔：點苔。車馬輪蹄碾踏至苔上。

〔3〕竹翠：翠竹。指竹的標格。狂客：楊花的別稱。姚寬《西溪叢語》卷上：“楊花爲狂客。”翠竹葱鬱挺拔，虚心亮節；楊花輕薄浪漫，用情不專，詩人或是此喻。聽（tìng）：等待。美人：品德美好的人。

〔4〕詞爲雪：指兩封書信如陽春白雪。殘花：將謝或未落盡的花，此指尚未奏完的《梅花落》曲調。梅：即《梅花落》，漢樂府横吹曲名。“怨是梅”是説梅的冷韻孤香也正是梅的寂寞孤獨。此聯録自明刻本，底本作“曲中秀色看

爲雪，笛裏梅花怨是梅”，當屬誤抄。

〔5〕雙白璧：指先後兩封書函。底本作“雙白壁”，誤。

紫芝亭

露浥風翻迥出塵，孤亭紫氣藹芳春〔1〕。光從勾曲偏宜夜〔2〕，勾曲山有夜光芝〔3〕。秀出天台總向晨〔4〕。《天台賦》：五芝含秀而晨敷〔5〕。浪羡青精曾是飯，虛傳玉液强爲醇〔6〕。藏真已自依山餌，不待桃花始避秦〔7〕。

【校注】

〔1〕浥：濕潤。出塵：超出世俗；脱離煩惱的塵垢。孤亭：指紫芝亭。亭名。在容美土司中府東北的小東門内。

〔2〕勾曲：山名。在今江蘇省句容縣東南。

〔3〕夜光芝：《太平御覽》卷九八六引《茅君内傳》：“勾曲山有神芝五種……第四曰夜光芝。其色青，實正白如李，夜視其實如月，光照洞一室。”

〔4〕秀出：美好特出。高啓《贈金華隱者》詩：“金華秀出向東南，遠勝陽明與勾曲。”向晨：報曉；黎明。

〔5〕五芝，底本作“紫芝”，誤，據明刻本改。《天台賦》：即東晋孫綽《游天台山賦》。

〔6〕青精：青精飯。即立夏吃的烏米飯。相傳首爲道家太極真人所制，服之延年。後佛教徒亦多於陰曆四月八日造此飯以供佛。

〔7〕藏真：藏形匿影，遠離世擾，存養真性。

蜀葵花

何是戎王出月氏，靈根喜自錦城移〔1〕。煙扶翠幹亭亭出，風裊丹葩冉冉披。孤立已知妨俗客，群芳漫遣妒幽姿。漫憐衛足凌霜際，最喜傾心嚮日時〔2〕。

嚴平子評：儼如畫出。

【校注】

〔1〕戎王：戎王子。一種花艸名。蜀葵又名戎葵，所以詩人有此聯想。月氏：亦作“月支”。古族名，曾於西域建月氏國。杜甫《陪鄭廣文游何將軍山林》詩之三：“萬里戎王子，何年别月氏。”爲詩人信手拈來。底本作“匙氏”，誤抄，據明刻本改。錦城：即錦官城，故址在今四川成都南，後用作成都的别稱。

〔2〕衛足：《説文》：“葵，衛也，傾葉嚮日，不令照其根。”後因以“衛足”比喻自全或自衛。

聞弇州公陟南少司馬志喜〔1〕

忽傳飛詔迥從天，何是虞卿解印年〔2〕。共道魏牟終戀闕，肯教安石久歸田〔3〕。時清閫外無專寄，主聖金門有列仙〔4〕。詞賦兩都增氣象，却令班馬愧先賢〔5〕。

嚴平子評：武庫乍開〔6〕，干戈森然，可以想其嚴整。弇州公亦當遠慶同調。

【校注】

〔1〕陟南少司馬：指王世貞昇遷爲南京兵部侍郎。底本無“少”字，據明刻本補。

〔2〕虞卿：戰國時游士。曾進説趙孝成王，被封爲上卿。後爲救魏相魏齊，棄相印與魏齊偕逃。

〔3〕魏牟：戰國時人。即魏公子牟。封於中山，與公孫龍交好。曾説“身在江海之上，心居乎魏闕之下”。安石：即東晋謝安。嘗辭官隱居會稽山。

〔4〕閫外：指京城或朝廷以外，亦指外任將吏駐守管轄的地域，與朝中、朝廷相對。專寄：閫外權事托付。金門：金馬門。漢代宫門名。學士待詔

之處。

〔5〕兩都：明都北京和留都南京。班馬：班固與司馬相如。都是漢代辭賦家。

〔6〕武庫：稱譽人的學識淵博，幹練多能。《晋書·杜預傳》："預在内七年，損益萬機，不可勝數，朝野稱美，號曰'杜武庫'，言其無所不有也。"

武陵龍君贊入對〔1〕

才子趨車渡漢津，吴鈎遥拂五陵塵〔2〕。輿圖山海經綸舊，客館華陽製作新〔3〕。郢雪裁成東觀秀，源花並作曲江春〔4〕。懸知賦草承天眷，不待吹嘘有故人〔5〕。

【校注】

〔1〕龍君贊：生平不詳。入對：臣下進入皇宫回答皇帝提出的問題。

〔2〕才子，明刻本爲"才十"，顯然是"才士"之誤或剥蝕。漢津：漢水。曾鞏《聞喜亭》詩："聞喜名自昔，廣亭臨漢津。"吴鈎：兵器名，一種形似劍而曲的彎刀。春秋吴人善鑄，故稱。後也泛指利劍。五陵：漢代將豪傑并兼之家大量徙至皇陵附近居住，其中長陵、安陵、陽陵、茂陵、平陵稱爲五陵。後世多借以指京都。

〔3〕舊：從前的典章制度，成例。《書·武成》："乃反商政，政由舊。"華陽：或是華陽館，供覲見官員下榻之所。抑或是皇帝聽政之陽館。

〔4〕東觀：東漢時宫廷中貯藏档案文獻和從事校書、著述之所。源花：指桃花源。杜甫《風疾舟中伏枕書懷三十六韻奉呈湖南親友》："春草封歸恨，源花費獨尋。"曲江：水名，位於西安東南部，爲唐代著名的曲江皇家園林所在地。

〔5〕賦草：詩賦寫作。

國華侄卜居澧上賦寄〔1〕

憶爾南征思渺茫，千峰秋色滿奚囊〔2〕。賦來雲夢名俱大，佩自蘭江草亦芳〔3〕。衡霍天空山作鎮，瀟湘雲盡水爲鄉〔4〕。亦知詹尹從君卜，倘許林間築草堂〔5〕。

【校注】

〔1〕國華侄：即田宗文。卜居：擇地而居。澧，指澧州。

〔2〕南征：南行。《楚辭·離騷》："濟沅湘以南征兮，就重華而陳詞。"奚囊：詩囊。李商隱《李長吉小傳》："每旦日出……恒從小奚奴，騎蹇驢，背一古破錦囊，遇有所得，即書投囊中。"後因稱詩囊爲"奚囊"。

〔3〕雲夢：古澤藪名，即雲夢澤，佩：佩蘭。以蘭草爲珮飾。蘭江：沅芷澧蘭。江，指澧水。《九歌·湘夫人》："沅有芷兮澧有蘭。"王逸注："言沅水之中有盛茂之芷，澧水之内有芬芳之蘭，异於衆草。"本指沅澧兩岸的芳草，後用以喻高潔的人或事物。

〔4〕衡霍：衡山。衡山一名霍山，故稱。鎮：古代稱一地區内最大最重要的名山、主山。《書·舜典》："封十有二山。"僞孔《傳》云："每州之名山殊大者，以爲其州之鎮。"

〔5〕詹尹：古卜筮者之名。草堂：茅草蓋的房子。舊時文人常以"草堂"名其所居，以標風操之高雅。

喜鵬初丈高發南宫〔1〕

爾去風雲會薊臺，賢書忽下楚天來〔2〕。千秋雪向朱紘瀉，五色雲將彩筆回〔3〕。北極天高臨象緯，南宫地迥接蓬萊〔4〕。直從樸樕觀周士，不向長楊數漢才〔5〕。

嚴平子評：深厚雄博，如唐人應制詩〔6〕。

【校注】

〔1〕高發：敬詞。舊時指科舉中式。南宫：因進士考試多在禮部，禮部屬尚書省六部。尚書省象列宿之南宫，故名。此專指禮部。底本無“南宫”，據明刻本補。

〔2〕薊臺：薊丘，古地名，在北京城西德勝門外西北隅。借指京城。賢書：謂舉薦賢能的名録。《周禮·地官·鄉大夫》：“鄉老及鄉大夫群吏獻賢能於王。”後世因稱鄉試考中爲“登賢書”。

〔3〕千秋雪：借指郢雪。朱絃：用熟絲制的琴弦，泛指琴瑟類弦樂器。底本作“朱兹”，誤。

〔4〕象緯：星象經緯。亦指象數讖緯。王嘉《拾遺記·殷湯》：“師延者，殷之樂人也。設樂以來，世遵此職。至師延，精述陰陽，曉明象緯，莫測其爲人。”

〔5〕樸棫：即“棫樸”。《詩·大雅》篇名。詩序稱是咏“文王能官人也”，故多以喻賢才衆多。周士：周代的卿士。長楊：賦名，揚雄作。王世貞曾批評揚雄爲賦“其旁搜酷擬，沉想曲换，亦自性近之爾，非必材高也”。

〔6〕應制詩：特指應皇帝之命寫作的詩文。

送魯山人歸武陵〔1〕

幾年身寄碧氤氲，此日青牛喜見君〔2〕。談處麈揮千仞月，扶來筇繞萬峰雲〔3〕。已從海外臨桃水，更向山中授鳥文〔4〕。試問道心齊物我，不知何事重離群〔5〕。

【校注】

〔1〕魯山人：未詳。山人，多指隱士高人。底本無“山”字，據明刻本補。

〔2〕青牛：劉向《列仙傳》：“老子西游，關令尹喜望見有紫氣浮關，而老子果乘青牛而過也。”由此看來，魯山人應該是個道士。

〔3〕麈：此指“麈尾”。古人閒談時執以驅蟲、撣塵的一種工具。在細長的木條兩邊及上端插設獸毛……類似馬尾松。因古代傳説麈遷徙時，以前麈之

尾爲方向標誌，故稱。古人清談時常執麈尾，相沿成習，爲名流雅器，不談時，亦常執在手。底本與明刻本皆作“塵”，誤。筇：竹名。可作手杖。故亦用以泛稱手杖。

〔4〕桃水：桃源之水。借指（武陵）桃花源。鳥文：篆書的一種。亦指用鳥篆書寫簡策。

〔5〕道心：悟道之心。齊物我：老莊學派的一種哲學思想。認爲宇宙間一切事物，如生死壽夭，是非得失，物我有無，都應當同等看待。《莊子·齊物論》：“齊物我、齊是非、齊大小、齊生死、齊貴賤……”明刻本爲“齊□物”。

贈大將軍仁宇〔1〕

誰將刳木小爲舟，下峽今爲訪舊游〔2〕。虎旅暫看雲外卧，龍光偏識斗間浮〔3〕。漫夸武士千鈞壯，倘許詞人百戰優。幸喜渚宫明月夜，一尊猶自足淹留〔4〕。

【校注】

〔1〕大將軍：古代武官名。仁宇：未詳。

〔2〕刳木：剖鑿木頭（用以爲舟）。《易·繫辭下》：“刳木爲舟，剡木爲楫。”

〔3〕龍光：寶劍的光芒。斗間浮：斗牛間浮動。王勃《滕王閣序》：“物華天寶，龍光射斗牛之墟。”

〔4〕渚宫：春秋楚宫名。故址在湖北江陵。底本作“諸宫”，據明刻本改。淹留：羈留。

贈張録事廣信永豐人，自南都轉官於楚〔1〕

宦情南北思悠悠，一日風帆去石頭〔2〕。六代豪華成汗漫，三湘雲物足風流〔3〕。望來靈鷲山頭月，翻作龍宫水面秋〔4〕。不信當年徐穉榻，獨留今日重南州〔5〕。

【校注】

〔1〕張録事：生平不詳。録事：晋公府置録事參軍，掌總録衆官署文簿，舉彈善惡，後代刺史領軍而開府者亦置之，省稱“録事”。廣信永豐：即今江西永豐縣。南都：明人稱南京爲南都。

〔2〕宦情：做官的心情。柳宗元《柳州榕葉二月落盡偶題》：“宦情羈思共凄凄，春半如秋意轉迷。”石頭：古城名，故址在今南京市清凉山。後代指南京。

〔3〕六代：指三國吴、東晋和南朝宋、齊、梁、陳。汗漫：渺茫不可知。雲物：景物。

〔4〕靈鷲山：此指江西上饒東南的靈鷲山，爲其郡之鎮山。龍宫：或指洞庭湖。洞庭屬楚地，亦有龍的傳説。

〔5〕徐穉榻：東漢陳蕃爲豫章太守，在郡不接客，唯徐穉來特設一榻，去則懸之。獨留今日，明刻本作“獨令千古”。南州：徐穉是東漢豫章南昌人，桓帝時，因不滿宦官專權，雖屢爲陳蕃等大臣薦舉，終不爲官，時稱“南州高士”。

醉後夜晦即事〔1〕

試摘繁香泛叵羅，夜來明月隱天河〔2〕。愁臨弦管歡娱少，坐老風塵慷慨多〔3〕。棄婦豈應工媚態，酒人時復發狂歌〔4〕。乘酣拔劍聽鷄舞，却怪雄心未耗磨〔5〕。

【校注】

〔1〕即事：當前的事物。沈約《游鐘山詩應西陽王教》：“即事既多美，臨眺殊復奇。”後因稱以當前事物爲題材的詩爲“即事詩”。

〔2〕叵羅：敞口的酒杯。天河：銀河。

〔3〕弦管：弦樂與管樂的合稱。

〔4〕酒人：酒徒。

〔5〕聽鷄舞：聞鷄起舞。《晋書·祖逖傳》："與司空劉琨俱爲司州主簿……中夜聞荒鷄鳴，蹴琨覺曰：'此非惡聲也。'因起舞。"

贈三尹毛仲選公禄薄而貧且清〔1〕

黄陵古廟接江城，野客翩翩吏隱名〔2〕。斗色雙虹埋處見，鄉心五老夢來驚〔3〕。薄游未郊投簪計，小試聊爲捧檄行〔4〕。父老感恩頻向説，江流應識此君清〔5〕。

【校注】

〔1〕三尹：謂三度任令尹（府、縣等地方行政長官）。鮑照《在荆州與張使君李居士聯句》："三尹無喜色，一適或垂竿。"毛仲選：生平未詳。

〔2〕黄陵廟：廟名。傳説爲娥皇、女英之廟，在湖南湘陰縣北。野客：村野之人，多借指隱逸者。吏隱名：謂不以利禄縈心，雖居官而猶如隱者。

〔3〕斗色雙虹：《晋書·張華傳》謂吴滅晋興之際，天空斗牛之間常有紫氣。張華聞雷焕妙達緯象，乃邀與共觀天文。焕曰："惟斗牛之間頗有异氣"，是"寶劍之精，上徹於天耳"，並謂劍在豫章豐城。華即補焕爲豐城令，"焕到縣，掘獄屋基，入地四丈餘，得一石函，光氣非常，中有雙劍，並刻題，一曰龍泉，一曰太阿。其夕斗牛間氣不復見焉"。鄉心：思念家鄉的心情。五老：廬山五老峰。毛仲選或是江西廬山人。注〔4〕中的毛義是安徽廬江人，廬江原屬九江郡，有此淵源，亦未可知。夢來驚：夢中回到了家鄉，因驚喜而驚醒。

〔4〕薄游：猶薄宦。爲薄禄而宦游於外。投簪：比喻棄官。明刻本作"投冠"，義同。捧檄：爲母而仕。東漢人毛義有孝名。張奉去拜訪他，剛好府檄至，要毛義去任守令。毛義拿到檄，表現出高興的樣子，張奉因此看不起他。後來毛義母死，終於不再出去做官，張奉才知道他不過是爲母而屈，感嘆自己

知他不深。

〔5〕向説：猶表白，表達。

種　　蓮

芬菲曾挹若耶溪，手植靈根冀與齊〔1〕。豈爲紅妝矜艷色，總緣素節挺污泥。頽顔擬藉芳筒駐，妙法無煩貝葉題〔2〕。幸願花開高十丈，令人虚媢太華西〔3〕。

【校注】

〔1〕若耶溪：亦作若邪溪。出浙江紹興若邪山，北流入運河。相傳西施曾浣紗於此，故又名浣紗溪。

〔2〕芳筒，或是“芰荷”之誤。《楚辭·離騒》：“制芰荷以爲衣兮，集芙蓉以爲裳。”用以喻高潔的操守及隱士服裝。明刻本作“芳箇”。貝葉：古代印度人用以寫經的樹葉。

〔3〕高十丈：傳説華山峰頂玉井所産之蓮花開十丈。韓愈《古意》詩：“太華峰頭玉井蓮，開花十丈藕如船。”虚媢，底本作“虚妬”，據明刻本改。太華西：華山西峰，即蓮花峰。明刻本作“太花西”。

晚投净慈寺〔1〕

翛然落日滿祇林，客自扶推杖一尋〔2〕。月度諸天輝佛鏡，風回雙樹響仙音〔3〕。才窺金粟如來相，愰識蓮花不染心〔4〕。翻怪此身餘結習，天花散處看來深〔5〕。

【校注】

〔1〕净慈寺：位於浙江省杭州市的西湖南岸，雷峰塔對面，是西湖歷史上四大古刹之一。

〔2〕翛（xiāo然）：超脱貌。祇林：祇園。全稱“祇樹給孤獨園”或“祇園精舍”。印度佛教聖地之一。據説釋迦牟尼成道後，憍薩羅國的給孤獨長者用大量黄金購置舍衛城南祇陀太子園地，構建此舍，請釋迦居住説法。祇陀太子也奉獻了園内樹木，因此用兩人名字命名。尋：古代八尺爲尋。客自扶推杖一尋，明刻本作“客自扶携一杖尋”，此“尋”乃“尋找、延伸”之意。

〔3〕諸天：佛教語，謂護法諸天神。佛鏡：謂佛教經義如清水明鏡，不可以形逃。雙樹：娑羅雙樹，亦稱“雙林”，爲釋迦牟尼入滅之處。借指寺院。

〔4〕金粟：佛名。王巾《頭陁寺碑文》：“金粟來儀，文殊戾止。”蓮花：指佛家語“青蓮”。蓮花不染纖塵，佛家用比佛眼。《佛法妙音品》：“目如廣大青蓮花。”

〔5〕結習：佛教謂人世的欲望與煩惱。天花：即天華。《維摩經·觀衆生品》：“時維摩詰室有一天女，見諸天人聞所説法，便現其身，即以天華散諸菩薩大弟子上。花至諸菩薩皆落，至大弟子便著不墜……天曰：‘……結習未盡，花著身耳。’”

水　仙

誰謂仙源渺去津，素娥終夕浴寒濱〔1〕。何來姑射山頭雪，恍覿羅浮夢裏春〔2〕。明月漫留交甫佩，香魂空逐馬嵬塵〔3〕。争如一片冰壺色，妒殺凌波步玉神〔4〕。

【校注】

〔1〕仙源：道教稱神仙所居之處。素娥：嫦娥的别稱。李商隱《霜月》詩：“青女素娥俱耐冷，月中霜裏鬥嬋娟。”

〔2〕姑射（yè）：山名。在山西臨汾縣西，亦名石孔山。莊子《逍遥游》：“藐姑射之山，有神人居焉，肌膚若冰雪，淖約若處子。”後因以“姑射”喻神仙或美女。羅浮：山名。在廣東省東江北岸。此指羅浮夢。傳説隋開皇中，趙師雄於羅浮山遇一女郎。與之語，則芳香襲人，語言清麗，遂相飲竟醉，及覺，

乃在大梅樹下。

〔3〕交甫：即鄭交甫。據《列仙傳》載他曾於江漢之湄逢江妃二女。“交甫挑之，不知神人也。女遂解佩與之。交甫悦，乃受佩而去。數十步，空懷無佩，女亦不見”。馬嵬：地名。在陝西興平縣。安史之亂，唐玄宗奔蜀，途次馬嵬驛，衛兵殺楊國忠，玄宗被迫賜楊貴妃死，葬馬嵬坡。

〔4〕凌波：比喻美人步履輕盈。曹植《洛神賦》：“凌波微步，羅襪生塵。”

華容宿西禪寺〔1〕

萍踪恍逐客星流，河漢宵涵刹影浮〔2〕。八道多羅寒不謝，十方兜率晝常幽〔3〕。臺臨楚子空陳迹，瑟聽湘靈漫旅愁〔4〕。天外忽聞仙梵落，真人曾未竺西游〔5〕。

【校注】

〔1〕西禪寺：在華容縣邑西門。始建於唐垂拱二年（686）。

〔2〕萍踪：浮萍的踪迹，常比喻行踪飄泊無定。何景明《除夕劉户部宅》詩：“江湖有歧路，漂轉嘆萍踪。”客星：天空新出現的星，如新星、彗星等。河漢：銀河。

〔3〕八道：猶八種經書，不指實數。多羅：樹名，亦作“貝多羅”，葉可供書寫，稱貝葉。十方：四方、四角、上下合稱十方。兜率：梵語音譯。佛教謂天分許多層，第四層叫兜率天。它的内院是彌勒菩薩的净土，外院是天上衆生所居之處。晝常幽，底本作“晝常開”，誤，據明刻本改。

〔4〕臺：指章華臺。楚子：指春秋時的楚王，因楚君始封爲子爵而得名。亦指楚地。瑟聽湘靈：聽湘靈鼓瑟。《楚辭·遠游》：“使湘靈鼓瑟兮，令海若舞馮夷。”

〔5〕仙梵：誦經聲。真人：道教稱修真得道成仙的人。竺：天竺，即印度。

晚過孔道談玄〔1〕

落日翛然滿碧岑，客乘雙舄亂松陰〔2〕。淡煙疏磬浮清境，流水閑雲淡素心〔3〕。不見仙人騎白鹿，聊同老子話黄金〔4〕。冷然未必真風馭，爲讀南華慨古今〔5〕。

【校注】

〔1〕過：拜訪。孔道：孔姓道士。談玄：談論玄理、宗教義理。玄，底本作“元”，係避諱字。

〔2〕翛（xiāo）然：無拘無束貌。雙舄：猶雙鳬，用東漢王喬典。底本作“雙鳥”，誤，據明刻本改。

〔3〕磬：古代用石或玉雕制的樂器。

〔4〕白鹿：白色的鹿。古人視爲瑞畧，神話傳説中常有仙人乘白鹿之説。老子：春秋時思想家，道家的創始人。

〔5〕冷然：同“泠然”，輕妙貌。《莊子·逍遥游》：“列子御風而行，泠然善也。”南華：指《莊子》。唐天寶元年二月號莊子“南華真人”，稱其書爲《南華真經》。

悠然獨坐寄興高遠復得故人好音

幽興年來頗自便，薜蘿芳草共悠然〔1〕。驚人歲序催黄鳥，向夕江山入紫煙〔2〕。明月飛來疑見色，白雲停處若爲憐〔3〕。故人只在滄洲外，昨日征鴻有信傳〔4〕。

【校注】

〔1〕自便（pián）：自適，安寧。悠然：閒適，淡泊。陶潜《飲酒》詩之五：“採菊東籬下，悠然見南山。”

〔2〕黄鳥：黄鶯。杜審言《和晋陵陸丞早春游望》詩：“淑氣催黄鳥，晴

光轉緑蘋。”爲詩人化用。向夕：傍晚，薄暮。紫煙：山川間的紫色烟霧。

〔3〕疑見色：此聯取義“停雲落月”。杜甫《夢李白》詩之二：“落月滿屋梁，猶疑照顔色。”表示對故人的懷念。底本作“見疑色”，據明刻本改。白雲停處：停止不動的雲。陶潛《停雲》詩：“靄靄停雲，蒙蒙時雨。”因其自序稱“停雲，思親友也”，故後世多用作思親友之意。

〔4〕滄洲：濱水之地。古時常用以稱隱士的居處。

送新安吴山人君翰之銅仁〔1〕

少年高興意如何，到處江山覽勝過〔2〕。望裏黄塵迷白岳，行邊青草渡黄河〔3〕。西來巴峽風烟异，南去盤江瘴厲多〔4〕。開府好文能鎮静，可翻新曲入鐃歌〔5〕。

嚴平子評：此等當據王李上坐矣〔6〕。

【校注】

〔1〕新安：古縣名。即今河北白洋淀邊之安新縣。據田宗文一詩題中有“吴君翰自燕抵汴”之説，可以確定吴君翰是此地人。底本作“新任安”，多“任”字，據明刻本改。銅仁：舊縣名，銅仁府治，明置。即今銅仁市，在貴州東部。

〔2〕少年：古稱青年男子。與老年相對。

〔3〕望裏：猶眼裏，視野之中。白岳：山名，在安徽，與黄山對峙。

〔4〕巴峽：即巴郡三峽。包括石洞峽、銅鑼峽和明月峽。盤江：南盤江在雲南，北盤江流經貴州西南部，離銅仁很遠。瘴厲：南方暑濕地的瘧疾和癘病。

〔5〕開府：庾信。北周文學家。官至驃騎大將軍。開府儀同三司，世稱庾開府。鐃歌：樂府鼓吹曲的一部，用於激勵士氣和宴享功臣。

〔6〕王李：王世貞與李攀龍，後七子領袖。

聞雲夢師游華岳恨莫能從

西行紫氣擁秦城，豈是區區擬從横。玉女峰頭探石髓，仙人掌畔挹金精[1]。三千窟宅藏真府，百二山河壯帝京[2]。試縱青柯坪上目，可無奇興寄荆衡[3]。

【校注】

〔1〕玉女峰：華山中峰名。石髓：即石鍾乳。古人用於服食與入藥。仙人掌：華山峰名。崔顥《行經華陰》詩："武帝祠前雲欲散，仙人掌上雨初晴。"挹：吸取。金精：道教傳説中的一種仙藥。

〔2〕三千窟宅：指神怪的居處很多。李遠《贈潼關不下山僧》詩："窗中遥指三千界，枕上斜看百二關。"顯然被詩人化用。底本作"三年窟宅"，誤，據明刻本改。百二山河：代指秦地。《史記·高祖本紀》："秦，形勝之國，帶河山之險，縣隔千里，持戟百萬，秦得百二焉。"

〔3〕青柯坪：華山峪道盡處。即從毛女洞上行，過響水洞、雲門至青柯坪。明刻本爲"青坷坪"。奇興：猶佳興。饒有興味的情趣；雅興。底本作"寄興"，據明刻本改。荆衡：荆棘衡門；荆棘叢中的簡陋房屋。句意謂有無隱居的興趣。

早朝效唐人體[1]

驚蹕晨傳虎豹關，御溝銀漢影潺湲[2]。衣冠身集蒼龍闕，劍佩聲浮玉笋班[3]。三殿觚稜懸日月，九天閶闔擁河山[4]。既看遠近梯航至，願效巴渝頌白環[5]。

【校注】

〔1〕指模仿唐賈至舍人《早朝大明宫》詩。

〔2〕驚蹕：警蹕。驚，通"警"。古代帝王出入時，於所經路途侍衛警戒，

清道止行。明刻本爲“蹵蹕”。御溝：流經宫苑的河道。

〔3〕蒼龍闕：漢宫闕名。泛指宫闕。王勃《上劉右相書》：“風雨稱臣，奔走蒼龍之闕。”玉筍班：指英才濟濟的朝班。張元幹《奉送晁伯南歸金谿》：“文元勛業金甌字，昭德風流玉筍班。”

〔4〕三殿：唐大明宫之麟德殿，傳言一殿三面，故稱之。泛指皇宫及三大殿。觚稜：宫闕上轉角處的瓦脊成方角稜瓣之形。九天：指宫禁。閶闔：泛指宫門或京都城門。王維《和賈至舍人早朝大明宫之作》：“九天閶闔開宫殿，萬國衣冠拜冕旒。”

〔5〕梯航：梯與船，登山渡水的工具。巴渝：蜀古地名。借指巴渝歌。白環：白玉環，爲貢品。《宋書·符瑞志下》：“西王母，舜時來獻白環、白琯。”

茶　墅

年時落拓苦飄零，瀹茗閑翻陸羽經〔1〕。霞外獨嘗忘世味，叢中深構避喧亭。旗槍布處枝枝翠，雀舌含時葉葉青〔2〕。萬事逡巡誰得料，但逢侑酒莫言醒〔3〕。

【校注】

〔1〕年時：往年。落拓：貧困失意，景况凄凉。瀹茗：煮茶。陸羽：唐學者，字鴻漸，著有《茶經》，舊時被視爲“茶神”。

〔2〕旗槍：緑茶名，由帶頂芽的小葉制成。茶芽剛剛舒展成葉稱旗，尚未舒展稱槍。雀舌：茶名，以嫩葉焙制的上等茶。

〔3〕逡巡：小心謹慎。侑酒：勸酒；爲飲酒者助興。

伍荆州遷南儀部〔1〕

荆楚棠陰蔽芾成，偶傳除目下承明〔2〕。即看度越諸儒禮，誰並風流六代名。斗下寢園深紫氣，雲端仙掌抗金莖[3]。到來漫草三都賦，南北今夸漢兩京[4]。

【校注】

〔1〕伍荆州：未詳。儀部：明初禮部所屬四部之一，亦用以稱禮部主事及郎中。

〔2〕棠陰蔽芾：喻惠政或良吏的惠行。傳説周召公巡行南國，在棠樹下聽訟斷案，後人見之，不忍伐其樹。除目：拜官授職的文書。承明：承明廬。承明殿旁屋，侍臣值宿所居。

〔3〕金莖：用以擎承露盤之銅柱。《文選·班固〈西都賦〉》："抗仙掌以承露，擢雙立之金莖。"

〔4〕三都賦：晋左思所寫的魏都、蜀都、吴都三篇賦。漢兩京：本指漢代都城長安和洛陽。此處借指明都北京和留都南京。

賦得長嘯軒送習孺赴公車[1]

小構軒楹尚嘯吟，家峥犖犖有芳聲[2]。天清衡霍當窗出，月凈瀟湘傍檻明。驥足却從千里著，驪珠元屬九淵成[3]。鸞音豈合長途物，阿閣朝陽待鳳鳴[4]。

【校注】

〔1〕賦得：凡摘取古人成句爲題之詩，題首多冠以"賦得"二字。後遂將"賦得"視爲一種詩體，即景賦詩者亦往往襲用以名詩。長嘯軒：軒名。位置不詳。公車：漢代以公家車馬遞送應舉的人，後因以"公車"爲舉人入京考試的代稱。

〔2〕家峥：不平凡的家族。犖犖：顯著、卓絶貌。韓愈《代張籍與李浙東書》："坐一方得專制於其境内者，惟閣下心事犖犖，與俗輩不同。"底本作"犨犨"，誤，據明刻本改。

〔3〕驥足：驥，千里馬。驥足，喻高才。驪珠：傳說出自驪龍頷下的寶珠，比喻可珍寶的人才和物品。

〔4〕鸞音：比喻佳音。許三階《節俠記·密報》："雁帛莫浮沉，鸞音要詳審。"阿閣：四面都有檐溜的樓閣。朝陽鳳鳴：《詩·大雅·卷阿》："鳳凰鳴矣，于彼高岡；梧桐生矣，于彼朝陽。"後因以"鳳鳴朝陽"喻賢才遇時。

登五峰[1]

何年五老幻西隈，天削芙蓉衣玉臺[2]。葉葉湧如從地出，峰峰飛似自空來。長星好是虞庭度，佛骨居然慧頂開[3]。欲向此中搏鵠騎，崑崙玄圃漫悠哉[4]。

【校注】

〔1〕五峰：山名，在容美東，今五峰土家族自治縣境内。

〔2〕五老：指廬山五老峰。《潯陽記》："山北有五峰，於廬山最爲峻極，其形如河中虞卿縣前五老之形，故名。"幻，明刻本作"幼"。隈：角落。芙蓉：荷花的别稱，此指山的形象。李白《登廬山五老峰》詩："廬山東南五老峰，青天削出金芙蓉。"

〔3〕長星：彗星的别稱。因其尾芒很長，故名。虞庭：虞舜朝廷。佛骨：佛舍利。通常指佛教始祖釋迦牟尼的遺骨。慧頂開：指佛祖釋迦牟尼前身事。佛教傳説有善住王，頂上生一肉疱，滿十月，疱開生一童子，因名頂生。既長，爲金輪王，初征服天下，謀爲忉利天帝，不成。惡病而死。後身爲釋迦牟尼。

〔4〕搏，底本作"搏"，誤，據明刻本改。鵠騎：駕鶴。傳説中有仙人以鶴爲坐騎，故稱。玄圃：同"懸圃"，崑崙仙境之一。《水經注·河水》："崑崙之山有三級，下曰樊桐，一名板桐，一名玄圃，一名閬風。"

人日寄壽雲夢師[1]

高齋掩映玉岧峣，景物誰同醉綺宵[2]。繞砌月乘蓂七葉，垂軒雪亞柳千條[3]。梅花笛裏愁難折，瓊樹天南望轉遥[4]。是日醁醽知獻壽，一星南極炯丹霄[5]。

【校注】

〔1〕人日：舊俗以農曆正月初七爲人日。底本作“八日”，誤，據明刻本改。

〔2〕高齋，底本作“高齊”，誤，據明刻本改。岧峣：山高峻貌。掩映：隱約映襯。綺宵：五彩繽紛的夜晚。底本作“綺霄”，誤，據明刻本改。

〔3〕繞砌：沿着臺階。蓂：蓂莢。《白虎通·封禪》：“蓂莢，樹名也。月一日生一夾，十五日畢，至十六日去一莢，故莢階生似日月也。”謂可知是何日。七葉，底本作“上葉”，誤，據明刻本改。亞：通“壓”。

〔4〕梅花：指漢樂府横吹曲《梅花落》。瓊樹：形容白雪覆蓋的樹。

〔5〕緑酃：酒名，亦作“緑醽”。底本作“醽醁”，不協律，據明刻本改。南極：星名，即老人星，亦稱南極老人。《史記·封禪書》司馬貞索隱：“壽星，蓋南極老人星也，見則天下理安，故祠之以祈福壽也。”丹霄：天空，亦有稱紫霄、碧霄者。

春日同賓從讌兄幕府得竟傳寄[1]

將軍開讌幾留賓，况復韶光屬綺辰[2]。鸚鵡杯中瓊作液，管弦聲裏玉爲人[3]。鶯和度曲歌偏麗，燕雜飛花舞更新[4]。已自甘棠成蔽芾，更看棠棣錦爲春[5]。

【校注】

〔1〕賓從：賓客與隨從。讌：同“宴”。兄幕府：指其二哥宣撫使田九龍的

府署。

〔2〕韶光：春光。綺辰：美好的日子。

〔3〕鸚鵡杯：用鸚鵡螺制成的酒杯。

〔4〕度曲：作曲；按曲譜歌唱。

〔5〕甘棠、蔽芾：喻惠政或良吏的惠行。傳説周召公巡行南國，在棠樹下聽訟斷案，後人見之，不忍伐其樹。棠棣：亦作“常棣”。《詩·小雅·常棣》篇名。貴族統治者宴請兄弟的詩。詩中以常棣比兄弟，成爲舊時常用的典故。

懷楚中諸社游赴公車

才子乘春已至燕，長楊羽獵未應先〔1〕。連城明月來三楚，托乘金莖自九天〔2〕。梅色香迎蓬苑雪，柳條青入漢宫煙〔3〕。鵬搏自展扶摇翼，故國金泥誓早傳〔4〕。

【校注】

〔1〕燕（yān）：指燕京，北京的别稱。長楊、羽獵：賦名，漢代揚雄作。

〔2〕連城明月：和氏壁、隨侯珠。《史記·廉頗藺相如列傳》載秦王願用十五域换趙國和氏璧。隨侯珠，又稱明月珠，《搜神記》言其“純白而月光，可以燭室”。比喻極珍貴的東西。三楚：戰國楚地疆域廣闊，秦漢時分爲西楚、東楚、南楚，合稱三楚。

〔3〕蓬苑：蓬萊仙苑。此指郢中，即荆楚一帶。雪：郢中雅曲《陽春》《白雪》。

〔4〕鵬搏：鵬展翅盤旋而上。比喻人之奮發有爲。《莊子·逍遥游》：“鵬之徙於南冥也，水擊三千里，搏扶摇而上者九萬里。”王勃《常州刺史平原郡公行狀》：“鳳鳴千仞，鵬搏萬里。”底本作“鵬搏”，誤，據明刻本改。金泥：或是“泥金”。用金箔和膠水制成的金色顔料。王仁裕《開元天寶遺事·泥金貼子》：“新進士才及第，以泥金書帖子，附家書中，用報登科之喜。”

答鵬初吉士賦得謁帝承明廬見寄〔1〕

帝自崇文拱玉京，賦成謁帝獻承明〔2〕。衣冠近就長安日，閶闔遥臨北斗城〔3〕。御氣漫浮仙掌露，天香偏惹侍臣纓〔4〕。飛來明月元荆璧，恍映藜燃太乙精〔5〕。

【校注】

〔1〕吉士：孫鵬初高中以後，被授任翰林院庶吉士，故稱。詩題録自明刻本。底本作“答鵬初吉士賦得謁帝廬見寄承明廬見寄”，多了三個字。

〔2〕拱：垂拱。《書·武成》：“垂拱而天下治。”玉京：都城。代指國家。

〔3〕衣冠：古代士以上的服裝。《論語·堯曰》：“君子正其衣冠。”後引申指世族、士紳。

〔4〕御氣：帝王氣象。仙掌露：漢武帝爲求仙，在建章宫神明臺上造銅仙人，舒掌捧銅盤玉杯，以承接天上的仙露，後稱承露金人爲仙掌。天香：指宫廷中用的薰香，御香。侍臣：皇帝左右的近臣。纓：繫在頷下的冠帶。

〔5〕荆璧：和氏璧。藜燃：猶燃藜。《三輔黄圖·閣》：“劉向於成帝之末校書天禄閣，專精覃思。夜有老人著黄衣，植青藜杖，叩閣而進。見向暗中獨坐誦書，老父乃吹杖端，煙然，因以見向，授《五行洪範》之文。恐詞説繁廣忘之，乃裂裳及紳以記其言。至曙而去，請問姓名，云：‘我是太乙之精，天帝聞卯金之子有博學者，下而觀焉。’”後因以“燃藜”指夜讀照明的燈燭。太乙：星官名，亦稱“太一”，屬紫微垣。《星經》：“天一星在紫微宫門外。”“太乙星在天乙南半度。”

山樓秋思滿懷别小阮兼訂游約〔1〕

嗚雨垂垂釀暮寒，天風樓閣獨憑欄〔2〕。兼葭八月零霜露，鴻雁三秋接羽翰〔3〕。漫訝楚風元尚鬼，須知蜀道不爲難〔4〕。寄言已辦登山屐，五嶽真圖擬縱觀[5]。

【校注】

〔1〕小阮：即田國華。

〔2〕鳴雨：大雨。垂垂：下落貌。蘇舜欽《送人還吴江道中作》詩："江雲春重雨垂垂，索寞情懷送客歸。"

〔3〕兼葭：猶"蒹葭"。蘆葦未花者謂蒹，初生者謂葭。泛指蘆葦。三秋：秋季的最後一個月。接羽翰：《正韻》："翰有平、去二音，凡稱書翰者，謂以羽翰爲筆以書。"就不止北雁南徙，振翅高飛，還有鴻雁傳書之意。

〔4〕漫訝：莫驚訝。尚鬼：信鬼怪。

〔5〕登山屐：謝靈運尋山陟嶺，常著木屐，上山去其前齒，下山去其後齒。五嶽真圖：五嶽真形圖，傳爲太上道君所傳。此句謂縱情游覽五嶽。

將發荆南訪桂亭王孫偶值風雨[1]

游子天涯類轉蓬，三千大界本無窮[2]。金銀兜率輝天竺，雲雨高唐暗楚宫[3]。陌上奚囊南下客，馬頭寒影北來鴻[4]。試看風起青苹末，更向王孫賦裹雄[5]。

【校注】

〔1〕荆南：荆州秭歸、宜昌一帶。桂亭王孫：不詳。

〔2〕轉蓬：蓬轉。蓬草隨風飛轉，比喻行踪轉徙無定。潘岳《西征賦》："陋吾人之拘攣，飄萍浮而蓬轉。"三千大界：三千大千世界。佛教謂一大千世界含小、中、大三种"千世界"，故稱之。

〔3〕兜率：見《華容宿西禪寺》注〔3〕。雲雨高唐：高唐，戰國時楚國臺館名。在雲夢澤中。傳説楚懷王游高唐，夢見巫山神女。

〔4〕陌上：路上。底本作"陌下"，誤，據明刻本改。

〔5〕青苹末：青苹，同"青蘋"。宋玉《風賦》："夫風生於地，起於青蘋

之末。”後因以“青蘋末”指初起的風。明刻本作“青蘋”。

明月寺贈太空禪師〔1〕

漫從初地訪生公，風挾松濤萬壑雄〔2〕。仙梵隱浮雙樹杪，曇花散落諸天中〔3〕。坐來明月元爲鏡，話到塵根總是空〔4〕。最喜隨緣沾法界，莫令人世有魔宫〔5〕。

【校注】

〔1〕明月寺：全國有多處。田子壽最有可能到的是蘇州木瀆鎮、湖北枝江兩處。太空禪師：生平不詳。

〔2〕初地：佛教寺院。生公：南朝梁僧人，傳説曾於蘇州虎丘雲岩寺講《涅槃經》，人皆不信，後聚石爲徒，宣講至理，石皆點頭。故有“生公説法，頑石點頭”之説。此指太空禪師。

〔3〕仙梵：此指佛教徒誦經的聲音。雙樹：見《晚投净慈寺》注〔3〕。杪，底本作“杉”，誤，據明刻本改。曇花：優曇婆羅花。佛教傳三千年一開花，以爲是佛的瑞應，視爲祥瑞。

〔4〕塵根：佛教以色、聲、香、味、觸、法爲六塵，眼、耳、鼻、舌、身、意爲六根。根塵相接，便産生六識（眼識、耳識、鼻識、舌識、身識、意識），導致種種煩惱。空：佛教指事物的虚幻不實。所謂“色即是空，空即是色”是也。

〔5〕隨緣：佛教語。謂佛應衆生之緣而施教化。緣指身心對外界的感觸。

荆州游章臺寺〔1〕

爲逐同聲賦遠游，竭來覽勝忽荆州〔2〕。離宫花鳥無常主，給苑旃檀自一丘〔3〕。澤在漫尋游獵迹，臺荒空憶管弦秋〔4〕。可憐今昔興亡易，赤日滄波萬古流〔5〕。

【校注】

〔1〕章臺寺：位於湖北荆州市沙市區太師淵，始建於元代泰定年間。爲荆楚名刹。

〔2〕同聲：比喻志趣相同者。

〔3〕離宫：帝王在都城之外的宫殿，也泛指皇帝出巡時的住所。此指章華臺。給苑：給園，“給孤獨園”之省稱，亦泛指佛寺。旃檀：指檀香。寺廟中用以燃燒祀佛。一丘，明刻本作“楚丘”，古地名。一在今山東省成武縣西南三十里，爲春秋戎州己氏之邑。一在今河南省滑縣東，爲春秋衛地。此或指出産檀香之地。

〔4〕澤：雲夢澤。一般泛指春秋戰國時楚王的游獵區。

〔5〕赤日，底本作“今日”，據明刻本改。

華容哭雲夢師

厭世孤踪奄岱游，章臺一去即千秋〔1〕。郢中誰復調春雪，天上君應記玉樓〔2〕。志怪漫嗟古鵬讖，絶言仍抱獲麟憂〔3〕。遥憑絮酒將雙淚，瀉作瀟湘九派流〔4〕。

【校注】

〔1〕厭世：去世。死的婉辭。奄岱：奄爲古國名，在山東曲阜；岱指泰山。章臺：章華臺，楚離宫名。借指雲夢師的故鄉。明刻本作“章華”。

〔2〕郢中：泛指荆楚之地。春雪：《陽春》《白雪》。指高雅的詩章。玉樓：玉樓受召。李商隱《李長吉小傳》：“長吉將死時，忽晝見一緋衣人笑曰：‘帝成白玉樓，立召君爲記。天上差樂，不苦也。’長吉獨泣……少之，長吉氣絶。”後因以爲文士早死的典實。

〔3〕志怪：記述怪异之事。鵬讖：不祥的預兆，指死亡。賈誼《鵩鳥賦》：“鵩集予舍……發書占之兮，讖言其度，曰：‘野鳥入室兮，主人將去。’”底

本作“鵬訐”，誤，據明刻本改。絶言：絶作，絶筆。獲麟：《春秋》哀公十四年：“春，西狩獲麟。”杜預注：“麟者仁獸，聖王之嘉瑞也。時無明王出而遇獲；仲尼傷周道之不興，感嘉瑞之無應，故因魯春秋而修中興之教，絶筆於‘獲麟’之一句。所感而作，固所以爲終也。”

〔4〕絮酒：用作奠祭的酒。九派：長江在湖北、江西一帶，分爲許多支流，因以九派稱這一帶的長江。

歸憶桂亭宗侯却寄〔1〕

何處黄鸝解惱人，壚頭貰酒濯風塵〔2〕。千門楊柳沙津客，萬樹烟花郢里春〔3〕。蓋自西園傾處舊，歌從南國和來新〔4〕。何當再振蘭臺侍，賦就襄王夢裹神〔5〕。

【校注】

〔1〕桂亭宗侯：不詳。却寄：回寄。

〔2〕解惱人：爲人解除煩惱。楊萬里《三月三日雨作遣悶十絶句》：“春風解惱詩人鼻，非葉非花只是香。”壚頭：酒壚邊。代指酒店。貰（shì）：租借，賒欠。

〔3〕沙津：沙堤。

〔4〕蓋自西園：相遇於西園。蓋爲車蓋，形如傘。謂停車交蓋，兩蓋稍稍傾斜。常用來形容朋友相遇，親切交談的情況，以及偶然結識新朋友。傾處舊：猶“傾蓋如故”。《史記·魯仲連鄒陽列傳》：“諺曰：‘白頭如新，傾蓋如故。’何則？知與不知也。”

〔5〕蘭臺：戰國楚臺名。故址傳説在今湖北省鍾祥縣東。侍：泛指侍奉隨從者。《風賦》：“襄王游於蘭臺之宫，宋玉、景差侍，有風颯然而至。”

奉蔣公邊儲九永[1]

地盡崇山萬嶺深，孤城鼓角晝陰森。一時幟樹騷壇極，萬里人安保障心[2]。刍粟自推西楚重，炎蒸誰道武溪淫[3]。即看只尺氛霾散，日月天門迴照臨[4]。

【校注】

〔1〕蔣公：生平不詳。邊儲：指邊防用的儲備糧食或物資。九永：湖南湘西古稱九永之地。

〔2〕幟樹：樹起一面旗幟。

〔3〕刍粟：草和糧食。炎蒸：暑熱燻蒸。庾信《奉和夏日應令》："五月炎烝氣，三時刻漏長。"武溪：武陵谿州，在今湘西一帶。溪，同"谿"。明刻本作"磎"。

〔4〕只尺：同"咫尺"。

再過松滋望明月寺懷太空禪師[1]

世外曾從惠遠游，冷然清濯桂輪秋[2]。臺懸法鏡光初滿，鑒委金波盪欲流[3]。千樹靈花銀作葉，十方空界玉爲樓[4]。何來再叩真如秘，望裏摩尼向自浮[5]。

嚴平子評：俱從寺名著想。

【校注】

〔1〕松滋：舊縣名。即今湖北松滋市。

〔2〕惠遠：即晋高僧慧遠，居廬山東林寺，世人稱爲遠公。冷，明刻本作"泠"，義同。桂輪：月亮的别稱。

〔3〕法鏡：佛教語，比喻佛法。謂佛法如鏡，能照徹萬物。鑒：古代器名。青銅制，形似大盆，用以盛水或照形。而用以照形者，亦謂之鑒，聲轉爲鏡。

〔4〕靈花：佛教語，謂神妙絢麗之天花。銀作葉：月光下的樹葉像銀片一樣。十方：佛教謂東、南、西、北、東南、西南、東北、西北、上、下爲十方。泛指各處、各界。空界：佛教語，空大。謂虚空範疇。

〔5〕真如：佛教語，謂永恒存在的實體、實性，亦即宇宙萬有的本體。摩尼：梵語寶珠的音譯。

陳明府元勛召自崇陽却寄〔1〕

江漢風流化不群，管弦久嚮日邊聞〔2〕。山川擁傳登仙舄，玉帛征賢絢斗文〔3〕。佩轉御溝春澹蕩，衣霑金掌露氤氲〔4〕。即看萬樹宫花發，何似河陽散紫芬〔5〕。

【校注】

〔1〕明府：漢代對太守，唐代對縣令的尊稱，唐以後多用以專稱縣令。陳元勛：生平失考。崇陽：縣名，在湖北東南部。

〔2〕江漢：指長江與漢水之間及其附近的一些地區。湖北境内的古荆楚之地。化：教化。不群：不合群，指蒙昧，未被教化之群。管弦：管弦樂，喻昇平之地。日邊：指帝王左右。

〔3〕擁傳（zhuàng）：謂出使，因使用驛站的車馬，故云。張衆甫《送李司直使吴》："使臣方擁傳，王事遠辭家。"玉帛：古代用於祭祀、會盟、朝聘等的圭璋束帛，此指徵聘賢士。斗文：劍鞘上的星紋圖案。此處代指玉帛上的圖形與文字。

〔4〕澹蕩：猶駘盪，謂使人和暢。金掌露：即仙掌露。見《答鵬初吉士賦得謁帝承明廬見寄》注〔4〕。氤氲：彌漫貌。

〔5〕河陽散紫芬：晋代潘岳任河陽縣令，於一縣遍種桃李，傳爲美談。

閨情二首

香風吹紫陌，春草發華滋[1]。縱得封侯印，紅顔恐後時。

【校注】

〔1〕陌：田間道路。華滋：茂盛。《古詩十九首》："庭中有奇樹，緑葉發華滋。"

〔2〕後時：失時，不及時。

其　二

從軍砂磧外，破敵玉關東[1]。見説今秋戰，含愁問塞鴻[2]。

【校注】

〔1〕砂磧：沙漠。杜甫《送人從軍》詩："今君度砂磧，累月斷人烟。"敵，明刻本作"虜"。玉關：玉門關。

〔2〕塞鴻：塞外的鴻雁。塞鴻秋季南來，春季北去，古人常以信使作比，表示對遠離家鄉的親人的懷念。

秋色二首

其　一

秋色隨鴻到，人情逐水流。滄浪洲上月，身世兩悠悠[1]。

嚴平子評：秀色可飧[2]。

【校注】

〔1〕滄浪洲：傳説中的海上孤島。明刻本作"滄波洲"，猶言水濱。常用以稱隱者所居之地。悠悠：飄忽不定貌。李商隱《夕陽樓》詩："欲問孤鴻向何

處，不知身世自悠悠。”

〔2〕飡：同“餐”，食用。

其　二

鴻鴈天邊度，流年暗裏過。黄金與白髪，莫漫怨蹉跎。

嚴平子評：至今諷味，猶難爲懷。

【校注】

〔1〕流年：指光陰。

〔2〕黄金：比喻功名事業。蹉跎：虚度光陰。

閨　怨

郎逐征人去，書隨塞雁來[1]。何時沙漠外，剗却望鄉臺[2]。

【校注】

〔1〕塞雁：猶塞鴻。

〔2〕剗（chǎn）却：鏟去，除掉。李白《陪侍郎叔游洞庭醉後》詩之三：“剗却君山好，平鋪湘水流。”

中　秋

去年中秋月，長筵緑酒新[1]。今霄月更好，不見去年人[2]。

【校注】

〔1〕長筵：排成長列的宴飲席位。緑酒：美酒。黄滔《寄羅郎中隱》：“緑酒千杯腸已爛，新詩數首骨猶存。”

〔2〕今霄：今夜。霄，通“宵”。

春途懷内〔1〕

短劍重離家，間關道路賒〔2〕。壽陽妝在眼，不忍看梅花〔3〕。

【校注】

〔1〕春途：早春的旅途。懷内：思念妻子。

〔2〕間關：形容道路艱險，輾轉曲折。《後漢書·鄧騭傳》："遂逃避使者，間關詣闕。"

〔3〕壽陽妝：亦稱"梅花妝"。《太平御覽》引《宋書》："（南朝宋）武帝女壽陽公主人日卧於含章檐下，梅花落公主額上，成五出之華，拂之不去，皇后留之。自後有梅花妝，後人多效之。"

秋　　風

長憶燕山客，空餘素月輝〔1〕。洞庭風葉下，不見雁南飛〔2〕。

【校注】

〔1〕素月：皓月，明月。陶潛《雜詩》之二："白日淪西阿，素月出東嶺。"

〔2〕雁南飛：本指秋季，借指書信。

悶坐小窗内具酒饌有怍〔1〕

月色當軒度，熒光拂案流〔2〕。文君應有意，漉酒爲消愁〔3〕。

【校注】

〔1〕怍（zuò）：慚愧；羞愧。

〔2〕當軒：對着窗户或門。杜甫《麗人行》："後來鞍馬何逡巡，當軒下

馬入錦茵。”案：几桌。

〔3〕文君：卓文君。漢代臨邛卓王孫之女，貌美，有才學。漉（lù）酒：濾酒。《南史·隱逸傳上·陶潜》：“郡將候潜，逢其酒熟，取頭上葛巾漉酒，畢，還復著之。”

山居

風高木葉落，江净白鷗遲[1]。獨步南山下，東籬菊幾枝[2]。

【校注】

〔1〕白鷗：水鳥名。遲：逗留貌。

〔2〕東籬：陶潜《飲酒》詩之五：“採菊東籬下，悠然見南山。”後因以指種菊之處。

秋宫曲

遥夜瓊樓鳳吹殘，仙妃玉女慕乘鸞[1]。月明高映天床影，羽帳玲瓏七寶寒[2]。

嚴平子評：佳景無奈寒。

【校注】

〔1〕鳳吹（chuì）：對笙簫等細樂的美稱。底本作“風吹”，誤，據明刻本改。乘鸞：比喻求得佳偶。陳汝元《金蓮記·小星》：“還問取雨香雲艷。燕語鶯啼，好遂吹簫願。喜嬴臺乘鸞風便。”

〔2〕天床：星官名，在紫微垣。玲瓏：明徹貌。李白《玉階怨》：“却下水晶簾，玲瓏望秋月。”七寶：佛經中指七種珍寶，説法不一。寒：晶瑩貌。

春宫曲

十二珠樓不動塵，春光一曲物華新[1]。百花仙隊紛歌舞，閒殺長門望月人[2]。

嚴平子評：真苦莫如閒。

【校注】

〔1〕十二珠樓：泛指高層樓閣。物華：自然景物。

〔2〕長門：漢宫名。漢武帝後陳阿嬌失寵後，閒居長門宫。

平陽妓二首[1]

葡萄新酒潑金波，露井香風散綺羅[2]。總是流黄機外月，平陽歌舞得來多[3]。

【校注】

〔1〕平陽妓：漢武帝平陽公主的歌女。二首，明刻本無。

〔2〕露井：没有覆蓋的井。陸龜蒙《野井》："朱閣前頭露井多，碧梧桐下美人過。"綺羅：泛指華貴的絲織品或絲綢衣。借指穿着綺羅的人。多爲貴婦美女之代稱。

〔3〕流黄機：織布機。流黄，褐黄色的物品。特指絹。《樂府詩集·相和歌辭九·相逢行》："大婦織綺羅，中婦織流黄。"得來多：指所織之布爲歌妓所得居多。

其　二

參差鴈柱促玫瑰，錯落銀盤捧玉杯[1]。忽訝廣寒金鎖掣，新妝一片月中來。

【校注】

〔1〕參差：並列相連貌。鴈柱：樂器等上整齊排列的弦柱。此指音樂聲。錯落銀盤：交錯紛雜的音樂聲猶如“大珠小珠落玉盤”。

閨怨二首〔1〕

見説從軍樂事强，東方千騎領輝光〔2〕。不知羌笛聲中月，曾是菱花鏡裏霜〔3〕。

嚴平子評：婉語更覺動人，何在淫啼浪怨。

【校注】

〔1〕閨怨：舊謂少婦的哀怨之情。寫此題材的詩稱閨怨詩。“其二”録自明刻本，底本未載。

〔2〕東方千騎：《玉臺新咏·古樂府〈日出東南隅行〉》：“東方千餘騎，夫壻居上頭。”本爲詩中女主人公羅敷夸其夫婿出衆之詞，後因以“東方千騎”代指新婿。

〔3〕羌笛：樂器名。古時流行於塞外的一種笛子，長約四十餘公分，最初爲四音孔，後改爲五音孔，可獨奏或伴奏。因源出於少數民族羌族中，故稱。菱花鏡：古代銅鏡名。鏡多爲六角形或背面刻有菱花者稱之。霜：指白髪。

其　二

百戰奇勳擬博侯，賣珠兒更氣横秋〔1〕。無端却讀文君賦，不信青蛾不白頭〔2〕。

【校注】

〔1〕博侯：博望侯，漢代張騫的封號。《漢書·張騫傳》：“……乃封騫爲博望侯。”賣珠兒：指漢代董偃事。董偃幼時，與母以賣珠爲事。隨母出入武帝姑館陶公主家，爲館陶公主近幸，貴寵無比。見《漢書·東方朔傳》。氣横

秋：形容自高自大的樣子。

〔2〕文君賦：指漢代卓文君所作《白頭吟》，樂府《楚調曲》調名。《西京雜記》卷三："相如將聘茂陵人女爲妾，卓文君作《白頭吟》以自絶，相如乃止。"

楊柳枝[1]

館娃宫畔楚章臺，長傍臨風玉笛哀[2]。空令漠北征人怨，那繫江南估舶回[3]。

【校注】

〔1〕楊柳枝：樂府近代曲名。本爲漢樂府横吹曲辭《折楊柳》，至唐易名《楊柳枝》，開元時已入教坊曲。

〔2〕館娃宫：春秋時吴宫名。吴王夫差爲西施所造。在今蘇州市西南靈岩山上，靈岩寺即其舊址。楚章臺：即章華臺，楚離宫名，楚靈王所建。因爲距吴都姑蘇近，此或指故址在今安徽亳州古城父境内之章華臺。

〔3〕漠北：指蒙古高原大沙漠以北的地區。估舶：商船。吴偉業《送友人之淮安管餉》："高牙鼓角雁飛天，估舶千帆落照懸。"

秋　思

户外風飄萬葉聲，乍寒如水透疏櫺[1]。誰憐楊柳樓頭月，獨抱嫦娥影到明。

【校注】

〔1〕櫺：門、窗或欄干上雕有花紋的格子。

劉　生

馬首黄金意氣横，由來俠客有劉生[1]。憑將尺八專諸鐵，報盡人間事不平[2]。

【校注】

〔1〕劉生：漢横吹曲名。原爲人名。《樂府詩集·横吹曲辭四·劉生詩》郭茂倩解題："劉生，不知何代人，齊、梁已來爲劉生辭者皆稱其任俠豪放，周游五陵三秦之地。或云抱劍專征，爲符節官，所未詳也。"

〔2〕專諸：春秋時刺客。吴國堂邑（今江蘇南京六合區）人。伍子胥知吴公子光欲殺吴王僚以自立，乃薦專諸於光。吴王僚十二年（538），光伏甲士而具酒請王僚，使專諸置匕首魚腹中，乘進獻時刺僚。專諸鐵即魚腸劍。

長安俠少年

長安俠少恣春游，寶馬千金玉絡頭。醉殺五陵偏意氣，狂來花下説風流[1]。

【校注】

〔1〕玉絡頭：玉飾的馬籠頭。

〔2〕五陵：參見《武陵龍君贊入對》注〔2〕。

出塞曲

霜落滹沱塞草腓，單于臺畔旅鴻飛[1]。笛聲吹落關山月，多少征夫淚並揮。

【校注】

〔1〕滹沱：滹沱河。源出山西繁峙縣泰戲山，東流入河北。腓（féi）：草木枯萎貌。單于臺：在今內蒙古自治區呼和浩特市西。漢武帝曾率軍登臨此臺。

〔2〕關山月：漢樂府橫吹曲名。《樂府詩集》所收歌詞係南北朝以來文人作品，内容多寫邊塞士兵久戍不歸傷離怨別的情景。

古思邊

秋風一夜度關河，響落寒雲雁陣過〔1〕。夢斷白狼山下客，流黃機外月明多〔2〕。

【校注】

〔1〕關河：函谷等關與黃河；關山河川。

〔2〕夢斷：猶夢醒。錢謙益《西湖雜感》詩之五：“殘燈仿佛朱衣語，夢斷潮聲夜殷床。”白狼山：古山名，即今白鹿山。在今遼寧喀喇沁左翼蒙古族自治縣（古白狼縣）東境。流黃機：見《平陽妓二首》其一注〔3〕。

昭君詞二首

愁對酡酥潑紫霞，朔風凄斷戍樓笳。請看十月天山雪，争似昭陽玉樹花。

【校注】

〔1〕酡酥：即酥酡，古印度酪制食品名。戍樓：古時邊防駐軍的瞭望樓。笳：即胡笳。

〔2〕昭陽：漢宫名。玉樹花：玉樹琪花。形容樹木華美。

其　二[1]

辛苦蛾眉拂戰塵，玉庭無復漢宮春[2]。不知帶甲兵多少，羞作閼氏第一人[3]。

【校注】

〔1〕此首録自明刻本，底本未載。

〔2〕蛾眉：代指王昭君。拂戰塵：指王昭君自請和親换來了的和平形勢。

〔3〕閼氏（yān zhī）：漢代匈奴單于、諸王妻的統稱。《史記·韓信盧綰列傳》："匈奴騎圍上，上乃使人厚遺閼氏。"

從軍行五首[1]

大將龍駒掣電開，牙旗高擁白登臺[2]。前軍未出飛狐道，已報先平虎穴回[3]。

【校注】

〔1〕後三首底本無，據明刻本補。

〔2〕牙旗：以象牙爲飾的軍中大旗。白登臺：建在白登山上的點將臺。在山西大同市東北。

〔3〕飛狐道：古道路名。一自河北淶源、蔚縣之恒山峽谷，經飛狐口，東北通往懷來、北京，東漢築；一自飛狐縣北入嬀州懷戎縣，唐時稱。亦有稱北魏所鑿靈丘道爲飛狐道的。

其　二

白日不臨青海嶂，秋風偏到玉門關。可憐一片秦時月，猶照征夫馬上環[1]。

嚴平子評：思調俱佳。

【校注】

〔1〕馬上環：馬嚼子；馬背上的皮環。

其　三

飲馬河源萬里流，奮身期克月支頭〔1〕。但令生脱亡胡境，不願人間萬户侯〔2〕。

【校注】

〔1〕期克：限期戰勝。月支：見《蜀葵花》注〔1〕。

〔2〕生脱：生還。萬户侯：漢代侯爵的最高一級，享有食邑萬户。

其　四

頻年百戰立奇勳，鐵券丹書敢望分〔1〕。但使霸陵無醉尉，不妨歸卧李將軍〔2〕。

【校注】

〔1〕頻年：連年，多年。鐵券丹書：古代皇帝頒賜功臣以世代享受某種特權的憑證。

〔2〕醉尉：霸陵尉。《史記·李將軍列傳》："嘗夜從一騎出，從人田間飲。還至霸陵亭。霸陵尉醉，呵止廣。廣騎曰：'故李將軍。'尉曰：'今將軍尚不得夜行，何乃故也！'止廣宿亭下。"後常用"醉尉"作勢利小人的代名詞。

其　五

蹀馬黄雲日色昏，王庭從去不稱尊〔1〕。慇懃更挽交河水，一洗明妃萬古魂〔2〕。

【校注】

〔1〕蹀（dié）馬：使馬踏脚起舞的表演。黄雲：邊塞之雲。塞外沙漠地區黄沙飛揚，天空常呈黄色，故稱。從去：戰敗之後。

〔2〕慇懃：情意懇切。交河：在今新疆吐魯番市，繞交河古城故址。明妃：指王昭君。西晋避司馬昭諱，被改稱明君，史稱明妃。

竹枝詞二首〔1〕

郎去湘江經幾秋，西風北雁又南洲。含顰日日江頭望，不見郎舟見客舟〔2〕。

【校注】

〔1〕其二録自明刻本。

〔2〕含顰：皺着眉頭。《晋書·戴逵傳》："是猶美西施，而學其顰眉。"

其　二

藁砧今春又不歸，愁隨芳草轉菲菲〔1〕。儂心好是江頭石，不似楊花到處飛〔2〕。

【校注】

〔1〕藁（gǎo）砧：古代處死刑，罪人席藁伏於砧上，用鈇斬之。鈇，"夫"諧音，後因以"藁砧"爲婦女稱丈夫的隱語。《玉臺新咏·〈古絶句〉之一》："藁砧今何在？山上復有山。"菲菲：上下不定貌。《後漢書·逸民傳·梁鴻》："心惙怛兮傷悴，志菲菲兮昇降。"

〔2〕儂心：我的心。

采石懷李白七首[1]

仙客騎鯨去不回，斜陽芳草獨徘徊[2]。娥眉亭下金波影，疑挾馮夷抱月來[3]。

【校注】

〔1〕采石：即采石磯。在今安徽省馬鞍山市長江東岸，爲牛渚山北部突出江中而成。

〔2〕騎鯨：揚雄《羽獵賦》："乘巨鱗，騎京（鯨）魚。"後用以指文人隱遁或游仙（死亡）。

〔3〕娥眉亭：一作"峨眉亭"，又稱"捉月亭"。在今安徽馬鞍山市西南長江東岸采石磯旁。挾：帶領。馮夷：也作"冰夷"，古代神話中的黄河水神，即河伯。

其　二

乘醉花前奏彩毫，君王寧復愛宫袍[1]。可憐一曲昭陽燕，從此江湖遠鳳毛[2]。

【校注】

〔1〕彩毫：指絢麗的文筆。寧復：豈又。

〔2〕昭陽燕：漢成帝后趙飛燕住昭陽殿，"昭陽燕"是歷代詞人用來描寫美女的句子，詩人借來喻指李白《清平調》，因該詩中有"借問漢宫誰得似，可憐飛燕侍新粧"句。

〔3〕鳳毛：鳳毛麟角。比喻不可多得的人或事物。《南史·謝超宗傳》："超宗殊有鳳毛。"

其　三

日日蒼梧醉白雲，九疑秋色散氤氳[1]。至今留得瀟湘曲，常使皇英泣紫氛[2]。

【校注】

〔1〕蒼梧：即九疑山。

〔2〕瀟湘曲：指李白在瀟湘一帶留下的詩歌。

〔3〕皇英：指舜之二妃娥皇、女英。

其　四

當年豪性繞天涯，南去匡廬復九華[1]。萬里江潮餘醉色，山靈猶爲護烟霞[2]。

嚴平子評：韻語可思。

【校注】

〔1〕豪性，明刻本爲“豪興”，豪放的興致，似應從之。匡廬：即廬山，又名匡山。在今江西九江廬山市境内。九華：山名。在安徽青陽縣西南，因有九峰，形似蓮花，故名。爲佛教四大名山之一。

其　五

飛來明月滿長空，我亦吴山駕彩虹[1]。惆悵秋風雲水外，落霞疑是錦袍紅[2]。

【校注】

〔1〕吴山：山名。在山西平陸北，爲由晋入豫的重要通道。

〔2〕錦袍：指李白。他被“賜金放還”後，自京走老潼關，過風凌渡，經吴山再過茅津渡，由洛陽至采石達金陵，一路著宫錦袍，顧瞻笑傲，旁若無人。

其　六

錦水烟霞賦興豪，巫山秋色楚天高[1]。詞源瀉作東流水，萬里風雲起壯濤[2]。

【校注】

〔1〕錦水：即錦江。岷江分支之一，在今四川成都平原。傳説蜀人織錦濯其中則錦色鮮艷，濯於他水則錦色暗淡，故稱。賦興：創作的興致。

〔2〕詞源：喻滔滔不絶的文詞。

其　七

明月高懸萬里秋，笛聲忽復起江樓[1]。鳳凰臺上浮雲色，別作懷君一段愁[2]。

【校注】

〔1〕江樓：按詩意指鳳凰臺上供瞭望之樓。

〔2〕鳳凰臺：古臺名，故址在今南京市南。浮雲：飄動的雲。李白《登金陵鳳凰臺》詩："總爲浮雲能蔽日，長安不見使人愁。"

雲夢師寄游太和近作兼附弇州公諸刻[1]

美人遥曳薜蘿衣，知是朝元跨鶴歸[2]。寄我崑崙山頂石，開函片片彩雲飛[3]。

【校注】

〔1〕太和：即武當山。弇州公：即王世貞。諸刻：衆作品。

〔2〕遥曳：猶摇曳。遥，通"摇"。優游自得貌。朝元：道教徒朝拜老子。唐初追號老子李耳爲太上玄元皇帝。

〔3〕山頂石：崑崙山頂所產之玉。頂，明刻本作“巔”。開函：打開封套。

寄洪明瑞[1]

天外寒驚雁陣流，白榆花落洞庭秋[2]。三湘月色渾如洗，誰共幽人鼓枻游[3]。

【校注】

〔1〕洪明瑞：生平不詳。

〔2〕寒驚：驚寒。王勃《滕王閣・序》：“雁陣驚寒，聲斷衡陽之浦。”白榆：榆樹。

〔3〕三湘：古人詩文中的三湘，多泛指湘江流域和洞庭湖區。幽人：幽隱之人。鼓枻：謂泛舟。杜甫《幽人》詩：“洪濤隱笑語，鼓枻蓬萊池。”

武當道上示兒宗鼎

黃金爲闕玉爲楹，瑶草琪花雜眼明[1]。好是淮南成道後，共携鷄犬踏空行[2]。

【校注】

〔1〕黃金，底本作“後金”，誤，據明刻本改。闕：泛指門户。

〔2〕淮南：漢淮南王劉安。《神仙傳・劉安》：“漢淮南王劉安好道，修煉成仙，臨去時，餘藥器置在中庭，鷄犬啄舐之，盡得昇天。”

武當謁帝[1]

五城深處響瓊簫，排比雲輜次第朝[2]。何似天台圖畫裏，但憑遥想見霞標[3]。

【校注】

〔1〕謁帝：謁拜真武帝君。詩題，明刻本作“謁帝玄”。

〔2〕五城：神仙的居所。雲輜：謂車輛盛多如雲。

〔3〕天台：山名。在今浙江天台縣北。霞標：高峻的挺立之物。語本孫綽《游天台山賦》：“赤城霞起以建標。”

寄沈比部〔1〕

去年南下楚江濱，青草湖邊一見君〔2〕。今日獨來湖上水，相思已隔萬重雲〔3〕。

【校注】

〔1〕沈比部：即沈襄。字叔成，號小霞，山陰（今浙江紹興）人。父鍊以劾嚴嵩黷貨十罪，廷杖戍邊，繼又誣殺，襄亦瀕危。及嵩敗，以蔭補官，仕至姚安太守。精劍術，善畫梅，尤善墨梅。比部：古官署名。三國魏始設，尚書列曹之一，掌稽核簿籍，後屬刑部，明清時爲刑部司官通稱。

〔2〕楚江：楚地的江河。李白《陪族叔邢部侍郎煜及中書賈舍人至洞庭湖五首》：“洞庭西望楚江分，水盡南天不見雲。”濱，明刻本作“濆”，指涯岸。青草湖：又名巴丘湖，即今洞庭湖東南部，爲湘水所匯。一説因青草山得名，一説因冬春水涸，青草彌漫，故名。

〔3〕相，明刻本作“想”。

寄苟元君〔1〕

得道元君不易逢，幾時蓬閣得相從〔2〕。他年南嶽朝元去，知在雲端第幾峰。

【校注】

〔1〕苟元君：指在觀國山赤霞洞修道的苟正覺。元君：道教語，女子成仙者之美稱。

〔2〕蓬閣：蓬萊閣。在山東省蓬萊市區北丹崖山上，面臨黃海，北宋嘉祐年間建閣，後又增建。借指仙人居處。蓬，明刻本作“逢”。

西寧曲八首爲艾和甫賦〔1〕

白草茫茫空復春，秋風吹度玉關塵〔2〕。寄聲爲問中朝舊，此日誰憐折檻人〔3〕。

嚴平子評：才力宏厚，足鎮浮靡。

【校注】

〔1〕後三首底本無，據明刻本補。艾和甫：名穆，字和甫，號純卿，湖南平江人。嘉靖三十七年（1558）舉人，累遷刑部員外郎。因直諫被貶涼州（今甘肅青海一帶），後復起，擢右僉都御史，巡撫四川，以病歸。在赴涼州途中以詩述志，寫有《西竄出都》一詩。詩曰：“楚客江魚身可葬，漢臣馬革骨猶香。青山到處皆吾土，豈必天南是故鄉。”表達了九死不悔的豁達之情。

〔2〕白草：草名。《前漢西域傳》：“鄯善國多白草。”

〔3〕中朝：中朝官。由皇帝近臣如侍中、常侍、給事中、尚書等組成。艾和甫原係刑部員外郎，刑部設尚書，故稱“中朝”。折檻：漢成帝時朱雲請誅安昌侯張禹，成帝怒，欲斬朱雲。朱雲手攀殿檻，檻折。辛慶忌救之，得免死。後成帝知朱雲請誅張禹爲忠言，修檻時，命保存原樣，以表彰朱雲的直言。後用爲朝臣敢於直諫的典故。

其　二

湟中南望萬山青，向夕孤笳不忍聽〔1〕。爲報匈奴休近塞，郅都今已在邊庭〔2〕。

【校注】

〔1〕南望，明刻本漏刻，但旁有人添“西望”二字，存疑。湟中：地區名。指今青海湟水流域一帶。孤笳：孤凄的笳聲。笳，明刻本作“茄”，應譌。

〔2〕塞：邊塞。郅都：西漢河東楊縣（今山西洪洞東南）人，一作河東大陽（今山西平陸西南）人。敢直諫，曾面折大臣。景帝時，任濟南太守，誅殺豪强瞯氏首惡。遷中尉，執法嚴峻，被貴戚、列侯稱爲“蒼鷹”。後任雁門太守，爲匈奴所懼。因得罪竇太后，被殺。

其　三

輪臺西望黑山頭，萬里交河水北流〔1〕。一自孤臣嚴遣令，誰人不忍唱涼州〔2〕。

【校注】

〔1〕輪臺：古地名，在今新疆輪臺東南；或古縣名，在新疆天山以北米泉市境内；亦泛指邊塞。黑山頭：在今新疆博爾塔拉蒙古自治州精河縣城東北約五公里處。古軍事要塞。交河：在今新疆吐魯番市，繞交河古城故址。

〔2〕嚴遣令：嚴格地指揮、指使。涼州：或指王翰、王之涣等人的邊塞詩《涼州詞》。

其　四

祁連山下曉霜飛，滿目風烟塞草腓〔1〕。最苦白頭人北望，玉門哀雁幾行歸〔2〕。

【校注】

〔1〕祁連山：廣義的祁連山系指甘肅省西部和青海省東北部邊境的總稱。祁連，蒙古語爲“天”，故亦稱天山。狹義的祁連山，僅指最北的一支。腓：草木枯萎。

〔2〕白頭人：指家中的父母妻子。玉門：即玉門關。

其　五

蘭州一綫路孤懸，五郡風烟自渺然[1]。此日籌邊思報主，何如充國舊屯田[2]。

【校注】

〔1〕五郡：河西五郡。漢武帝設酒泉、張掖、敦煌、武威四郡，漢昭帝時增設金城郡，合稱五郡。亦或指當時西北邊庭的五個軍事重鎮，即寧夏、甘肅、薊州、太原、固原。

〔2〕思報主，明刻本作"恩報主"，猶報主恩。充國：趙充國。西漢大將。熟悉匈奴和羌族情況。武帝、昭帝時，率軍反擊匈奴的攻擾，英勇善戰，任後將軍。宣帝即位，封爲營平侯。後與羌族作戰，在西北屯田，對當地農業生産的發展起了很大作用。

其　六

崑崙西度白龍堆，月色沙場影重回[1]。照罷流蘇驚夢杳，碧雲黄葉起登臺[2]。

【校注】

〔1〕白龍堆：簡稱龍堆，沙漠名。在新疆天山南路。《漢書·匈奴傳下》："豈爲康居、烏孫能逾白龍堆而寇西邊哉，乃以制匈奴也。"重回：重叠環繞貌。

〔2〕流蘇：用彩色羽毛或絲綫等制成的穗狀垂飾物，常飾於車馬、帷帳等物上。登臺：指白登臺，見《從軍行五首》其一注〔2〕。

其　七

秋色西來滿雪山，流沙千里看刀環[1]。只今青海無傳箭，忍見班生老玉關[2]。崑崙山世呼雪山。

【校注】

〔1〕刀環:《漢書·李陵傳》:“立政等見陵,未得私語,即目視陵,而數數自循其刀環,握其足,陰諭之,言可歸還也。”環、還同音,後因以“刀環”爲“還歸”的隱語。

〔2〕只今:如今。傳箭:傳遞令箭。古代北方少數民族起兵令衆,以傳箭爲號。杜甫《投贈哥舒開府翰》:“青海無傳箭,天山早挂弓。”班生:指漢代班超。其以投筆從戎,立功异域著稱。

其　八

把劍胡天斷月支,戍樓羌笛莫頻吹[1]。關山明月無南北,腸斷昆朋淚共垂[2]。

【校注】

〔1〕月支:見《蜀葵花》注〔1〕。

〔2〕昆朋:兄弟和朋友。

四時宫詞[1]

春

六宫花月擁笙歌,争待君王玉輅過[2]。自分御前元却輦,新妝不忍畫雙蛾[3]。

【校注】

〔1〕宫詞:古代以帝王宫廷日常生活瑣事爲題材的詩,常表現宫女抑鬱愁怨的情懷。

〔2〕六宫：古代皇后的寢宫。正寢一，燕寢五，合稱六宫。後也指后妃或其居所。花月：泛指美好的景色。玉輅（lù）：帝王所乘之車，以玉爲飾。

〔3〕自分（fèn）：自以爲。元：開始。却輦：停車。雙蛾：美女雙眉。蠶蛾的觸鬚細長而彎曲，因以比喻女子美麗的眉毛。

夏

影娥池畔月團圞，銀箭頻催曲未殘[1]。莫向殿頭歌白苧，宫中九夏易爲寒[2]。

【校注】

〔1〕影娥池：漢宫池名，武帝時鑿。《三黄輔圖·池沼》載：影娥池，武帝鑿池以翫月，其旁起望鵠臺以眺月，影入池中，使宫人乘舟弄月影，名影娥池，亦曰眺蟾臺。團圞：團欒。圓貌。銀箭刻漏：古代計時器，亦稱“漏刻”“漏壺”。銀箭爲刻漏的指示器。

〔2〕白苧：樂府吴舞曲名。苧即麻，織成白而細疏之布，用作夏裝凉爽，常製成舞者的巾和袍。九夏：夏有九旬，故稱之。

秋

一夜凉生水殿頭，芙蓉深鎖六宫秋[1]。莫將明月鏤紈扇，無限班姬不奈愁[2]。

【校注】

〔1〕水殿：臨水的殿堂，或指帝王所乘的豪華游船。芙蓉：《西京雜記》卷二：“文君姣好，眉色如望遠山，臉際常若芙蓉。”後因以“芙蓉”喻美女。

〔2〕鏤：雕鏤爲飾。紈扇：細絹制成的團扇。班姬：指西漢女文學家班婕妤。名不詳。成帝時被選入宫爲婕妤。後爲趙飛燕所譖，退出東宫，作賦自傷。

冬

萬行琪樹擁雕欄，粉黛三千侍夜闌〔1〕。無那掖庭殊氣候，南宫自暖北宫寒〔2〕。

【校注】

〔1〕琪樹：指枝條被雪覆蓋的樹，亦指宫中景致如琪花玉樹一般。雕欄：華美的欄杆。粉黛：指美女。白居易《長恨歌》："回眸一笑百媚生，六宫粉黛無顔色。"夜闌：夜深；夜半。

〔2〕無那：無奈。掖庭：亦作"液庭"。皇宫中的旁舍，宫嬪所居之地。

莫愁樂〔1〕

郢里佳人最善謳，聽來何客不忘憂〔2〕。一聲意外陽關曲，翻恨尊前有莫愁〔3〕。

【校注】

〔1〕莫愁樂：樂府《西曲歌》名。出於《石城樂》。《樂府詩集》所收《莫愁樂》云："莫愁在何處，莫愁石城西。"

〔2〕郢里佳人：用郢中白雪典，見宋玉《對楚王問》。代指善歌者。

〔3〕陽關曲：即《陽關三叠》。琴曲。各派琴譜均以王維《送元二使安西》"渭城朝雨浥輕塵，客舍青青柳色新，勸君更盡一杯酒，西出陽關無故人"爲主要歌詞，並引申詩意，增添詞句，主要描寫離情别緒。翻恨：反而恨。

古　意

奇兵十萬擁雕戈，一夜秋風瀚海波〔1〕。漫訝天南多戍婦，月中猶自隱常娥〔2〕。

【校注】

〔1〕雕戈：刻繪花紋的戈。這裏泛指兵器。

〔2〕漫訝：莫驚异。戍婦：戍邊軍士的女人，泛指留守家屬。

青樓曲〔1〕

争夸夫婿執金吾，裘馬千金意氣殊〔2〕。踏遍春風楊柳陌，壚頭調笑酒家胡〔3〕。

【校注】

〔1〕青樓：此指豪華精緻的樓房。

〔2〕執金吾：官名。金吾爲兩端塗金的銅棒，執之以示權威。西漢武帝時改中尉爲執金吾，督巡三輔治安。東漢沿置，三國時或稱中尉，或稱執金吾，晋以後廢。裘馬：《論語·雍也》："子曰：'赤之適齊也，乘肥馬，衣輕裘。'"後因以裘馬形容生活的豪華。

〔3〕踏遍，底本作"踏偏"，據明刻本改。楊柳陌：兩邊栽有楊柳的街道。郊外的柳陰道。壚頭：酒壚邊，代指酒店。酒家胡：原指當壚賣酒的胡姬，後亦泛指當壚賣酒的年輕女子。

青樓怨〔1〕

乍凉如水透蘭房，静數銀虬滴正長〔2〕。芳夢不教來枕畔，怕乘雲雨向瀟湘〔3〕。

【校注】

〔1〕青樓怨：描寫思婦情懷的詩題。

〔2〕蘭房：猶香閨。王績《咏妓》："妖姬飾靚妝，窈窕出蘭房。"銀虬：

古代計時器（漏壺）底部的銀質滴水龍頭。

〔3〕雲雨：漢末王粲《贈蔡子篤詩》："風流雲散，一别如雨。"後因以"雲雨"比喻分離。瀟湘：指湘江一帶。多借指湖南。鄭谷《淮上與友人别》詩："數聲風笛離亭晚，君向瀟湘我向秦。"

采蓮曲〔1〕

枝枝婀娜媚朝霞，莫把潘奴步並夸〔2〕。好是空王翻妙法，拈來種種出塵花〔3〕。

【校注】

〔1〕采蓮曲：描繪江南村姑采蓮情景的詩歌。

〔2〕婀娜：輕盈柔美貌。潘奴步：蓮步。語本《南史·齊紀下·廢帝東昏侯》："又鑿金爲蓮華以帖地，令潘妃行其上，曰：'此步步生蓮華也。'"

〔3〕空王：佛的尊稱。佛説世上一切皆空，故稱。妙法：此指《妙法蓮華經》。以蓮花爲喻，比喻佛法之潔白、清净、完美。出塵花：指蓮花。語出周敦頤《愛蓮説》："予獨愛蓮之出淤泥而不染，濯清漣而不妖。"

還宫怨

阿監傳宣出洞房，六宫花月妒人長〔1〕。可憐舊是增成妓，肯列昭陽姊妹行〔2〕。

【校注】

〔1〕阿監：太監。洞房：幽深的内室。六宫：見《四時宫詞·春》注〔2〕。

〔2〕增成：亦作"增城"，漢後宫八區之一，增城爲第三區。《漢書·外戚傳·班倢伃》："倢伃居增城舍。"肯：許可。昭陽姊妹：趙飛燕、趙合德姊

妹，俱爲漢成帝寵愛。此當代昭陽宫衆妃嬪。

上元夜望月[1]

滿城燈燭競繁華，火樹銀花爛彩霞[2]。今夜月明人盡樂，阿誰春思繞天涯[3]。

【校注】

〔1〕上元：節日名。俗以農曆正月十五爲上元節，也叫元宵節。

〔2〕火樹銀花：比喻燦爛的燈火或焰火。蘇味道《正月十五夜》詩："火樹銀花合，星橋鐵鎖開。"

〔3〕阿誰：疑問代詞。猶言誰、何人。

秋　興

西風白露浥庭柯，湘水鄢雲悵望多[1]。一曲高歌明鏡裏，少年人奈白頭何[2]。

嚴平子評：每每借徑唐賢，當是熟處難忘。

【校注】

〔1〕庭柯：庭園中的樹木。鄢雲：鄢地之雲。鄢，古縣名。《説文》："南郡縣名。"今湖北荆州、公安二城曾爲南郡治。悵望：悵然想望。李白《折荷有贈》："相思無因見，悵望涼風前。"

〔2〕明鏡：明亮的鏡子。李白《將進酒》："君不見，高堂明鏡悲白髮，朝如青絲暮成雪。"

金陵二首[1]

蓬萊宮殿鬱蒼蒼，雙闕岧嶢隱鳳凰[2]。桃葉渡頭花似錦，長干市上月如霜[3]。

【校注】

〔1〕金陵：南京的别稱。

〔2〕雙闕：古代宫殿、祠廟、陵墓前兩邊高臺上的樓觀。亦指宫門。岧嶢：高聳貌；高峻貌。

〔3〕桃葉渡：渡口名。在南京秦淮河畔。相傳因王獻之在此送其愛妾桃葉而得名。長干：金陵里巷名。故址在今南京市南。

其　二

白鷺洲連渤海潮，青龍山接午門橋[1]。空勞秦帝三千衆，遮莫東南紫氣饒[2]。

【校注】

〔1〕白鷺洲：古代長江中的沙洲。在今南京市水西門外。後世江流西移，洲與陸地遂相連接。連，明刻本作“蓮”，譌字。渤海：渤澥。古稱東海的一部分。青龍山：在今南京市東南。午門：皇城的正門。明太祖朱元璋定都南京，故有此門。

〔2〕三千衆：相傳秦始皇南巡至龍藏浦，發現王氣，於是鑿方山，斷長壟爲瀆入於江，以洩王氣。遮莫：盡管，任憑。

洞庭湖二首

南望蒼梧鎖白雲，九嶷秋色碧氤氳[1]。夜深誰鼓湘靈瑟，凄斷清商不忍聞[2]。

【校注】

〔1〕全句見本卷《采石懷李白七首》之其三注〔1〕。

〔2〕湘靈瑟：見《華容宿西禪寺》注〔4〕。清商：商，五音之一。《禮記·月令》：“(孟秋之月)其音商。”謂其音凄清悲涼，故稱“清商”。

其二

明月懷人倚暮愁，星河不動白雲流〔1〕。一聲何處來鴻雁，忽送人間萬里秋〔2〕。

【校注】

〔1〕暮愁：暮色降臨引起的愁緒。米芾《阮郎歸·雙雙鴛鴦戲蘋洲》：“一聲長笛咽清秋。碧雲生暮愁。”

〔2〕忽送，底本作“忽聞”，平仄不協，據明刻本改。

聞宋山人應元游南嶽〔1〕

山人自是子長流，最愛名山汗漫游〔2〕。七十二峰明月夜，碧簫吹徹洞庭秋〔3〕。

【校注】

〔1〕山人：古代學者士人的雅號。宋應元：即宋登春，字應元，號海翁，河北邢臺人。晚年定居江陵天鵝池，更號鵝池。

〔2〕子長：司馬遷字。汗漫游：世外之游。形容漫游之遠。典出《淮南子·道應訓》：“吾與汗漫期於九垓之外。”

〔3〕七十二峰：指衡山七十二峰。碧簫：碧玉制的簫。温庭筠《曉仙謡》：“碧簫曲盡彩霞動，下視九州皆悄然。”

夏日懷友

愁聽黃鸝喚友頻，一聲才盡一聲新[1]。相思空折相思樹，悵望無因寄美人[2]。

【校注】

〔1〕黃鸝喚友頻：《詩·葛覃》："黄鳥于飛，集于灌木，其鳴喈喈。"《詩經》中多次出現黄鸝，被譽爲不妒之鳥，亦表朋友之道。

〔2〕悵望：惆悵地看望或想望。薩都剌《滿江紅·金陵懷古》詞："空悵望，山川形勝，已非疇昔。"無因：無緣。美人：古詩多以指自己所懷念向往的人。

歸五峰莊作[1]

纔到紅塵便憶山，山中叢桂待予攀[2]。情知世事非真事，昨日歸來今日閑[3]。

【校注】

〔1〕五峰莊：田子壽在五峰長官司的居所。

〔2〕紅塵：繁華之地。

〔3〕世事：塵俗之事。真事，明刻本作"身事"，似應从。

寄魏解元懋權[1]

魏家公子擅才雄，每向蘭臺賦大風[2]。爲問于今門下客，幾人迎自市屠中[3]。

【校注】

〔1〕解元：科舉時代鄉試第一名爲解元。魏懋權：名允中，南樂人。爲諸生，被王世貞所器重。鄉試時，王告誡門吏説："非魏允中第一，勿伐鼓以傳也。"

〔2〕賦大風：宋玉《風賦》："有風颯然而至，王乃披襟而當之，曰：'快哉此風，寡人所與庶人共者邪！'宋玉對曰：'此獨大王之風耳，庶人安得而共之？'"此借指魏懋權的才華。

〔3〕門下客：門客，食客；學生，弟子。市屠：市中屠肆。《史記·魏公子列傳》："侯生又謂公子曰：'臣有客在市屠中，願枉車騎過之。'"説的是戰國時信陵君迎夷門監者侯嬴於家，並爲之駕車於市屠中訪朱亥的故事。

寄李别駕彦孚〔1〕

天馬由來産渥窪，行看掣電涉流沙〔2〕。即今太乙多靈貺，不獨當年屬漢家〔3〕。

【校注】

〔1〕别駕：官名。漢置别駕從事史，爲刺史佐吏。刺史巡視轄境時，别駕乘驛車隨行，故名。李彦孚：生平不詳。

〔2〕渥窪：水名。在今甘肅安西縣境，傳説産神馬之處。其馬稱"渥水駒"。掣電：閃電。明刻本作"製電"，誤。流沙：沙漠地區。

〔3〕即今：今天。太乙：本作太一，天神名。靈貺：神靈賜福。明刻本作"靈况"，况，古同"貺"。

菊　花

歲晚霜飛莽落英，誰將秋色點荆蘅〔1〕。美人林下真同逸，桂子蟾宫漫獨清〔2〕。空向沅波酬屈父，偏於籬畔醉陶生〔3〕。芳心一片凌摇落，桃李如今可載榮[4]。

【校注】

〔1〕莽：草；草叢。落英：落花；一説爲初生之花。游國恩《離騒纂義》引孫奕曰：“宫室始成則祭曰落成，故菊英始生亦曰落英。”用此義，則“莽”爲盛茂之意。荆蘅：荆棘蘅皋。張孝祥《滿江紅》詞：“秋滿蘅皋，煙蕪外、吴山歷歷。”

〔2〕林下：謂閒雅超逸。高啓《梅花》：“雪滿山中高士卧，月明林下美人來。”獨清：謂清白自處，不同流合污。

〔3〕酬屈父：屈原《離騒》：“朝飲木蘭之墜露兮，夕餐秋菊之落英。”醉陶生：陶淵明有“采菊東籬下，悠然見南山”的詩句。

〔4〕芳心：本指花蕊，借指情懷。摇落：凋殘；零落。榮：草木的花；繁茂。

蘭　花

憔悴誰將傍屈平，簾開春色轉盈盈[1]。已歡入室芳菲襲，敢向當門怨恨生[2]。賦處不妨夸楚秀，夢來何意協燕榮[3]。君看剩有幽香在，秦水桃花浪隱名[4]。

【校注】

〔1〕傍屈平：屈原《離騒》中有“余既滋蘭之九畹兮”“紉秋蘭以爲佩”等句，以蘭之雅潔，爲君子之佩。

〔2〕入室：入室賓。極親密的伴侣。當門：當門犬。攔門咬人的狗。《戰國策·楚策一》：“人有以其狗爲有執而愛之。其狗嘗溺井，其鄰人見狗之溺井，欲入言之，狗惡之，當門而噬之。”

〔3〕楚秀：楚地的優秀人物。借指蘭花。燕（yān）榮：燕夢徵蘭；夢蘭。春秋時鄭文公妾燕姞，嘗夢天使賜蘭，後生穆公，名之曰蘭。見《左傳》宣公三年。

〔4〕剩有：更有，猶有。秦水桃花：或指桃花源，乃隱居之地。浪：副詞，表示否定，猶“莫”“不要”。

玉　簪[1]

爲憐素質漙清露，頗厭濃姿鬥晚霞[2]。霓曲歌殘瑶殿月，燕釵飛簇漢宫花[3]。御裝色掩金瓶曉，擁坐光凌玉辟邪[4]。况是真心原有托，不隨桃李怨年華[5]。

【校注】

〔1〕玉簪：百合科多年生草本植物。此指玉簪花，秋季開花，白色，芳香。因花莖從葉叢中抽出，總狀花序，形如發簪，故名。

〔2〕漙（tuán）：露水多貌。《詩·鄭風·野有蔓草》：“野有蔓草，零露漙兮。”底本譌作“溥”。

〔3〕霓曲：霓裳羽衣曲。唐宫廷樂舞。燕釵：雀釵。婦女首飾，由兩股合成，其形似雀，故名。漢宫花：《西京雜記》卷二：“武帝過李夫人就取玉簪搔頭，自此後宫人搔頭皆用玉，玉價倍貴焉。”

〔4〕御裝：疑爲“衒裝”，猶言着盛裝。金瓶曉：帶有晨露的瓶中瓊花。鄭覺齋《揚州慢·瓊花》詞：“記曉剪、春冰馳送，金瓶露濕，緹騎星流。”擁坐：抱持、圍集在一起。凌：壓倒；勝過。辟邪：古代傳説中的神獸。似鹿而長尾，有兩角。

〔5〕真心：純潔善良的心。佛教謂真實无妄之心。

海　棠

何處花神不愛形，幾從亭畔鬥娉婷[1]。美人睡起嬌無力，仙子狂來醉未醒[2]。雲卷紅妝霞作障，風回翠袖錦爲屏[3]。君看自失淵材恨，别是昌州一種馨[4]。

【校注】

〔1〕娉婷：容貌姿態嬌好的樣子。

〔2〕嬌無力、醉未醒（xīng）：樂史《太真外傳》："上皇登沈香亭，詔太真妃子。妃於時卯醉未醒，命力士從侍兒扶掖而至。妃子醉顔殘妝，鬢亂釵横，不能再拜。上皇笑曰：'是豈妃子醉，真海棠睡未足耳。'"

〔3〕障：通"幛"。畫軸。杜甫《題李尊師松樹障子歌》："握髮呼兒延入户，手提新畫青松障。"屏：屏風。

〔4〕淵材：彭淵材。北宋音樂家。他曾説平生無所恨，所恨者僅五事：一是鰣魚多骨，二是金桔帶酸，三是蓴菜性冷，四是海棠無香，五是曾子固不能詩。後來得知昌州海棠獨香，他一生憾事少了一件，喜不自禁，對昌州充滿無限向往之情。恨：遺憾。昌州：府名。古地區名。約在今重慶市永川區、大足縣一帶。惠洪《冷齋夜話》："海棠無香，昌州海棠獨香。"在大足龍崗山北塔下高聳的石壁上，刻有四個斗大的字："海棠香國"。傳説爲唐代昌州府官張顔所題。

寄答武陵龍思所伯仲〔1〕

名家奕葉武陵中，尺素雙魚萬里通〔2〕。漁父舟航虚世代，楚臣蘭佩動流風〔3〕。豪光夜識雙鉤氣，文彩人夸一陸雄〔4〕。若謂龍門容易到，不將聲價古人同〔5〕。

【校注】

〔1〕龍思所伯仲：未詳。

〔2〕奕葉：奕世。一代接一代。尺素、雙魚：均指書信。

〔3〕漁父：打魚的人。舟航：船隻。虚：間斷。世代：時代；朝代。《桃花源記》："見漁人，乃大驚。問所從來，具答之……問今之何世，乃不知有漢，無論魏晋。"楚臣：指屈原。流風：前代流傳下來的風氣。

〔4〕雙鈎氣：豐城劍氣。見《贈三尹毛仲選》注〔3〕。一陸：指西晋文學家陸機。明刻本爲“二陸”，疑底本脱譌。

〔5〕龍門：東漢名士李膺以聲名自高，不妄接賓客，若被容接，時人謂之登龍門。聲價：名譽身價。

送陳長陽調武昌之崇陽〔1〕

君從百里著才賢，俗變歌謡藉甚傳〔2〕。弦誦武城譚化日，陽春郢里和歌年〔3〕。牛刀再試無餘地，鳧舄高飛暫楚天〔4〕。在昔漢庭崇異績，行看召對未央前〔5〕。

嚴平子評：未能免俗，聊復爾爾〔6〕。

【校注】

〔1〕崇陽：今湖北崇陽縣。

〔2〕百里：古時一縣所轄之地。因以爲縣的代稱，治理一縣的人才稱百里才。藉甚：亦作“籍甚”。《漢書·陸賈傳》：“賈以此游漢廷公卿間，名聲藉甚。”

〔3〕弦誦武城：武城弦。《論語·陽貨》：“子之武弦，聞城歌之聲。”朱熹集注：“弦，琴瑟也。時子游爲武城宰，以禮樂爲教，故邑人皆弦歌也。”後借指禮樂教化。譚化：政教風化；教育感化。譚，通“談”。

〔4〕牛刀：宰牛的刀。語出《論語·陽貨》：“子之武城，聞弦歌之聲。夫子莞爾而笑曰：‘割鷄焉用牛刀？’”後常以喻大材器。

〔5〕漢庭：漢代朝廷。召對：召見奏對。未央：西漢宫殿名。

〔6〕免俗：不拘世俗常情。

李大將軍還自蜀中奉寄〔1〕

戰代勳名塞兩間，鐃歌新自蜀西還〔2〕。劍懸牛斗龍雲壯，花落旌旗虎豹閑[3]。夢中得[4]。父老威儀歡借望，主恩弓矢羡重頒[5]。不須甘即頻陽卧，早晚天書下九關[6]。

【校注】

〔1〕李大將軍：生平不詳。此首第二、三兩句録自明刻本。底本作“鐃歌自蜀西還劍。懸牛鬥龍雲壯新”，面目全非。

〔2〕戰代：疑爲“戰伐”之誤。征戰攻伐。明刻本隱約有戈之撇痕。兩間：天地之間。鐃歌：軍樂。

〔3〕牛斗：牛宿和斗宿。龍雲：或是“雲龍”，《易·乾》：“雪從龍。”此代指駿馬。虎豹：指李大將軍的軍隊。

〔4〕夢中得：謂此句夢中所得。

〔5〕“父老”句：《後漢書·先武帝紀上》：“不圖復見漢官威儀。”謂蜀地民衆得見王師欣喜之情。弓矢，底本作“弓失”，誤。

〔6〕頻陽：古縣名。在今陝西省富平縣東北，秦將王翦的故鄉。曾謝病歸此，後復被起用。天書：帝王的詔書。九關：指宫闕，朝廷。陸游《言懷》詩：“孰云九關遠，精意當徹聞。”

寄呈奉常墻東居士王次公[1]

漫笑吴門夸二陸，還輕江表羡諸王[2]。豈知阿閣鳴雙鳳，重向詞垣擅大方[3]。郢雪倡來誰復和，楚騷吟罷更何傷[4]。龍門自古攀非易，况隔江湖萬里長[5]。

【校注】

〔1〕奉常：官名。秦九卿之一，掌宗廟禮儀。王次公：王世懋。字敬美，號墻東居士。王世貞弟，嘉靖三十八年（1559）進士，官太常少卿。

〔2〕漫：隨意；隨便。吴門：指蘇州或蘇州一帶。二陸：晋陸機、陸雲兄弟。吴縣（今上海松江縣）人，屬蘇州府（吴郡）轄，故稱“吴門二陸”。江

表：長江以南地區。諸王：指晋王導、王羲之家族，名重一時。雖祖籍山東琅邪，但王導定居建康（南京），王羲之定居會稽山陰（浙江紹興），仍屬江表。

〔3〕阿閣：四面都有檐溜的樓閣。此指宫中殿閣。雙鳳：指王世貞、王世懋兩兄弟。詞垣：義同“詞署”。詞臣的官署，如翰林院之類。大方：方家。謂識見廣博有專長。

〔4〕郢雪：指高雅的樂曲或詩文。和：以聲相應；以詩歌酬答。

〔5〕龍門：聲望極高的人的府第，參見《寄答武陵龍思所伯仲》注〔5〕。江湖：民間。

牡丹花

紅紫紛紛綴綺時，名花何自後春期〔1〕。霓裳仙子長銜醉，錦帳佳人迥自持〔2〕。風葉舞翻飛燕掌，朝華光燦宓妃姿〔3〕。惟應國色天香在，未許狂蜂狎蝶窺〔4〕。

【校注】

〔1〕綴綺：繫結華麗之物。形容美盛。王世貞《紫藤花》詩：“裁霞綴綺光相亂，剪雨縈煙態轉深。”後春期：牡丹在暮春初夏開花，故稱。

〔2〕霓裳：霓，虹的一種。即以霓爲裳，指服裝艷麗。銜：包含；籠罩。迥：時間久。自持：自我克制。

〔3〕飛燕掌：漢成帝皇后趙飛燕，因體輕，可作掌上舞。宓妃：傳説中的洛水女神。曹植《洛神賦》：“其形也，翩若驚鴻，婉若游龍。”

〔4〕狂蜂狎蝶：比喻輕薄放蕩之人。

紅梅花

瓊姿霜霰元無染，雨露施朱分豈慚〔1〕。自是千花先讓笑，從教萬蕊謾迎酣〔2〕。妝成色暈芙蓉臉，點罷香浮玳瑁簪〔3〕。别有春愁誰解釋，美人消息夢江南〔4〕。

【校注】

〔1〕霰：固體降水物。古稱米雪，俗稱“雪米子”。雨，明刻本作“兩”。慚，底本作“漸”，誤。據明刻本改。

〔2〕謾：通“漫”。冗長；繁多。暈：折射、反射的光象或色彩四周模糊的部分。

〔3〕玳瑁簪：用玳瑁背殼做成的婦女首飾。春愁：春日的愁緒。解釋：勸解疏通。

〔4〕美人消息：劉禹錫《楊柳枝》：“曾與美人橋上别，恨無消息到今朝。”

憶尤山人歸吴〔1〕

雲樹依微起各天，秋鴻春雁總茫然〔2〕。長洲苑裏閑花塢，閶闔門前種柳煙〔3〕。浮世豪華空碌碌，西江煙月自年年〔4〕。遭逢四海雍熙盛，莫問鴟夷范蠡船〔5〕。

【校注】

〔1〕尤山人：生平不詳。此詩題底本作“寄胡山人伯良客京中”，錯置。據明刻本復原。

〔2〕雲樹：雲和樹。比喻朋友闊别遠隔。白居易《早春西湖閒游悵然興懷寄微之》：“雲樹分三驛，烟波限一津。”依微：隱約，不清晰貌。各天：各自的天空。

〔3〕長洲苑：古苑名。在今江蘇省太湖北。閶闔門：即閶門。城門名，在江蘇省蘇州市城西。古時閶門高樓閣道，雄偉壯麗。

〔4〕碌碌：煩忙勞苦貌。明刻本作“緑緑”。西江：唐人多稱長江中下游爲西江。煙月：朦朧的月色。

〔5〕鴟夷：皮制的口袋。用以盛酒。春秋時范蠡自號“鴟夷子皮”。范蠡：

春秋時越國大夫。傳説輔越滅吴後，偕西施泛舟五湖而去。

寄胡山人伯良客京中〔1〕

聞説燕京樂事深，禁城春色殢游心〔2〕。鶯聲歷亂無南北，柳色參差自古今〔3〕。千象故應推彩筆，空群漫爾問黄金〔4〕。遥思漢主甘泉日，應薦誰能賦上林〔5〕。

【校注】

〔1〕胡伯良：胡之驥。字伯良，號蘇州山人。主要生活在萬曆年間，生卒年不詳。祖籍蘇州，五世積書，後因倭寇擾邊，流寓於湖北黄州蕲水一帶。飽讀詩書，尤喜江淹詩文，著有《江文通集匯注》。此首底本僅有詩題，内容取自明刻本。

〔2〕燕京：指明都北京。深：充分；多。殢（tì）：滯留。

〔3〕歷亂：紛亂，雜亂。

〔4〕千象：一切事物或景象。空群：韓愈《送温處士赴河陽軍序》："伯樂一過冀北之野，而馬群遂空。"後因以"空群"比喻人才被選拔一空。漫爾：隨意貌。黄金：指黄金臺。又稱金臺、燕臺。故址在今河北省易縣東南北易水南。相傳戰國燕昭王築，置千金於臺上，延請天下賢士，故名。

〔5〕漢主：漢朝君主。甘泉：漢宫名。上林：即《上林賦》。司馬相如的代表作。

登澧城遇仙樓〔1〕

徙倚飛樓澧水濱，迹奇天地少紅塵〔2〕。到來慢説仙同遇，望處誰憐幻是真〔3〕。檻外湖連三楚浸，座中山出九疑顰〔4〕。居人笑指桃源路，君自漁郎我自秦〔5〕。

【校注】

〔1〕遇仙樓：在澧州城遇仙橋南，相傳喬守遇仙於此。

〔2〕徙倚：徘徊流連。飛樓：高樓。飛，形容高在半空，如飛閣，飛橋。迹：古迹。謂前人留下的事物。紅塵：鬧市的繁華喧囂與紛擾。

〔3〕慢説：别説，不要説。司空圖《柳》詩之一："漫説早梅先得意，不知春力暗分張。"憐：同情；喜愛。

〔4〕檻：欄干。參《懷楚中諸社游赴公車》注〔2〕。

〔5〕居人：當地家居的人。桃源路：通往桃花源的路。漁郎：發現桃花源者。

坐紫芝亭偶接台州馮仁卿書〔1〕

雙魚忽漫泝江干，愁向孤亭對菊看〔2〕。標出天臺霞是色，芳傳澧浦佩爲蘭〔3〕。逢人投璧知非是，結密論心總是難〔4〕。幸有忘年公子在，相思空欲報琅玕〔5〕。

【校注】

〔1〕紫芝亭：見《紫芝亭》注〔1〕。台州：州、路、府名。唐武德五年(622)，改海州爲台州，以境北天台山得名，治臨海。馮仁卿：生平不詳。

〔2〕雙魚：指書信。古有魚雁傳書之説。古樂府《飲馬長城窟行》："呼兒烹鯉魚，中有尺素書。"忽漫：忽而；偶然。杜甫《送路六侍御入朝》："更爲後會知何地，忽漫相逢是别筵。"泝：逆水而上。底本作"沂"，誤。江干：江岸。杜甫《賓至》詩："豈有文章驚海内，漫勞車馬駐江干。"

〔3〕標：表識，記號。孫綽《游天臺山賦》："赤城霞起以建標。"意謂天台山入口的赤城，山壁好像一座紅色的城墻，如同紅霞一樣，立起一座高高的標柱。天臺：天臺山，在浙江省天臺縣北。澧浦：澧水之濱。佩：飾物。《楚辭·九歌·湘君》："遺餘佩兮澧浦。"蘭：香草。

〔4〕投璧：有"林回投璧負嬰"和"澹臺滅明投璧毀蛟"二典，均指輕財

仗義。結密：結交志同道合的朋友。論心：憑心而論，推心置腹地交談。

〔5〕忘年：忘年交。兩人年輩不相當而爲友。《南史·何遜傳》："弱冠，州舉秀才，南鄉范雲見其對策，大相稱贊，因結忘年交。"琅玕：似玉的美石。借指馮仁卿書。

奉邸中吴越游〔1〕

神京消息渺難真，北斗城高近紫宸〔2〕。雲裏金莖雙掌露，宫中玉樹萬年春〔3〕。晴憐柳色吴閶遠，曉聽鶯聲薊苑新〔4〕。解道孤雲常捧日，肯飛黄鵠楚江濱〔5〕。

【校注】

〔1〕詩題"奉邸中吴越游"，意似爲奉友人囑爲此篇。奉，底本作"春"，據明刻本改。

〔2〕神京：帝都；首都。北斗城：皇城；皇宫。紫宸：紫微垣。星官名。

〔3〕金莖雙掌露：詳見《答鵬初吉士賦得謁帝承明廬見寄》注〔4〕。

〔4〕吴閶：蘇州故城閶門。借指吴地，今蘇州一帶。薊苑：京都的園林。或指"薊丘"，在北京城西德勝門外西北隅。爲京師八景之一，名曰"薊門煙樹"。

〔5〕解道：懂得；知道。孤雲：孤飛的片雲。喻客居他鄉。捧日：喻忠心輔佐帝王。

庚寅元日立春〔1〕

元日韶華動管灰，楚宫花鳥近昭回〔2〕。輕寒漫逐初陽散，明月還遲宿霧開〔3〕。象緯夜旋天北極，芙荷春入地南隈〔4〕。何人解致椒花頌，直取南山作壽杯〔5〕。

【校注】

〔1〕庚寅：即1590年。元日：正月初一。

〔2〕管灰：古代候驗節氣變化，以葭莩之灰置於律管，陰陽和則景至，律氣應則灰飛。昭回：謂星晨光耀回轉。《詩經·大雅·雲漢》："倬彼雲漢，昭回于天。"

〔3〕輕寒：微寒。初陽：朝陽。宿霧：夜霧。

〔4〕象緯：見《喜鵬初丈高發南宫》注〔4〕。

〔5〕椒花頌：《晋書·列女傳·劉臻妻陳氏》："劉臻妻陳氏者，亦聰辨屬文，嘗正旦獻《椒花頌》。"後以爲新年祝詞的典實。壽杯：祝壽的酒。古俗有農曆元旦向家長獻椒酒，以示祝壽、拜賀之意。

寄題國華侄離騷草堂

羡爾離騷勝事並，涉江遥誦卜居成〔1〕。芙蓉華集爲裳句，蘭芷香沉結佩名〔2〕。水帶湘痕流浩浩，雲來嶽色吐英英〔3〕。憑君莫話人皆醉，昭代於今漸解醒〔4〕。

【校注】

〔1〕勝事：美好的事情。並（bīng）：聚合，相從。明刻本作"弁"。涉江：《楚辭·九章》篇名。屈原作。爲原渡江湘，入洞庭，過枉陼、辰陽的紀行之作。卜居：《楚辭》篇名。謂卜問所以自處之道。成，底本作"城"，誤。據明刻本改。

〔2〕華：同花。爲裳句：《楚辭·離騷》："製芰荷以爲衣兮，集芙蓉以爲裳。"結佩：此指用蘭芷編結珮飾。《楚辭·離騷》："紉秋蘭以爲佩。"

〔3〕湘痕：湘妃竹上的斑點。傳説舜帝南巡，死後葬於九嶷。娥皇、女英二妃萬里尋夫，過洞庭溯湘江，以淚揮竹，竹上盡是斑點。後死於江湘之間，化爲湘水女神。浩浩：水流壯闊貌。雲來：如雲飛卷而來。嶽色：南嶽的景色。英英：輕盈明亮貌。《詩·小雅·白華》："英英白雲，露彼菅茅。"

〔4〕憑：請。杜牧《贈獵騎詩》："憑君莫射南來雁，恐有家書寄遠方。"人皆醉：《楚辭·漁父》："衆人皆醉我獨醒。"昭代：政治清明的世代。酲：病酒。醉後神志不清。

長門怨[1]

金屋流塵黯黯生，寒蛩四壁起秋聲[2]。誰憐一片長門月，不似昭陽分外明。

【校注】

〔1〕長門怨：樂府《相和歌辭》楚調曲名。《樂府解題》曰："《長門怨》者，爲陳皇后作也……聞司馬相如工文章，奉黄金百斤，令爲解愁之辭。相如爲作《長門賦》，帝見而傷之，復得親幸。後人因其賦而爲《長門怨》也。"

〔2〕金屋：華美之屋。《漢武故事》："年四歲，立爲膠東王。數歲，長公主嫖抱置膝上，問曰：'兒欲得婦不？'膠東王曰：'欲得婦'……末指其女問曰：'阿嬌好不？'於是乃笑對曰：'好！若得阿嬌作婦，當作金屋貯之也。'"流塵：灰塵。黯黯：光綫昏暗。寒蛩：秋天的蟋蟀。

涼州曲[1]

美酒春濃琥珀流，葡萄莫漫羡涼州[2]。縱令醉卧沙場月，無那關山萬里秋[3]。

【校注】

〔1〕涼州曲：樂府近代曲名。原是涼州一帶的地方歌曲，開元中由西涼府都督郭知運引進。

〔2〕琥珀流：指美酒呈琥珀色。葡萄：指葡萄酒。

〔3〕沙場：戰場。王翰《涼州詞》："醉卧沙場君莫笑，古來征戰幾人

回。”無那：無奈，無可奈何。關山：關隘山嶺。王昌齡《從軍行》之一：“更吹羌笛關山月，無那金閨萬里愁。”

吊明妃

琵琶聲斷塞垣春，青塚年年草自新〔1〕。何似文姬歸萬里，胡笳拍盡九邊塵〔2〕。

【校注】

〔1〕明妃：即王昭君。

〔2〕青塚：王昭君墓。傳説墓上草色常青，因稱“青塚”。在内蒙古自治區呼和浩特市南。塞垣：指北方邊境地帶。

〔3〕何似：何如。聶夷中《燕臺》詩之二：“何似章華畔，空餘禾黍生？”文姬：蔡文姬。名琰。東漢末年陳留圉（今河南開封杞縣）人，蔡邕女。精於天文數理，既博學能文，又善詩賦，兼長辯才與音律。代表作有《胡笳十八拍》《悲憤詩》等。九邊：本謂明代設在北方的九個邊防重鎮，後爲邊境的泛稱。《明史·兵志三》：“初設遼東、宣府、大同、延綏四鎮，繼設寧夏、甘肅、薊州三鎮，而太原總兵治偏頭，三邊制府駐固原，亦稱二鎮，是爲九邊。”

姑蘇臺〔1〕

舊苑深花春自開，荒臺麋鹿晝還來〔2〕。可憐一醉西施後，長使吴宫没草萊〔3〕。

【校注】

〔1〕姑蘇臺：臺名。顧祖禹《讀史方輿紀要·江南六·蘇州府》：“姑蘇山，一名姑胥山，一名姑餘山。姑蘇臺在其上，闔閭所作也。一名胥臺。”

〔2〕麋鹿：哺乳動物。雄的有角。一般認爲它角似鹿，頭似馬，身似驢，

蹄似牛，故名“四不像”。晝：白天。麋鹿白天還來，是形容姑蘇臺極度荒凉。底本作“畫”，誤。據明刻本改。

〔3〕西施：春秋越美女。越王勾踐敗於會稽，范蠡取西施獻吴王夫差，使其迷惑忘政，越遂亡吴。

客中聞樂

羌笛誰將月下吹，秋風楊柳不勝悲。醉來恍覺身爲客，瑶瑟休彈遠別離〔1〕。

【校注】

〔1〕遠別離：樂府《別離十九曲》之一，多寫悲傷離别之事。

改歲感憶兆孺師却寄〔1〕

芙蓉渚外騷人徑，杜若洲邊處士家〔2〕。記得去年嘉會日，疑開醽醁泛桃花〔3〕。

嚴平子評：先生詩風骨内含，韻度外朗，居然大雅。元音雖間落時蹊，未去陳言，而造詣深厚之力，不可誣也。諸絶尤有朱弦洞越一唱三嘆之致。惜呼！未睹其全集，令人想象不盡〔4〕。

【校注】

〔1〕改歲：由舊年過渡到新年。《詩·豳風·七月》：“嗟我婦子，曰爲改歲。”

〔2〕芙蓉渚：四周遍佈荷花的水中小塊陸地。杜若：香草名。屈原《九歌》：“採芳洲兮杜若，又繚之兮杜衡。”處士：古時稱有才德而隱居不仕的人。

〔3〕醽醁：酒名。亦作“綠酃”。《文選·左思〈吴都賦〉》：“飛輕軒而酌

緑酃。”李善注引《湘州記》:“湘州臨水縣有酃湖，取水爲酒，名曰酃酒。”

〔4〕此評語底本放在最後，應是嚴守昇對《紫芝亭詩集》的總評。

附佚詩一首

寄懷王行甫〔1〕

才名江左尚烏衣，瓠落林塘静掩扉〔2〕。短夢聽猿和雨斷，尺書有燕背人飛〔3〕。澧蘭顧我秋紉佩，楚菊同君日療飢〔4〕。占勝柯園容結社，相尋一舸淡忘歸〔5〕。

【校注】

〔1〕此詩見於胡震亨《讀書雜録》。王行甫：王同軌，字行甫。黄岡人。生卒年不詳。明代小説家、詩人。約光宗泰昌前後在世。由貢生官江寧縣知縣。

〔2〕江左：江東。烏衣：猶烏衣子弟。此指年紀尚輕。瓠落：空廓貌。林塘：樹林池塘。

〔3〕短夢：猶言更長夢短。尺書：書信。有燕：古有燕足繫詩的故事，燕可傳書。見王仁裕《開元天寶遺事・傳書燕》。背人：避開他人。

〔4〕澧蘭：《楚辭・九歌・湘夫人》:“沅有芷兮澧有蘭。”比喻高潔的人品或高尚的事物。紉佩：語出《楚辭・離騷》:“紉秋蘭以爲佩。”謂捻綴秋蘭，佩帶在身。後以喻對别人的德澤或教益銘感於心，如紉佩在身。多用於書信。楚菊：屈原筆下之菊。《楚辭・離騷》:“夕飡秋菊之落英。”療飢：解餓，充飢。

〔5〕占勝：選擇勝景；覽勝。柯園：園名。詩人結社之地。位置不詳。舸：船。

荆楚文库

楚騷館詩集

田國華 著

目　録

丙戌春日試筆柬六季父〔1〕

梅花樹樹滿江春，憐客經春鬢又新〔2〕。世事變遷驚歲月，人情翻覆失疏親〔3〕。山頭雨色堪供醉，圃外鶯花不厭貧。搔首自慚多萎頓，何如石上坐垂綸〔4〕。

【校注】

〔1〕季父：叔父。六季父即田子壽，字九齡，容美土司第一代詩人。試筆：開始動筆。陸龜蒙《村夜》詩："開瓶浮蟻緑，試筆秋毫勁。"

〔2〕憐客：指詩人與六季父客居他鄉，同病相憐。鬢：臉旁靠近耳朵邊的頭髮。此詩作於1586年春日，田九齡年近六十，白髮蒼蒼自有可能。詩人年不過二十餘歲，其身世處境，少年白頭，亦未可知。

〔3〕翻覆：反覆無常，變化不定。陸機《君子行》："休咎相乘躡，翻覆若波瀾。"

〔4〕萎頓：疲困，没有精神。

六季父苦雨不至作此促之〔1〕

數椽茅屋倚江灣，寒雨瀟瀟草徑閑〔2〕。望裏白雲常自變，愁來世路總多關。林花紅濕誰同醉，堤柳青垂好共攀。莫惜障泥防度馬，須期竹葉破愁顔〔3〕。

【校注】

〔1〕苦雨：爲雨所苦。

〔2〕閑，明刻本爲"間"。(1）讀作"間（jiān）"，謂（寒雨灑在）長滿雜草的小路上；(2）讀作"閑（xián）"，謂長滿雜草的小路閑着没人行走。二義皆通。

〔3〕障泥：垂於馬腹兩側，用以遮擋泥水塵土的東西。李白《紫騮馬》詩：

“臨流不肯渡，似惜錦障泥。”防度馬：防，用同“妨”。妨礙騎馬。劉唐卿《降桑椹》第二折：“不防事，不防事，還好哩，還知疼痛哩。”竹葉：酒名。破愁顔：鄭谷《中年》：“愁破方知酒有權。”

登山以雨留山院

丹丘風雨氣蕭森，石徑迢遥路轉深〔1〕。總爲青山堪避世，還因仙院可持心〔2〕。橋邊瀑布飛瓊屑，雲裏簫聲落鳳音。永夜放歌渾不寐，赤松何處可招尋〔3〕。

嚴平子評：讀此如皆留山畔〔4〕。

【校注】

〔1〕丹丘：飛仙居住的地方。陳琳《大荒賦》：“過不死之靈域兮，仍羽人之丹丘。”

〔2〕避世：避開塵世的煩擾。仙院：指詩題中的山院。持心：把握心裏狀態，保持平静。

〔3〕赤松：赤松子。古代神話中的仙人。《漢書·張良傳》：“願棄人間事，從赤松子游耳。”

〔4〕皆留：偕留。一同留。皆與偕通，亦有讀作偕者。《管子·大匡》：“公將如齊，與夫人皆行。”郭沫若等集校引李哲明曰：“皆，讀爲偕，古字通用。”

寄方道與〔1〕

幾年詞客滯荆州，寥落那堪宋玉秋〔2〕。風雨薜蘿湖外寺，烟花潮汐海門舟〔3〕。天回島嶼生歸興，日落衡湘動遠愁〔4〕。知爾登樓仍有賦，可無飛夢到瀛洲〔5〕。

【校注】

〔1〕方道與：生平不詳。

〔2〕詞客：擅長文詞的人。詩中指方道與。王維《偶然作》詩之六："宿世謬詞客，前身應畫師。"寥落：冷落，寂寞。陶潛《和胡西曹示顧賊曹》："悠悠待秋稼，寥落將賒遲。"宋玉秋：悲秋。宋玉，戰國時楚人，辭賦家。其《九辯》："悲哉秋之爲氣也。"謂對秋景的傷感。

〔3〕薜蘿：薜荔和女蘿。《楚辭·九歌·山鬼》："若有人兮山之阿，被薜荔兮帶女蘿。"王逸注："女蘿，兔絲也。言山鬼仿佛若人，見於山之阿，被薜荔之衣，以兔絲爲帶也。"後借以指隱者或高士的衣服。烟花：指春天艷麗的景物。杜甫《清明》詩："秦城樓閣烟花裏，漢主山河錦綉中。"潮汐：地球海洋在月球引潮力作用下，産生的形變或長周期波動的現象。海門：海口。內河通海之處。此指長江入海處。

〔4〕天回：天體運轉；時光流逝。島嶼：李洞《送雲卿上人游安南》："島嶼分諸國，星河共一天。"歸興：回鄉的興致。衡湘：衡山和湘水的並稱。鄭澤《佩忍初來長沙即席奉贈》："衡湘秋氣清，識子翩來游。"底本作"衡山"，據明刻本改。

〔5〕登樓：漢末文學家王粲依荆州劉表，不爲所重。偶登麥城城樓，極目四望，感到"紛濁"未已。自己離鄉日久，功業不就，因而渴望改變這種政治局面，借以施展自己的才能。因作《登樓賦》。後常以"王粲登樓"作爲文人思鄉，懷才不遇的典故。瀛洲：（1）傳説中的仙山。《史記·秦始皇本紀》："海中有三神山，名曰蓬萊、方丈、瀛州，仙人居之。"（2）唐李世民爲網羅人才，作文學館，以杜如晦、房玄齡等十八人爲學士。在選中者，爲天下所慕向，稱之"登瀛州"。

客有邀飲者有感賦此

送客留髡醉晚風，飛來鴻雁暮雲中[1]。簾前山削芙蓉峻，席上杯傳琥珀濃[2]。客有壯心迴太白，人携匕首是長虹[3]。歡歌莫計藤蘿暝，世路明朝任轉蓬〔4〕。

【校注】

〔1〕留髠：《史記·滑稽列傳》：“日暮酒闌……主人留髠而送客。”謂送走他客而獨留淳于髠極飲盡歡。後因稱留客痛飲爲“留髠”。鴻雁：《漢書·蘇武傳》有大雁傳書事，後因以喻書信或傳送書信人的代稱。

〔2〕削：形容陡峭如經刀削一般。芙蓉峻：像芙蓉峰般峻秀。亦或指衡山芙蓉峰。琥珀：一種色蠟黄至紅褐，透明，樹脂光澤的有機質礦物。此指色如琥珀的美酒。

〔3〕太白：金星，亦稱啓明星。自轉方向與其他行星相反，自東向西逆轉。匕，底本譌爲“七”，明刻本譌爲“化”的古字“匕”。

〔4〕藤蘿：紫藤的通稱。亦泛指有匍匐莖和攀援莖的植物。暝：昏暗。轉蓬：蓬轉。蓬草隨風飛轉，比喻行踪無定。李商隱《無題二首》：“嗟余聽鼓應官去，走馬蘭臺類轉蓬。”

艾和甫謫西寧有贈

逐客飄零萬里游，西風黄葉隴山秋〔1〕。白雲不盡思親淚，落日長懸去國愁〔2〕。汗血馬牽胡大宛，蒲萄人醉漢凉州〔3〕。知君更有劉琨興，嘯月悲笳滿戍樓〔4〕。

嚴平子評：大雅之音。

【校注】

〔1〕逐客：被貶謫遠地的人。杜甫《夢李白》詩之一：“江南瘴癘地，逐客無消息。”隴山：六盤山南段的别稱。古時又稱隴坂、隴坻。酈道元《水經注·斤江水》：“隴山、終南山、惇物山在扶風武功縣西南也。”

〔2〕白雲：諭思親。《舊唐書·狄仁傑傳》：“其親在河陽别業，仁傑赴并州，登太行山，南望見白雲孤飛，謂左右曰：‘吾親所居，在此雲下。’瞻望佇

立久之，雲移乃行。”去國：離開京都或朝廷。夏曾佑《將改官出都》詩：“連天芳草送征輪，未充低徊去國身。”

〔3〕汗血馬：古代西域駿馬名。流汗如血，故稱。後多以指駿馬。大宛：古國名。爲西域三十六國之一，北通康居，南面和西南面與大月氏接，産汗血馬。見《史記·大宛列傳》。蒲萄：同葡萄。凉州：（1）州、衛、府名。西漢武帝置凉州，爲十三刺史部之一。東漢時治隴縣（今甘肅張家川）。（2）樂府《近代曲》名，屬宫調曲。原是凉州一帶的地方歌曲，唐開元中由西凉府都督郭知運進。

〔4〕劉琨：字越石，中山魏昌（今河北無極）人。西晋將領。少與祖逖爲友，聞逖被用，有“常恐祖生先吾着鞭”語。永嘉元年（307）任并州刺史。愍帝初，任大將軍，都督并州諸軍事。戍樓：邊防駐軍的瞭望樓。南朝梁元帝《登堤望水》詩：“旅泊依村樹，江槎擁戍樓。”

春日與六季父飲東墅酒家二首

芳郊藉草共招呼，花下開樽興不孤[1]。人自竹林成二阮，山從物外似方壺[2]。春風曲曲吹芳芷，明月亭亭挂碧梧[3]。世事浮沉那足問，且將身逐酒家胡[4]。

嚴平子評：澹蕩自賞。

【校注】

〔1〕藉：坐卧其上。孫綽《游天名山賦》：“藉萋萋之纖草。”李善注：“以草薦地而坐曰藉。”樽：盛酒器。

〔2〕二阮：魏晋間的嵇康、阮籍、山濤、向秀、阮咸、王戎、劉伶七人相與友善，游於竹林，號爲七賢。其中阮籍、阮咸爲叔侄，詩人與田九齡亦爲叔侄，故有此喻。物外：世俗之外。《晋書·單道開傳》：“後至海南，入羅浮山，蕭然物外。”方壺：傳説中的東海神山。

〔3〕曲曲：輕匀貌。芷：香草名。此指芳草。亭亭：高貌。曹丕《雜詩》：

“西北有浮雲，亭亭如車蓋。”

〔4〕那（nuó）：《左傳》宣公二年：“牛則有皮，犀兕尚多，棄甲則那？”楊伯峻注：“那，奈何之合音。”酒家胡：原指當壚侍酒的胡姬。後亦泛指酒家侍者或賣酒婦女。辛延年《羽林郎》詩：“依倚將軍勢，調笑酒家胡。胡姬年十五，春日獨當壚。”

其　二

結轡晴郊外，徘徊北浦前〔1〕。酒邀山徑月，衣帶石湖煙〔2〕。野吹驚幽鳥，溪花撲釣船〔3〕。興來還欲賦，佳思滿前川〔4〕。

【校注】

〔1〕結轡：拴住馬。轡，馭馬的繮繩。北浦：北面的水邊。張九成《某還故里過括蒼謝景思少卿示及諸公和詩次韻》：“朝隨落月東郊去，暮逐歸雲北浦還。”底本作“兆浦”，誤，據明刻本改。

〔2〕山徑月：照在山間小路上的月光。范成大的代表作《山徑》詩：“雲根新徑絡山腰，暗緑交陰宿露飄。行到竹深啼鳥鬧，鵓鳩老怨畫眉嬌。”底本作“山徑日”，誤，據明刻本改。石湖：在蘇州市盤門外西南十里，相傳爲范蠡泛舟五湖之入口。南宋范成大晚年隱居於此，號“石湖居士”。詩人借其隱逸之意。

〔3〕吹（chuì）：竽笙等樂器的吹奏。亦指樂曲。韓愈《幽懷》詩：“凝妝耀洲渚，繁吹蕩人心。”

〔4〕佳思（sì）：（1）美好的意趣；良好的心緒。陳師道《晚望》詩：“稱目有佳思，側徑無好步。”（2）好的構思。鄧椿《畫繼・侯王貴戚》：“少即敏慧，儀矩端莊，作蘆雁，有佳思。”

答寄武陵龍君超〔1〕

天清一葉下丹楓，忽謾題詩問桂叢〔2〕。萬里壯懷愁未減，十年塵事坐來空[3]。虛堂蟋蟀西風裏，别浦蒹葭白露中[4]。一自武陵人去後，桃花開處與誰同[5]。

【校注】

〔1〕武陵：郡名。漢高帝改黔中郡爲武陵郡，隸屬荆州刺史部。龍君超：生平不詳。但和“公安派”袁宏道往來密切。袁宏道有《托龍君超爲覓仙源隱居詩以寄之》《别龍君超君御兄弟》《夏日同龍君超君善家伯修郊外小集》《又和龍君超韻》等詩作。

〔2〕桂叢：古謂科舉及第爲“折桂”。此問龍君超“春試”之事結果如何。

〔3〕壯懷：豪壯的胸懷。韓愈《送石處士赴河陽幕》：“風雲入壯懷，泉石别幽耳。”塵事：塵俗之事。陶潛《辛丑歲七月赴假還江陵夜行塗中》詩：“閒居三十載，遂與塵事冥。”

〔4〕虛堂：空堂。寇準《虛堂》：“虛堂寂寂草蟲鳴，欹枕難忘是舊情。”蒹葭：《詩·秦風·蒹葭》：“蒹葭蒼蒼，白露爲霜。所謂伊人，在水一方。”寫尋求伊人，始終不得。

〔5〕武陵人：《桃花源記》中的武陵漁人。

山房夜坐感季父近築有遯意[1]

嗷嗷猿聲夜已分，松風寂歷醉中聞[2]。空山野笛吹寒月，古寺疏鐘度白雲[3]。客在義熙身是酒，人歸愚谷鹿爲群[4]。比年共有幽棲興，獨往飄飄總愧君[5]。

【校注】

〔1〕遁：回避，隱居。

〔2〕嗷嗷：鳥獸的鳴叫聲。謝靈運《登石門最高頂》：“嗷嗷夜猿啼。”松風：松林之風。寂歷：冷清。邊元鼎《晚行》：“隔浦行聞晚寺鐘，斷坡寂歷對寒松。”

〔3〕野笛：謂聞於郊野的笛聲。陸游《壬戌正月十四日》詩："散髮漁舟穩，臨風野笛清。"疏鐘：稀疏的鐘鳴。陳廷敬《送少師衛公致政還曲沃》詩："夢繞細旃聞夜雨，春回長樂遠疏鐘。"

〔4〕義熙：東晉安帝年號（405—418）。陶淵明於義熙元年歸田，不再出仕，長期躬耕，以詩酒爲伴。愚谷：即愚公谷。在今山東淄博市西。劉向《説苑·政理》："齊桓公出獵，逐鹿而走入山谷之中，見一老公而問之，曰：'是爲何谷？'對曰：'爲愚公之谷。'桓公曰：'何故？'對曰：'以臣名之。'桓公曰：'今視公之儀狀，非愚人也，何爲以公名？'對曰：'臣請陳之，臣故畜牸牛，生子而大，賣之而買駒。少年曰："牛不能生馬。"遂持駒去。傍鄰聞之，以臣爲愚，故名此谷爲愚公之谷。'"借指隱者或隱居之地。

〔5〕比年：近年。幽棲：隱居。飄飄：超塵脱俗的樣子。

投贈陳長陽

仙吏星軺出建章，到來花色似河陽〔1〕。尊前客下陳蕃榻，賦裏蘭裁楚國香〔2〕。夢斷薜蘿回洛水，興高雲物滿瀟湘〔3〕。陽春欲和慚非調，北望空懸宓子堂〔4〕。

【校注】

〔1〕仙吏：仙界、天庭的職事人員。此處美稱皇帝使者。星軺（yáo）：古代稱皇帝的使者爲"星使"，因稱使者所乘車爲"星軺"。代稱使者。建章：漢代宫殿名。武帝太初元年（前104）建，在未央宫西，長安城外。泛指宫闕。河陽：即"河陽一縣花"。晉潘岳任河陽（今河南省孟縣西）縣令，於一縣遍種桃李，傳爲美談。

〔2〕陳蕃榻：後漢陳蕃爲太守，在郡不接賓客，唯徐穉來特設一榻，去則懸之。後因以"陳蕃榻"爲禮賢下士之典。蘭裁：《楚辭·離騷》："扈江離與辟芷兮，紉秋蘭以爲佩……余既兹蘭之九畹兮，又樹蕙之百畝。"用香草上比喻忠臣之士，用"滋蘭""樹蕙"比喻培育人才。

〔3〕洛水：古水名。此當指河南洛水，即今之洛河。位於河南省西部。在洛陽平原腹地左携澗水，右帶伊河，東出平原，北入黄河。雲物：景物，景色。謝朓《高松賦》："爾乃青春受謝，雲物含明，江皋緑草，曖然已平。"

〔4〕陽春：即"陽春白雪"。泛指高雅的曲子及詩文。宓子堂：宓子賤，孔子弟子，曾治單父（今山東單縣南），恐魯君聽讒人言，而令己術不得施，故請魯君近吏二人與之俱。"吏方將書，宓子賤時掣摇其肘。吏書之不善，則宓子賤爲之怒。吏甚患之"。辭歸白於魯君。魯君翻然者悟，告宓子曰："自今以來，單父非寡人之有也，子之有也。有便於單父者，子决爲之矣。五歲而言其要。"宓子乃得行其術。見《吕氏春秋·具備》。高適《登子賤琴堂賦詩》："宓子昔爲政，鳴琴登此臺。琴和人亦閑，千載稱其才。"相傳其身不下堂，鳴琴而治。

寄郭美命太史〔1〕

仙郎起草侍黄麻，白玉堂開紫禁斜〔2〕。池泛濯龍沾雨露，城窺丹鳳入雲霞〔3〕。歌邊人醉新豐月，柳外衣沾上苑花〔4〕。揮灑定應饒楚調，陽春早已獻重華〔5〕。

【校注】

〔1〕郭美命：郭正棫，字美命。江夏人。萬曆十一年（1583）進士，授編修。博通典籍，曾爲光宗講官。累遷禮部侍郎。嘗上疏議奪黄光昇、許論、吕本謚號。終不行。忤首輔沈一貫。後妖書事起，或引正域，將置之死，以舉朝不平，且無佐證，得免。卒於家。

〔2〕黄麻：用黄麻制成的紙，古代詔書用。唐李肇《翰林志》載：凡賜與、徵召、宣索、處分曰詔，用白藤紙；凡慰軍旅，用黄麻紙并印。白玉堂：指翰林院。杜甫《八哀詩·故右僕射相國曲江張公九齡》："上君白玉堂，倚君金華省。"紫禁：古人以紫微垣比喻皇帝的居處，因稱皇宫爲紫禁。此處或實指紫微垣。

〔3〕濯龍：（1）漢代宫苑名。在洛陽西南角。《後漢書·皇后紀上·明德馬皇后》："帝幸濯龍中，並召諸才人。"借指皇室。（2）池名。《文選·張衡〈東京賦〉》："濯龍、芳林，九谷八溪。"薛綜注引《洛陽圖經》："濯龍，池名。"底本作"躍龍"。據明刻本改。

〔4〕新豐：指美酒。王維《少年行》詩："新豐美酒斗十千，咸陽游俠多少年。"上苑：即上林苑。

〔5〕揮灑：揮毫灑墨。楚調：楚地的曲調。重華：虞舜名。

張公叔見佐郡武昌投贈〔1〕

武昌南面有高樓，萬古雄風覽勝游〔2〕。懷抱渾如雲夢闊，詞源遥帶錦川流〔3〕。樽前水月頭陀寺，檻外烟花處士洲〔4〕。爲問登臨江上日，可能不使使君愁〔5〕。

嚴平子評：軒軒霞舉〔6〕。

【校注】

〔1〕張叔見：生平不詳。郡：地方行政區域名。明時不設，此指相當於郡的行政區域。張叔見爲武昌郡丞，係副職，故稱"佐郡"。

〔2〕南面有高樓：即武昌南樓，亦稱"庾公樓"。據《武昌縣志》記載，此樓原爲三國時吴王孫權之端門，迄今已有一千七百年的歷史。因其在古武昌郡治之南，又因樓閣朝南而立，所以被稱爲"南樓"。

〔3〕雲夢：古澤藪名。據《漢書·地理志》等漢、魏人記載，雲夢澤在南郡華容縣（今湖北潜江市西南）南。錦川：即錦江。王勃《重别薛華》："明月沉珠浦，秋風濯錦川。"錦江是岷江在四川成都平原的一段，長江支流，算是和武昌扯上了關係。詩人作詩，往往拉開時空的。

〔4〕頭陀寺：此指漢陽歸元寺。處士洲：此指漢陽西南長江中的鸚鵡洲。

〔5〕江上日，底本作"江上月"，誤。據明刻本改。使君：漢時稱刺史爲使君，此處是對張叔見的尊稱。

〔6〕軒軒：高揚貌；飛舉貌。謝惠連《長安有狹斜行》：“帣帣雕輪馳，軒軒翠蓋舒。”霞舉：騰雲飛昇。

寄江夏彭東澤〔1〕

羡爾千夫俊，憐予萬里愁〔2〕。春風迴遠嶂，草色滿滄州〔3〕。月出漢陽樹，人依黄鶴樓〔4〕。試看飛動意，飽翮好摶秋〔5〕。

嚴平子評：平淡語，却有真意。

【校注】

〔1〕江夏：舊縣名，即今武昌。彭東澤：生平未詳。

〔2〕千夫俊：夫，成年男子。指彭東澤是千裏挑一的俊才。

〔3〕嶂：高險如屏障的山。滄州：濱水之地。古時常用來稱隱士居處。謝朓《之宣城郡出新林浦向板橋》詩：“既歡懷禄情，復協滄州趣。”

〔4〕漢陽：即今武漢三鎮之漢陽。

〔5〕飛動：猶振奮。杜甫《贈高式顔》詩：“平生飛動意，見爾不能無。”飽翮好摶秋，底本作“飽翩好摶秋”，誤。據明刻本改。

山莊小築謝客有懷武陵龍君善君贊陳智夫諸君三首〔1〕

春風習習滿松筠，山館新開絶四鄰〔2〕。却憶仙源花下客，息機終日對漁人〔3〕。

【校注】

〔1〕龍君善、君贊、陳智夫：三人生平均不詳。按詩題似指是武陵人。關於龍君善，嘉靖三十七年（1558）舉人，時任金椒知縣的佘翔有《寄龍君善》五言律三首。王世貞亦有《寄龍君善博士》詩。

〔2〕習習：微風和煦貌。山館：山中的宅舍。顧炎武《攝山》："徵君舊宅此山中，山館孱顔往蹟空。"

〔3〕却憶：回憶；便憶。劉禹錫《拋球樂詞》："及看花落後，却憶未開時。"仙源：特指理想境地桃花源；借指風景勝地或安謐的僻境。王維《桃源行》："春來遍是桃花水，不辨仙源何處尋。"息機：息滅機心。王禹偁《前普州刺史康公預撰神道碑》："君子知命，達人息機。"

二

清溪遥帶石堂斜，謝客仍稱處士家[1]。白眼醉來還自傲，誤疑身在武陵花[2]。

【校注】

〔1〕石堂：石塊砌就的廳房。

〔2〕白眼：露出眼白，表輕視、不喜之意。《晋書·阮籍傳》："籍又能爲青白眼，見禮俗之士，以白眼對之。"

三

空山日日採芳蓀[1]，野色晴雲護石門[2]。西極從來霜雪冷[3]，欲騎黄鶴向崑崙[4]。

【校注】

〔1〕芳蓀：香草名。杜甫《别李義》："憶昔初見時，小襦綉芳蓀。"野色：野郊的景色。白居易《冀城北原作》詩："野色何莽蒼，秋聲亦蕭疏。"

〔2〕石門：山名。《方輿紀要·湖廣岳州府澧州石門縣》："石門山，縣西二十五里。岩石壁立如門，縣以此名。"

〔3〕西極：謂西方極遠之地。《楚辭·離騷》："朝發軔於天津兮，夕余至於西極。"

〔4〕崑崙：即横貫於新疆、西藏間的崑崙山。

奉呈殷夷陵海岱公[1]

使君爲政楚西隅，鎮日風流吏事無。千載秦灰餘劫土，一天湘月藹和珠[2]。猿啼旅夢醒巫峽，花發鄉心滿石湖。白雪倡來高自絶，和歌寧復數巴渝[3]。

【校注】

〔1〕奉呈：獻上。殷夷陵：即殷都。王世貞有《送殷無美赴夷陵》詩可以佐證。海岱公：是殷都别號。殷都籍山東，《書・禹貢》："海岱惟青州。"故以地稱之，表敬重。

〔2〕秦灰：指秦朝宫殿爲項羽焚燒而成的灰燼。劉禹錫《松滋渡望峽中》："夢渚草長迷楚望，夷陵土黑有秦灰。"詩人化用此意。劫土：經過災難後的土地。藹：映照。《文選・江淹〈雜體詩・效袁淑從駕〉》："羽衛藹流景，彩吹震沉淵。"張銑注："藹，映也。"和珠："和氏璧"與"隋侯珠"的合稱。

〔3〕白雪：雅曲名。倡：亦作"唱"，歌唱時一人首先發聲。

從季父飲中得龍君超君善書因有卜居桃川之約[1]

數椽茅屋倚江濱，縱飲雄談不計貧[2]。霄漢故交鴻雁字，舟航漁父晋秦人[3]。溪沿桃樹應含笑，水泛胡麻易問津[4]。任是風流嗣阮籍，那如同卜武陵春[5]。

嚴平子評：字句渾融，一掃綺羅之風。

【校注】

〔1〕桃川：即湖南桃源縣之桃花源。

〔2〕椽：指房屋的間數。

〔3〕霄漢：天空，喻遥遠，高遠。杜甫《送陵州路使君之任》詩："霄漢瞻佳士，泥塗任此身。"鴻雁字：喻指書信。

〔4〕“水泛”句：傳東漢永平年間，劉晨、阮肇入天台山採藥，迷路，遇二女子邀至家中，餐以胡麻飯。半載還家，而時已歷七世。見南朝劉義慶《幽明録》。

〔5〕嗣：繼承；接續。

奉送殷夷陵開美入覲〔1〕

五馬翩翩戀闕遥，裔雲旭日滿征軺〔2〕。風高客路夷門道，傳擁奚囊豫讓橋〔3〕。柳色晴牽南國興，鶯聲春答漢宫韶〔4〕。共知薦最明堂日，獨有循良早見招〔5〕。

【校注】

〔1〕奉送：恭送；送行。入覲：指地方官員入朝進見帝王。

〔2〕五馬：《玉臺新咏·日出東南隅行》：“使君從南來，五馬立踟躕。”漢時太守乘坐的車用五匹馬駕轅，因借指太守的車駕。後用作太守的代稱。戀闕：留戀宫闕，心不忘君。裔雲：三色彩雲，古代以爲瑞徵。語本董仲舒《雨雹對》：“雲則五色而爲慶，三色而成裔。”征軺：遠行的車。曹寅《過沂水有懷芷園弟》：“寒事顓臾早，征軺沂水初。”

〔3〕夷門：戰國魏都城的東門。故址在今河南開封城内東北隅。因夷山而得名。故開封亦别稱夷門。傳：驛車。奚囊：詩囊。李賀出行，“常從小奚奴，騎蹇驢，背一古破錦囊，遇有所得，即書投囊中”。見《唐詩紀事》。豫讓橋：即汾橋。古橋名。故址在今山西陽曲縣東的汾水之上。相傳戰國初晋刺客豫讓爲其主智伯報仇，暗伏於此橋下刺殺趙襄子。

〔4〕韶：虞舜時的樂名。

〔5〕薦最：薦引優秀的。明堂：古代天子宣明政教的地方。循良：奉公守法的官吏。柳宗元《柳州謝上表》：“常以萬邦共理，必借於循良。”

出谷亭在九谿仙侶洞〔1〕

鳴榔隨曉浪，出谷此登亭〔2〕。洞自仙爲侶，人慚客是星〔3〕。月華虛動白，蘿薜半垂青〔4〕。放逐憂讒者，淒然咏采苓〔5〕。

嚴平子評：翩翩可愛。

【校注】

〔1〕出谷亭：湖南九溪古城東二百米的漤水岸確有仙侶洞、出谷亭、興國寺、文廟、城隍廟、玉皇閣、六陽樓等名勝古迹，還有建於明代中葉的出谷亭書院。

〔2〕鳴榔：在船上唱歌時，敲船舷作節拍。李白《送殷淑》："惜別耐取醉，鳴榔且長謠。"出谷：劃（船）出河谷（登上出谷亭）。

〔3〕客是星：感嘆人的一生匆匆而過，就像流星一般。

〔4〕虛動白：取"虛室生白"之意，指在月光下的澄澈明朗的境界。

〔5〕放逐：被貶官後放到離京較遠的邊荒之地。愛國詩人屈原曾被流放至天門山澧水流域一帶，當年屈原寫下了歌頌澧水的詩句，張家界的天子山上至今留有"屈子行吟"一景。他留下的《湘夫人》詩："沅有芷兮澧有蘭，思公子兮未敢言。……捐余袂兮江中，遺余褋兮澧浦。"就是證據。憂讒者：憂慮在皇帝面前説壞話的人。采苓：《詩·唐風》篇名。《詩序》謂刺晉獻公"好聽讒"。

登遇仙樓〔1〕

飛樓縹緲思悠悠，仙客虛無野客游。芳草寒雲人代謝，紅塵赤日古今愁〔2〕。薜蘿夢繞空山月，風雨心懸故里秋〔3〕。多難不堪摇落後，潸然雙淚俯江流〔4〕。

【校注】

〔1〕遇仙樓：在澧州城東，即今澧縣縣城東面。

〔2〕人代謝：此聯化用孟浩然《與諸子登峴山》："人事有代謝，往來成古今。"

〔3〕薜蘿：見《寄方道與》注〔3〕。明刻本脱"蘿"字。空山：幽深少人的山林。王維《山居秋暝》："空山新雨後，天氣晚來秋。"

〔4〕摇落：凋殘，零落。《楚辭·九辯》："悲哉秋之爲氣也！蕭瑟兮草木摇落而變衰。"

賓鶴樓澧陽郭仁父家園〔1〕

樓居頻謝客，孤鶴自爲群。夢繞青田月，神游紫蓋雲〔2〕。舞將花影亂，鳴與澗流分。不盡尋仙興，相期逐紫氛〔3〕。

嚴平子評：乃無膚語犯其筆端。

【校注】

〔1〕賓鶴樓：樓名。澧陽：是湖南省的一個區域性地方名稱，在湖南澧縣。郭仁父：生平不詳。

〔2〕青田：縣名。在浙江省東南。以青田山得名。青田山有泉石之勝，爲道教所稱三十六洞天之一，名"青田大鶴天"。另有名勝太鶴山。紫蓋：南嶽衡山有紫蓋峰。借指衡山。

〔3〕紫氛：紫氣，祥瑞之氣。

似默李丈過訪言愁酒酣賦贈〔1〕

片月石門高，溪聲落遠濤〔2〕。庭花開夜合，卮酒薦松醪〔3〕。舌在心猶壯，愁多思轉勞。踟躕風雨夕，收淚讀離騷〔4〕。

【校注】

〔1〕李似默：岳陽人。或爲劍客，生平不詳。

〔2〕片月：弦月。徐陵《走筆戲書應令》詩：“片月窺花簟，輕寒入錦巾。”石門：指石門山。

〔3〕夜合：合歡的别名。周處《風土記》：“夜合，葉晨舒而暮合。一名合昏。”松醪：用松肪或松花釀的酒。戎昱《送張秀才之長沙》詩：“松醪能醉客，慎勿滯湘潭。”

〔4〕踟躕：逗留。歐陽修《再至汝陰三絶》之三：“十四五年勞夢寐，此時才得少踟躕。”收，明刻本作“抆”，《楚辭·九章·悲迴風》：“孤子唫而抆淚兮，放子出而不還。”似較勝。

泊舟石門呈張明府〔1〕

孤舟牽宿霧，長嘯寄山川〔2〕。賦識張衡秀，琴多宓子賢〔3〕。心飛閩海月，興滿石門煙〔4〕。欲和陽春調，應慚下里篇〔5〕。

【校注】

〔1〕明府：漢魏以來對郡守牧尹的尊稱，又稱明府君；漢亦有以“明府”稱縣令，唐以後多用以專稱縣令。張明府，生平不詳。

〔2〕宿霧：夜霧。陶潛《咏貧士》：“朝霞開宿霧，衆鳥相與飛。”長嘯：撮口發出悠長清越的聲音。古人常以此述志。

〔3〕張衡：東漢科學家、文學家。著有《二京賦》《歸田賦》。

〔4〕閩海：福建和浙江南部沿海地帶。此或指張明府爲閩海人。

〔5〕調，底本譌作“諷”，據明刻本改。

山房秋興二首

丹楓淅淅下林皋，細雨西風對濁醪〔1〕。讀罷離騷回首處，瀟然一榻白雲高。

二

嶺上猿聲月下聞，蕭條清興出塵氛。醉騎野鶴空山外，兩腋西風萬壑雲。

【校注】

〔1〕林皋：語出《莊子·知北游》："山林與！皋壤與！使我欣欣然而樂與！"後因以"林皋"指山林皋壤或樹林水岸。

寄碧霞元君〔1〕

十二峰頭鼓八璈，青風縩縩赤霜袍〔2〕。探奇我亦東方朔，何日山頭採碧桃〔3〕。

【校注】

〔1〕碧霞元君：道教神名。傳説是東嶽大帝之女，宋真宗時封爲天仙玉女碧霞元君。

〔2〕八璈：八琅之璈，古樂器名。《漢武帝内傳》："王母乃命諸侍女王子登彈八琅之璈。"青風：春風。縩縩：同"綷縩"，衣服摩擦聲。《漢書·外戚傳下·孝成班婕妤》："感幃帳兮發紅羅，紛綷縩兮紈素聲。"顔師古注："綷縩，衣聲也。"

〔3〕東方朔：西漢人，字曼倩。性詼諧滑稽。相傳本是天上神仙，西王母種桃，三千年一結實，東方朔曾三次偷食，乃被謫降人間。事見《古小説鈎沉》輯《漢武故事》。碧桃：傳説中西王母給漢武帝的仙桃。

攜家澧浦諸昆季餞送志别〔1〕

山川迢遞草菲菲，送别關頭客漸稀〔2〕。世事久拚莊叟夢，去來難辨塞翁機〔3〕。蕭條馬色凌風遠，歷亂鴻聲帶雨飛〔4〕。惆悵有誰同吊古，屈原祠畔淚沾衣〔5〕。

嚴平子評：熟景説來得人，未有深心至情，何以少年遂臻此景？大是俊物。

【校注】

〔1〕澧浦：澧水邊。具體位置約指今湖南澧縣澧陽鎮一帶的澧水岸邊。昆季：兄弟。長爲昆，幼爲季。餞送：設酒送別。

〔2〕迢遞：遥遠貌。嵇康《琴賦》："指蒼梧之迢遞，臨迴江之威夷。"菲菲：花草盛多貌。杜甫《甘林》："相携行豆田，秋花靄菲菲。"

〔3〕拚（fān）：《康熙字典·手部》："與'翻'同。或省作'拚'。"莊叟夢：用"莊生夢蝶"典。塞翁機：用"塞翁失馬，焉知非福"典。《淮南子·人間訓》："夫禍福轉而相生，其變難見也。近塞上之人，有善術者，馬無故亡而入胡。人皆吊之，其父曰：'此何遽不爲福乎？'居數月，其馬將胡駿馬而歸。人皆賀之，其父曰：'此何遽不能爲禍乎？'家富良馬，其子好騎，墮而折其髀。人皆吊之，其父曰：'此何遽不爲福乎？'居一年，胡人大入塞，丁壯者引弦而戰。近塞之人，死者十九。此獨以跛之故，父子相保。故福之爲禍，禍之爲福，化不可極，深不可測也。"後因以喻禍福相倚。

〔4〕蕭條：寂寞冷落。《楚辭·遠游》："山蕭條而無獸兮，野寂漠其無人。"馬色：行色，行旅途中的情狀。《莊子·盜跖篇》："今者闕然數日不見，車馬有行色，得微往見跖耶？"歷亂：紛亂，雜亂。梅堯臣《送周直儒秘校和州都曹》："濕雁不起沙上嘶，君思歷亂如盎絲。"

〔5〕惆悵：因失意或失望而傷感、懊惱。《楚辭·九辯》："廓落兮，羈旅而無友生；惆悵兮，而私自憐。"吊古：憑吊往古之事。陳與義《登岳陽樓》詩："白頭吊古霜風裏，老木蒼波無限悲。"屈原祠：紀念屈原的祠廟。在洞庭湖流域分佈極廣。詩中係指湖南澧縣的"三閭祠"。

感　述

五溪銅柱暗寒煙，回首依然抱病年[1]。有地已全歸禹貢，殊方何事异堯天[2]。愁聞豺虎横原野，不見南風起陌阡[3]。只尺講堂餘化在，願同文物入薰弦[4]。

嚴平子評：如讀難蜀父老文[5]，身處其中，信自難堪。

【校注】

〔1〕五溪銅柱：溪州銅柱。五代十國時楚王馬希範所立。後晋天福五年（940），楚劉勍以火箭焚溪州首領彭士愁寨，士愁大敗，遣其子帥諸酋長納溪、錦、獎三州印，請降於楚。楚王以銅五千斤鑄柱，高丈二尺，入地六尺，命學士李皋銘誓狀於其上。銅柱原立於湖南省永順縣野鷄坨下的酉水河岸，1971年因爲修建鳳灘水庫而遷至距原址約十公里的王村花果山上，並建有保護亭對銅柱加以保護。抱病年：東漢光武帝建武二十四年（48年，一説爲二十五年），伏波將軍馬援率軍平武溪蠻，翌年三月染病在軍中病故。“抱病年”似指此事。

〔2〕禹貢：《尚書》中的一部。用自然分區方法記述當時中國的地理情况，把全國分爲九州，假托爲夏禹治水後的政區制度……是中國最早一部科學價值很高的地理著作。殊方：遠方；异域。王維《曉行巴峽》：“人作殊方語，鶯爲舊國聲。”

〔3〕豺虎：喻兇狠殘暴的寇盜、异族入侵者。王粲《七哀詩》：“西京亂無象，豺虎方遘患。”南風：古樂曲名。相傳爲虞舜所作。《禮記·樂記》：“昔者舜作五弦之琴，以歌南風。”

〔4〕只尺：義同“咫尺”。地方狹小。《左傳》僖公九年：“天威不違顔咫尺。”講堂：儒師講學的堂舍。文物：舊爲禮樂、典章制度的統稱。杜甫《行次昭陵》：“文物多師古，朝廷半老儒。”薰弦：《孔子家語·辨樂》：“昔者舜彈五弦之琴，造南風之詩。其詩曰：‘南風之薰兮，可以解吾民之愠兮。南風之時兮，可以阜吾民之財兮。’”後以“薰弦”指《南風歌》。

〔5〕難蜀父老文：亦稱《喻難蜀父老書》。是司馬相如以中郎將身份出使西

南時，假藉托言難蜀父老與之辯詰，上駁朝廷重臣的錯誤認識，爲堅定漢武帝開發西南的决心而作的一篇文章。

有　感

石門寒雨暗芳蓀，霧隱雲霾虎自蹲〔1〕。四海南風時正動，五溪白日晝長昏〔2〕。

【校注】

〔1〕霾：大氣呈混濁狀態的一種天氣現象。《爾雅·釋天》："風而雨土爲霾。"蹲：指獸類踞伏。

〔2〕五溪：地名。指雄溪、樠溪、無溪、西溪、辰溪。一説指雄溪、蒲溪、西溪、沅溪、辰溪。漢屬武陵郡，爲土家苗家等少數民族聚居地，在今湖南西部和貴州東部。酈道元《水經注·沅水》："武陵有五溪，謂雄溪、樠溪、無溪、西溪、辰溪其一焉。"白日：太陽；陽光。王之涣《登鸛雀樓》："白日依山盡，黄河入海流。"

寄呈周太霞先生

憶昔采真浮漢水，丈人江閣重相留〔1〕。譚禪花落三千界，吹笛寒生十二樓〔2〕。露下雁來梁苑曉，月明人醉習池秋〔3〕。只今心逐湘雲斷，獨倚西風萬壑愁〔4〕。

【校注】

〔1〕采真：道教語。指順乎天性，放任自然。《莊子·天運》："古之至人，假道於仁，託宿於義，以游逍遥之虚，食於苟簡之田……古者謂是采真之游。"郭象注："游而任之，斯真采也。采則色不僞矣。"後多指求仙修道。丈人：古時對老人的尊稱。《易·師》："貞，丈人，吉。"孔穎達疏："丈人，

謂莊嚴尊重之人。”

〔2〕譚禪：談禪，談説佛教教義。高承《事物紀原·道釋科教·談禪》：“《寶林》曰：佛涅槃時，告迦葉曰：‘吾清净法服以付汝。’迦葉傳阿難，二十八代至達摩。梁普通中，自南天竺泛海至廣州，後止崇山，住少林寺，傳惠可，中國談禪自此始也。”三千界：“三千大千世界”的省稱。吹笛寒生：笛曲中有《梅花落》曲譜，吹到精彩動聽處，就仿佛看到了梅花漫天飄落的景象。梅花雖美，却是冬天開放的，景象雖美，却不免給人以凛然生寒之感。十二樓：神話傳説中的仙人居處。

〔3〕梁苑：也稱兔園。西漢梁孝王所建的東苑。故址在今河南開封市東南。園林規模宏大，方三百餘里，宫室相連屬，供游賞馳獵。梁孝王在其中廣納賓客，當時名士司馬相如、枚乘、鄒陽等均爲座上客。習池：習家池。在湖北襄陽峴山南。《晋書·山簡傳》：“簡鎮襄陽，諸習氏荆土豪族，有佳園池。簡每出游嬉，多之池上，置酒輒醉，名之曰高陽池。”後多借指園池名勝。

〔4〕只今：如今。張孝祥《鷓鴣天》詞：“居玉鉉，擁金蟬，只今門户慶蟬聯。”西風：多指秋風。

嵾山會佘斗山使君〔1〕

汗漫嵾山採碧桃，雲霞錯落護仙曹〔2〕。風前玉女璠簫落，樹裹真人石竇高〔3〕。八極此時同眺望，九邊何日可雄豪〔4〕。多君更有飛騰意，擊劍還須話六韜〔5〕。

【校注】

〔1〕嵾山：武當山别稱。佘斗山：生平不詳。底本作“余斗山”，據明刻本改。

〔2〕汗漫：漫無邊際。碧桃：古詩文中多指傳説中西王母給漢武帝的仙桃。仙曹：仙群，仙人的行列。《詩·大雅》：“乃造其曹。”《毛傳》注：“曹，群也。”杜光庭《馬尚書本命醮詞》：“善功潛著，則名列仙曹。”

〔3〕璚簫：音義同“瓊簫”。玉簫。真人：道家稱修真得道或成仙的人。石竇：石洞。酈道元《水經注·漓水》：“驗其山有石竇，下深數丈，洞穴深遠，莫究其極。”

〔4〕八極：八方至遠之地。《莊子·田子方》：“夫至人者，上闚青天，下潛黄泉，揮斥八極，神氣不變。”九邊：本爲明代設在北方的九個軍事重鎮，後爲邊境的泛稱。詳見《吊明妃》注〔2〕。

〔5〕多君：贊君。高適《送蕭判官賦得黄花戍》：“多君莫不推才傑，欲奏平戎赴天闕。”六韜：兵書。舊題吕望（姜太公）撰。經後人考證，大多認爲是戰國晚期至秦漢之間作品。現存六卷，即文韜、武韜、龍韜、虎韜、豹韜、犬韜，共六十篇。

早秋有懷姜元渾〔1〕

極浦天空雁影流，知君高興滿滄洲〔2〕。輕舠晚載瀟湘月，白酒長浮水國秋〔3〕。入夜風飄龍女笛，繞汀花發楚王樓〔4〕。凌虚飛度嗟無計，便欲移家共狎鷗〔5〕。

【校注】

〔1〕早秋：初秋。姜元渾：生平不詳。

〔2〕極浦：遥遠的水濱。《楚辭·九歌·湘君》：“望涔陽兮極浦，横大江兮揚靈。”王逸注：“極，遠也；浦，水涯也。”天空：謂天際空闊。高興：高雅的興致。杜荀鶴《戲題王處士書齋》：“先生高興似漁樵，水鳥山猿一處居。”

〔3〕輕舠：輕快的小舟。李白《送當涂趙少府赴長蘆》：“我來揚都市，送客回輕舠。”浮：指飲酒。水國：猶水鄉。歐陽修《南鄉子》詞之一：“翠密紅繁，水國凉生未是寒。”

〔4〕龍女笛：龍女吹笛之聲。吴國倫《君山行贈洪原魯》詩：“湘君鳴環下白露，龍女吹笛乘青霓。”楚王樓：春秋、戰國時，楚郢都的宫樓。

〔5〕凌虚：昇於空際。曹植《七啓》："華閣緑雲，飛陛凌虚。"嗟無計：謂理想空虚，前景渺茫。狎鷗：即鷗鷺忘機。《列子·黄帝》："海上之人有好漚鳥者，每旦之海上，從漚鳥游，漚鳥之至者百住而不止。其父曰：'吾聞漚鳥皆從汝游，汝取來，吾玩之。'明日之海上，漚鳥舞而不下也。"漚，同"鷗"。謂無機心者，异類亦與之相親。後喻指淡泊隱居。

秋夜聞笛懷似默李丈〔1〕

誰家長笛怨西風，別思飄摇向楚宫〔2〕。九水仙舟寒雨外，三湘孤劍暮煙中〔3〕。酒香客醉蒼山月，秋静人愁赤岸楓〔4〕。腸斷慶卿何處所，興來雙舄欲凌空〔5〕。

【校注】

〔1〕李似默：生平不詳。

〔2〕長笛：長笛鄰家。向秀《思舊賦序》："聞鄰人有笛者，發聲寥亮，追思曩昔游宴之好，感音而嘆，故作賦云。"後人因以爲感舊興懷的典故。飄摇：飛翔貌。明刻本爲"飄颻（yáo）"，義同。楚宫：楚國宫殿。春秋戰國時，楚都郢和别邑在湖北荆州，距岳陽近。此處借指李似默家鄉。

〔3〕九水：指流入洞庭湖的湘、資、酉、澧、辰、叙、沅、漸、元九條河流。仙舟：舟船的美稱。江總《洛陽道》詩之一："仙舟李膺棹，小馬王戎鑣。"底本作"舟仙"，誤，據明刻本改。三湘：湖南湘鄉、湘潭、湘陰（或湘源），合稱三湘。自宋以來，人們多以"三湘"代指湖南。

〔4〕蒼山：山名。在山東臨沂縣東。《讀史方輿紀要·山東·兖州府沂州郯城縣》："蒼山，縣東北九十里，東望滄海，汪洋無際，因名。"詩中或泛指青山明月之美景。赤岸：謂傳説中的極南之地名。《三國志·魏志·陳思王植傳》："南極赤岸，東臨滄海。"詩中或泛指秋令紅葉植物引起的鄉愁。

〔5〕慶卿：荆柯。燕太子丹招募以刺殺秦王的俠士。雙舄：即"雙鳧"。用王喬典。見《王弇州先生自鄖鎮游太和山雲夢師行且往謁恨不能從》注〔4〕。

底本作“雙寫”，誤。

至灃浦别從兄國承[1]

南北嘆支離，雙鈎漫解携[2]。相看驚是夢，取笑忽成悲[3]。夜月寒侵席，秋花冷映卮。故園摇落後，回首重堪思。

【校注】

〔1〕從兄：堂兄。伯、叔之子。田國承：生平不詳。

〔2〕雙鈎：鈎，這裏指佩刀佩劍之類的兵器，古人外出則佩之。雙鈎代指詩人與國承兩兄弟。漫：長貌。《荀子·正名》引逸《詩》：“長夜漫兮，永思騫兮。”解携：分手，離别。杜甫《水宿遣興奉呈群公》詩：“异縣驚虚往，同人惜解携。”

〔3〕取笑：耍笑，開玩笑。

灃上思親感作

孤雲落日滿江干，薄暮思親思已殘。夢入故園聞雁斷，愁來風雨畏途難。舟牽荻月過寒浦，人醉蘆煙宿晚湍[1]。咄咄獨慚生計拙，莫從萊彩一承歡[2]。

嚴平子評：婉轉輕便，如流風回雪[3]。

【校注】

〔1〕荻月：從荻花上照過來的月光。范成大《倪文舉奉常將歸東林出示綺川西溪二賦輒賦長句爲謝且以贈行》：“誰教書劍走長安，荻月霜楓等閒度。”

〔2〕咄咄：感嘆聲。《後漢書·逸民傳·嚴光》：“咄咄子陵，不可相助爲理邪。”“莫從”句：不能象老萊子一樣，行年七十還穿着彩衣侍奉父母。

〔3〕婉轉輕便，如流風回雪：典出趙與時《賓退録》卷二：“鍾嶸云：范

雲詩宛轉清便，如流風回雪。”范雲的《別詩》：“洛陽城東西，長作經時別。昔去雪如花，今來花似雪。”還真有這景象。而與此詩中所表現的深情苦恨的情結，就不太相稱了。

下澧浦與從弟玉鉉維舟有感〔1〕

難後驚風雨，飛蓬作遠游〔2〕。興過南嶽寺〔3〕，夢繞岳陽樓。月色生鄉思，歌聲起暮愁。扁舟波浪穩，呼酒對雙鈎〔4〕。

【校注】

〔1〕從弟：堂弟。伯、叔之子。維舟：繫船停泊。何遜《與胡興安夜別》詩：“居人行轉軾，客子暫維舟。”

〔2〕飛蓬：蓬即蓬草，枯後根斷，遇風飛旋，故稱飛蓬。《詩・衛風・伯兮》：“自伯之東，首如飛蓬。”常用來比喻行踪的飄泊不定。

〔3〕南嶽寺：位於江蘇宜興市郊西南七公里的南嶽山。建於齊永明二年（484）。另，湖南常德、湖北黄石、江蘇無錫等地亦有南嶽寺。

〔4〕扁（piān）舟：小船。《史記・貨殖列傳》：“范蠡既雪會稽之耻，乃喟然而嘆曰：‘計然之策七，越用其五而得意。既已施於國，吾欲用之家。’乃乘扁舟浮於江湖。”對雙鈎：參見《至澧浦別從兄國承》注〔2〕。

仁翁郭先生設祖一粟園留別一律兼訂訪梅之約〔1〕

客散平原酒，春回郢上歌〔2〕。空亭寒露下，高閣野雲多。別思牽風雨，幽懷黯薜蘿〔3〕。梅花應早發，取醉重相過〔4〕。

【校注】

〔1〕郭仁翁：生平未詳。設祖：出行時祭路神，引申爲送行。

〔2〕平原酒：平原君待客的酒。戰國時趙國貴族公子趙勝封於平原，號平

原君。喜賓客，食客多至數千人。

〔3〕幽懷：隱藏在内心的情感。袁枚《隨園詩話》卷九：“（尹似村詩）清談相訂菊花期，正慰幽懷入夢時。”

〔4〕相過：互相往來。韓愈《長安交游者一首贈孟郊》：“親朋相過時，亦各有以娱。”

己丑歲下湘江謁雲夢師〔1〕

問字浮湘日，飄零擬壯游〔2〕。荻花牽别思，楓月動鄉愁〔3〕。故里寒煙外，玄亭水國秋〔4〕。早期傳約束，鞭弭向神州〔5〕。

【校注】

〔1〕己丑歲：1589年。雲夢師：孫斯億。

〔2〕問字：據《漢書·揚雄傳》載，揚雄多識古文奇字，劉棻曾向揚雄學奇字。後稱從人受學或向人請教爲“問字”。浮：泛行。飄零：飄泊流落。杜甫《衡州送李大夫七丈赴廣州》詩：“王孫丈人行，垂老見飄零。”壯游：懷抱壯志而遠游。袁桷《送言文子方著作》詩：“壯游詩句豁，古戍角聲悲。”

〔3〕荻：多年生草本植物，秋節開花。古人常以蘆、荻、楓等秋景襯托離愁别緒。楓月：秋楓秋月。詩詞中常見的“楓葉荻花”之楓，爲秋令紅葉植物的代名詞。

〔4〕玄亭：指雲夢師家園的“洞玄亭”。水國：多水之鄉。孟浩然《洛中送奚三還揚州》：“水國無邊際，舟行共使風。”

〔5〕約束：信誓，共同遵守的諾言。《禮曲·疏》：“共相約束，以爲信也。”鞭弭：馬鞭和弓。劉禹錫《酬太原狄尚書見寄》：“幽并俠少趨鞭弭，燕趙佳人奉管絃。”

宿伸公房别伸公〔1〕

獨宿伸公院，蓮花漏點微〔2〕。朔風催客思，暮靄上僧衣〔3〕。趺坐翻經罷，飄零問偈歸〔4〕。何年南嶽寺，振策共相依〔5〕。

【校注】

〔1〕伸公：生平不詳。

〔2〕蓮花漏：古代的一種計時器。李肇《唐國史補》："初，惠遠以山中不知更漏，乃取銅葉制器，狀如蓮花，置盆水之上，底孔漏水，半之則沉。每晝夜十二沉，爲行道之節，雖冬夏短長，雲陰月黑，亦無差也。"

〔3〕客思（sì）：客中游子的思緒。貢性之《題畫》詩："一江春水晚微茫，醉倚篷窗客思長。"

〔4〕趺坐：即跏趺坐。據佛經説，跏趺坐可減少貪念，集中思想。偈（jì）：梵語"偈佗"的簡稱，意爲"頌"，即佛經中的唱詞。後多指釋家雋永的詩作。

〔5〕振策：揚鞭走馬。陸機《赴洛道中作》詩之二："振策陟崇丘，案轡遵平莽。"

飲孫公習孺長嘯亭感贈〔1〕

卜築塵氛外，高居俯碧岑〔2〕。醉人花月下，留客水雲深〔3〕。竹裹聆長嘯，風前自苦吟〔4〕。世情談轉劇，慷慨各沾襟〔5〕。

【校注】

〔1〕孫習儒：孫斯傳，號"洞湘"。中舉後官至山東城武（今成武縣）縣令。

〔2〕卜築：擇地建築住房，即定居之意。孟浩然《冬至後過吴張二子檀溪别業》："卜築依自然，檀溪不更穿。"塵氛：塵俗的氣氛。牟融《題孫君山

亭》："長年樂道遠塵氛，静築藏修學隱論。" 碧岑：青山。杜甫《上後園山脚》："自我登隴首，十年經碧岑。"

〔3〕水雲：水和雲。水上所生之雲。多指水雲相接之景。王昌齡《巴陵送李十二》："山長不見秋城色，日暮蒹葭空水雲。"

〔4〕竹裏：竹林之中。詩人以"竹林七賢"之阮籍、阮咸爲喻，稱六叔田子壽"大阮"，自呼"小阮"。長嘯：撮口發出悠長清越的聲音。古人常以此述志。此處指"蘇門嘯"。《晋書·阮籍傳》："籍嘗於蘇門山遇孫登，與商略終古及棲神道氣之術。登皆不應，籍因長嘯而退。至半嶺，聞有聲若鸞鳳之音，響乎岩谷，乃登之嘯也。" 後以"蘇門嘯"指嘯咏，亦比喻高士的情趣。苦吟：反覆吟咏，苦心推敲。言作詩極爲認真。馮贄《雲仙雜記·苦吟》："孟浩然眉毫盡落，裴祐袖手，衣袖至穿，王維至走入醋瓮，皆苦吟者也。"

〔5〕世情：（1）時代風氣。劉勰《文心雕龍·時序》："文變染乎世情，興廢係乎時序。"（2）世俗之情。《壇經·付囑品》："汝等好住，吾滅度後，莫作世情悲泣雨淚。"（3）世態人情。施肩吾《及第後過揚子江》詩："江神也世情，爲我風色好。" 沾襟：浸濕衣襟。多指傷心落淚。《莊子·應帝王》："列子入，泣涕沾襟以告壺子。" 此指因慷慨激情而淚。

蓮池宴集代寄武昌所歡〔1〕

落日滿芳塘，憐芳欲斷腸〔2〕。折荷驚並蒂，無偶妬鴛鴦。夢入晴川遠，愁添夜雨長〔3〕。幾時花月下，含笑對蕭娘〔4〕。

【校注】

〔1〕蓮池宴集：在蓮池宴飲集會。代，底本作"伐"，應譌，據明刻本改。

〔2〕芳塘：開滿鮮花泛着草香的池塘。周邦彦《蝶戀花·晚步芳塘新霽後》："晚步芳塘新霽後。春意潛來，迤邐通窗牖。"

〔3〕晴川：指"晴川閣"。在武漢龜山東麓，隔江與黄鶴樓相對。明建。崔

顥《黄鶴樓》有“晴川歷歷漢陽樹”句，閣名本此。

〔4〕蕭娘：《南史·梁臨川靖惠王宏傳》云：宏受詔侵魏，軍次洛口，前軍克梁城。宏聞魏援近，畏懦不敢進。魏人知其不武，遺以巾幗。北軍歌曰：“不畏蕭娘與吕姥，但畏合肥有韋武。”“蕭娘”即姓蕭的女子，言宏怯懦如女子。後以“蕭娘”爲女子的泛稱。

澧上送伍景光還南昌王子樞還長沙〔1〕

日没大浮頭，驪歌動客愁〔2〕。那堪流落後，更是别離秋〔3〕。夜月尋廬岳，寒煙對橘洲〔4〕。幽期如不負，早共采真游〔5〕。

【校注】

〔1〕澧上：澧，指詩人出居之地澧州。伍景光：未詳。王子樞：亦不詳。

〔2〕大（tài）浮頭：大通“太”。《集韻》：“冭，或作太。大、泰音義通。非太與小大之大别也。”今作“太浮頭”，即太浮山頂。太浮山位於湖南臨澧縣城西南十二公里。原名彰龍山，相傳漢代浮邱子在此修行得道，故改名太浮山。詩人出居澧州，當指此山。驪歌：告别的歌。李穀《浙東罷府西歸酬别張廣文皮先輩陸秀才》：“相逢只恨相知晚，一曲驪歌又幾年。”

〔3〕流落：漂泊在外，窮困失意。錢起《秋夜作》詩：“流落四海間，辛勤百年半。”

〔4〕廬岳：廬山。一稱匡山或匡廬。在江西九江市南部，聳立鄱陽湖、長江之濱。橘洲：橘子洲。在湖南長沙市西湘江中。多美橘，故稱。

〔5〕幽期：隱逸之期約。謝靈運《富春渚》：“平生協幽期，淪躓困微弱。”采真：道教語。謂順乎天性，放任自然。

索居澧浦投陳裁甫廣文〔1〕

鱣堂摇落候，幽興滿東籬〔2〕。好客頻留榻，爲官不顧期〔3〕。風高秋欲暮，月冷雁初悲[4]。曲就無人和，狂歌自解頤[5]。

【校注】

〔1〕索居：孤獨地散處一方。《禮記·檀弓上》："吾離群而索居，亦已久矣。"陳廣文：生平不詳。

〔2〕鱣堂：講學之所。《後漢書·楊震傳》："後有冠雀銜三鱣魚，飛集講堂前。都講取魚進曰：'蛇鱣者，卿大夫服之象也，數三者，法三臺也。先生自此昇也。'"李賢注："按《續漢》及謝承書，鱣皆作鱓，然則鱣、鱓古字通也。鱣魚長者不過三尺，黄地黑文，故都講云：'蛇鱣，卿大夫之服象也。'"後因稱講學之所爲"鱣堂"。候：時節，時候。幽興：幽雅的興味。

〔3〕留榻：禮待賢者。參《贈張録事》注〔6〕。

〔4〕暮：將盡。杜甫《歲宴行》："歲雲暮兮多北風。"悲：形容北雁南飛時的鳴叫聲。

〔5〕解頤：頤，面頰。《漢書·匡衡傳》："匡説詩，解人頤。"顔師古注引如淳曰："使人笑不能止也。"後因以指"解頤"爲開顔歡笑。

送吴君翰之銅仁謁譚總戎宗啓[1]

孤城疲馬遲斜暉，湖上鶯花歷亂飛[2]。無那别愁還進酒，忽驚寒盡又更衣。風觀鬼國衣裳别，路出盤江故侶稀[3]。倡和定知頻入幕，狂呼明月醉芳菲[4]。

【校注】

〔1〕銅仁：府名。在貴州省東部、沅江支流辰水上游錦江沿岸。唐置萬安縣，後改常豐縣。元置銅人大小江長官司，明改置銅仁縣，爲銅仁府治。總戎：統帥。亦用作某種武職的别稱。唐人稱節度使爲總戎；清時稱總兵爲總戎。譚宗啓：生平不詳。

〔2〕遲：律詩此位置須仄，讀 zhì，猶"比及"。是"到了傍晚"的意思。

讀chí，借仄聲入律，猶逗留、徐行。是停留下來或慢慢走（觀賞夕陽餘輝）的意思。斜暉：亦作“斜輝”。指傍晚西斜的陽光。歷亂：爛熳。張雨《燕山亭·楊梅》：“絳手素盤，歷亂殷紅，浮沉半壺脂水。”

〔3〕鬼國：泛指邊遠地區的少數民族。盤江：北盤江流經貴州西南部。

〔4〕入幕：入幕賓。《晋書·郗超傳》：“謝安與王坦之嘗詣温論事，温令超帳中卧聽之，風動帳開，安笑曰：‘郗生可謂入幕之賓矣。’”

登遇仙樓寄玄璞子〔1〕

山陰王逸少，瀟灑向來聞〔2〕。彩筆驚明主，幽懷戀白雲〔3〕。尋芳過楚澤，取醉吊湘君〔4〕。樓閣風烟外，何時一論文。

【校注】

〔1〕遇仙樓：在澧州城東，即今澧縣縣城東面。玄璞子：生平不詳。詩人另有《短歌行約玄璞子鍊藥君山》一詩，可能是個道士。從詩的首句看，當是山陰人氏。

〔2〕山陰：舊縣名。因在會稽山之陰（北）得名。逸少：晋代書家王羲之字逸少，琅琊人，後遷居山陰。

〔3〕明主：賢明的君主。《史記·刺客列傳》：“臣聞明主不掩人之美，而忠臣有死名之義。”白雲：代無拘牽之隱逸生活。

〔4〕尋芳：游賞美景。姚合《游陽河岸》：“尋芳愁路盡，逢景畏人多。”楚澤：古楚地有雲夢七澤。後泛指楚地或楚地的湖澤。湘君：湘水之神。《史記·秦始皇本紀》：“上問博士曰：‘湘君何神？’博士對曰：‘聞之，堯女舜之妻葬此。’”

奉和孫鵬初太史

五陵佳氣鬱葱葱，才子乘春出望同〔1〕。北闕瑞雲迎旭日，上林新柳變條風[2]。河山舊繞皇居壯，詞賦今看侍從雄[3]。流落獨憐儂未遇，年年空自泣途窮[4]。

【校注】

〔1〕五陵：本指西漢自高帝至昭帝的五個陵縣，因都在長安附近，借指京都。

〔2〕北闕：古代宫殿北面的門樓，爲臣子等候朝見或上書之處。上林：古宫苑名。（1）秦都咸陽時置，阿房宫即其前殿。漢初荒廢，武帝時復收爲宫苑，周圍擴充至二百多里，苑内放養禽獸，供皇帝射獵。（2）東漢置。故址在今洛陽市東。條風：（1）東北風。一名融風，主立春四十五日。（2）東風。一名明庶風，主春分四十五日。代指春風。

〔3〕皇居：（1）皇宫。亦指皇城。孔融《薦禰衡表》："鈞天廣樂，必有奇麗之觀；帝室皇居，必畜非常之寶。"（2）猶天下，全國。文瑩《玉壺清話》卷七："京師正得皇居之中，黄汴環流，漕運儲廪，可仰億萬。"侍從（còng）：宋代稱翰林學士、給事中、六尚書、侍郎爲侍從。孫羽侯曾被選爲翰林院庶吉士，故有此言。

〔4〕途窮：喻走投無路或處境困窘。顏延之《五君咏·阮步兵》："物故不可論，途窮能無慟。"

入觀國山贈女道士貞一[1]

采藥來青嶂，尋真不計年[2]。芒鞋時步月，竹杖迥凌煙[3]。樓閣雲霄外，岩巒水石邊[4]。長生吾所慕，從此欲棲玄[5]。

【校注】

〔1〕觀國山：山名，在湖南石門縣蒙泉鎮。相傳爲民女苟正覺（瑞）修真成仙之地。

〔2〕青嶂：如屏障青山。此指觀國山。《文選·沈約〈鍾山詩應西陽王

教〉》："轡律構丹巘，崚嶒起青嶂。"吕向注："山横曰嶂。"尋真：尋求仙道。《説文》："真，仙人變形而登天也。"皇甫冉《同裴少府安居寺對雨》："共結尋真會，還當退食初。"

〔3〕芒鞋：草鞋。陳師道《絶句四首》："芒鞋竹杖最關身。"竹杖：竹杖、芒鞋爲道士的行裝，功能不止拐杖。傳説東漢方士費長房，從賣藥翁壺公入山學仙，未成辭歸，翁贈以竹杖與符。從此能醫衆病，鞭笞百鬼，驅使社公。一日之間，人見其在千里之外數處，全賴竹杖之功。底本作"竹枝"，誤。迥凌煙：高高地昇上天空。

〔4〕巒：小而尖的山。岩巒，石山。棲玄：留下來修道。玄，幽深微妙。高遠莫測的道。

赤霞洞〔1〕

物外遠游屐，山中道者家。步雲時倚杖，幽興滿烟霞。

【校注】

〔1〕赤霞洞：此指湖南石門縣觀國山赤霞洞，詩人出居澧州，游此洞的可能性大。另有赤霞洞在武夷山赤霞岩半腰。

陳廣文裁甫不赴漢中歸武陵有贈〔1〕

抱琴計日卧空林，方朔那能久陸沉〔2〕。故里已拚漁父約，天涯堪作白頭吟〔3〕。家鄰古洞桃花滿，門對芳洲橘樹深〔4〕。借問題銘兼叱馭，何如習静自披襟〔5〕。

嚴平子評：秀句不可多得。

【校注】

〔1〕漢中：府名。明洪武三年（1370）改興元路置，轄境相當今陝西秦嶺

以南，旬河流域以西，鳳縣、寧强以東地區。武陵：郡名。漢高帝五年（202）置。轄境相當今湖北長陽、五峰、鶴峰、來鳳等縣，湖南沅江流域以西，貴州東部及廣西三江、龍勝等地。其後逐漸縮小。

〔2〕空林：渺無人迹的樹林。孟浩然《題大禹寺義公禪房》："義公習禪處，結構依空林。"方朔：東方朔。西漢文學家，性詼諧滑稽，曾以辭賦諫武帝戒奢侈，又陳農戰强國之策，然終不爲用。陸沉：陸地無水而沉。比喻隱於市朝中。也比喻不爲人知，有埋没之意。黄庭堅《答張沙河》："丈夫身在要勉力，豈有吾子終陸沉。"

〔3〕拚：詳見《携家澧浦諸昆季餞送志别》注〔3〕。漁父約：指《楚辭》中記述屈原與漁父的一段問答之辭。白頭吟：樂府楚調曲名。古辭寫男有二心，女來决絶，並表示"願得一心人，白頭不相離"。《西京雜記》載：司馬相如將聘茂陵女爲妾，卓文君作《白頭吟》表示决絶，相如遂打消此念頭。

〔4〕古洞：指桃源洞。在湖南桃源縣西南的桃源山下，又名"秦人洞""白馬洞"。芳洲：指長沙橘子洲。

〔5〕題銘：題寫銘文，以記載功德。叱馭：《漢書・王尊傳》："琅邪王陽爲益州刺史，行至邛崍九折阪，因道險而返。及王尊爲刺史，行至其阪，叱其馭曰：'驅之，王陽爲孝子，王尊爲忠臣。'"謂忠孝難以兩全。習静：謂使心境沉静清澄，如坐禪之類。王維《積雨輞莊作》："山中習静觀朝槿，松下清齋折露葵。"披襟：敞開胸懷，誠心待人。

過三閭祠有感〔1〕

紉蘭過古岸，選勝吊遺祠〔2〕。積雨迷芳杜，那能不損思〔3〕。

【校注】

〔1〕過：前往拜訪。引申爲往謁。三閭祠：即屈原祠。洞庭湖流域甚多，不知實指。

〔2〕紉蘭：《楚辭・離騷》："扈江離與辟芷兮，紉秋蘭以爲佩。"是説身

上披戴着江離和白芷，以連綴起來的秋蘭爲珮飾。江離、辟芷，都是香草名。古岸：古老的江岸。亦或某處地名。熊皎《湘江曉望》："微雲過島侵浮月，古岸平江浸遠天。"古今皆有以湘江古岸爲詩的詩題或詩句，若古岸在湘江或在某義上代指湘江，則"三閭祠"實指湖南汨羅縣玉笋山上的屈原祠。該祠始建於漢代。選勝：尋游名勝之地。張籍《和令狐尚書平泉東莊近居李僕射有寄十韻》："探幽皆一絶，選勝又雙全。"陸游《風入松》："萬金選勝鶯花海，倚疎狂驅使青春。"

〔3〕芳杜：杜若，亦名杜衡。香草名。《楚辭·九歌·湘君》："採芳洲兮杜若。"損思：減損思慮心智。《隋書·后妃傳·煬帝蕭皇后》："時循躬而三思，覺今是而昨非。嗤黄老之損思，信爲善之可歸。"

林扶京來自襄洛過楚騷館有贈〔1〕

梁園楚水足奇觀，羡爾登臨興不闌〔2〕。萬里帆檣依極浦，十年裘馬倦長安〔3〕。江間白露凋楓葉，階上秋風長木蘭〔4〕。吊罷靈均倍惆悵，還因濁酒暫爲歡〔5〕。

嚴平子評：可憐之色，紙上如繪。

【校注】

〔1〕林扶京：不詳。襄洛：漢於甘肅置有襄洛縣。但此處似指方位，詩中有梁園、長安，當是從襄陽、洛陽方向來。

〔2〕梁園：即梁苑，參見《寄呈周太霞先生》注〔3〕。登臨：登山臨水，也指游覽。語本《楚辭·九辯》："憭栗兮若在遠行，登山臨水兮送將歸。"闌：將盡。

〔3〕帆檣：挂帆的桅杆，借指帆船。底本作"航檣"，據明刻本改。極浦：遥遠的水濱。裘馬：輕裘肥馬，形容生活豪華。語出《論語·雍也》："赤之適齊也，乘肥馬，衣輕裘。"

〔4〕木蘭：香木名。又名杜蘭、林蘭。皮似桂而香，狀如楠樹。李時珍《本

草綱目・木一・木蘭》："木蘭枝葉俱疏，其花内白外紫，亦有四季開者。"

〔5〕靈均：屈原字。惆悵：因失意或失望而傷感、懊惱。蘇軾《夢中絶句》："落英滿地君不見，惆悵春光又一年。"因：憑借。《後漢書・逸民傳・矯慎》："隱遁山谷，因穴爲室。"

武昌張郡丞奉使過澧奉呈

使星遥入郡，車馬又臨邊〔1〕。博望非開地，長征爲獨賢〔2〕。聽猿穿宿霧，度嶺覓芳荃〔3〕。飛瀑晴含雨，垂蘿晝裊煙〔4〕。石門秋思遠，仙洞埜心偏〔5〕。絶徼消烽燧，嘉禾滿陌阡〔6〕。登高應有賦，虚左竟無緣〔7〕。短棹蘭江上，能令一扣舷〔8〕。

【校注】

〔1〕使星：朝廷派出的使者。

〔2〕博望：漢張騫的封號。《漢書・張騫傳》："騫以校尉從大將軍擊匈奴，知水草處，軍得以不乏，乃封騫爲博望侯。"開地：開拓疆土。《韓非子・十過》："兼國十二，開地千里。"長征：遠程旅行。耶律鑄《磨劍行》："故國江山夢裏行，不期今日果長征。"獨賢：（1）謂獨勞。《詩・小雅・北山》："大夫不均，我從事獨賢。"毛傳："賢，勞也。"（2）特别賢良。《漢書・王吉傳》："古者工不造雕瑑，商不通侈靡，非工商之獨賢，政教使之然也。"亦稱德才突出者。

〔3〕宿霧：夜霧。蘇軾《觀湖》詩之二："朝陽照水紅光開，玉濤銀浪相徘徊。山分宿霧盡寬遠，雲駕高風馳送來。"此指旅途辛勞。芳荃：芳香的荃草。沈約《早發定山》詩："忘歸屬蘭杜，懷禄寄芳荃。"

〔4〕裊煙：烟霞繚繞。

〔5〕石門：指石門縣或石門山。秋思：秋日寂寞凄凉的思緒。沈佺期《古歌》："落葉流風向玉臺，夜寒秋思洞房開。"仙洞：應指桃源洞。埜心：指閒散恬淡的性情。此詩人自喻。埜，同"野"。錢起《歲暇題茅茨》詩："谷口逃

名客，歸來遂野心。”

〔6〕絶徼：邊荒之地。韓愈《湘中酬張十一功曹》：“休垂絶徼千行淚，共泛清湘一葉舟。”嘉禾：生長奇异的禾，古人以之爲吉祥的徵兆。亦泛指生長茁壯的禾稻。典出《書·微子之命》：“唐叔得禾，异畝同穎，獻諸天子。王命唐叔，歸周公於東，作《歸禾》。周公既得命禾，旅天子之命，作《嘉禾》。”孔穎達疏：“此以善禾爲書之篇名，後世同穎之禾遂名爲‘嘉禾’，由此也。”

〔7〕虚左：古時以左爲尊，空着左邊位置以待賓客叫“虚左”。《史記·魏公子列傳》：“公子於是乃置酒大會賓客。坐定，公子從車騎，虚左，自迎夷門侯生。”

〔8〕扣舷：敲擊船舷作節拍而歌。王維《送綦毋校書棄官還江東》：“清夜何悠悠，扣舷明月中。”

奉呈王郡侯〔1〕

漢家岳牧藉才賢，五馬翩翩治郡年〔2〕。惠化總如周召伯，風流不減謝臨川〔3〕。荒郊共羡棠陰滿，澤國争傳麥秀篇〔4〕。擊壤向來同父老，還因歌誦奏車前〔5〕。

【校注】

〔1〕郡侯：此處指一郡之長，知府。王郡侯，生平不詳。

〔2〕岳牧：古代傳説中的四岳和十二州牧的合稱。《史記·伯夷列傳》：“舜禹之間，岳牧咸薦。”後用來指州府大吏。五馬：太守的代稱。《南史·柳元策傳》：“兄弟五人爲太守，時人語曰：‘柳氏門庭，五馬逶迤。’”故稱太守爲五馬大夫。翩翩：形容風致、文采的優美。《文選·曹丕〈與吴質書〉》：“元瑜書記翩翩，足致樂也。”

〔3〕惠化：仁慈的教化。周召伯：召公。姬姓，名奭，采邑在召，世稱召公。曾助武王滅商。武王死，成王年幼，周公攝政，與召公分陝而治。召公巡行鄉邑，能得民和。風流：風度，標格。亦指文學作品超逸美妙。司空圖《詩

品・儲蓄》："不著一字，盡得風流。"謝臨川：謝靈運。南朝宋詩人，曾任臨川内史，故稱。善以精麗之語刻畫自然景物，開文學史上山水詩一派。

〔4〕棠陰滿：棠陰，喻惠政或良吏的惠行。周時，召伯巡行南國，曾在甘棠樹下聽訟，時人因敬愛召伯，相戒勿損傷這株甘棠。後因用"棠陰"比喻良吏的政績。蘇軾《沈諫議召游湖不赴》："湖上棠陰手自栽，問公更得幾回來。"麥秀：表豐年。班固《東觀漢記・張堪》："爲漁洋太守，有惠政。開治稻田八千餘頃，教民種作，百姓殷富。童謡曰：'桑無附枝，麥秀兩岐。張君爲政，樂不可支。'"

〔5〕擊壤：皇甫謐《帝王世紀》："帝堯之世，天下太和，百姓無事，有八九十老人擊壤於道，作歌曰：'吾日出而作，日入而息，鑿井而飲，耕田而食。帝何力於我哉！'"後用"擊壤"爲歌頌太平盛世之典。歌誦：歌唱《頌》詩。《左傳》襄公二十九年："爲之歌《頌》，曰：'至矣哉！'"杜預注："《頌》者，以其成功告於神明。"後謂用詩歌頌揚，亦泛謂用言語文字贊美。

吴君翰自燕抵汴晤孔炎子厚遠歷羅施譚元戎宗啓兹來山中訪季父與文感而贈之工拙不論[1]

翩翩孤騎渡西河，愛竹移情到薜蘿[2]。楚客却慚巴里曲，吴郎翻作郢中歌。春生夢渚歸心遠，日落黄山旅思多[3]。五岳自來饒异草，尋仙好共白雲過。

【校注】

〔1〕吴君翰：生平不詳，詩題中其他人物生平亦不詳。自燕抵汴：從河北到達河南。與文：以字面求之，可理解爲與之論文。

〔2〕西河：古地區名。春秋時衛地，即今河南浚縣、滑縣一帶。

〔3〕夢渚：雲夢澤。李白《留别曹南群官之江南》："朝雲落夢渚，瑶草空高唐。"王琦注："夢渚即雲夢之渚也。"底本作"蘿渚"，誤，據明刻本改。旅思：羈旅的愁思。王勃《羈游餞别》："寧覺山川遠，悠悠旅思難。"

病中送劉功甫之南岳〔1〕

風雨江城暮，離歌動客愁〔2〕。馬頭湘浦路，興裏祝融秋〔3〕。採藥尋貞白，探奇想少游〔4〕。平生懷結宇，多病愧淹留〔5〕。

【校注】

〔1〕劉功甫：生平不詳。

〔2〕江城：江邊之城。或指澧水之濱的澧州。暮，底本譌作"慕"，據明刻本改。離歌：傷別之歌。劉基《送醫士賈思誠還浙東》："西風嫋嫋水鱗鱗，一曲離歌淚滿中。"

〔3〕湘浦：湘江沿岸。祝融：祝融峰。衡山五大名峰之一。

〔4〕貞白：陶弘景。南朝齊梁時道教思想家、醫學家。仕齊拜左衛殿中將軍，後隱居茅山。入梁，武帝禮聘不出。但朝廷大事輒就咨訊，時稱"山中宰相"。對醫學極有研究，張君房《雲笈七籤》："大同二年告化，時年八十五，顔色不變，屈伸自如。屋中香氣，積日不散。詔贈中散大夫，謚'貞白先生'。"少游：北宋詞人秦觀字。工詩詞，文辭爲蘇軾所賞識。風格委婉含蓄，清麗淡雅。句意或指秦觀《雨中花》"指點虛無征路，醉乘斑虬，遠訪西極。……玉女明星迎笑，何苦自淹塵域"之奇想。

〔5〕結宇：造房子。《宋書·宗炳傳》："好山水，愛遠游，西陟荆巫，南登衡岳，因而結宇衡山，欲懷尚平之志。"淹留：停留，久留。《離騷》："時繽紛其變易兮，又何可以淹留。"

過掇刀祠見姚鍘兄弟壁間詩感作〔1〕

疲馬愁岐路，他鄉感別離〔2〕。田郎元好客，姚氏解談詩〔3〕。遠色荆門樹，秋風漢將祠〔4〕。慶卿何處所，擊築自成悲〔5〕。

【校注】

〔1〕姚鍘：生平不詳。有《游仙居寺》五律一首存世，詩曰：“昔負禪林約，捫蘿此共躋。飛泉吹法雨，老樹散菩提。峰古僧依静，岩懸雲自棲。曾聞卓錫後，靈響勝曹溪。”壁間：墻壁上。

〔2〕岐路：亦作“歧路”，岔路。《列子·説符》：“楊子之鄰人亡羊，既率其黨，又請楊氏之豎追之。楊子曰：‘嘻！亡一羊，何追者之衆？’鄰人曰：‘多岐路。’”

〔3〕田郎：作者自稱。

〔4〕漢將祠：即掇刀祠。荆門城南有“掇刀石”，相傳漢將關羽在此歇息時，掇刀於石，痕迹儼然，後人建祠於此。

〔5〕慶卿：即荆柯。戰國末著名刺客。擊築：築，古樂器名，似箏，以竹尺擊之，聲音悲壯。《史記·刺客列傳》：“至易水之上，既祖，取道，高漸離擊築，荆軻和而歌，爲變徵之聲，士皆垂淚涕泣。”後以“擊築”喻指慷慨悲歌或悲歌送别。

重登太岳絶頂

失路憐風雨，登臨萬里秋〔1〕。烟霞參嶺外，猿鶴紫霄頭〔2〕。晚色連秦樹，峰陰入漢流〔3〕。故園何處是，極目不勝愁。

【校注】

〔1〕失路：迷失道路。亦喻不得志。錢起《送鄔三落第還鄉》：“十年失路誰知己，千里思親獨遠歸。”

〔2〕參嶺：指武當諸峰。紫霄：即紫宵宫。在武當主峰天柱峰東北的展旗峰下。

〔3〕連秦樹：連接秦地的樹林。明刻本爲“通秦樹”。漢流：漢水，源出陝西省寧强縣，東流至勉縣與褒河匯合後稱漢水，爲長江最大支流。

九日與虞子墨對酌楚騷館有贈[1]

大浮山下雁來時，節序驚心旅思危[2]。岐路幾人能勿哭，當秋何客不成悲[3]。風高古木凋前檻，雨外疏花護短籬[4]。誰道散愁惟有酒，萸樽偏遣淚如絲[5]。

嚴平子評：如聞嶺上哀猿。

【校注】

〔1〕九日：九月九日重陽節。虞子墨：河北遵化人。生平不詳。

〔2〕大（tài）浮山：即“太浮山”。節序：節令，節氣；節令的順序。江淹《謝僕射游覽》：“淒淒節序高，寥寥心悟永。”

〔3〕當秋：時值蕭瑟的秋景。

〔4〕疏花：稀疏的花朵。辛棄疾《鷓鴣天·用韻賦梅》：“恨無飛雪青松畔，却放疏花翠葉中。”

〔5〕散愁：遣散愁緒。杜甫《簡吴郎司法》：“却爲姻婭過逢地，許坐曾軒數散愁。”萸樽：亦作“萸尊”。借指茱萸酒。樽，盛酒器。張居正《九日宴汪年兄宅得清字》：“未嗟萬里長爲客，坐對萸尊笑語清。”偏遣，底本作“編遣”，誤，據明刻本改。

送似默丈還岳陽因呈太素公先輩[1]

朝發蘭浦曲，暮登江上樓[2]。酒邊林是竹，賦裏思皆秋[3]。學釣同公子，操琴類楚囚[4]。君山明月下，何處共仙舟[5]。

【校注】

〔1〕似默：李似默。岳陽人。生平不詳。太素公：不詳。

〔2〕蘭浦：長滿香草的河岸。曲：彎曲的地方。《詩·魏風·汾沮洳》：“彼汾一曲，言採其藚。”朱熹《集傳》：“一曲，謂水曲流處。”江上樓：指

岳陽樓。

〔3〕林是竹：隱用“竹林七賢”之典。“賦裏”句：宋玉《九辯》：“悲哉秋之爲氣也，蕭瑟兮草木摇落而變衰。”詩句中的賦並非專指文體“賦”，泛指吟誦或詩詞創作。秋，在文人的筆下，更不單是季節，主要表現的是肅殺蕭索零落景象，喻指人生秋色。

〔4〕公子：或指垂釣於富春江的嚴子陵。吴鎮《題洞庭漁隱圖》：“蘭棹穩，草衣新，只釣鱸魚不釣名。”句意或是如此。操琴：操弦，彈奏。楚囚：《左傳》成公九年：“晋侯觀於軍府，見鍾儀。問之曰：‘南冠而縶者，誰也？’有司對曰：‘鄭人所獻楚囚也。’使稅之……問其族，對曰：‘泠（伶）人也。’公曰：‘能樂乎？’對曰：‘先人之職官也，敢有二事！’使與之琴，操南音。”是説楚人鍾儀被囚於晋，戴着故鄉南國的帽子，晋侯叫他彈琴，他彈的亦是故鄉南國的樂調。其實，“楚囚”在更多的時候是艱苦卓絶、舍身守義的代名詞。

〔5〕君山：山名。又名湘山，在洞庭湖中。

哭雲夢師二首

擬從浮滄海，那知遽返真〔1〕。修文君地下，張楚更何人〔2〕。百歲期雖促，千秋賦自新。試歌薤上露，寂寞益傷神〔3〕。

【校注】

〔1〕擬從：打算隨行。從，《韻會》：“才用切，去聲。”《説文》：“隨行也。”遽：驟然。返真：道教認爲人死後歸於自然，故“返真”爲死之婉辭。

〔2〕修文：修明文教。古代傳説，孔子弟子顔淵、子夏死後在地下爲修文郎。後因稱文人死亡爲“修文”或“修文地下”。杜甫《哭李常侍峰》：“一代風流盡，修文地下深。”張楚：秦末義軍領袖陳勝建立的政權，意謂張大楚國。雲夢師家在華容，古屬楚地，故亦取“張大楚國”之義。

〔3〕薤上露：薤露。樂府《相和曲》名，爲挽歌，出殯時挽柩人所唱。“薤

露”是説人的生命短促，有如薤葉上的露水，一瞬即干。

其　二

不堪流落際，又是哭君時[1]。萬事已云畢，交情難重期[2]。寒風松户寂，白日竹臺迷[3]。欲作招魂賦，浮生自轉悲[4]。

【校注】

〔1〕流落：飄泊他鄉，窮困潦倒。李白《與韓荆州書》：“白隴西布衣，流落楚漢。”哭君：哭雲夢師（逝世）。

〔2〕重：再。古今都有平仄二聲，古仄聲亦有再、重（chóng）之義。此處讀去聲。

〔3〕“寒風”句，底本作“寒松風户寂”，應係倒文。竹臺：竹林掩映的樓台。

〔4〕招魂賦：《楚辭》篇名。王逸謂宋玉所作，因“憐哀屈原忠而斥棄，愁懣山澤，魂魄放佚，厥命將落，故作《招魂》”。浮生：《莊子·刻意》：“其生若浮。”謂人生在世，虚浮無定。後因稱人生爲浮生。

送林扶京之江西便歸[1]

别酒不成醉，離歌易愴神[2]。尊前今夜雨，明日异鄉人。廬月寒侵舫，湖風晚拂纓[3]。經過莫留滯，須念倚門親[4]。

【校注】

〔1〕林扶京：未詳。

〔2〕愴神：傷心。陸游《夜登千峰榭》詩：“危樓插斗山銜月，徙倚長歌一愴神。”

〔3〕廬月：廬山上空之月。湖風：鄱陽湖的晚風。纓：繫冠的帶子。

〔4〕倚門：形容父母盼望子女歸來的殷切心情。《戰國策·齊策六》：“王孫賈年十五，事閔王。王出走，失王之處。其母曰：‘女朝出而晚來，則吾倚門

而望；女暮出而不還，則吾倚閭而望。'"

短歌行約玄璞子鍊藥君山[1]

我聞玄璞子，家在會稽山[2]。觀日滄海上，餐霞天姥間[3]。尋仙興不盡，忽到洞庭灣[4]。洞庭瀟湘多白雲，君山之上氣氤氲[5]。鼎湖丹竈雲邊古，瑶瑟哀音月下聞[6]。玄璞子，吾與爾爲期[7]。行吟竹杖相追隨，君山老人實可師[8]。有身不就黄金藥，寂寞空爲世所悲[9]。

【校注】

〔1〕玄璞子：浙江會稽（紹興）人，餘不詳。

〔2〕會稽山：在今浙江中部紹興、嵊州、諸暨、東陽等市縣間。浦陽江與曹娥江的分水嶺。茂林修竹，風景秀麗。

〔3〕餐霞：道教的一種修煉術。《文選·顔延之〈五君咏〉》："中散不偶世，本自餐霞人。"因稱道士、仙人爲"餐霞人"或"餐霞子"。天姥：山名。在浙江東部，與天台山相對。

〔4〕尋仙：尋找神仙或成仙之路。洞庭灣：洞庭湖岸彎曲處，指洞庭湖。

〔5〕氤氲：氣或光色混合動盪貌。張九齡《湖口望廬山瀑布泉》："靈山多秀色，空水共氤氲。"

〔6〕鼎湖：古代傳説黄帝乘龍昇天之處。《史記·封禪書》："黄帝採首山銅，鑄鼎於荆山下。鼎既成，有龍垂鬍髯下迎黄帝……故後世因名其處曰鼎湖。"丹竈：煉丹的爐竈。瑶瑟：飾以美玉的琴瑟。哀音：悲傷之音。黄景仁《典衣行》："誰家箜篌傷客心，鄰舟少女彈哀音。"

〔7〕爲期：作爲約定的期限或日期。《詩·小雅·采緑》："五日爲期，六日不詹。"

〔8〕竹杖，底本誤作"竹枝"，據明刻本改。君山老人：即"君山老父"，傳説中吹笛於君山的老仙人。谷神子《博异志·吕鄉筠》："洞庭賈客吕鄉筠，春夜泊舟於君山側，飲酒吹笛於月下。忽一老父泛舟至，與之共飲暢談，並出

懷袖間笛吹奏。曲末終，而君山鳥獸叫噪月色昏昧，舟人大怒。老人於是飲酒數杯，鼓棹而去。”

〔9〕黄金藥：道教鍊丹所得，謂之仙藥。

江亭與武昌張郡丞飲別〔1〕

江雲漠漠月娟娟，長憶追陪使者筵〔2〕。別思總如湖上水，朝朝暮暮到晴川〔3〕。

【校注】

〔1〕郡丞：郡守的副貳。張郡丞，生平事迹不詳。

〔2〕漠漠：迷蒙貌。鄭俠《烟雨樓》：“群岫西來煙漠漠，大江南去雨蒙蒙。”娟娟：明媚貌。司馬光《和楊卿中秋月》：“嘉賓勿輕去，桂影正娟娟。”

〔3〕别思（sì）：離别的思念。張籍《送從弟蒙赴饒州》：“京城南去鄱陽遠，風月悠悠别思勞。”晴川：閣名。即晴川閣。

病起思親感作〔1〕

病起春將盡，愁多思亦危〔2〕。可憐望雲日，正是倚門時〔3〕。淚逐楊花落，心隨塞雁遲〔4〕。題詩聊自遣，醉舞不勝悲〔5〕。

【校注】

〔1〕病起：病愈。蘇舜欽《病起詩》：“吴天摇落奈愁何，病起風前白髮多。”

〔2〕危：憂懼；不安。《戰國策·西周策》：“夫本末更盛，虚實有時，竊爲君危之。”

〔3〕望雲：謂思念父母。參見《艾和甫謫西寧有贈》注〔2〕。倚門：謂父

母望子歸來之心殷切。

〔4〕“淚逐”句：化用蘇軾《水龍吟·次韻章質夫楊花詞》：“細看來不是，楊花點點，是離人淚。”遲：徐緩貌。謂心隨雁陣徐徐而動。

〔5〕自遣：發抒排遣自己的感情。元稹《進詩狀》：“自律詩百韻，至於兩韻七言，或因朋友戲投，或以悲歡自遣。”

病起過隆興寺訪毛茂才〔1〕

病起從初地，行吟傍佛筵〔2〕。談經翻貝葉，趺坐擁青蓮〔3〕。樹裹雲依席，花間竹映泉。醍醐聊共酌，清興自泠然〔4〕。

【校注】

〔1〕茂才：即秀才。因避漢光武帝名諱，改秀爲茂。明清時入府州縣學的生員叫秀才，也沿稱茂才。毛茂才，生平不詳。

〔2〕從：往就；到。《晏子春秋·雜上十二》：“景公夜從晏子飲，晏子稱不敢與。”初地：佛教寺院。此指隆興寺。王維《登辨覺寺》：“竹逕從初地，蓮峰出化城。”佛筵：筵，竹席。古人席地而坐，用筵作坐具，所以座位也叫筵。此指僧侶講經處的講筵。

〔3〕翻：翻閱，披覽。貝葉：貝多樹的葉子。原産於印度，用水漚後可代紙，常用來鈔寫經文。後因稱佛經爲貝葉經。趺坐：即跏趺坐。參見《宿伸公房别仲公》注〔4〕。青蓮：青蓮花。蓮花不染纖塵，佛家用比佛眼。《佛法妙音品》：“目如廣大青蓮花。”

〔4〕醍醐：佛教用以比喻一乘教義。如天台宗喻《法華》《涅槃》爲醍醐，真言宗喻陀羅尼藏爲醍醐。杜甫《大雲寺贊公房》：“醍醐長發性，飲食過扶衰。”泠然：輕妙貌。《莊子·逍遥游》：“夫列子御風而行，泠然善也。”底本作“冷”，據明刻本改。

將泛舟歸别毛茂才〔1〕

結客從誰定，談詩賴有君〔2〕。聯床尊對月，解榻席留雲〔3〕。羡爾同毛遂，憐予愧右軍〔4〕。茫茫江水上，惆悵若爲分〔5〕。

【校注】

〔1〕泛舟：坐船，行船。班固《西都賦》："泛舟山東，控引淮、湖，與海通波。"

〔2〕結客：結交賓客。常指結交豪俠之士。

〔3〕聯床：連床，並榻或同床而卧。白居易《奉送三兄》詩："杭州暮醉連床卧，吴郡春游並馬行。"解榻：謂熱情接待賓客，禮賢下士。東漢陳蕃任豫章太守時，不接待賓客，只有南州高士徐穉來時特設一榻，徐穉走後即懸挂起來。

〔4〕毛遂：戰國平原君門下食客。趙孝成王九年（前257），秦攻趙，王命平原君赴楚求救，毛遂自薦同往。既至楚，平原君與楚王談判，自日出迄日中不决。毛遂按劍上階，直陳利害，終使楚王歃血定盟，聯合抗秦。右軍：晉王羲之曾任右軍將軍，後稱羲之爲"右軍"。

〔5〕若爲：怎堪。王維《送楊少府貶郴州》："明到衡山與洞庭，若爲秋月聽猿聲？"

送羅泰階上舍赴試留都〔1〕

羅郎多麗藻，少小擅詞名〔2〕。欲奏凌雲賦，應爲鼓柁行〔3〕。月明京口驛，秋爽石頭城〔4〕。剩有題橋志，知君似長卿〔5〕。

【校注】

〔1〕羅泰階：不詳其人。上舍：宋制，太學分外舍、内舍、上舍，學生在一定年限和條件下，可依次而昇。留都：明永樂十九年（1421）成祖遷都北京

後，稱原國都南京爲留都。

〔2〕麗藻：華麗的詞藻。陸機《文賦》："游文章之林府，嘉麗藻之彬彬。"擅：專，精。任昉《宣德皇后令》："文擅雕龍，而成輒削藁。"

〔3〕凌雲賦：《史記·司馬相如傳》："相如既奏大人之頌，天子大悦，飄飄然有凌雲之氣，似游天地之間意。"代指好的文章。鼓柁：柁同舵，船的方向控制裝置。鼓柁，操縱船舵。

〔4〕月明，底本誤作"明月"，據明刻本改。京口：古城名，故址在今江蘇鎮江市。石頭城：古城名，故址在今南京市清涼山。

〔5〕題橋：即"題橋柱"。《華陽國志·蜀志》："城北十里有昇仙橋，有送客觀。司馬相如初入長安，題市門曰：'不乘赤車駟馬，不過汝下也。'"後用爲矢志功名之典。長卿：司馬相如字。"長"字多音，此處讀（zhǎng）。

過華容奉呈周明府〔1〕

浪游過洞浦，取醉上章臺〔2〕。輿裹雲依舍，愁邊雨濺苔。政成推魯宓，賦就失鄒枚〔3〕。欲和陽春曲，慚非倒屣才〔4〕。

【校注】

〔1〕華容：即今湖南洞庭湖畔之華容縣。明府：縣令。周明府，生平不詳。明萬曆年間，華容有兩個周姓知縣：周祉，鄉貢，江西永新人；周元勛，鄉貢，江西南昌人。中隔一届，不知孰誰。

〔2〕浪游：漫游，四方游盪。洞浦：洞庭湖岸。葉適《送蔣少韓》："濯足洞庭浦，晞髮君山巔。"

〔3〕政成：政績有成。魯宓：魯恭與宓子賤。《後漢書·魯恭傳》："（魯恭）拜中牟令。恭專以德化爲理，不任刑罰……建初七年，郡國螟傷稼，犬牙緣界，不入中牟。河南尹袁安聞之，疑其不實，使仁恕掾肥親往廉之。恭隨行阡陌，俱坐桑下，有雉過，止其傍。傍有童兒，親曰：'兒何不捕之？'兒言：'雉方將雛。'親瞿然而起，與恭訣曰：'所以來者，欲察君之政迹耳。今

蟲不犯境，此一异也；化及鳥獸，此二异也；豎子有仁心，此三异也。久留，徒擾賢者耳。’還府，具以狀白安。”宓子賤，名不齊。參見《投贈陳長陽》注〔4〕。

〔4〕鄒枚：鄒陽、枚乘的並稱。兩人皆以才辯著名當時。

〔5〕倒屣：急於出迎，把鞋倒穿。《三國志·魏志·王粲傳》：“時邕才學顯著，貴重朝廷，常車騎填巷，賓客盈坐。聞粲在門，倒屣迎之。粲至，年既幼弱，容狀短小，一坐盡驚。邕曰：‘此王公孫也，有异才，吾不如也。’”後因以形容熱情迎客。被迎者爲有才之人。

歸澧後憶在華容習孺叔成孝廉鵬初太史道伸和尚醉游有述[1]

憶昨興來尋二阮，竹林雲石漫躋攀[2]。聯床屢夜愁秋雨，倚杖終朝看遠山[3]。斗室琴尊聊共適，化城猿鶴與僧閒[4]。過從更有張公子，載酒時時换客顔[5]。

【校注】

〔1〕孝廉：明清兩代對舉人的稱呼。成孝廉，生平不詳。道伸和尚：生平亦不詳。

〔2〕興來：興趣來了。二阮：竹林七賢中阮籍阮咸叔侄。喻田九齡田宗文叔侄。躋：登，昇。《易·震》：“躋於九陵。”

〔3〕終朝：竟日，整天。杜甫《冬日有懷李白》：“寂寞書齋裹，終朝獨爾思。”早上亦稱“終朝”。《詩·小雅·采緑》：“終朝采緑。”毛傳：“自旦及食時爲終朝。”

〔4〕琴尊：琴和酒樽。古時文人雅士閒暇或宴集時常用。杜審言《贈崔融》詩：“琴樽横宴席，岩谷卧詞場。”化城：指佛寺。王維《登辨覺寺》：“竹徑從初地，蓮峰出化城。”底本作“化成”，誤，據明刻本改。猿鶴：葛洪《抱撲子》：“周穆王南征，一軍皆化，君子爲猿爲鶴，小人爲蟲爲沙。”以“猿鶴”

喻君子。

〔5〕過從：互相往來。歸有光《邢州叙述》："得友天下士，旦夕相過從。"張公子：不詳。載酒：指"載酒問字"或宴飲。

慧真禪師來憩石人峰倚杖訪之因贈一律〔1〕

選勝遥飛錫，安禪暫閉關〔2〕。峰高寒自早，市遠寺逾閒〔3〕。梵雜空中雨，鐘鳴霧裏山〔4〕。浮生無住著，相對不知還〔5〕。

【校注】

〔1〕慧真禪師：僧人法號。其餘未詳。石人峰：峰名。具體位置不詳。根據詩題中"來憩"之意，似在澧州一帶。

〔2〕飛錫：佛教語。指僧人游方。冷朝陽《同張深秀才游華嚴寺》："有僧飛錫到，留客話松間。"安禪：佛教語。指静坐入定，俗稱打坐。王維《過香積寺》："薄暮空潭曲，安禪制毒龍。"閉關：佛教用語，指僧人獨居一處，静修佛法，不與任何人交往，滿一定期限才外出。

〔3〕閒，底本作"間"，不確切，據明刻本改。

〔4〕梵：此指誦唱佛經。王維《藍田山石門精舍》："朝梵林未曙，夜禪山更寂。"

〔5〕浮生：參《哭雲夢師二首》之二注〔4〕。住著：謂拘管羈絆。元稹《估客樂》："估客無住著，有利身即行。"

得伍儀部書知儀部與龔孝廉邂逅有寄〔1〕

不赴尚書會，狂來作壯游〔2〕。江山謝公屐，人物李膺舟〔3〕。明月金山寺，寒煙白露洲〔4〕。匏尊兼桂楫，那得共夷猶〔5〕。

【校注】

〔1〕儀部：禮部主事及郎中。伍儀部，湖北松滋人，忠襄公伍文定後裔。曾就職於澧州、荆州等地，有伍蠡湖、伍荆州等稱號。名字及履歷不詳。龔孝廉：龔天申。湖南澧州人，嘉靖乙卯（1555年）舉人。歷官浙江嚴州、山東兖州同知。

〔2〕尚書：官名。明以六部（吏、户、禮、兵、刑、工）尚書分掌政務，清代相沿。壯游，底本作“北游”，誤，據明刻本改。

〔3〕謝公屐：屐，一種有齒的木鞋。吕祖謙《卧游録》：“（謝靈運）嘗着大屐，上山則去前齒，下山則去後齒。”李膺舟：比喻爲知己者所重，同舟共樂。《後漢書·郭太傳》：“（郭太）乃游於洛陽，始見河南尹李膺，膺大奇之，遂相友善，於是名震京師。後歸鄉里，衣冠諸儒送至河上，車數千兩。林宗唯與李膺同舟而濟，士賓望之，以爲神仙焉。”

〔4〕金山寺：在江蘇鎮江市西北金山上。東晋時建。白露洲：或非實指。或爲“白鷺洲”，古代長江中的沙洲，在南京水西門外。後世江流西移，遂與陸地相連。

〔5〕匏尊：葫蘆制的酒樽。亦泛指飲具。蘇軾《前赤壁賦》：“駕一葉之扁舟，舉匏尊以相屬。”桂楫：桂木船槳。華麗的船。陸游《蹋磧》：“何日畫船摇桂楫，西湖却賦探春詩。”夷猶：猶豫，遲疑不前。汪棣《鎖寒窗》詞：“夷猶歸棹，不盡西泠幽趣。”

宿荆藩載陽王孫桂叢深處題壁〔1〕

王孫别館隱城幽，飛蓋朝朝共客游〔2〕。樹裏墻鄰庾信宅，池邊徑接仲宣樓〔3〕。歌傳白雪難爲和，酒出中山易散愁〔4〕。浪説淮南多桂樹，衹今争欲識荆州〔5〕。

【校注】

〔1〕荆藩載陽王孫：自明永樂二年朱元璋第十五子遼簡王朱植從遼東廣寧

移藩荆州，在明代荆州三藩王中，遼王世系延續時間最長，衆多子孫中，享有郡王封號的就有二十個，如長陽王、遠安王、松滋王、益陽王、沅陵王等，載陽王應是其中之一。

〔2〕飛蓋：馳車，驅車。曹植《公宴》："清夜游西園，飛蓋相追隨。"

〔3〕庾信：北周文學家。字子山，南陽新野人。官至驃騎大將軍。仲宣：漢末文學家王粲字，爲"建安七子"之一。博學，善詩賦，尤以《登樓賦》著稱。

〔4〕中山：《周禮·天官·酒正》："三曰清酒。"鄭玄注："清酒，今中山冬釀接夏而成。"張華《博物志》卷五："劉元石於中山酒家酤酒，酒家與千日酒飲之，忘言其節度。歸至家大醉，不醒數日，而家人不知，以爲死也，具棺殮葬之。酒家計千日滿，乃憶元石前來酤酒，醉當醒矣。往視之，云：'元石亡來三年，已葬。'於是開棺，醉始醒。"後因以"中山"作爲美酒的代稱。底本作"山中"，誤，據明刻本改。

〔5〕淮南：指淮河以南、長江以北的地區。桂樹：比喻人才。秖今：如今。識荆州：識荆。李白《與韓荆州書》："白聞天下談士相聚而言曰：'生不用封萬户侯，但願一識韓荆州。'何令人之景慕於此耶！"指荆州長史韓朝宗。後因以"識荆"爲初次見面的敬詞。

早秋寄龍博士雲輿〔1〕

九陌雁初過，仙郎逸興多〔2〕。小姬雲作髻，新曲雪爲歌〔3〕。凉月愁砧杵，秋風怨綺羅〔4〕。相思兼旅思，無那夜如何〔5〕。

【校注】

〔1〕龍雲輿：生平不詳。博士：官名。源於戰國，掌通古今之官。亦指專精一藝的職官。

〔2〕九陌。都城中的大道。《三輔黄圖》卷二謂長安城中有八街九陌。駱賓王《帝京篇》："三條九陌麗城隈，萬户千門平旦開。"仙郎：俊美的青年男

子。唐人對尚書省各部郎中、員外郎的慣稱。逸興：超逸豪放的意興。

〔3〕小姬：指年輕的妾侍、藝妓。

〔4〕砧杵：搗衣石與棒槌。比喻洗濯。鮑令暉《題書後寄行人》："砧杵夜不發，高門晝常關。"綺羅：泛指華貴的絲織品。亦指穿着綺羅的人。多爲貴婦、美女之代稱。

〔5〕相思：彼此想念。旅思（sì）：羈旅的愁思。

習儒先生六上春官矣兹復將挾篋宗文爲先生門人知先生所就因作律一章壯先生行色〔1〕

惜别愁無泣，聞鷄起即行。從來蘇季子，亦有倦游情〔2〕。曉色五陵樹，春風三月鶯。叔敖千載後，獻賦更誰并〔3〕。

【校注】

〔1〕春官：唐光宅年間曾改禮部爲春官，後"春官"遂爲禮部的别稱。禮部職掌科舉。歸有光《亡友方思曾墓表》："既一再試春官不利，則自叱而疑。"底本作"春館"，誤，據明刻本改。篋：小箱子。

〔2〕蘇季子：戰國時洛陽人蘇秦。縱横家。倦游：厭倦游宦生涯。

〔3〕叔敖：孫叔敖。春秋時楚國人。官令尹。爲政注重法治，任用賢能。曾興修水利，開鑿渠塘，蓄水灌田。更誰并（bīng）：誰能相提并論？《康熙字典·干部》："《周禮·冬官考工記》：'輿人爲車。''凡居材，大與小無并。'注：'并，謂偏邪相就也。'"

姜元渾入對〔1〕

天下論才子，從來楚士多〔2〕。騰騫看腰裊，南陌早鳴珂〔3〕。鳳閣乘春望，龍池待月過〔4〕。上林新賦就，何日寄煙蘿〔5〕。

【校注】

〔1〕姜元渾：生平不詳。

〔2〕楚士：楚地才士。

〔3〕騰騫：喻仕途得意。孫柚《琴心記·陽關送别》："前程萬里，指日騰騫。"腰裊：宛轉搖動貌。李賀《惱公》："陂陀梳碧鳳，腰裊帶金蟲。"南陌：南面的道路。沈約《鼓吹曲同諸公賦·臨高臺》："所思竟何在，洛陽南陌頭。"鳴珂：顯貴者所乘之馬以玉爲飾，行則作響，故名。

〔4〕鳳閣：中書省。泛指中央官邸。龍池：池名。其一在長安隆慶坊玄宗舊邸旁。中宗時數有雲龍之祥，遂引龍首堰之水注池，即龍池。

〔5〕上林新賦：《上林賦》。司馬相如作。煙蘿：草木茂盛，煙聚蘿纏之地。喻幽居之處。

華容周明府入覲〔1〕

湖邊暫解宓公琴，車馬翩翩入上林〔2〕。雲繞鳳城佳氣迴，日臨雉尾瑞煙深〔3〕。催科自昔憂民瘼，撫字於今識吏心〔4〕。聖主從容頻問俗，定知花縣有棠陰〔5〕。

【校注】

〔1〕入覲：皇帝召見地方官。

〔2〕宓公琴：指宓子賤（宓不齊）任單父宰的治理方法。《吕氏春秋·察賢》："宓子賤治單父，彈鳴琴，身不下堂而單父治。"後因用"鳴琴"稱頌地方官簡政清刑，無爲而治。上林：上林苑，古宫苑名，秦都咸陽時置。武帝時周圍擴充至二百里，供皇帝射獵。東漢時亦置上林苑於洛陽。

〔3〕鳳城：舊時京都的美稱，謂帝王所居之城。杜甫《夜》："步蟾倚杖看牛斗，銀漢遥應接鳳城。"仇兆鰲注引趙次公曰："秦穆公女吹簫，鳳降其城，因號丹鳳城。其後言京城曰鳳城。"迴：高。鮑照《學劉公幹體》詩之二："樹迴霧縈集，山寒野風急。"雉尾：雉尾扇。古代儀仗的一種，以雉羽爲飾。

杜甫《秋興》："雲移雉尾開宮扇，日繞龍鱗識聖顏。"

〔4〕催科：催徵。中國舊時對賦税的催交。主要指催徵田賦。民瘼：老百姓的苦難。撫字：對子女的愛護養育。舊時亦用以稱頌官吏治理民政。《北齊書·封隆之傳》："隆之素得鄉里人情，頻爲本州，留心撫字。"吏心：猶作吏的心情。韋莊《寄湖州舍弟》："雲烟但有穿楊志，塵土多無作吏心。"

〔5〕問俗：訪問風俗。《禮記·曲禮上》："入竟而問禁，入國而問俗，入門而問諱。"鄭玄注："俗，謂常所行與所惡也。"花縣：晋潘岳爲河陽令，全縣種桃樹，有"河陽一縣花"之譽。

送龍君超上春官〔1〕

秋聲催別思，車馬又長征〔2〕。風雨題橋志，關山戀闕情〔3〕。月臨鳷鵲觀，春滿鳳凰城〔4〕。射策知才子，驚人定一鳴〔5〕。

【校注】

〔1〕龍君超：生平不詳。但和"公安派"袁宏道往來密切。袁宏道有《托龍君超爲覓仙源隱居詩以寄之》《別龍君超君御兄弟》《夏日同龍君超君善家伯修郊外小集》《又和龍君超韻》等詩作。春官：禮部的別稱。底本作"春館"誤，據明刻本改。

〔2〕別思（sì）：離別的思念。高蟾《歸思》詩："紫府歸期斷，芳洲別思迢。"

〔3〕題橋志：指求取功名榮顯的壯志。戀闕：留戀宮闕，心不忘君。杜甫《散愁》詩之二："戀闕丹心破，沾衣皓首啼。"

〔4〕鳷鵲：漢宮觀名。在長安甘泉宮外。鳳凰城：京城。杜甫《復愁》詩之九："由來貔虎士，不滿鳳皇城。"仇兆鰲注："鳳皇城，指長安。"鳳皇，同"鳳凰"。

〔5〕射策：漢代考試取士方法之一。泛指應試。一鳴：一鳴驚人。比喻平時默默無聞，突然有驚人的表現。《韓非子·喻老》："雖無飛，飛必衝天；雖

無鳴，鳴必驚人。”

送張叔成入對〔1〕

楚國多才子，人龍總讓君〔2〕。昔懷和氏璧，今獻長卿文〔3〕。上苑鶯初囀，春池柳欲分。名高射策後，袍袖紫煙芬。

【校注】

〔1〕張叔成：未詳。

〔2〕人龍：人中之龍，謂人中之俊傑。

〔3〕長卿：西漢詞賦家司馬相如字。

走筆送陳明府〔1〕

琴聲初散宓公堂，雙舄遥飛入尚方〔2〕。驛路鴻聲喧朔氣，河橋馬色趁斜陽〔3〕。梅邊瑞雪凝長樂，花底晴雲度建章〔4〕。前席定知承顧問，好將民瘼諷明王〔5〕。

【校注】

〔1〕明府：唐時稱縣令爲明府。

〔2〕宓公堂：參《投贈陳長陽》注〔4〕。舄，底本譌作“寫”，據明刻本改。尚方：官署名。秦置，主造、儲皇室兵器與玩物，明以後不設。此指宫庭。

〔3〕朔氣：北方的寒氣。古樂府《木蘭詩》：“朔氣傳金柝，寒光照鐵衣。”馬色：行色。詳見《携家灃浦諸昆季餞送志别》注〔4〕。

〔4〕長樂：漢宫名。遺址在今西安市西北郊。此指宫中殿堂。建章：漢宫名。參《投贈陳長陽》注〔1〕。

〔5〕前席：古時席地而坐，謂移坐向前。《史記·屈原賈生列傳》：“上因

感鬼神事，而問鬼神之本。賈生因具道所以然之狀。至夜半，文帝前席。”諷：用委婉的語言暗示、勸告或指責。《文心雕龍·雜文》：“夫諷一勸百，勢不自反。”明王：聖明的君主。《左傳》宣公十二年：“古者明王伐不敬。”

中酒朝眠忽報梅花初放徘徊起視適馮老師踏雪至〔1〕

清夢朝常有，芳心老未灰〔2〕。山光隨户入，湖色共君來。雪裏襄陽興，梅邊水部才〔3〕。劇談情不淺，佳思自悠哉〔4〕。

【校注】

〔1〕馮老師：生平不詳。

〔2〕清夢：猶美夢。陸游《枕上述夢》：“江湖送老一漁舟，清夢猶成塞上游。”

〔3〕襄陽興：唐朝詩人孟浩然，今湖北襄陽人，世稱孟襄陽。有《赴京途中遇雪》：“迢遞秦京道，蒼茫歲暮天。窮陰連晦朔，積雪滿山川。落雁迷沙渚，饑烏集野田。客愁空佇立，不見有人烟。”水部才：南朝梁詩人何遜，任安成王參軍事兼尚書水部郎，時稱“何水部”。喜咏梅，如《范廣州宅聯句》：“洛陽城東西，却作今年别。昔去雪如花，今來花似雪。”

〔4〕劇談：猶暢談。元好問《空山何巨川虛白庵》詩之二：“劇談不盡江湖景，重與青燈約對床。”

寄懷故園諸兄弟

門接巴西古，山連蜀道難〔1〕。荆花空自發，玉樹許誰看〔2〕。旅夢驚鴻斷，離心帶雨殘〔3〕。何時北堂下，長日共承歡〔4〕。

【校注】

〔1〕巴西：郡名。東漢建安六年（201）劉璋改巴郡置。轄今四川閬中市、

武勝以東，廣安、渠縣以北，萬源市、開江以西地區，後縮小。蜀道：入蜀的道路。此指澧州至容美的道路像蜀道一樣難走。

〔2〕荆花：比喻兄弟同枝並茂。陳汝元《金蓮記·同夢》："坡（軾）對潁（轍）介：'分離累歲，多縈棣萼之懷；相聚一堂，實切荆花之喜。'"典故可參見"荆枝"。玉樹：槐樹的别稱。《三輔黄圖·漢宫》："甘泉宫北岸有槐樹，今謂玉樹，根幹盤峙，三二百年木也。"亦指才貌之美。

〔3〕驚鴻斷：猶"斷雁"。是説自己像驚飛失群的孤雁。薛道衡《出塞》詩之二："寒夜哀笛曲，霜天斷雁聲。"離心：别離之情。楊素《贈薛播州》："木落悲時暮，時暮感離心。"底本作"鄉心"，對仗不工，據明刻本改。

〔4〕北堂：古代士大夫家主婦常居留之處。《儀禮·士昏禮》："婦洗在北堂。"鄭玄注："北堂，房中半以北。"賈公彦疏："房與室相連爲之，房無北壁，故得北堂之名。"後因以"北堂"指母親的居室，借指母親。承歡：迎合他人的意思而博取歡心。白居易《長恨歌》："承歡侍宴無閒暇。"後多用以指侍奉父母，如承歡膝下。

楚騷館詩集跋

余叔國華，性敏好學，尤耽詩。冥搜玄索，追踪先哲，軼駕時流。其志偉，其養粹，翩翩乎風人韻士也。奈何數奇，命不逮顔氏子[1]。或以爲天生彦俊，若寄寶於人，取不越宿；又或以爲作詩之苦，潰靡精靈，要不可解[2]。

先王父命楚産收輯遺編，從笥中僅得五七言律、排律、絶句若干首，謄脱就帙。丐湘山太史言於簡端，以付剞劂[3]。時余以家難坎壈，黄裳易位，寢閣未果[4]。洎癸丑，觀察侯公、今大司馬王公以倫序上聞[5]，旨俞楚産承緒，蓋萬曆甲寅歲也[6]。迄今雖八閲年華，而負荷是懼，拮據轉辛，前所欲舉，尚未闋事[7]。

偶客有東來者，感憤即事，誦吾叔《出塞》之二章，余愴然不能自禁，亟取原帙載録，遴棗梨而鎸焉[8]。客曰：國華立言不朽之業，將在兹矣。余對：主臣國華叔自山中出居[9]，交游海内賢豪、江漢諸名達，倡酬寄贈，篇章伙伙，諸大刻足徵也，兹何足重[10]？亦惟佷山以西[11]，固稱僻陋，其人類强毅果敢，漁獵耕稼而外，一切不習。余家叨沐國恩，世守疆界，所謂便纖綺、甘肥脆者[12]，又其故態。余叔則卓不受變，如蟬蜕污泥，自致塵壒之表[13]。高山仰止，景行行止[14]，异地异世，尚有遐思，而況親炙一堂者哉[15]！且風流韞借，慷慨飛騰，非徒握柔翰以侈坐談者比[16]。長轡遠道，應有以自見[17]。亡何，人之云亡，亦孔之哀已[18]。嗣是見賢思齊，淘洗一切，勉步以學芳躅躅[19]，余於後世小子有深望焉。倘有更以和樂之章進者乎？或有感於是帙。

天啓壬戌夏五容美宣慰使田楚産郢陽謹識[20]。

【校注】

〔1〕數奇（jī）：指命運不好。此處指壽命不長。顏氏子：即顏淵。春秋魯國人。史載他只活了三十一歲。

〔2〕潰靡：耗損。精靈：精靈之氣，靈魂。

〔3〕丐：請求。湘山太史：即孫鵬初。剞劂：雕板，刻印。周履靖《〈錦箋記〉題録》：“剞劂生涯日，詩書藝業長。”

〔4〕坎壈（lǎn）：困頓不平，不得志。程恩澤《邳州道中》：“樹如客鬢凋疏早，路似人心坎廩多。”此指田楚産因遭其叔父謀逆，篡奪其應襲地位，被迫流落在外十餘年之事。黄裳：指太子。此處借指容美土司世襲的官職。寢閣：擱置。

〔5〕洎（jì）：至，到。癸丑：此指 1613 年。觀察侯公、大司馬王公：幫助田楚産收回爵位的朝廷官員。生平不詳。倫序：條理，順序。上聞：向朝廷呈報。

〔6〕俞：允。承緒：指繼承土司王位。底本作“承褚”，恐譌。萬曆甲寅：即 1614 年。

〔7〕闋，底本作“闕”，誤。

〔8〕棗梨：謂雕版印刷。舊時多用棗木或梨木雕刻書版，故稱。

〔9〕出居：遷居，移居。

〔10〕伙伙：衆多。諸大刻：指倡酬寄贈中諸名達的作品。足徵：足以證明、證驗。《論語・八佾》：“夏禮，吾能言之，杞不足徵也。”底本作“足微”，誤。兹：此。指田國華《出塞二章》。

〔11〕佷（héng）山：古縣名。漢置。屬武陵郡，在今湖北長陽縣。見《漢書・地理志上》。

〔12〕便纖綺：擅長華麗工巧。甘肥脆：愛好肥嫩酥脆。

〔13〕塵壒：飛揚的灰土。喻指塵世，塵俗。蘇轍《御風辭》：“天地肅然，塵壒皆盡。”

〔14〕高山仰止，景行行止：語出《詩・小雅・車舝》。後用以謂崇敬仰慕。

〔15〕親炙：謂親受教育熏陶。

〔16〕坐談：猶空談。朱熹《答吴德夫書》："承喻仁字之説，足見用力之深，熹意不欲如此坐談。"

〔17〕長轡遠道：長的繮繩遠的道路。指豐富了閲歷。自見：自然可見。《三國志·魏志·王肅傳》裴松之注引魚豢《魏略》："讀書百遍而義自見。"

〔18〕亡（wú）何：猶言無可奈何。云亡：死亡。《詩·大雅·瞻卬》："人之云亡，心之憂矣。"亦孔之哀：非常悲痛。《詩·十月之交》："今此下民，亦孔之哀。"

〔19〕見賢思齊：看到德才兼備的人，就想向他學習，和他一樣。勉步：勉行，學步。學芳：學習賢德的人。躅躅：行走貌。

〔20〕天啓：明熹宗年號。壬戌：指1622年。夏五：當夏五月。喻文字有殘缺。《春秋》桓公十四年："夏五。"杜預注："不書月，闕文。"郢陽：田楚産號。

荆楚文库

秀碧堂詩集

田玄 著

目　録

秀碧堂詩集序

衣冠巢由，非買山而後隱；鼓吹風雅，諒异曲而同工。既把臂以入林，宜班荆而話故。爰有西南勝境，巫黔奥區。雲關未辟於五丁，玉笈曾藏於二酉[1]。千樹花林，種自先秦之世；萬古池穴，潛通小有之天。陶公願躡於清風，杜老緬懷乎福地。豈不以危梁飛瀑，界隔仙凡；東柯西枝，徑迷往復者乎！乃若幔亭高陟，遂逢武夷之君[2]；包岫潛行，適遇龍威之丈[3]。駐春光於永歲，果有城號芙蓉[4]；吹步虚於天風，不止語逢鸚鵡。臂麟脯而行酒，更話蓬萊淺清；賭龍綃於一枰，遥憫長安烟霧[5]。樂天留院，初非白傅妄言[6]；笑秦有亭，足供裴休登眺[7]。此余入容陽而交太初使君，良有奇緣，足垂佳話者矣。

爾其洪波鼓溟壑，不没鰲戴之峰；驚飆撼長林，莫摇鸞棲之樹。歌紫芝以寄傲，奚啻商顔畸人[8]；咏白雪以自怡，何殊華陽仙隱？耕煙種瑶草，自得世外芳香；就澗飯胡麻，已非人間烟火。况復鳳將九子，咸有律吕之和；龍導五駒，各具風雲之概。攄義憤於彩筆，已見擊碎唾壺；出芳句於錦囊，才聞響絶銅鉢[9]。即使延陵傾耳，必自羡其遺風[10]；倘逢殷璠搜羅，又應目爲間氣。此田氏秀碧堂之詩，所謂有其可傳，無容自隱者也。

夫塗山玉帛，萬國其先，莫匪神明；周廟籩豆，群侯厥後，尤勤封植[11]。固知先澤之永，尤賴朝典優隆。立德立言立功，古不繫於世禄；同文同倫同軌，今凛遵於后王。運或趨新，心惟敦舊。信忠貞之世篤，識氣概之獨優。有如幽谷仰墳，文戢蠶食之勢[12]；沅城列峙，强辭蛙聲之章[13]。魏氏侯封，不貿於龍塞[14]；箕山泉石，獨癖於游巖[15]。斯又先烈之梗概可欽，而今日之徽猷未昧者乎！予惟舊史，得紀新勳。嘯侶命儔，難忘湖海之士；敦詩説禮，欣逢壇坫之英。聆鸞音於蘇門，不僅長笛三弄；接詩瓢於江浦，尚憶中流一壺〔16〕。言愧無文，興復不淺。庶幾命程伯休父〔17〕，勉爾旗常；豈僅曰皇甫士安，傳其文賦而已哉！

順治三年丙戌孟秋望日西陵鐵庵文安之序〔18〕。

【校注】

〔1〕二酉：指大酉、小酉二山，在湖南沅陵縣西北。相傳小酉山洞中有書千卷，秦人曾隱學於此。後即以稱豐富的藏書。

〔2〕武夷君：張君房《雲笈七籤》："武夷君，地官也。相傳每於八月十五日大會村人於武夷山上，置幔亭，化虹橋通山下。"底本作"武邑君"，誤。

〔3〕龍威之丈：即龍威丈人，亦稱包山隱居。傳爲得道之士。傳説有部天書，叫做《靈寶五符經》，帝嚳時由天真降授。帝嚳不識天書……傳給大禹。禹依法修煉仙去，將一份鈔本藏在太湖中的包山——今蘇州市太湖中的西山石洞中，這洞就是著名的"林屋洞天"。春秋末，吴王闔閭求龍威丈人得到此書，皆鳥迹篆籀之文。

〔4〕城號芙蓉：顧彩《容美紀游》："(中府)北門在山腰外，有古芙蓉州治，今廢。"證實容美土司中府原名芙蓉城。

〔5〕賭：赢取。龍綃：鮫綃；龍紗。枰：博局。韋昭《博弈論》："然其所志不出一枰之上，所務不過方罫之間。"

〔6〕白傅：白居易。唐詩人，世稱詩魔。據傳，會昌元年(841)，有海商遭風，至蓬萊山，見一宫院名曰"白樂天院"。故白居易《答李浙東》詩曰："海山不是吾歸處，歸即應歸兜率天。"《新唐書·白居易傳》："僕始生六七月時，乳母抱弄於書屏下，有指'之'字，'無'字示僕者，僕雖口未能言，心已默識。後有問此二字者，雖百十其試，而指之不差。"

〔7〕裴休：唐大臣。字公美，河東聞喜(今山西運城聞喜)人。善詩文，工書法。據《墨莊漫録》卷三載：宋明州士人陳生航海遇暴風，漂至天宫之院，見唐丞相裴休。裴休在院内有弟子三等，每等二百人。後陳生登山，見有一亭，

榜曰“笑秦”。意以秦始皇遣徐福求三山神藥爲可笑也。

〔8〕商顔：《漢書·溝洫志》顔師古注：“商顔，商山之顔也。”畸（jī）人：有獨特志行、不同流俗的人。商顔畸人，指商山四皓，即秦末隱居商山的東園公、角里先生、綺里季、夏黄公。

〔9〕銅鉢：擊奏體鳴樂器。也稱“銅磬”，從印度傳入中國。句意指“擊鉢催詩”。相傳南朝齊竟陵王蕭子良，常於夜間邀集才人學士飲誦賦詩，刻燭限時……蕭文琰認爲這不難，改爲擊銅鉢催詩。要求鉢聲一止，詩即吟成。

〔10〕延陵傾耳：指季札於公元前544年，出使魯、齊、鄭、衛、晋五國，在魯國欣賞周代傳統的音樂詩歌時，加以分析，説明周朝和諸侯的盛衰大勢。

〔11〕封植：壅土培育。引申爲扶植培養。蔡邕《鼎銘》：“貞良者封植，殘戾者芟夷。”

〔12〕幽谷仰墳：在幽深的山谷中仰望高岸。戢：止息。

〔13〕沅城：湖南有沅城古村。此似代田氏作者寄居之地。列峙：並立。强辭：堅决摒棄。蛙聲：蛙鳴聲，喻俗聲。

〔14〕魏氏侯封：戰國時魏文侯封侯立國，建都安邑。龍塞：即龍城。泛指邊地。

〔15〕箕山：許由隱居之山名。癖於游巖：田游巖，京兆三原人。有文才，永徽時補太學生。罷歸，遍游山水。後入箕山，築室許由廟東，自號“許由東鄰”。唐高宗游嵩山，親至其門，游巖山衣田冠出拜。帝使左右扶止之，謂曰：“先生養道此中，比得佳否？”對曰：“臣泉石膏肓，烟霞痼疾，既逢聖代，幸得逍遥。”

〔16〕詩瓢：貯放詩稿的器具。計有功《唐詩紀事·唐球》：“球居蜀之味江山，方外之士也。爲詩撚稿爲圓，納入大瓢中。後卧病，投瓢於江曰：‘斯文苟不沉没，得者方知吾苦心耳。’至新渠，有識者曰：‘唐山人瓢也。’”中流一壺：喻可貴難得。壺，通“瓠”，指瓠類，繫之可以不沉。《鶡冠子·學問》：“中河失船，一壺千金。”

〔17〕程伯休父：周宣王時人。畿内諸侯。官司馬，曾率師出征徐國平叛，詩人作《常武》詩以美之。見《詩·大雅·常武》。

〔18〕文安之：南明大臣。字鐵庵，湖廣夷陵（今湖北宜昌）人。天啓進士。天啓、崇禎間曾任司業、祭酒等。後爲權臣所劾，家居多年。永曆四年（1650）到梧州見永曆帝，任東閣大學士。次年自請往川中督師，到都匀，被孫可望扣留。後脱身到川東，聯絡夔東十三家抗清。永曆十二年（1658）督師攻重慶，以譚弘、譚詣叛變而敗。不久鬱鬱病死。

春游作歌招歐陽子[1]

吾輩意氣堪千古，不謂朝英暮就腐。我今爲賦好春歌，東皇靡麗盈煙浦[2]。好景專待韻人筆，奚翅神工並鬼斧。癖詩癖酒癖烟霞，佳容焉可負賢主。歐陽子，吾與子游，從來相伴楚莊周。何如策非馬之馬，乘虚無不繫之舟[3]。來共溪光泛綠蟻，泉身迎籟和鳴鳩[4]。子有才有學，得山川之艷治益優。子病渴病愁，得山川之蕃變以瘳[5]。慎勿效水上之慵鷗，騁志於吴弦蜀桐，負此明媚不再之春游，徒使吾對孤榻而長謳。

文安之評：山水於人原自多助，此乃獨能領略。

嚴平子評：放蕩不羈，有仙才。

【校注】

〔1〕歐陽子：不詳其人。

〔2〕煙浦：謂山水。

〔3〕不繫之舟：《莊子·列御冠》："泛若不繫之舟，虛而遨游者也。"

〔4〕泉身，疑作"泉聲"。

〔5〕蕃：滋養。瘳：病愈。

軍官行庚辰冬作[1]

聲鼓囂囂震二京，幕府高張招壯丁[2]。府兵久化爲彍騎，亡賴盈集市兒名[3]。以次上聞於天子，宰相爲言堪備征。破格浪支縣官錢，驅之赴戰壯干城。隊伍偏裨皆選屬，塞上汹汹整重英。有司督賦飽其腹，閭閻徒聞痛楚聲。吁嗟呼！我强賊懦猶可行，我懦賊强難爲情。閉壘高談兵殺賊，臨敵賊來不見兵。健兒枉負好身手，大半準備倒相迎。爲兵之日氣何餒，爲兵之後欲吞鯨。君不見，韓公世忠戰，歸路自斷示必死[4]。又不見，吴玠夜馳三百里，引兵飄飆赴劉子[5]。何爲古今絶懸殊，奴隸庸常乏骨髓。廟堂一怒殲攙槍，請携若輩付韓彭〔6〕，爪牙犀利中原清。

文安之評：任人而已，其在多乎？

嚴平子評：條序井井，如奏疏然。

【校注】

〔1〕庚辰：即崇禎十三年（1640）。

〔2〕聲鼓，疑作“鼙鼓”，軍中小鼓，漢以后亦名騎鼓。

〔3〕彍騎：唐玄宗時以宿衛京師的府兵大量逃亡，開元十一年（723）用宰相張説的建議，以招募的方式，選京兆、蒲、同、岐、華等州府兵和白丁，每年宿衛兩番（兩個月），免除出征、鎮守的負擔，故稱爲長從宿衛。十三年（725）改稱爲彍騎。天寶以後，僅存虚名。亡賴：無賴。亡通“無”。盈集：充分聚集。

〔4〕韓世忠：南宋名將。宋金戰争起，在河北力抗金兵。建炎四年在大儀（今江蘇揚州西北）大破金和僞齊聯軍，時論以此役爲中興武功第一。

〔5〕吴玠：南宋名將。紹興三年（1133），金軍大舉圖蜀，企圖由金州入興元再入四川。攻陷金州後，興元守將劉子羽向吴玠告急，吴玠率軍一天一夜急行三百里，奔援劉子羽部，解了興元之危。

〔6〕韓彭：漢代名將淮陰侯韓信和建成侯彭越的並稱。黄任《彭城道中》詩：“當時何不憐功狗，留取韓彭守四方。”

别意賦送白珩侄還公安〔1〕

騷雅誰堪建鼓旗，羡此多才贈阿宜〔2〕。余老不樂爲人師，子尚鴻飛羽可儀。文章石破天驚奇，磊磊襟懷何可羈。伫看射策干明時，秋隼乘風六翮垂。如蜩如螗群盗滋，堂堂勝算且相咨〔3〕。門祚光昭久在斯，小阮三語足相推〔4〕。元達千里瞬息弛，吾家神駒勉進之〔5〕。

【校注】

〔1〕白珩：田白珩。亦稱伯珩，田氏族人，居公安。餘不詳。

〔2〕阿宜：杜牧侄小名。杜牧《冬至日寄小侄阿宜》詩："小侄名阿宜，未得三尺長。"後即爲侄的代稱。

〔3〕如蜩如螗：《詩·大雅·蕩》："如蜩如螗，如沸如羹。"是紛擾不寧的意思。群盜：指明末農民起義軍。

〔4〕小阮：晋阮咸號"小阮"，此指阮咸子阮瞻。三語，見《晋書·阮咸傳》："'我問聖人貴名教，老莊明自然，其旨同異？'瞻曰：'將無同。'戎咨嗟良久。即命辟之。時人謂之三語掾。"

〔5〕元達：苻朗字元達，前秦將，苻堅從子，后降晋。《晋書·苻朗傳》："性宏達，神氣爽邁。幼懷遠操，不屑時榮。堅嘗目之曰：'吾家千里駒也。'"

寄懷文鐵庵先生

荒遁無辭即古邊，山山蠟屐繞風烟[1]。文能移俗居何陋，經可傳人隱亦賢。幾地曾留荀令馥，諸蕃遥問晋公年[2]。爾來關塞驚風迫，爲恐藍輿更遠遷[3]。

嚴平子評：緇衣情深，不但聲調爾雅也。

【校注】

〔1〕蠟屐：涂蠟的木屐。皮日休《雨步訪魯望不遇》詩："雪晴墟顯竹欹斜，蠟屐徐吟到陸家。"借喻安閒自適和縱情山水。

〔2〕蕃：藩的假借字（通假字）。

〔3〕藍輿：竹轎。如理解天子乘的法駕，則爲"鸞輿"。

附文安之詩

久拼身老白雲邊，辟穀經時歇早煙[1]。十畝荷鋤聊散聖，中流擊楫仗諸賢[2]。關西未盡朱眉部，江左新傳赤伏年[3]。水外竹籬如可借，好將蠖伏當鶯遷。

【校注】

〔1〕辟穀：辟穀封留。用漢張良爲避禍遠害而辭封退隱事喻己。

〔2〕散聖：猶散仙。比喻放曠不羈自由閒散的人。

〔3〕赤伏年：東漢劉秀夢乘赤龍上天，會諸生彊華從長安至鄗來獻“赤伏符”，朝臣認爲這是應天受命，將登帝位的吉祥之兆。是年六月，劉秀即帝位。此指南明朝廷建立。

甲申除夕感懷十首

歲運趨於維新，老人每多懷舊。余受先帝寵錫，實爲邊臣奇遘[1]。赤眉爲虐，朱芾多慚[2]，悲感前事，嗚咽成詩以示兒。子霈霖、既霖、甘霖輩，各宣欲言。遂相率步韻，命曰《笠浦合集》，各十章，章八句。

其　一

飛光悲臘盡，一夕尚今年。坐嘆龍髯杳，誰攀羲轡還。舊恩難遽釋，孤憤豈徒懸[3]。縱説青陽好，笙歌輟市廛。

【校注】

〔1〕奇遘：奇遇。

〔2〕朱芾：即朱芾，紅色蔽膝，古代禮服上的飾物，縫於長衣之前。代指官宦。

〔3〕遽釋：驟然放下。

其　二

兒童未解意，柏酒過相勞。曾飽誰家粟，難看改歲桃。酸心聽畫角，伏枕厭鈴鼗[1]。逆數經年過，驚蓬轉泛舠[2]。

【校注】

〔1〕鼗（táo）：長柄的摇鼓，俗稱撥浪鼓。

〔2〕驚蓬：疾飛的斷蓬。喻行踪的漂泊不定。李商隱《東下三旬苦於風土馬上戲作》："路繞函關東復東，身騎征馬逐驚蓬。"

其　三

終歲蹉跎晚，重新無奈何。愁先青鳥至，眼轉白駒過[1]。往事歸春夢，流光付逝波。未堪言代謝，意氣隱消磨。

【校注】

〔1〕青鳥：古神話中西王母身邊的鳥。後因稱傳信使者爲"青鳥"。

其四時聞李闖尚據都門[1]

遺人辭故主，擁鼻增辛酸。矢志終身晋，寧忘五世韓[2]。趨新群動易，戀舊抗懷難[3]。何事都門下，尚多不罷官。

嚴平子評：不忍讀。

【校注】

〔1〕此自注不確。甲申除夕，李自成早已退出北京半年有餘。

〔2〕終身：猶終世，一生。《左傳》昭公十三年："爲羈終世，可謂無

民。”杜預注：“終身羈客在晋是無民。”五世韓：漢初大臣張良之祖與父等相繼爲韓國相。《史記·留侯世家》：“以大父、父五世相韓。”

〔3〕抗懷：謂堅守高尚的情懷。曾鞏《過高士坊》詩：“一畝蕭然絶世喧，抗懷那肯就籠樊。”

其　五

兩載孚時刻，從前積慶奢。顔驚天步改，代訝歲華差〔1〕。桂火延斯夜，椒花競萬家〔2〕。明年猶故我，回憶事何遐。

【校注】

〔1〕天步：舊指國運，時運。《晋書·慕容暐載記》：“朝綱不振，天步孔艱。”

〔2〕桂火：用桂樹燒的火。土家族有一家人圍着火爐烤火守歲的民俗。

其　六

隔宿分新舊，斯時匪往時。閒心嗟過客，冷眼盼殘棋。虚抱三間憾，誰將一木支。許多慷慨意，寂寂壓雙眉。

其　七

年華曾莫挽，真味幾能甘。頻剪筵前燭，虚傳席上柑。浮雲悲往事，愛日借雄談。咫尺分興廢，關心北徂〔1〕南。

【校注】

〔1〕徂：往。平聲不協律，疑作“狙（qù）”，窺伺。

其　八

懶無詩可祭，嘆步賈僧塵〔1〕。朔晦聽成數，乘除付定因。漏將五傳鼓，人又一籌春〔2〕。不忍言宵促，難爲明日身。

【校注】

〔1〕賈僧：即賈島佛。賈島常於每年除夕取自己當年詩作，祭以酒脯而自勉。後因以"祭詩"爲典，表示自祭其詩借以自慰。

〔2〕五傳鼓：傳來（更漏）五鼓之聲。底本作"五轉鼓"，拗，應係譌字。

其　九

燈燭輝如晝，庸關守歲心。繁華喑欲歇，歌鼓漫催深〔1〕。柏酒仍同昔，辛盤少頌今〔2〕。等閒佳節候，歡喜變悲吟。

【校注】

〔1〕喑：啞；沉默。底本作"暗"，誤。

〔2〕辛盤：古時元旦、立春用葱、韭等辛菜作食品，表示迎新。

其　十

向夜訂諸子，痴呆休鬻人〔1〕。聰明終有累，倏忽漫多神。待價求知已，刳匏寄此身〔2〕。來朝真面目，另是一番新。

文安之評：慷慨悲歌，珠璣萃於一門。三復諸作，一往情深。

【校注】

〔1〕訂：約定。疑爲"叮"之譌。

〔2〕刳匏：挖空葫蘆（作盛酒器）。

送文鐵庵往施州先生向以避寇至此〔1〕

秋水悽懷日，溪橋悵別時。緩隨赤象步，微咏白駒詩。亡國音同哽，無家路倍岐。烽烟匝楚甸，驚蹕遠京畿。對此新亭酒，那堪麥秀悲〔2〕。救時雖有略，用武欲何施。遵渚瞻鴻羽，單麻輟鳳池〔3〕。愁聽望帝血，空感峴山碑。北闕勞魂夢，東山暫委蛇。幸徼安道訪，難釋紫芝眉〔4〕。炊黍尊前約，牽衣問後期。竹郎餘勝概，石室有芳規〔5〕。教澤原無遠，從來照不疲。

嚴平子評：悲歌淋漓，可以想其肝腸。

【校注】

〔1〕施州：施州衛。治今湖北恩施。

〔2〕新亭酒：新亭淚。劉義慶《世説新語·言語》："過江諸人，每至美日，輒相邀新亭，藉卉飲宴。周（顗）侯中坐而嘆曰：'風景不殊，正自有山河之异！'皆相視流淚。唯王（導）丞相愀然變色曰：'當共戮力王室，克復神州，何至作楚囚相對。'"麥秀：《史記·宋微子世家》："箕子朝周，過故殷虚，感宫室毁壞，生禾黍，箕子傷之，欲哭則不可，欲泣則其近婦人，乃作《麥秀》之詩以歌咏之。其詩曰："麥秀漸漸兮，禾黍油油。彼狡僮兮，不與我好兮。"後以"麥秀"喻國破家亡之痛，傷逝懷舊之情。

〔3〕遵渚：《詩·豳風·九罭》："鴻飛遵渚，公歸無所。"原謂鴻雁沿着水中小洲飛翔。後用以形容鴻飛。鳳池：中書省的别稱。掌傳宣詔令。

〔4〕徼：同"邀"。安道訪：劉義慶《世説新語·任誕》："王子猷居山陰，夜大雪……忽憶戴安道。時戴在剡，即便夜乘小舟就之，經宿方至，造門不前而返。人問其故，王曰：'吾本乘興而行，興盡而返，何必見戴？'"紫芝眉：紫芝眉宇。爲稱頌人德行高潔之詞。《新唐書·卓行傳·元德秀》："元德秀字紫芝，河南河南人。質厚少緣飾……德秀善文辭，作《蹇士賦》以自況。房琯每見德秀，嘆息曰：'見紫芝眉宇，使人名利之心都盡。'"

〔5〕竹郎：竹王。漢時夜郎國王。傳説生於大竹中，故名。

送伍趾嶭往添平[1]

與君危論復高歌，金石錚錚總不磨。可惜壯懷歸運甓，且韜經濟俟鳴珂[2]。青山度駿巑岏好，大河藏舟固閉多[3]。卜築往來從此始，好留勝迹在煙蘿。

文安之評：何其蘊借。

【校注】

〔1〕伍趾嶭（bài）：伍起宗。《松滋縣志》載：“伍起宗字趾嶭，松滋人。崇禎中以保舉授廣西藤縣知縣，舉卓異，遷户部主事。值丁艱歸里，以世亂不復出。大才未竟，時人惜之。”嶭，底本作“薛”，形譌。添平：即添平所。轄境約爲今湖南石門縣。

〔2〕運甓：《晋書·陶侃傳》：“侃在州無事輒朝運百甓於齋外，暮運於齋内。人問其故，答曰：‘吾方致力中原，過爾優逸，恐不堪事。’甚勵志勤力，皆此類也。”後以“運甓”比喻刻苦自勵。

〔3〕度駿：衡量俊秀。

〔4〕藏舟：《莊子·大宗師》：“夫藏舟於壑，藏山於澤，謂之固矣。然而夜半有力者負之而走，昧者不知也。”後以“藏舟”喻世事變化，不可拘泥。

秋　　興

多是溪清候，幽光倍可人[1]。林高煙欲淡，霄净野無塵[2]。暮響急依水，凉颸細入筠。值兹天氣好，把酌亦須頻。

嚴平子評：王孟遺響。

【校注】

〔1〕清候：戒道，清道候望。

〔2〕霄净：碧空如洗。

竹下芙蓉二首

其　一

冷艷翛翛欲憶誰，秋風叢裏斂長眉[1]。淺紅一抹胭脂暈，絶是瀟湘不語時[2]。

其　二

湘裙淡染鸚哥緑，粉頰微施小茜紅[3]。不知何事秋風裏，半掩羞容愁殺儂。

【校注】

〔1〕翛翛：鳥羽殘破貌。此指芙蓉呈憔悴貌。

〔2〕瀟湘：湘水女神。

〔3〕鸚哥緑：鸚哥的羽毛呈艷麗的緑色。茜：草名，其根可作大紅色染料，因即以指大紅色。

龍　蜕[1]

何年靈物托山隈，凡眼紛紛聚族猜。櫝裏公然成骨董，節間猶竟帶風雷[2]。千金無市寧同駿，尺木遥飛迴脱胎[3]。不是神明真已盡，漫將灰劫比仙材。

文安之評：此首吾即以之評秀碧堂之詩。

【校注】

〔1〕龍蜕：蛇類脱下的皮。

〔2〕公然：竟然。骨董：珍稀罕見的器物。

〔3〕千金無市：千金市骨的反義。尺木：古人謂龍昇天時所憑藉的短小樹

木。王充《論衡·龍虚》："短書言'龍無尺木，無以昇天'。"亦比喻登仕的憑藉。

百舌鳥誤爲弋者中傷哀鳴酸楚爲此惜之並詰[1]

二月山花盛，有鳥似倉庚。最得春氣早，其鳴頗嚶嚶。一旦罹弩石，變作悲楚聲[2]。雙翮擅青風，蹩躠不能翃。問何以致之，東家一老傖[3]。惡其苦繞舌，張弋以相争。焉知睍睆物，有口初不攖[4]。萬榮雖灼灼，解語不自呈。此鳥代之言，其音越而清。於人曾何負，漫作酈生烹[5]。哀哉人世事，往往難爲情。拙訥懼不免，巧利患無誠[6]。讒夫守高位，文士且無名。伊此林下物，何關枯與榮。一曲洗我腸，幽澗冷泉聲[7]。憑爾聽不聽，何必苦相傾。

【校注】

〔1〕百舌鳥：《淮南子·説山訓》："人有多言者，猶百舌之聲。"高誘注："百舌，鳥名。能易其舌效百鳥之聲，故曰百舌也。"弋者：射鳥的人。弋，帶絲繩的箭射。

〔2〕罹：被，遭受。弩石：箭與飛石。

〔3〕傖（chéng）：鄙陋之人。

〔4〕攖：擾亂；觸犯。抑或"嚶"之誤。

〔5〕酈生：酈食其（yì jī）。秦漢之際陳留高陽鄉人。楚漢戰争中，説齊王田廣歸漢，韓信襲齊，齊王以爲被出賣，將其烹殺。

〔6〕拙訥：謂才疏口拙，不善應對。

〔7〕冷泉聲：清越的流泉聲。冷，通"泠"。

又代弋者答

造物延神理，其中异工拙[1]。拙者强難工，工亦焉可竭。風詩刺巧言，舜典堲讒説[2]。所以古聖人，垂戒常切切。怪彼應候蟲，便便以相悦[3]。文乃身之灾，胡爲甘自絶[4]。一舌猶惡多，况乃百其舌。衆音恣變幻，瞬息歌楚浙[5]。無异懸河人，轉唇分寒熱。尤難五更心，嘹嚦苦騷屑[6]。時花吐高艷，嫩條帶殘雪。春愁如許長，何堪重點綴。枝頭三兩聲，凄然情慾折。利口碎人腸，吾寧愛鶗鴂。

【校注】

〔1〕神理：精神理致；旨意理路。《聊齋志异・宦娘》："君之業，妾思過半矣，但未盡其神理，請爲妾再鼓之。"

〔2〕堲：通"疾"，憎恨。底本作"既"，應誤。讒説：讒言。《書・舜典》："朕堲讒説殄行，震驚朕師。"孔穎達疏："我憎疾人爲讒佞之説，絶君子之行而動驚我衆人。"

〔3〕應候蟲：順應時令節候的物類。便便（pián pián）：形容巧言利口。孫樵《逐痁鬼文》："愉愉便便，阿意奉歡。"

〔4〕文：指羽毛美麗。

〔5〕歌楚浙：唱出楚調浙音。指百舌鳥能在極短時間内變换多種聲音。

〔6〕嘹嚦：形容聲音響亮而凄清。騷屑：擾亂。杜甫《喜雨》："農事都已休，兵戎况騷屑。"

立春日忽雪

微帶東風意，寒威輒輒消。曉峰縈楚帶，春樹挂吴綃。香飫椒花（以下脱落）

荆楚文库

田信夫詩集

田圭 著

目　録

田信夫詩集序

三百篇，十九首，皆不知誰何爲之，如天籟然。聖人之言曰“辭達而已矣”，云無他也。嗣是買騷賣賦[1]，忠佞背馳。魏晋遂以沽譽，迄唐徑以干禄矣[2]，宜其盛於唐亦衰於唐也夫？然則將求之山中海上無人之境乎？倡者既冠，和者鲑髪[3]，慮非一二人力。寂與響須兼得焉，而後可以爲詩。

容美田氏居楚要荒，漢家待以不臣，故名利心净。然其先世世爾雅，與吾邑孫氏、油江袁氏倡和不歇[4]。子壽、國華著作益多，以詩名家。宣慰宫保太初、少傅特雲繼世博奥，延至天下名賢，購藏萬卷，得人間未見書。

丁亂後[5]，南郡避兵者，望而投止。鐵庵文太史、中含黄太史籍館穀[6]，暨吾友令宗伯珩、月鹿諸君子團欒一時，痛飲河朔[7]，分題限韻，仿佛梁園佳事。

信夫先生爲太初公介弟，温淡端慤，詩日益工，交日益廣，遠近傅會有如支川歸壑，頃僑棲鳩[8]。兹倏分卷帙，適月鹿游天岳，屬予一言。予思信夫之寂也，不啻山中海上，而其響應也，直與六朝三唐諸名流競爽。故其詩藴借風流，静深而有致，古稱辭達，其庶幾焉。月鹿爲予言，郎君珠濤尤振大雅，且其忠貞勤勞，愚不可及。聞之箎書之後，類有達者，信夫乃迸達歟？

華容友人嚴守昇平子甫撰。

【校注】

〔1〕買騷賣賦：泛指賣文取酬。始於司馬相如作《長門賦》。其序曰：“孝武皇帝陳皇后，時得幸，頗妒，别在長門宫，愁悶悲思。聞蜀郡成都司馬相如，

奉黄金百斤，爲相如、文君取酒，因於解悲愁之辭。而相如爲文以悟主上，陳皇后復得親幸。”

〔2〕干禄：求禄位，求仕進。王充《論衡·自紀》：“不鬻智以干禄，不辭爵以弔名。”

〔3〕銼髮：折髮。或爲“鉅髦”之誤，謂英俊傑出之士。

〔4〕油江袁氏：指公安派三袁。

〔5〕丁亂：遭亂。

〔6〕黄中含：生平不詳。館穀：居其館，食其穀。泛指食宿款待。

〔7〕痛飲河朔：河朔飲。《初學記》卷三引曹丕典論：“大駕都許，使光禄大夫劉松北鎮袁紹軍，與紹子弟日共宴飲。常以三伏之際，晝夜酣飲，極醉至於無知。云以避一時之暑，故河朔有避暑飲。”後因以指夏日避暑之飲或酣飲。

〔8〕傅會：附和，迎合。頃僑棲鳩：或以爲鳩不營巢，喜僑遷雀居。或底本有誤。

田信夫詩集小引

叔祖信夫諱圭，先祖武靖公之弟也。沉重好學[1]，武靖公時，内外諸務多俾總攝[2]。歷佐先伯先考，咸以儀刑見重[3]。喜賓客而耽文雅，詩酒娛情，至老不倦。蓋其性平易嬉游，詩亦似之，唯取適興，不甚矜琢也。文鐵庵、黄中含、嚴平子三先生皆嘗爲之叙。兹不具載，略取數首著於篇後。

孫舜年謹識。

【校注】

〔1〕沉重：沉静莊重。《後漢書·劉愷傳》："伏見前司徒劉愷，沉重淵懿，道德博備。"

〔2〕俾：使。《書·湯誥》："俾予一人，輯寧爾邦家。"

〔3〕儀刑：爲法，做楷模。袁宏《後漢紀·桓帝紀一》："德苟成，故能儀刑家室，化流天下。"

山居二首

其　一

編竹爲籬壁，自愛樸而古。烟雲繞我廬，趺坐聞天鼓[1]。

其　二

一溪鴨背緑，兩岸木蘭花。有酒常自酌，宛然古陶家。

【校注】

〔1〕天鼓：天神所擊之鼓。傳説天鼓震則有雷聲。

冬日熟睡驚聞索債使至疾起漫賦

高卧日三竿，自忘囊底乾。驚傳債使至，倏增老身寒。米桶吟方苦，筆床興亦闌[1]。誰爲焚券者，使我夢魂安[2]。

嚴平子評：語帶詼趣。

【校注】

〔1〕筆床：卧置毛筆的器具。闌：盡。

〔2〕焚券者：戰國時，孟嘗君門客馮煖，曾爲孟嘗君到封邑薛收債息，得錢十萬，並焚未能還息的債券，使孟嘗君獲稱譽。

和章華程文若山居韻[1]

竹樹森疏鳥亂鳴，共君晨夕話無生。倦行溪畔隨鷗狎，夢過園林畏蝶驚[2]。醉裏清言忘械阱，花前密客饗楸枰[3]。只宜穩卧雲深處，簾卷菸嵐遠岫横。

嚴平子評：格調渾然。

【校注】

〔1〕程文若：生平不詳。

〔2〕倦行：疲倦後行走。

〔3〕械阱：枷鎖與陷阱。密客：過從甚密的朋友。楸枰：棋盤。古時多用楸木製作，故稱。

和伯珩侄咏蒔瓜得肉字

竊比東陵侯，寒暑自忖度[1]。抱瓮親出汲，聊以避塵俗[2]。播種漸成行，時時除蟲蠹。綿綿日漸繁，引藤上茅屋。只覺菜根香，寧希粱與肉[3]。瓜熟野人田，即是野人福。

【校注】

〔1〕東陵侯：指漢召平。以種“東陵瓜”而著名。

〔2〕瓮：小口大腹的汲水罐。

〔3〕粱與肉：以粱爲飯，以肉爲肴。引申爲精美的膳食。

哭雙雲侄二首

其　一

生才天作忌才天，才鬼才人兩獨賢[1]。朗朗玉山空著土，庸庸散木尚頑仙[2]。王戎悲自情難及，顧愷痴應感獨徧[3]。轉眼韶華傷弔客，餘生一任釣魚船。

文安之評：造物原來如此，真不可解。

【校注】

〔1〕才鬼：鬼才。李賀才氣怪譎，詩風奇詭，人稱鬼才。

〔2〕頑仙：愚笨的神仙。陶弘景《梁武帝論書啓》："每以爲得才鬼，亦當勝於頑仙。"

〔3〕王戎：竹林七賢之一，長於清談，善識鑒。顧愷：顧愷之，東晋畫家。多才藝，工詩賦，書法，尤精繪畫，嘗有"才絶、畫絶、痴絶"之稱。偏：通"徧"，屬也。《左傳》襄公三年："君子謂祁奚，於是能舉善也，舉其偏不爲黨。"

其　二

鍾情獨至渾無方，諸父諸弟淚幾行[1]。思至每來尋舊迹，慟深還忍讀殘章。騷鬼空有人琴感，老病重憐鬅鬌霜[2]。已矣竹林成永别，一朝常覺九迴腸。

【校注】

〔1〕渾：混一而不可分。

〔2〕騷鬼：死去的詩人。代田霈霖。"鬼"字不協平仄，疑爲"魂"字之剥蝕。

元夕同友人飲顧山人宅

春宵美景一年新，若個山家似不貧[1]。乞得鄰家燈小小，五梅花下醉騷人[2]。

【校注】

〔1〕若個：哪個。可指人，亦可指物。

〔2〕小小：很小；最小。司馬相如《子虛賦》："臣聞楚有七澤……臣之所見，蓋特其小小者耳，名曰雲夢。"五梅：梅花五瓣，故稱。

王子超伯珩梅庵同過雙雲亡侄鏡池[1]

長堤烟雨度長春，三徑離離甚可憐。白雪空存當日調，青翰誰訊昔時賓[2]。且尋池岸行吟處，無復銀簪待月人。勝地感愴非夙昔，不須頻往亦傷神[3]。

嚴平子評：生存華屋處，零落歸山丘，於此安得無西州之慟？

【校注】

〔1〕王子超、梅庵：均不詳。鏡池：池塘名，在容美土司中府内，池中有鏡池閣，田霈霖逝，改荷花亭。已毁。

〔2〕白雪：用《陽春》《白雪》典，以代田霈霖詩。底本作“白雲”，不協律，當爲形近而譌。青翰：船名。因船上有鳥形刻飾，塗以青色，故名。

〔3〕夙昔：往日。

瓶　梅

不是羅浮夜，冰姿甚可人。已從林下賞，却向案頭親[1]。艷冷情非少，香孤韻自真。莫愁風雨過，誰妒此枝春。

【校注】

〔1〕案頭：几案或書桌上。

治圃三首

東郊數畝即於陵，小隱家風淡似冰[1]。博得朝飧十八種，不須箸下羡何曾[2]。

二

從來葵藿與香穇，亦是儒家一飽需[3]。盡道宣尼無不可，却將學圃小樊須[4]。

三

解衣换得酒盈杯，携向花前剪韭回。如此風流良不俗，可愁籬外客頻來。

【校注】

〔1〕於陵：地名。借指陳仲子。戰國時隱士。《列士傳》："楚於陵子仲（即陳仲子），楚王欲以爲相，而不許，爲人灌園。"

〔2〕何曾：魏晋時大臣。生活奢侈，日食萬錢，還説無下箸處。

〔3〕葵藿：葵與藿，均爲菜名。穇：莊稼的莖。

〔4〕宣尼：孔子。樊須：樊遲。孔子學生。《論語·子路》記載他向孔子問稼（種田的事）、問圃（種菜的事），孔子答以"吾不如老農""吾不如老圃"，並感嘆道："小人哉！樊須也。"

巴東行呈文鐵庵相國

余家世膺茅土[1]，離亂時有。今寇獨甚，愁坐無聊，自述苦狀。

夢想何曾到，顛沛遘會奇[2]。人生如晦朔，有盈必有虧。若非逢陽九，何由至於斯[3]。二毛古不擒，今此亦何爲[4]。檻猿鎩鶴羽，飛騰安所施[5]。暮宿眠未穩，晨起怯行遲。生死何足惜，難禁兒女悲。不堪修羅面，獰牙來相欺。兇殘難語言，忍淚欲訴誰。子弟知少長，奴隸失尊卑。舊游雖渺邈，風雨動遐思。何日縧旋解，生還憩一枝。

嚴平子評：真情紙上，若無意求工者。

【校注】

〔1〕膺：接受，承當。茅土：指王、侯的封爵。古天子分封王、侯時，用代表方位的五色土築壇，按封地所在方向取一色土，包以白茅授之，作爲受封者得以有國建社的表徵。

〔2〕邂會：相逢，聚會。郭遐叔《贈嵇康》詩之一："每念邂會，惟曰不足。昕往宵歸，常苦其速。"

〔3〕陽九：指災荒年景和厄運。曹植《王仲宣誄》："會遭陽九，炎光中蒙。世祖撥亂，爰建時雍。"

〔4〕二毛：頭髮斑白。常用以指老年人。《左傳》僖公二十二年："君子不重傷，不禽二毛。"禽，通"擒"。

〔5〕檻（jiàn）猿：關在籠子裏的猿猴。鎩鶴羽：鎩羽。摧落羽毛。常比喻不得志。

籠中鸚鵡三首戊戌被留軍中作[1]

愛爾能言珍爾毛，牢籠不許戀林皋。架頭雖有蘇張舌，也待他人爲解絛[2]。

【校注】

〔1〕戊戌：即順治十五年（1658），田圭被擄巴東時。

〔2〕蘇張：蘇秦與張儀，戰國時縱横家。秦主張合縱攻秦，儀主張連横服秦。都是著名的游説之士。

其　二

玉盞盛漿金作籠，上林誰不嘆遭逢。隨人語嘿終無味，争似枋榆得自從[1]。

【校注】

〔1〕語嘿：亦作“語默”。謂説話或沉默。語本《易·繫辭上》：“君子之道，或出或處，或默或語。”

其　三

隴西佳産出村隈，惱殺繒羅强作媒[1]。上皇安否從誰問，且到堂前唤茶來[2]。

【校注】

〔1〕繒羅：繒通“矰”。射鳥的箭和捕鳥的網。

〔2〕上皇安否：相傳宋高宗趙構晚年養了許多鸚鵡，其中一些甚至還能和人對話。高宗問其中一隻：“頗思鄉否？”鸚鵡竟然回答：“思鄉。”高宗於是派人將它送回隴山。幾年之後，有使臣路過隴山，鸚鵡竟然飛過來問：“上皇安否？”使臣回答：“上皇崩矣。”鸚鵡聽到這個消息悲鳴不已。唤茶：作“唤茗”方協律。

暮春雨夜煮字亭小飲

夜深疏雨溜花渠，閒裹抛書一笑餘[1]。雀亂叢篁喧坐客，雲浮小簋薦山蔬[2]。近鐺獨喜鼻先醉，脱帽何妨禮太疏[3]。若個顛狂猶足羡，繇來天地一蘧廬[4]。

【校注】

〔1〕溜（liù）：水流。閒裹，底本作“間裹”，不確切。

〔2〕簋：古代食器。青銅或陶制。盛行於商周時期。

〔3〕鐺（chēng）：温器。酒鐺。

〔4〕繇：通“由”。從，自。蘧廬：傳（zhuàn）舍，猶今旅館。《莊子·天運》：“仁義，先王之蘧廬也。”

送友人二首

龍溪橋畔水悠悠，相送行人過渡頭[1]。遥望玉鞭馬上指，晴煙芳草獨登樓。

其　二

緑楊深處亂啼鶯，隨手折枝贈遠行。遮斷白雲山曲裏，紫騮嘶去不分明。

【校注】

〔1〕龍溪：漊水鶴峰段的古稱。

花朝即事時三際上人以語録並詩見示

微雨淹花事，幽窗興自宜[1]。酒徒遲後約，詩債負前期[2]。樹濕蜂須卷，雲深鳥語私。閉門静携取，略共老僧知。

【校注】

〔1〕淹：遲緩。花事：多指春游看花等事。

〔2〕酒徒：嗜酒之人。詩人自稱。

初聞子規三首

昨見杜鵑花，今聞杜鵑鳥。忘却春去愁，一聲破清曉。

二

百舌呼方倦，伊亦是春禽。如何殘夢裏，頓起惜春心。

三

年年枝上啼，總是三春事。愁殺深閨人，一度一心悸。

暮春山齋苦雨三首

九十艷陽景，都因風雨消。霉侵箱面帙，溜漲夜深潮。編箬遮窗漏，支欄護藥苗。久通齊物慮，默坐注逍遥[1]。

【校注】

〔1〕齊物：指莊子的《齊物論》。逍遥：指莊子的《逍遥游》。

其　二

市火炊仙桂，山泉汲漲泥。潑窗聽竹倒，没樹撼雲齊[1]。瘦病惟餘鶴，雄談且罷鷄。朝昏幾不辨，長是覺天低。

【校注】

〔1〕没：淹没，掩蓋。

其　三

漫砌兒童喜，喧檐鳥雀饑[1]。只疑居水國，長夢入天池。帷頂游蝸母，床根出蚓兒。龍湫與印石，一片是琉璃[2]。

【校注】

〔1〕砌：庭階，門檻。

〔2〕龍湫：上有瀑布下有深潭謂之龍湫。印石：石名。《水經·湘水注》：“湘水右側盤石……悉有迹，其方如印，纍然行列。”此指漊水河灘之石。

飲止止亭觀白芍藥其種曰楊妃吐舌

亭亭素艷挹天真，滿坐争看一點春。梅額拭乾香汗浄，瓠犀微露膩脂匀[1]。隔風小立如聞笑，對月輸情未寫神。試待碧筒半醉後，鶏頭還剥嫩包新[2]。

嚴平子評：未能免俗。

【校注】

〔1〕梅額：梅花妝點的額頭。瓠犀：瓠瓜的子。因其潔白整齊，常以比喻女子的牙齒。《詩·衛風·碩人》："齒如瓠犀。"

〔2〕碧筒：碧筒杯。一種用荷葉制成的飲酒器。鶏頭：芡實稱"鶏頭米"，黑色。

陰雨不輟中秋前一夕友人見饋酒食酌而賦此

當時月正明，杯中患無酒。又或酒方熟，月却不應手。寂寂今年秋，酒與月共否。凉雨侵空齋，悶殺齋中叟。挈榼自西來，感子良意厚[1]。不特醽醁情，美鮮間薤韭。呼童解罌罍，爲子開笑口。一杯復一杯，竟至無何有。醉眼問青天，月在雲中走。

【校注】

〔1〕榼：盛酒器具。底本作"榼"，誤。

送家月鹿司鐸岳陽二絶[1]

圖書如舊氣如新，對客無須自諱貧。贏得巴陵秋色在，樓頭重有謫仙人[2]。

其　二

苜蓿宫庭又一新，盤中明月莫愁貧[3]。君山爲肉洞庭酒，愜對太牢鼎食人[4]。

【校注】

〔1〕司鐸：謂掌管文教。相傳古代宣教的人必摇木鐸以集衆，故稱。後因以指教官、學官。

〔2〕巴陵：岳陽的代稱。《潯陽記》："昔羿屠巴蛇於洞庭，其骨爲陵，世稱巴陵。"即今岳陽西南洞庭湖濱之巴陵。

〔3〕苜蓿：植物名。原産西域，漢武帝時從大宛傳入。可作飼料、肥料，亦可食用。舊時教官清苦，常以苜蓿爲蔬。

〔4〕太牢：牛、羊、豕三牲具備謂之太牢。

刻木觀槿木鼓子歌[1]

不知何代物也，士人言其刳槿木爲之。大二十餘圍[2]，文理屈曲，纏綿糾紛，詢非他木可比[3]，亦千百年可紀數者，真奇品也。

昔人至性本樸樕，神奇偏能化頑木[4]。不知人木孰後先，並垂至今共記録。此木從來無尋丈，數人挹之真奇瓶[5]。絲理鬱律色爛斑，矯如夔螭互背向[6]。是誰裁取作鼓聲，逢逢妙音震江城[7]。治難經歷幾春秋，千年呵護有精英。

【校注】

〔1〕刻木觀：在公安縣，其中有刻木如媪像者。相傳"其地有古楓，一道人遠來，每夕徘徊呼其母，樹遂應聲，遂伐木刻像肖之，栩栩如生。後人神其事，遂爲立觀。或云即丁蘭也"。槿木：落葉灌木或小喬木。夏秋開花，花有

白、紫、紅諸色。

〔2〕圍：《韻會》："五寸曰圍，一抱曰圍。"

〔3〕詢：通"洵"。信。《爾雅·釋詁》："洵，信也。"

〔4〕樸樕：猶樸素。高攀龍《家譜·内傳》："高氏自黄岩公以前，樸遬農家，不習文采，殆有傳之隱懿乎？"

〔5〕此句上下皆不押韻，或是顛倒之故。但"奇瓶"不可解，或從詩引作"奇品"則通。

〔6〕鬱律：指槿木紋理縱横貌。

〔7〕逢逢（péng péng）：狀聲詞，形容鼓聲。

刻木夫人

孝子丁蘭母也〔1〕，公安邑志載之詳矣。大荒以後〔2〕，名刹多付煨燼，以爲此觀亦然。道過長安村，見其廟貌屹如〔3〕，夫人遺像就是丁蘭所刻，真容真性不磨，豈非神靈保持耶！感賦一絶。

枯木雖雲未可雕，獨憑真愛憶前朝。秖今猶有觀背井，一縷寒雲裊絳霄。

觀後古井，乃丁蘭汲水養母者。每風雨，輒預吐云〔4〕。

【校注】

〔1〕丁蘭：漢代人。相傳少喪父母，及長，刻木像，事之如生。曹植《靈芝篇》："丁蘭少失母，自傷早孤煢。刻木當嚴親，朝夕致三牲。"

〔2〕大荒：指兵荒戰亂。

〔3〕屹如：屹立如昔。

〔4〕輒：即，往往。

贈王孫鼎梅[1]

畏傷王孫意，相逢莫問名[2]。江山垂老憾，詩酒伴餘生。適館翻爲客，張筵那供鯖。圜橋如有典，猶可作桓榮[3]。

【校注】

〔1〕王孫鼎梅：生平不詳。

〔2〕傷：憂傷，愁悵。此處當爲仄聲，讀者當從《康熙字典》："又叶式亮切。"

〔3〕桓榮：東漢人，字春卿。少學長安，習《歐陽尚書》，教授徒衆數百人。光武時拜儀郎，累遷太子少傅，後遷太常。明帝繼位，以帝師之尊，封關内侯，其門徒多貴至公卿。

澧陽口號三首[1]

其　一

高髻螺鬟盡野妝，短衫穿袖半拖裳。兒夫不習衣冠語，逢著游人只道卬[2]。

【校注】

〔1〕澧陽：澧州治所，在今湖南澧縣。口號：猶口占，用在詩題上，表示是信口吟成的。最初見梁簡文帝《仰和衛尉新渝侯巡城口號》。後爲詩人襲用。如唐張説《十五日夜御前口號踏歌詞》。

〔2〕衣冠語：官方統一的語言。卬（áng）：我。《書·大誥》："越予冲人，不卬自恤。"孔傳："卬，我也。"

其　二

山鬼参差迭裹歌，家家羅拜截身魔〔1〕。夜深響徹嗚嗚號，争説鄰家唱大儺〔2〕。

【校注】

〔1〕山鬼：《楚辭·九歌》篇名。爲祭祀山神之歌。迭裹歌：在家家户户輪流歌唱。羅拜：四面圍遶着下拜。底本作“羅邦”，誤。

〔2〕大儺：古時臘月驅逐疫鬼的儀式。《論語·鄉黨》：“鄉人儺。”《吕氏春秋·季冬》：“命有司大儺。”後發展爲儺戲。

其　三

家家臨水作岩樓，半是村街半是浮〔1〕。十八小娥檻内綉，停針坐看上灘舟。

【校注】

〔1〕岩樓：築於水邊山石上的樓房，即“干欄”式吊脚樓。

齒落詩和友人

不獨剛難久，終疑應候凋〔1〕。爍殘金亦毁。秋勁木先摇〔2〕。饋餶斯停祝，啜糜苦未饒〔3〕。翻如就傅日，黄口正初齠〔4〕。

【校注】

〔1〕應候：隨變化情狀。

〔2〕爍：熱。引申爲火。謂火勢雖然漸弱，但金屬已被熔化。

〔3〕餶：餶飿。一種麵食。底本作“饋”，形近而譌。祝，或“積”字之譌，停積，停留蓄積，謂食物停積在缺齒的牙床上。

〔4〕就傅：猶“就學”，謂從師學習。

三月三日偕諸子飲於雙溪橋下因效曲水流觴之事

入村才數里，一轉一深幽。花密當檐媚，塗窮隔水求。愛芳尋野萩，浮斝任溪流[1]。丘壑如容買，經營待勝游。

【校注】

〔1〕浮斝：古代習俗，每逢夏曆三月上旬的巳日（三國魏以後定爲三月初三），人們於水邊相聚宴飲，認爲可祓除不祥。後人仿行，於環曲的水流旁宴集，在上流放置酒杯，任其順流而下，杯停在誰的面前，誰就取飲，稱“曲水流觴”。

立秋日小飲賦得秋聲承步去拈燈字

露氣乘秋濕暮燈，秋聲入座碧澄澄[1]。凉生高樹原無迹，爽借流螢漸有徵。從此紅雲消火宅，免教赤脚履層冰[2]。江東蒓菜知方美，不獨鄉思感季鷹[3]。

【校注】

〔1〕暮燈：檐下的燈籠。

〔2〕紅雲：秋天的紅霞。火宅：炎熱的宅第。赤脚履層冰：杜甫《早秋苦熱堆案相仍》：“南望青松架短壑，安得赤脚踏層冰。”

〔3〕季鷹：張翰，字季鷹。西晋文學家，司馬冏執政，任爲大司馬東曹椽。知冏將敗，思歸。《晋書·張翰傳》：“翰因見秋風起，乃思吴中（江東）菰菜、蒓羹、鱸魚膾，曰：‘人生貴得適志，何能羈宧數千里以要名爵乎？’遂命駕而歸。”“蒓鱸之思”本此。

坐中偶話及露筋祠事漫成[1]

止有筋骸香史册，惜無姓字落人間。貞肌當日曾何愛，佳話千秋不可删。嫂氏包羞存粉黛，游人心服拜紅顔。殺身饒有相成路，莫道蚊虻不負山。

【校注】

〔1〕露筋祠：據《高郵州志》載：唐時有一女子，不詳其姓氏，或曰鄭荷花。與嫂行郊外，日暮，嫂挽女投宿田舍，女不從，乃露坐草中。時秋蚊方殷，弱質不勝，嗣旦，血竭露筋而死。後人因號露筋女，爲立祠以敬祀之。俗稱仙女廟。

步倪文正咏松雪韻[1]

岩岩壁上松，借雪飾爲容。縞干排銀鶴，冰條插玉峰。石虬是一種，緑樹不同宗。若遇東坡老，並充怪石供[2]。

【校注】

〔1〕倪文正：字玉汝，上虞人，天啓二年進士，授編修。後任兵部侍郎，以母年邁辭歸，聞畿輔被兵，遂冒鋒鏑北上，拜户部尚書，李自成陷北京後自縊。

〔2〕充：充任，充當。底本作“克”，形近而譌。怪石供：以似玉美石作成的案頭擺設。蘇軾作有前後《怪石供》。

留别伯珩和其韻

雙溪橋下杜衡香，雙溪橋上客斷腸[1]。馬首分向各西東，欲行不行春恨長。我歸洞口桃花笑，武陵煙水人罕到。君守故園事桑麻，各各不比當的少。何日一杖效仙翁，颯然飄來住八峰[2]。酒後赧面相對看，還如此際席上容[3]。

【校注】

〔1〕雙溪：本爲浙江湖州的苕溪、霅溪。

〔2〕一杖，底本作“一枝”，形近而譌。八峰：八峰山。今鶴峰縣城南，八峰聳立，爲容美土司中府南大門的屏障。

〔3〕赧面：因慚愧而臉紅。此指酒後臉紅。

將别之夕展轉不寐起而索筆更成十韻

彷徨復彷徨，此别真難舍[1]。昔爲洞庭葉，今乘歸飛馬[2]。淚眼對相似，鮫珠復盈把[3]。我自返故疆，金甌仍在冶[4]。教養二十年，寧復患貧寡。但想綺羅筵，日日弄杯斝。起坐無惰容，笑談皆風雅。一朝相背馳，誰是木石者。枕上細追尋，難聽哀湍泄。欲言多哽咽，和淚研墨寫。

【校注】

〔1〕彷：通“彷”，徘徊。

〔2〕洞庭葉：洞庭湖中的一葉小舟。

〔3〕鮫珠：鮫人泣珠。此指眼淚。

〔4〕故疆：原有的疆域。此指故土，家鄉。在冶：在熔鑄。

荆楚文库

鏡池閣詩集

田霈霖 著

目　録

甲申除夕感懷和家大人韻十首

攲枕愁更盡，傳杯戀此年。友同星角散，客自日邊還[1]。涕淚鮫珠瀉，明燈暈目懸[2]。應知陰慘色，詰旦滿郊廛[3]。

【校注】

〔1〕星角散：星散，四散。角，隅。

〔2〕暈目：耀眼。

〔3〕詰旦：明天。《小爾雅》："詰朝，明旦也。"郊廛：郊野與城鎮。

其　二

鼓角喧殘夜，魂飛魏闕勞[1]。孤臣悲諫草，野老哭宮桃[2]。聞説江中楫，寧追漢上鼗[3]。何情更送酒，非是少輕舠。

【校注】

〔1〕魏闕：指宫門上巍然高出的觀樓。其下常懸挂法令，後用作朝廷的代稱。劉辰翁《行香子·迭韻》："嘆魏闕心，磻石魄，汨羅身。"

〔2〕諫草：諫書的草稿。宮桃：杜甫《千秋節有感》："仙人張内樂，王母獻宮桃。"底本作"官桃"，誤。

〔3〕漢上鼗：《論語·微子》："鼓方叔入于河，播鼗武入于漢。"是説一個名叫方叔的擊鼓樂師逃到黄河邊，一個名叫武的摇鼓樂師逃到漢水濱。世代不詳，一説爲商代，一説爲周厲王時。總之，是時局動盪，樂師們四散逃走，或隱居，或自尋出路。

其　三

喜侍高堂宴，驚心此夕何。鸞坡清夢繞，龍尾黯魂過[1]。復楚慚申胥，標銅愧伏波[2]。黄金在肘後，壯志竟難磨[3]。

【校注】

〔1〕鸞坡：翰林院的别稱。張昱《奉天門早朝次韻》："握蘭鳳閣舍人貴，視草鸞坡學士閑。"清夢：美夢。龍尾：即箕宿，二十八宿之一。居東方蒼龍七宿之末，故稱。此處借指容美土司依附於南明小朝廷。黯魂：沮喪的情緒。

〔2〕申胥：即申包胥。與伍子胥友善。伍子胥率吴軍破楚入郢，報父兄讐。申包胥往秦乞師，哭於秦庭，最終感動秦君臣，秦發兵救楚。標銅：指交趾銅柱。伏波：東漢馬援，建武十七年（42）任伏波將軍。顧微《廣州記》："援到交阯，立銅柱，爲漢之極界也。"

〔3〕"黄金"句：用晋周顗故事。《晋書·周顗傳》："（王）導猶在門，又呼顗，顗不與言，顧左右曰：'今年殺諸賊奴，取金印如斗大繫肘。'"後用"肘後黄金"比喻宦位顯赫。

其　四

心慵無所似，梅蕊飽胸酸。共濟憐秦越，和衷愧范韓[1]。危言朝野少，死事古今難。白馬清風渡，何人不是官[2]。

嚴平子評：當時惜未令諸人見此。

【校注】

〔1〕秦越：古代秦越兩國，一在西北，一在東南，相去極遠。後因稱疏遠隔膜，互不相關爲"秦越"。范韓：北宋大臣范仲淹與韓琦。二人共同防禦西夏，以善用兵名重一時，時人稱"韓范"。

〔2〕白馬：古津渡名。在今河南滑縣東北。金代黄河南徙以前，歷爲兵家必争之地。

其　五

祖宗作法儉，孫子變爲奢。袖手金甌缺，凝眸玉曆差[1]。孔張誠負國，房杜並無家[2]。燭火添新憤，追維事事遐。

【校注】

〔1〕玉曆：曆書。

〔2〕孔張：或指南宋孔彦舟與張安國。孔彦舟，相州林慮（今河南林州）人，靖康元年（1126）應募從軍，爲京東西路兵馬鈐轄……紹興二年（1132）叛降僞齊。僞齊廢，爲金將。官至河南尹、南京（今河南開封）留守，爲完顔亮鴆殺。將死猶上表勸完顔亮奪宋淮南。張安國，原爲耿京抗金義軍將領，後降金併殺害耿京，爲辛棄疾所捕。後被押至建康（今南京）斬殺。負國：對不起國家。房杜：唐代名相房玄齡和杜如晦的合稱。《新唐書·杜如晦傳》："如晦長於斷，玄齡善於謀，兩人深相知，故能同心濟謀，以佐佑帝。"

其　六

皇皇堪自吊，痛在失君時〔1〕。往事三更夢，浮名一局棋。長吁歷魏晋，屈指算干支〔2〕。莫作宜春字，看來不展眉〔3〕。

【校注】

〔1〕皇皇：同"惶惶"。心神不安貌。

〔2〕歷：經歷。仄聲不協律。或爲"罹"字同音之误，作遭逢解。魏晋：指司馬炎代魏稱帝，國號晋。

〔3〕宜春：帖子名。古時立春日書"宜春"字樣貼於門楣，取迎新之意，謂之宜春帖。孫思邈《千金玉令》："立春日，貼'宜春'字於門。"

其　七

一室横今古，旁觀詎自甘。違心斟斗酒，撥悶剖雙柑〔1〕。新景知何景，常談見不談。鷄聲方喔喔，倚閣望江南。

【校注】

〔1〕斗酒、雙柑：雙柑斗酒。本指春游時所帶酒食。後即借指春游。劉泰《春日湖上》："明日重來應爛漫，雙柑斗酒聽黄鸝。"

其　八

兵戈驚滿眼，尚是赤眉塵。長嘯書空字，捫心叩净因[1]。鬼呼新夜雨，人怯早花春。但得親嘗健，長纓自許身。

【校注】

〔1〕書空：用手在空中虛劃字形。《世説新語·黜免》："殷中軍（浩）被廢，在信安，終日恒書空作字……竊視，唯作'咄咄怪事'四字而已。"

其　九

轉晌光陰疾，難更不染心[1]。山河愁世改，帶礪想恩深。曆數渾非舊，人情頓是今[2]。離騷聊自展，一讀一悲吟。

【校注】

〔1〕轉晌：泛指不多久的時間。

〔2〕曆數：歲時節候的次序。亦指帝王繼承的次序。

其　十

心事期何許，春風亦刺人。古交堪共醉，遠道恐傷神。劍舞留殘照，鐘鳴警惰身。梅花隨意緑，淡淡若爲新。

奉陪相國鐵庵文夫子觀雨中白蓮分賦二首

其　一

净植亭亭意象嘉，雨絲風片任横斜[1]。徘徊自賞清真趣，淡漠如嫌點染加。仙子竭來拾翠羽，騷人漫擬折疏麻[2]。先生況是濂溪侶，素質尤煩彩筆夸[3]。

【校注】

〔1〕净植：原指潔净的枝幹。後作蓮的代稱。

〔2〕疏麻：傳説中的神麻，常折以贈别。《楚辭·九歌·大司命》："折疏麻兮瑶華，將以遺兮離居。"

〔3〕濂溪：宋代周敦頤號"濂溪先生"，傳説他愛蓮成癖。

其　二

洗盡鉛華曉鏡中，清香披拂倚微風[1]。不移玉井千年色，較勝西湖十里紅[2]。贈佩解憐珠粲粲，凌波偏稱雨蒙蒙。當宴幸有瀛臺客，咏賞應拼醉筆筒[3]。

黄中含評：二首自喻喻人，俱有深意，即景情應臻上乘。

【校注】

〔1〕披拂：吹拂，飄動。

〔2〕十里紅：西湖十里長堤畔的紅荷。

〔3〕筆筒：不怎麽切景。或是"碧筒"，即荷葉杯。

附文安之詩

其　一

露渠新汎雨絲香，簇簇含蕤薦夜凉。色斂黛眉初試粉，蕊分檀暈乍匀黄[1]。咏從想象渾如夢，濯盡娉婷不是妝。醉起步檐雙眼醒，細參清韻影斜陽。

其　二

曉氣初蒸露掌明，空蒙如隱濺珠聲。只疑拭浴温泉净，猶帶嬌憨子夜輕。素練未容生色畫，香塵不逐艷歌行。一泓遥祝閑雲碧，更引朝光入鏡清。

【校注】

〔1〕檀暈：形容淺赭色，與婦女眉邊的暈色相似。蘇軾《次韻楊公濟奉議梅花》："鮫綃剪碎玉簪輕，檀暈粧成雪月明。"

封侯篇

紛紛晋宋聯齊魯，薄視天王猶餓虎[1]。遂辟從來篡竊端，豈因暴戾長跋扈。後來不敢存空名，口道正經太板古。繫璽於臂穿緑林，尚夸此舉真神武。忘君結讎等弑親，空桑不獨生蕭瑀[2]。破碎山河赦不論，販得爵位誠奇賈。一劇二劇三四劇，板腔不必尋規矩。尤將傀儡奉衣冠，誰家子弟送觴舞。灼耀愚庸盡改觀，奔趨獸穴圖尺組[3]。嗚呼鬼神何弄人，變盡將來與往古。山中儒生苦難時，放眼欲歌揮淚雨。

嚴平子評：綱目托始於韓趙魏之封，知周綱之盡弛也。明末動以王侯封彼緑林，餘孽尤爲不堪。

【校注】

〔1〕指春秋末與戰國初諸侯争霸的混亂時期，借喻明末農民起義攻城奪地，烽烟四起，戰亂不斷。

〔2〕結讎：與讎家結盟。此指對李自成、張獻忠餘部將領封侯拜印。空桑：古地名。傳説伊尹及孔子生於此。此代指非父母所生，來歷不明。"忘君"兩句：《舊唐書·傅奕傳》："（傅）奕上疏請除去釋教……中書令蕭瑀與之争論曰：'佛，聖人也。奕爲此議，非聖人者無法，請置嚴刑。'奕曰：'蕭瑀非出於空桑，乃遵無父之教。臣聞非孝者無親，其瑀之謂矣！'"蕭瑀，底本原作"蠨蝺"，誤。

〔3〕組：綬類。《漢官儀》："綬長一尺二寸。"

荊楚文庫

止止亭詩集

田既霖 著

目　録

甲申除夕感懷和家大人韻十首

其　一

每慶靈長運，奚爲厄此年[1]。金甌誰撞破，玉步乍回還[2]。大野寒煙爐，深心魏闕懸。如何舊赤子，秉耒佃新廛[3]。

【校注】

〔1〕靈長：綿延久長。《晋書·王敦沈充傳論》："賴嗣君英略，晋祚靈長，諸侯釋位，股肱戮力。"

〔2〕玉步：指行步合乎禮法，雍容有節的行步。回還，底本作"回旋"，不合步韻。誤。

〔3〕佃新廛：耕種土地。廛，古時謂一家之居的"二畝半"。見段玉裁《説文解字注》。

其　二

獨憐將盡夜，反側自忘勞。莫問連昌竹，空悲露井桃[1]。堂階停舞袖，樂部罷鳴鼗[2]。把舵無三老，驚風任掣舠。

【校注】

〔1〕連昌竹：元稹《連昌宮詞》："連昌宮中滿宮竹，歲久無人森似束。"描寫連昌宮的興廢變遷，探索安史之亂前後唐代朝政治亂的原因。露井桃：王昌齡《春宮曲》："昨夜風開露井桃，未央前殿月輪高。"描寫宮中的失寵與受寵，刺唐玄宗的淫佚無度。

〔2〕樂部：官署名。猶太樂署。古代泛指歌舞戲曲演出單位。

〔3〕三老：柁工。陸游《入蜀記》卷五："問何謂長年三老，云梢工是也。"

其　三

書生敦大義，豈盡諉儒酸。繭足誰存楚，揮戈孰戰韓〔1〕。遐思創業苦，方信守成難。漫遣今宵憾，能言不繫官。

【校注】

〔1〕繭足：趼足，累繭。足上磨出重重硬皮。《後漢書·馮衍傳上》："三王背畔，赤眉害主，未見兼行倍道之赴，若墨翟累繭救宋，申包胥重胝存楚。" 戰韓：《淮南子·覽冥訓》："魯陽與韓構難，戰酣日暮，援戈而揮之，日爲之反三舍（一舍爲三十里）。"

其　四

承平十一葉，令節鬥紛奢〔1〕。詎意鴻鈞轉，俄成鑄錯差。愁聞新曙鼓，痛惜舊天家〔2〕。定省今宵事，明王夢已遐〔3〕。

【校注】

〔1〕葉：世，時期。

〔2〕天家：皇帝自命爲天子，因稱帝王家爲天家。蔡邕《獨斷》："天子無外，以天下爲家，故稱天家。"

〔3〕明王夢：指商國君武丁因夢得傅説爲相，治理國政。

其　五

歲序將分日，留連共此時。樽前頻看劍，燈下懶敲棋。誰任神州責，還祈半壁支。五陵佳氣在，未必盡朱眉。

其　六

壯士驚心苦，分甘不似甘。盟心期白水，臨敵愧黄柑〔1〕。別歲書空字，迎春等戲談。一天愁欲墜，何事面山南〔2〕。

【校注】

〔1〕期白水：謂河神鑒之。《左傳》僖公二十四年載晋文公重耳曾對舅父立誓："所不與舅氏同心者，有如白水。"後遂用作誓詞。黄柑：亦稱"黄甘"，柑的一種。《新唐書・蕭嵩傳》："荆州進黄甘，帝以紫帉包賜之。"

〔2〕山南：古時泛指太華、終南兩山以南之地。《史記・魏世家》："所亡於秦者，山南、山北，河外、河内，大縣數十，名都數百。"此指淪陷區。

其　七

坐嘆山河舊，蕭蕭舉目塵。杞人憂已久，梅市諫無因[1]。祖享誰家臘，王正改歲春。來朝望北闕，還是歷朝身。

【校注】

〔1〕梅市：地名。在今浙江紹興境内。《漢書・梅福傳》："福一朝棄妻子，去九江，至今傳以爲仙。其後，人有見福於會稽者，變名姓，爲吴市門卒云。"相傳梅福因數諫不被采納，最終挂冠而去。後避亂會稽，人多依之，遂爲村市。市，疑爲"市"，通"福"。

其　八

獵火照山林，梅花驚我心。啣杯留夜永，剪燭忘更深。魚袋佩猶古，銅駝感見今[1]。壁間蟲語響，唧唧似秋吟。

【校注】

〔1〕魚袋：唐代五品以上官員盛放魚符的袋。宋無魚符，仍佩魚袋。《宋史・輿服志五》："魚袋，其制自唐始……宋因之。"銅駝：銅駝荆棘。《晋書・索靖傳》："靖有先識遠量，知天下將亂，指洛陽宫門銅駝，嘆曰：'會見汝在荆棘中耳。'"後因以形容亡國後的殘破景象。

其　九

歲裏看春鏡，鬢眉是本來。乍悲摧日馭，還感失年杯。艷舞將移節，芳心寄落梅[1]。誰羹梟破鏡，可以慰兹哀[2]。

【校注】

〔1〕艷舞：妖艷的舞蹈。庾肩吾《侍宴宣猷堂應令》："艷舞時移節，新歌屢上弦。"移節：改换節奏。但這樣的場面不符合當時的氣氛。似指在清政權的利誘下，將會有人改變氣節，因爲"移節"亦有改變氣節之義。

〔2〕梟破鏡：亦作"梟獍"。《漢書·郊祀志》引孟康曰："梟，鳥名，食母；破鏡，獸名，食父。"

其　十

何故當今昔，燈光不媚人。青萍幾自吼，緑綺强留神[1]。孰是回天力，空存戴國身。不堪過夜半，春事又重新。

【校注】

〔1〕青萍：古代寶劍名。緑綺：古琴名。琴的代稱。

張某將還五峰諸友爲詩留之限韻[1]

夜雨西窗燭影寒，愁聞計日發征鞍[2]。主人投轄情先急，淑女牽衣别更難[3]。一醉拼酣白社飲，八峰休促紫雲看。荷錢榴火序方始，盼取歸期盡自寬[4]。

【校注】

〔1〕限韻：規定寫詩的人使用同一部韻。此詩韻部爲"十四寒"。寒、鞍、難、看、寬五個字都在其中。

〔2〕西窗燭影：化用李商隱《夜雨寄北》："何當共剪西窗燭，却話巴山夜雨時。"

〔3〕投轄：《漢書·陳遵傳》："遵者（嗜酒），每大飲，賓客滿堂，輒關門，取客車轄投井中，雖有急，終不得去。"轄，車軸的鍵，去轄則車不能行。後因以"投轄"比喻主人留客的殷勤。白居易《題周皓新亭子》："投轄多連夜，鳴珂便達晨。"

〔4〕榴火：形容石榴花紅艷似火。曹伯啓《謝朱鶴皋招飲》："滿院竹風吹酒面，兩株榴火發詩愁。

送别張某還五峰兼柬文田得咸字

别緒綿綿語燕喃，明煙绿沈灑征衫[1]。花間長揖先揮手，馬上添杯强執銜[2]。郵館自陪惟白帢，修途相送付丹函[3]。到家細簡歸裝裏，片紙煩君寄阿咸[4]。

【校注】

〔1〕绿沈：濃绿色。

〔2〕銜：馬嚼子。青銅或鐵制，放在馬口内，用以控制馬的行止。

〔3〕郵館：館驛，傳舍。白帢：白色便帽。

〔4〕簡：檢查。《後漢書·皇后紀上·明德馬皇后》："願下相工，簡其可否。"阿咸：阮籍侄阮咸有才名，後因稱侄爲"阿咸"。阿，音"屋"，見《韻會小補》。

附佚詩二首[1]

淮陰侯

四百炎劉一手提，侯生難保況王齊[2]。從來伏虎屠龍客，未有機權制牝鷄[3]。

【校注】

〔1〕二詩見於《湖北詩徵》，現存國家圖書館。

〔2〕四百炎劉：指漢王朝前後四百年，劉姓，以火德王。侯生：《史記》作“侯公”。他在劉邦失利的情况下説服項羽，以鴻溝爲界，中分天下，放歸劉邦的父母妻子。被封爲平國君，但“匿弗肯復見”，劉邦稱贊侯公曰：“此天下辯士，所居傾國，故號平國君。”見《史記·項羽本紀》。王齊：即做齊王。韓信爲漢王朝立蓋世之功，封齊王，後貶淮陰侯。終爲吕后斬於長樂宫鐘室。

〔3〕牝鷄：指吕雉。惠帝死後，臨朝稱制，立諸吕爲王，欲取劉而代之。

鄂城懷古[1]

百戰山河感慨中，荒臺何代舊王宫。霸基幾度歸秦火，故物千年泣楚弓[2]。月冷兔園賓客散，香銷巫峽雨雲空。相過無事頻回首，自古興亡恨總同。

【校注】

〔1〕鄂城：即今之武昌。楚熊渠曾封其中子紅於其地，稱“鄂王”。

〔2〕楚弓：《孔子家語·好生》：“楚王失弓，楚人得之，又何求之？”楚，底本作“夢”，形近而譌。

荆楚文庫

敬簡堂詩集

田甘霖 著

目　録

甲申除夕感懷和家大人韻十首

其　一

一堂宜燕喜，何意感流年。坐看堯蓂盡，難揮魯日還。主恩深未泯，臣爵好徒懸[1]。此際承明客，朝廷作市廛[2]。

【校注】

〔1〕泯：滅，盡。

〔2〕承明客：指朝延官員。

其　二

痛惜朝中黨，相傾枉自勞。文人夸御李，勇士但争桃[1]。遂睹周遷轍，誰爲魯播鼗[2]。花源如可問，還願引魚舠。

【校注】

〔1〕御李：東漢李膺有賢名，荀爽給他駕車，引以爲榮，曰："今日乃得御李君矣。"争桃：《晏子春秋·諫下二》："公孫接、田開疆、古冶子事景公，以勇力搏虎聞。景公患之，晏子使景公饋二桃，讓三人計功而受桃。三士皆論功争桃，終，皆反其桃，挈領而死。"本喻借刀殺人，此指武將争功。

〔2〕周遷：指公元前770年，周平王遷都洛陽。播鼗：見田霈霖同題之二注〔3〕之"漢上鼗"。

其　三

紀年催此夕，新比舊如何。漏滴人行盡，鶴鳴夜半過[1]。觀梅燈有艷，看劍水無波。白髮愁公室，雄圖氣詎磨。

【校注】

〔1〕鶴鳴：琴聲優美感人。

其　四

黄金横帶子，若個抱辛酸。劍客無三楚，師貞少一韓〔1〕。休心梅福易，執筆董狐難〔2〕。覆餗還辭咎，誰居鼎鼐官〔3〕。

【校注】

〔1〕師貞：喻用兵之道，亦指軍隊。一韓：似指南宋名將韓世忠。御西夏，征方臘，平苗傅、劉正彦兵變，鎮壓范汝爲。以軍功授御營左軍都統治。紹興四年（1134），在大儀大破金與僞齊聯軍。時論此役爲中興武功第一。

〔2〕董狐：春秋時晋國史官。晋卿趙盾因避靈公殺害而出走，未出境，其族人趙穿殺靈公。他認爲責任在趙盾，在史册上書“趙盾殺其君”，被孔子譽爲“良史”。

〔3〕餗（sù）：鼎中食物。《易·鼎》：“鼎折足，覆公餗。”鼎鼐：大鼎。舊以宰相治理國事，如鼎鼐之調和五味，故以喻宰相之權位。

其　五

如何當此夕，寂寂減分奢。辭漢悲翁仲，吟騷續景差〔1〕。憂虞先草莽，憫念自仙家〔2〕。舉酒難爲壽，高堂意獨遐。

【校注】

〔1〕翁仲：傳説秦代阮翁仲身長一丈三尺，异於常人。始皇命他出征匈奴，死後鑄銅像立於咸陽宫司馬門外。後因稱銅像、石像爲翁仲。李賀《金銅仙人辭漢歌·序》：“魏明帝青龍元年八月，詔宫官牽車西取漢孝武捧露盤仙人，欲立置前殿。宫官既拆盤，仙人臨載，乃潸然淚下。”

〔2〕憂虞：憂慮。《易·繫辭上》：“悔吝者，憂虞之象也。”杜甫《北征》：“乾坤含瘡痍，憂虞何時畢。”

其　六

誰釀年來禍，舉朝亟失時。人人皆狡兔，着着是卑棋。朱紱虛邀寵，黄巾竟莫支。近來嫌爾輩，只自選娥眉。

其　七

今古須臾异，遷流意未甘。强將難老酒，共剖上春柑。問夜誰成夢，蠲愁倚共談[1]。聞鷄將欲舞，越石志歸南[2]。

【校注】

〔1〕蠲（juān）：减免，除去。

〔2〕越石：劉琨字。劉琨志在恢復中原，常聞鷄起舞。

其　八

咄嗟倚欄望，靡改百年心[1]。氣涌椒漿淺，淚彈燭液深[2]。山河仍自古，城廓已成今。滿眼傷神處，難成别歲吟。

【校注】

〔1〕靡：不。《史記·外戚世家》："其詳靡得而記焉。"

〔2〕椒漿：以椒花椒葉浸制的酒。

其　九

好春人自愛，惟此怯春來。豈少侯鯖味，難浮洗腆杯[1]。忿深時看劍，歷盡忍探梅。各負匡時憾，非關學杞哀。

【校注】

〔1〕侯鯖：五侯鯖。漢婁護合王氏五侯家珍膳而烹飪的雜燴。泛指精美的葷菜。鯖，肉和魚的雜燴。洗腆：洗滌器皿，陳設豐盛酒食。腆，豐厚美好。

《書・酒誥》："肇牽牛車，遠服賈用，孝養厥父母，厥父母慶，自洗腆致用酒。"

其　十

寥寥當歲晚，重嘆國無人。椒柏寧知味，花燈漫慶神。遥心終有托，故册可隨身[1]。相對看山色，還隨節叙新。

嚴平子評：悲慨滿紙，令人不敢多讀。

【校注】

〔1〕故册：封爵的詔書。

社集拙大師報慈禪林賦得雲碎晝長陰限韻[1]

選蔭禪房坐緑茵，清雲片片學游鱗。攢峰有態温如玉，出岫無心漾若銀。空翠欲流籠破衲，氤氲低就温烏巾[2]。共君慚憩蒲團上，浣却人間萬斛塵[3]。

嚴平子評：心細腕靈，每饒雅趣。

【校注】

〔1〕拙大師，底本作"掘大師"。因後文有"大拙和尚""大拙禪師"，"掘"當爲"拙"之譌。

〔2〕空翠：指蒼翠山色。王維《山中》詩："山路元無雨，空翠濕人衣。"

〔3〕慚憩，疑爲"漸憩"或"暫憩"之誤。

賦得拈花迎夏蝶限韻

芳興雖饒不耐寒，好乘春事未闌干[1]。最憐香氣頻須嗅，拾取柔荼就掌看[2]。夢裏欲招偕伴隱，鏡中鬥舞怯妝殘。當前媚景催詩思，拈得詩成味可餐。

嚴平子評：淡遠可賞。

【校注】

〔1〕闌干：縱横散亂貌。

〔2〕柔荼：荼，茅、蘆之類的花。《漢書·禮樂志》："顏如荼。"顏師古注引應劭曰："荼，野菅白華（花）也。言此奇麗，白如荼也。"底本譌作"柔茶"。

六日曬書[1]

静處遐思不計緣，傳家總賴有青編[2]。開函葉葉蕁仙字，載籍紛紛出米船[3]。庭際暫憑消永晝，枕中或可伴餘年。破褌雖與阮家异，莫作他年故事看[4]。

【校注】

〔1〕曬書：民間習俗。一般在農曆七月七日曬書、曬衣服。土家族在農曆六月六日。

〔2〕青編：青絲聯綴的簡書。泛指書籍。

〔3〕蕁（pián）：火勢上騰。《淮南子·天文訓》："火上蕁，水下流。"米船：北宋米芾常舟載書畫游歷江湖。

〔4〕"破褌"句：《世説新語·任誕》："阮咸居道南，諸阮居道北。北阮富，南阮貧，七月七日，北阮盛曬衣，皆妙羅錦綺。阮咸以竹竿挂大布犢鼻褌於中庭，曰：'未能免俗。'"

夏日勝暑社集荷池看蓮和吴梅村太史韻[1]

炎歊何方蘇病骨，身與吴牛隔咫尺[2]。同人結伴荷蕩裏，冰花雪浪隨幽迹。三徑專爲冷雲開，膩粉堆紅雲不來。塢前執麈招襬襶，歡聲相聚轟如雷[3]。莫嫌椰瓢大於斗，且擬船頭放笑口。學得枕流傍輕舠，頗似長年三老否[4]。聞説打冰夏蟲折，五十三翁鬢先白[6]。拾葉采蓮效打冰，長嘯一聲山石裂。

嚴平子評：雲卷霞舒，初無定態。

【校注】

〔1〕勝暑：同盛暑。吴梅村：吴偉業。清初詩人，明崇禎進士。師事張溥，爲復社成員。善七律和七言歌行，也工詞曲書畫。

〔2〕炎歊（xiāo）：亦作“炎熇”。暑熱。底本作“炎敲”，誤。吴牛：吴牛喘月。

〔3〕執麈：拿着拂麈。底本作“執塵”，誤。褦襶：遮日笠帽。用竹片做胎，蒙以布帛。

〔4〕長年三老：指在船上掌舵撑篙的船工。打冰夏蟲折：夏蟲不可以語冰。比喻時間地域限制人的見識。《莊子·秋水》：“夏蟲不可以語於冰者，篤於時也。”

戲柬祝覃次公並以招之[1]

去年曳白爲君壽，恐惱次公抹勒紅[2]。鐵漢生平唯此罪，唐突明月與清風[3]。欲表相思無以寄，回嗔作喜將無同[4]。今年九月黄花爛，君來酌我瘐詩翁。

【校注】

〔1〕覃次公：生平不詳。

〔2〕曳白：卷紙空白。謂考試交白卷。抹勒紅：謂改卷之（紅）筆。抹勒，塗掉。

〔3〕鐵漢：田甘霖號鐵峰，故自稱鐵漢。

〔4〕將無同：猶言莫非相同，恐怕相同。劉義慶《世説新語·文學》：“阮宣子有令聞，太尉王夷甫見而問曰：‘老莊與聖教何异？’對曰：‘將無同。’”

七夕前一日賦得建章宫柳入新秋

金梭巧促織衣娘，入夜流螢照畫廊。低聽鵲聲勞遠夢，遐思柳眼憶新妝。人間瓜果競時艷，天上瓊樓繞异香[1]。可笑紅塵閑士女，温柔錯認是吾鄉[2]。

嚴平子評：風致飄然，却無綺麗氣。

【校注】

〔1〕瓜果：乞巧用品。民間風俗，婦女於七月七日夜間向織女乞求智巧，謂之“乞巧”。《荆楚歲時記》：“七月七日，爲牽牛織女聚會之夜。是夕，人家婦女結綵縷，穿七孔針，或以金銀鍮石爲針，陳瓜果於庭中以乞巧。”和凝《宫詞》：“闌珊星斗綴珠光，七夕宫嬪乞巧忙。”

〔2〕閑士女：謂閑散空虚的男女。底本作“間士女”，不確。温柔鄉：漢成帝沉迷女色，稱其寵妃趙合德爲温柔鄉。後以指美色迷人之境。曾覿《生查子》：“温柔鄉内人，翠微閣中女。顔笑洛陽花，肌瑩荆山玉。”

慶兒六吉軒避暑同諸社友四首

面面軒窗翠色分，卷簾收拾一亭雲。日中暫緩吴牛喘，懶取牙籤看典墳[1]。

【校注】

〔1〕牙籤：繫於書函上的牙制籤牌。便於檢閲。典墳：三墳五典的省稱。泛指書籍。

其　二

乍入林塘草亦香，軒中雛燕學飛忙。王孫門内還如市，偷取回廊一片凉。

其　三

卜築學成吉士家，亭浮金鯽水生花。憩凉暫可籃輿返，久慁公爲莫又遮[1]。

【校注】

〔1〕慁（hùn）：受累，煩勞。《史記·陸賈傳》："無久慁公爲也。"底本作"溷"，誤。

其　四

紫燕携雛教試飛，高僧伴我坐雲磯[1]。好花不解沾泥絮，片片飄來點衲衣。

嚴平子評：清而韻。

【校注】

〔1〕雲磯：高聳的岩石。

四友詩

炳孫自弱齡便好書史，阿祖心异之，謀有佳者必與，即兒子輩莫能得也。孫近成童，其好愈篤。一日出四物，丐伊父爲詩。伊父握管難措，呈之阿祖，阿祖乃爲炳孫題咏，遂成四友詩。

瑪瑙蟬用吴太史繭虎韻

已將清質比瓊瑰，况復瑛瑛借作胎[1]。腹裏隱聲隨案歇，翼邊薄影逐絲來[2]。舊聞妃子妝雲鬢，新伴書生倚硯臺[3]。賦得長年全傲骨，中郎琴裏免相哀[4]。

【校注】

〔1〕瑛瑛：同“英英”，玉石明亮貌。

〔2〕絲：絲織品。古時一種輕而薄的絲織品稱蟬翼羅。

〔3〕雲鬢：古時一種女子所梳的髮髻。此可稱蟬鬢。

〔4〕中郎：指蔡邕。東漢音樂家，著有琴曲解題專著《琴操》。此指蟬聲清揚。

紅玉牛用吴太史鰲鶴韻

荆山之璞荷琤琤，裁就農家小犢形。形體儼然騂且角，戛音尤愛越而清[1]。未知良相在其側，惟許硯田可代耕[2]。珍重不離清玉案，小兒特自掌中擎[3]。

【校注】

〔1〕騂且角：《論語·雍也》：“子謂仲弓曰：‘犂牛之子騂且角，雖欲勿用，山川其舍諸？’”何晏集解：“犂，雜文。騂，赤也。角者，角周正。中犧牲，雖欲以其所生犂而不用，寧肯舍之乎？言父雖不善，不害於子之美。”後因以“騂角”表示後裔俊拔遠勝前輩。

〔2〕良相：相傳伊尹未遇湯時耕於莘野。

〔3〕清玉案：青玉案几。李白《憶舊游寄譙郡元參軍》：“瓊杯琦食青玉案，使我醉飽無歸心。”

沉香山用吴太史蟬猴韻

何人覓自海南方，沉水還成泰岱妝[1]。書罷憑依將筆架，畫成較取鬥眉長。無窮岩壑難相探，咫尺烟雲若有藏。幻體倘如陽羨客，何妨借作輞川莊[2]。

【校注】

〔1〕海南方：沉香木産於亞熱帶，我國海南島所産沉香稱“海南沉”或

“海南香”。

〔2〕陽羨客：即陽羡許彦負鵝籠遇書生事。比喻幻中生幻，變化無常。

顧綉鷹用吴太史桃核盤韻〔1〕

靈心縴手吐菁英，綉出霜鷹氣自横〔2〕。潑墨也難如此肖，白描未許驟能成。風雲幾縷盤空細，羽翮千絲用意輕。暈眼當籌持一看，只如架上作長鳴〔3〕。

嚴平子評：四詩俱極縝密，咏物之佳者。

【校注】

〔1〕顧綉，指明嘉靖進士顧名世一家的刺綉技法和風格的刺綉品。顧氏家居上海的“露香園”。其孫媳韓希孟善畫工綉，摹綉古今名畫，尤爲精妙。

〔2〕霜鷹：青灰色的鷹。底本作“霜雁”，據詩題，應誤。

〔3〕暈眼：眼花。

復和陶蘇飲酒詩十二首

予少時在先宫保嚴侍下，飲不一蕉葉〔1〕，便爾頹然。後宫保見背〔2〕，長譏憂譏，投迹深山。嵐朝日夕，讀書學飲，欣然作和陶詩。後出而從詩文士輩飲，於陶蘇兩公風味具體而微矣。憶和陶詩，無隻字存者；又搦管和蘇，今和蘇詩亦歸烏有。然無日不飲，飲輒成狂，信筆所至，不倫不次，更得和兩公詩。

其　一

非陶亦非蘇，恣情忘所之。醉翁堂上坐，亦有獨醒時。獨知其趣耳，朋儔共在兹。低頭思往哲，托意自匪夷。香生泛九竅，不用自矜持〔3〕。

【校注】

〔1〕蕉葉：淺底的酒杯。冒襄《影梅庵憶語》："姬能飲，自入吾門，見余量不勝蕉葉，遂罷飲。"

〔2〕見背：謂父母或長輩去世。李密《陳情表》："生孩六月，慈父見背。"

〔3〕九竅：指耳、目、口、鼻及尿道、肛門的九個孔道。

其　二

曠彼軒羲世，白眼縱其情〔1〕。柴桑與坡老，高陽浪得名。屏却今是非，好伴唯麴生〔2〕。弄杯泛洪濤，濤吼杯不驚。此鄉天地闊，勿復住愁城。

【校注】

〔1〕軒羲：黄帝與伏羲。黄帝，軒轅氏。兩人爲傳説中的中原各族的祖先，爲部落聯盟領袖，與神農被後人尊爲"三皇"。

〔2〕麴生：傳説唐代道士葉法善居玄真觀，有朝客十餘人來訪，解帶淹留，滿座思酒。突一少年傲睨直入，自稱麴秀才，抗聲談論，一座皆驚。良久暫起，如風旋轉。法善以爲妖魅，俟麴生復至，密以小劍擊之，劍隨手墜於階下，化爲瓶榼，美酒盈瓶。坐客大笑，飲之，其味甚佳。後因以"麴生"爲酒的别稱。見鄭綮《開天傳信記》。

其　三

不問春與秋，南北任性飛。澆壘來浮白，彈絲心自怡〔1〕。微籟聞泉響，無心雲所依〔2〕。眼花覺徑窄，拔雲覓路歸。

【校注】

〔1〕"澆壘"句：酒澆心中塊壘。自怡：自樂。底本無"怡"字，依韻

補。

〔2〕“無心”句：句意若陶淵明《歸去來辭》：“雲無心以出岫。”

其　四

北窗軟飽後，鐺沸不聞喧〔1〕。二公何爾爾，各操心所偏。樂吾再來人，面面對林泉。吾自用吾法，吾以詩自宣。當檐風颯颯，一枕腹便便。

【校注】

〔1〕北窗：陶淵明《與子儼等疏》：“五六月中，北窗下卧，遇涼風暫至，自謂是羲皇上人。”軟飽：謂飲酒。馮時化《酒史·酒考》：“酒醉曰軟飽。”

其　五

籬邊握盈把，何如餐落英〔1〕。蘇髯耐世塗，確有不世情〔2〕。黄柑洞庭釀，無客乎三傾〔3〕。三徑紀甲子，多少不平鳴。不合時宜者，杯中了此生。

嚴平子評：幽淡廣遠，不啻再展陶詩。

【校注】

〔1〕餐落英：《楚辭·離騷》：“朝飲木蘭之墜露兮，夕餐秋菊之落英。”隱寓高潔之意。

〔2〕蘇髯：明清之際的學人稱蘇軾爲“蘇髯”或“髯蘇”。蘇軾仰慕陶潛，喜和陶詩。

〔3〕洞庭釀：酒名。即“洞庭春色”。以黄柑釀就。蘇軾《洞庭春色》詩序：“安定郡王（趙世準）以黄柑釀酒，謂之洞庭春色，色香味三絶。”乎：古同“呼”。

其　六

臨流照顔色，尚有好風姿。森森隆木蔭，任予棲高枝。解帶避督郵，人奇事愈奇[1]。但然波不惡，無所爲而爲。

【校注】

〔1〕“解帶”句：晋陶潛爲彭澤縣令，“素簡貴，不私事上官。郡遣督郵至縣，吏白應束帶見之，潛嘆曰：‘吾不能爲五斗米折腰，拳拳事鄉里小人邪！’”見《晋書·隱逸·陶潛》。都郵：官名。始置於西漢。郡守屬吏，掌監屬官。代表太守督察縣鄉，宣達政令。

其　七

不喜攢眉飲，笑口時時開。囊愁寄天上，一石且開懷[1]。時有學道面，時有曼倩諧[2]。堪憐劉公榮，不醉亦强陪[3]。拙哉不飲人，殀折是顔回。

【校注】

〔1〕囊愁：把愁裝入袋子裏。

〔2〕學道：學習道行。蘇軾《將至廣州用過韻寄邁迨二子》：“皇天遣出家，臨老乃學道。”曼倩：東方朔字。

〔3〕劉公：劉伶。縱酒放達，爲“竹林七賢”之一。《晋書·劉伶傳》：“常乘鹿車，携一壺酒，使人荷鍤而隨之，謂曰：‘死便埋我。’”

其　八

抖擻空百壺，自不向而隅[1]。視此同行路，不睇阮家塗[2]。一驥空群北，千里仍馳驅[3]。事事不須慎，所慎在三餘[4]。兒孫正孝順，且莫賦閒居。

【校注】

〔1〕向隅：面對着屋子的一個角落。劉向《説苑·貴德》："今有滿堂飲酒者，有一人獨索然向隅而泣，則一堂人皆不樂矣。"

〔2〕阮家塗：阮籍"時率意獨駕，不由徑路，車迹所窮，輒慟哭而反"。見《晋書·阮籍傳》。阮，底本作"院"，誤。

〔3〕空群北：韓愈《送溫處士赴河陽軍序》："伯樂一過冀北之野，而馬群遂空。"以相馬比喻人才被選拔一空。亦指才能超群。手鈔本作"空群百"，誤。

〔4〕三餘：《三國志·魏志·王肅傳》："冬者歲之餘，夜者日之餘，陰雨者時之餘也。"後以"三餘"泛指空閒時間。

其　九

當時無醉人，莊周幻於道。栩栩化爲形，粉褪蝶顔老。至人飲至理，桄榔樹先槁[1]。長公與彭澤，俱是不爲好。老陶出一頭，五柳終懷寶。若使在荆州，醉裹笑劉表[2]。

【校注】

〔1〕桄榔：木名。常緑喬木，果實可釀酒。

〔2〕劉表：字景昇。漢獻帝初平元年（190）任荆州刺史。好酒，爲三爵，大曰伯雅，受七升；中曰中雅，受六升；小曰季雅，受五升。但有好酒量却没有好兒子。胡冲《吴歷》："公見舟船器杖軍伍整肅，喟然嘆曰：'生子當如孫仲謀，劉景昇兒子若豚犬耳！'"

其　十

晋宋兩夫子，安云不識時。蘇難堅遠志，陶耻小草爲[1]。即與五斗粟，長揖請奉辭。輸却雪堂翁，詩思却在兹[2]。嶺上多閑雲，朝雲時嗔之[3]。

【校注】

〔1〕遠志、小草：中藥遠志苗别名小草。劉義慶《世説新語·排調》："謝公始有東山之志，後嚴命屢臻，勢不獲已，始就桓公司馬。於時人有餉桓公藥草，中有遠志。公取以問謝：'此藥又名小草，何一物而有二稱？'謝未即答。時有郝隆在坐，應聲答曰：'此甚易解，處則爲遠志，出則爲小草。'謝甚有愧色。桓公目謝而笑曰：'郝參軍此過乃不惡，亦極有會。'"後以小草喻平庸。亦含雖懷遠志而遭際不遇之慨。

〔2〕雪堂翁：蘇軾被貶黄州時，寓居臨皋亭，建"雪堂"，故址在今湖北黄岡市東。

〔3〕閑雲：悠然飄浮的雲。朝雲：早晨之雲，又蘇軾之妾名。

其十一

吾結羲皇室，高吟雅與風。嚴門戒堂吏，俗簡莫頻通〔1〕。乘醉略冠履，探園把雕弓。日晡興方闌，酯魂滿長空〔2〕。

【校注】

〔1〕堂吏：唐宋時中書省的辦事吏員。此指守門之吏，門下辦事之人。底本作"堂史"，誤。俗簡：一般人的名帖。

〔2〕酯魂：酒的氣味。

其十二

天爵有良貴，趙孟何足侈〔1〕。美言訓兒孫，唯酒莫似己。一事而不知，足爲儒者耻。騷雅著滿門，文翁歸錦里〔2〕。老鐵不煩苛，觴政有綱紀。貪盈造化厭，終身足不止。偶得醉醒趣，空杯亦自喜。

嚴平子評：前數首傲睨絮瑣，攲側横斜，極得醉中真趣矣。至於末章忽然正襟而談，亦是醉中必有之境，妙！妙！

【校注】

〔1〕趙孟：指春秋時晋臣趙盾及其後代趙武、趙鞅、趙無恤。趙氏世代執掌晋國朝政，顯貴無比。《孟子·告子上》："趙孟之所貴，趙孟能賤之。"楊伯峻注："晋國正卿趙盾字孟，因而其子孫都稱趙孟。"

〔2〕文翁：名黨，字仲翁，廬江舒人，西漢循吏。漢景帝末年爲蜀郡守，興教育、舉賢能、修水利，政績卓著。錦里：即成都。

架上緑水娘作軟語以鏡對之更覺嫵媚因限韻賦之[1]

譜出霓裳娱太真，堪憐弄舌架頭新。隔簾窺色嬌偏甚，映水呼名態較親。衿染鴨頭元楚楚，音調鳳管自申申。鏡中偶影聊相語，莫學孤鸞倍慘人[2]。

【校注】

〔1〕緑水娘：八哥或鸚鵡的一種。軟語：柔和而委婉的話語。

〔2〕孤鸞：孤單的鸞鳥。比喻失偶或没有配偶的人。亦用以比喻高人隱士。

馬詩三首

舜子畜一果下馬[1]，便於定省[2]，字之曰烏彩履。孫炳亦畜一馬，字之曰墨玉船。各以其毛辨，老夫喜而同和長吉[3]。

其一

緑楊覆錦道，練雀透衣香[4]。何物拳毛駿，偏能識李王[5]。

【校注】

〔1〕果下馬：一種矮小的馬。因乘之可行於果樹下，故名。

〔2〕定省：子女早晚向親長問安。

〔3〕長吉：李賀字。李賀有《馬詩》二十三首。

〔4〕練雀：官服上綉練雀爲飾，亦有練雀形玉珮。

〔5〕拳毛騤：即拳毛騧，駿馬名。《金石録》："太宗六馬，其一曰拳毛騧，黄馬黑喙。"李王：李世民最終爲帝王。

其　二

從權借明公，鼎足屬太宗[1]。一作雙不借，一作布帆風[2]。

【校注】

〔1〕明公：舊時對有名位者的尊稱。

〔2〕不借：草鞋。絲制者稱履，麻制者稱不借。布帆風：《晋書·顧愷之傳》："(殷)仲堪在荆州，愷之嘗因假還，仲勘特以布帆借之，至破塚，真破塚而出，遭風大敗。愷之與仲堪箋曰：'地名破塚，真破塚而出。行人安穩，布帆無恙。'"後以"布帆風"喻旅途平安。

其　三

夸我把竹仙，旋毛寸寸煙[1]。都城千里駒，渥窪别一天。

【校注】

〔1〕竹仙：竹批雙耳。古代《相馬經》稱良馬的雙耳爲"耳如削竹"。李賀《馬詩》十二："批竹初攢耳，桃花未上身。"旋毛：聚生作旋渦狀的毛。伯樂《相馬法》："旋毛在腹下如乳者，千里馬。"李賀《馬詩》十八："伯樂向前看，旋毛在腹間。"

汗血歌

午日前[1]，諸公作艷詩，後三日獨坐齋中，炳孫自館中歸[2]，向老人曰："前日美人詩，當推吾祖獨步，吾公或追踪耳。"乃不禁狂喜，曰："稚子一片雄心，自當磨墨盾上耳[3]。"因作汗血歌。

鞭石不行不鬱蓊，掃雲不走不瞳朧[4]。披覽此畫月如弓，稚兒寶鷄何英雄[5]。天馬來，白如雪，皓皓張膽食生鐵，駒生駒兮皆汗血。祖錦心，父綉口，汝今便能跳且吼。祖胡盧[6]，父拍手，呼童勸酌田家酒。吾萬事，足便足，祖宗功德不用卜。汝父作祖我作曾，行看十年汝引犢。

嚴平子評：人生樂事安得此，三代詩人一堂裏。年當八旬思抱孫，君如作與我喜戲成。

【校注】

〔1〕午日：端午日或干支逢午的日子。

〔2〕炳孫：田炳如。田甘霖長孫。

〔3〕磨墨盾上：指在盾鼻（盾的把手）上磨墨。《資治通鑒·梁武帝太清元年》："(荀濟）與上有布衣之舊，知上有大志，然負氣不服，常謂人曰：'會於盾鼻上磨墨檄之。'"此指立即磨墨寫《汗血歌》。

〔4〕瞳朧：不明貌。

〔5〕寶鷄：傳説中的神鷄。謂得之可成霸王之業。

〔6〕胡盧：喉間的笑聲。陸游《書感》："成敗只堪三太息，是非終付一胡盧。"

後汗血歌

舜子闢園栽竹，與孫日役役其間[1]。老夫登樓，喜而眺之，復作汗血歌一闋，因題爲種德園。

新來氣象何鬱葱，平地轉睫蔭朦朧[2]。甃石异土兒顔紅，吾孫覓桃氣更雄。孫紫騮，兒白雪，皎皎錚錚悦老鐵，何物産此真汗血。吾少年，多橫口〔3〕，落地便學獅子吼。擊唾壺，手撫手，長歌汗血斟玉斗〔4〕。酒不酣，萬事足，世世種德何用卜。有兒類父孫類祖，免學昔賢嘆虎犢。

【校注】

〔1〕役役：勞苦不息貌。《莊子·齊物論》："終身役役，而不見其成功。"

〔2〕平地：猶言突然。朦朧：模糊，不分明貌。

〔3〕橫口：猶隨口，信口。

〔4〕玉斗：玉制的酒器。

立秋前二日兒子舜定於篔簹谷避暑喜成

立秋雨奇妙，不停亦堪賞。高秒占先機，聯靡發清饗〔1〕。有時默然裏，仰面貪著想。龍子與龍孫，個個沾明晃。即此見才諝，於理悟靜養〔2〕。造化從人補，切戒乎鹵莽〔3〕。

【校注】

〔1〕秒：《説文·禾部》："秒，禾芒也。"靡：風吹草偃貌。饗：通"響"。

〔2〕才諝：才智，才識。

〔3〕鹵莽：同"魯莽"。

大拙和尚有去志作詩留之〔1〕

道既云從東，何緣又西向。鼓笛露春風，立雪心頭暢〔2〕。名山藏自隱，此間有善藏〔3〕。莫厭老書生，且放生藜杖。

【校注】

〔1〕大拙和尚：生平不詳。

〔2〕立雪：禪宗二祖慧可爲求其師達摩廣度衆生而徹夜堅立大雪中，及曉，積雪過膝，師甚感動。事見《景德傳燈録·慧可大師》。後遂以“立雪”爲僧人精誠求法的典故。

〔3〕藏（zàng）：佛教經藏。

追感詩

安居忽憶毛廓庵少司馬，援余於危險中，情深意重。猶記當年與予書云：“越石在困，有愧解驂〔1〕。每念及，令人泚汗如雨。昨已力言及當事，幸其已有善意，不久當自脱穎而出，正不必抱角烏之感耳〔2〕，珍重，珍重。”嗟乎！此道令人棄如土矣〔3〕。予安能忘者？久無聞問，因成此詩。

幾度思君歌楚蘭，自慚未報劍横看。窮途寬慰言重耳，岐路娱心説阿瞞〔4〕。淫雨夜行燭焰朗，生霜炎月眼光寒。知君即在烏臺上，馬角烏頭一樣觀〔5〕。

嚴平子評：詩有還韻。

【校注】

〔1〕解驂：春秋時越石父有賢名，困獄中，晏嬰解左驂贖之，延爲上賓。

〔2〕角烏：馬角烏頭。即詩引中的“角烏之感”。《史記·刺客列傳》：“世言荆柯，其稱太子丹之命，‘天雨粟，馬生角’也。”司馬貞索隱：“燕丹求歸，秦王曰：‘烏頭白，馬生角，乃許耳。’”比喻不可能實現的事。

〔3〕令，疑爲“今”之譌。

〔4〕重耳：春秋晋文公名。爲公子時，父獻公立幼子奚齊爲太子，他出奔在外十九年，後在秦穆公幫助下成爲晉君。阿瞞：曹操小名。其兵敗赤壁、華

容逃命、割鬚棄袍等故事，均可作談笑之資。

〔5〕烏臺：御史臺。烏頭，底本作“鳥頭”，誤抄。

附毛廓庵和詩

却思馬角烏頭事，久作魚龍抵戲看〔1〕。轉眼恩仇誰更在，催人歲月自相瞞。歸鄉擬逐桑榆暖，遭世方知松柏寒。幾欲拿拿行采藥，八峰雲石静中觀〔2〕。

【校注】

〔1〕魚龍：古代百戲雜要節目。全稱“魚龍曼延”。抵戲：角抵戲。借指雜技樂。亦謂較量技藝。杜甫《能畫》詩：“政化平如水，皇恩斷若神，時時用抵戲，亦未雜風塵。”楊倫箋注：“《漢武帝紀》：‘元封二年，作角抵戲，三百里内皆來觀。’”

〔2〕拿拿：握持。謂拿定主意。二字叠用，表語氣加重。

過文鐵庵先生舊寓署地有懷二首

曾經道者履〔1〕，草木盡知名。親舍白雲在〔2〕，緑堂棘草横〔3〕。兇徒何鹵莽，奴僕借恩榮。先生曾撫諸寇，寓署亦係王寇所焜〔4〕。回首追談笑，勞歌望峽生〔5〕。

【校注】

〔1〕道者：得道之人。

〔2〕親舍白雲：即“白雲親舍”。見《舊唐書・狄仁傑傳》。

〔3〕緑堂：裴度的别墅稱緑野堂，故址在今河南洛陽市南。

〔4〕王寇：或指“川東十三家”之一的王光興部。（句爲詩人自注）

〔5〕勞歌：憂傷、惜别之歌。

其　二

記得先生語，兇殘衆所驕。衮衣何歲別，月窟一亭燒[1]。憶舊懷魚素，書空作洛招[2]。年年徒自憾，遺迹話漁樵。

【校注】

〔1〕月窟：傳説月的歸宿處。也許是形容焚燒文安之寓署時火光衝天，勢入月窟。岑參《熱海行送崔侍御還京》詩：“陰火潛燒天地爐，何事偏烘西一隅。勢入月窟侵太白，氣連赤阪通單於。”

〔2〕魚素：指書信。“憶舊”兩句：蔡伸《風流子》：“洛浦音容遠，書空漫惆悵。”爲詩人所化用。洛招：洛水招魂。或疑爲“洛怊”之誤。

古詩壽施南覃使君二首[1]

荼蘼放後流鶯囀，中有幽人丹如面[2]。折花漬酒進霞觴，紫氣繽紛滿春院[3]。多齡多富君自饒，何勞菊水飲酈縣[4]。十二金釵誰爲最，疊疊從今翔玉燕[5]。

【校注】

〔1〕古詩：即“古體詩”。爲近體詩形成以前，除楚辭體外各種詩體的通稱。

〔2〕荼蘼：植物名。亦作“酴醿”。落葉灌木，初夏開黄白色花朵。

〔3〕折花漬酒：折荼蘼花泡酒。霞觴：盛滿美酒的酒杯。

〔4〕菊水：《藝文類聚·風俗通》：“南陽酈縣有甘谷……谷中有三十餘家，不復穿井，悉飲此水。上壽者百二三十，中百餘，下七八十者，名之大夭。菊華輕身益氣故也。”

〔5〕玉燕：釵名。《洞冥記》卷二：“神女留玉釵以贈帝，帝以贈趙婕妤。至昭帝元鳳中，宫人猶見此釵。黄淋欲之，明日示之，既發匣，有玉燕飛昇上

天。後宫人學做此釵，因名玉燕釵，言吉祥也。”

其　二

疊疊從今翔玉燕，金釵輪盞亦君面。忍寒難盡美人貽，且將半臂藏深院〔1〕。直待汾陽頷之耳，甲子何需計絳縣〔2〕。爲公預意綉褓中，啼聲嘹若百舌囀。

嚴平子評：二首奇格雅調，可以滌人陳悶，簡遠處脱壽氣。

【校注】

〔1〕“忍寒”二句：用宋祁半臂忍寒典。魏泰《東軒筆録》卷十五：“（宋祁）多内寵，後庭曳羅綺者甚衆。嘗宴於錦江，偶微寒，命取半臂，諸婢各取一枚，凡十餘枚皆至。子京（宋祁）茫然，恐有厚薄之嫌，竟不敢服，忍冷而歸。”半臂：又稱半袖，形制或似衫而去其長袖，漢代已流行。

〔2〕“直待”句：《舊唐書·郭子儀傳》：“（郭子儀）諸孫數十人，每群孫問安，不盡辨，頷之而已。”頷，點頭。絳縣：絳縣老人。《左傳》襄公三十年：“（絳縣老人）曰：‘臣，小人也，不知紀年。臣生之歲，正月甲子朔，四百有四十五甲子矣，其季於今三之一也。’吏走問諸朝，師曠曰：‘……七十三年矣。’”後因以指高壽。

蒲節用雪齋韻二首

童顔驚滿座，長命縷從新。可識餐蒲客，無非樹蕙人〔1〕。經傳三世學，句重十朋珍。且把丸泥固，心娱拔宅均〔2〕。

【校注】

〔1〕餐蒲客：秦末出世高士鄭安期，山東琅琊人。曾向項羽獻策未被采用，又不受項羽厚封而飄然南下，至廣州白雲山采藥濟世。一日，他攀岩越澗尋找可治瘟疫的九節菖蒲，不慎從雲岩跌下而逝，民間傳其乘鶴飛昇，建鄭仙廟以

拜祭。

〔2〕丸泥：劉向《列仙傳·方回》："方回者，堯時隱人也……爲人所劫，閉之室中，從求道，回化而得去，更以方印掩封其户。時人言，得（方）回一丸泥塗門户，終不可開。"後用爲歸隱的典實。此處似還有守心之意。拔宅：修道之人全家同飛昇。《太平廣記》卷十四引《十二真君傳·許真君》："真君（許遜）以東晋孝武帝太康二年八月一日，於洪州西山，舉家四十二口，拔宅上昇而去。"

其　二

莫問釵頭事，英雄换馬時〔1〕。榴燃開笑靨，蒲劍逞狂姿。老有終童志，慚無孺子奇〔2〕。波心看掇採，暫話眼中私〔3〕。

【校注】

〔1〕"莫問"兩句：《异聞集》載，酒徒鮑生多蓄聲妓，外弟韋生好乘駿馬，各求所好。一日相遇，兩易所好。

〔2〕終童志：終軍。西漢濟南人，十八歲被選爲博士弟子，上書評論國事。武帝任爲謁者給事中，遷諫大夫。後自請出使南越，表示"願受長纓，必羈南越王而致之闕下"，最後被殺。死時年僅二十餘歲，時稱"終童"。孺子：指徐穉，東漢隱士，與陳蕃友善。

〔3〕掇採：選取，搜集。《隋書·誠節傳序》："故掇採所聞，爲《誠節傳》。"暫話，底本譌作"暫活"。

白珩兄得家中吉報二絶見示步韻

鶯遷蟄伏兩爲全，始信經烽又歷年〔1〕。洞裏不須問甲子，平安相報即堯天。

【校注】

〔1〕鶯遷：《詩·小雅·伐木》："伐木丁丁，鳥鳴嚶嚶。出自幽谷，遷于喬木。"後以指登第，或爲昇擢、遷居的頌詞。蠖伏：如尺蠖之屈伏。比喻人不得志。

其　二

剛於崖畔别烽烟，又憶湖頭穩卧眠。鄉曲已行墾草令，巢由何用買山錢〔1〕。

【校注】

〔1〕墾草令：開墾荒地的法令。《商君書·更法》："於是遂出墾草令。"巢由：巢父和許由的並稱。相傳爲堯時隱士。買山錢：爲隱居而購買山林所需的錢。

宋仕仁初度社中贈以詩和詩贈之〔1〕

出門遂有八峰雲，囊攓供來地主勤〔2〕。幸際榴花元壽聖，却逢竹醉後觴君〔3〕。只因不愛烟霞物，竟使難成寫照文。覓得無多入阿堵，冠軍已定自張軍〔4〕。

嚴平子評：大蘇有攓雲之作，足爲清供，豈宋子不愛耶！初日芙蓉，自然可愛。

【校注】

〔1〕宋仕仁：生平不詳。

〔2〕囊攓（jiǎn）：蘇軾《〈攓雲篇〉引》："余自城中還道中，雲氣自山中來，如群馬奔突，以手掇開，籠收其中。歸家，雲盈籠，開而放之，作《攓雲篇》。"

〔3〕幸際：《漢書·高帝紀下》："願大王以幸天下。"顔師古注："福喜

之事，皆稱爲幸。”際，適逢其時。竹醉：即“竹醉日”。《岳陽風土記》：“五月十三日謂之龍生日，可種竹。”《齊民要術》：“所謂竹醉日也。”

〔4〕阿堵：猶這。張軍：張揚軍聲。

咏瑞蓮三首一花紅白各半，次友人韻

其　一

奇葩何所似，邢尹共由房〔1〕。不以同居妒，恣成别様妝。珠連將互照，風舞合牽裳。一朵雙姿現，群花襯亦芳。

【校注】

〔1〕邢尹：漢武帝同時寵倖邢夫人和尹夫人，不令二人相見。尹請求見邢，帝許之，見後乃低頭而泣，自痛其不如也。後以“邢尹”謂互相嫉妒、避而不見，此處反用其意。底本作“刑尹”，誤。共：一起。手鈔本作“其”，恐誤。由房：謂用房中的音樂娱樂。《詩·王風·君子陽陽》：“君子陽陽，左執簧，右招我由房，其樂只且。”毛傳：“由，用也。國君有房中之樂。”鄭玄箋：“由，從也。君子禄仕在樂官，左手持笙，右手招我，欲使我從之於房中，俱在樂官也。”

其　二

比肩文質具，勿俾寵專房〔1〕。造化無心揀，淺深隨意妝。二喬歡共語，雙趙色分裳〔2〕。宛在中央矣，傾宫捧一芳〔3〕。

【校注】

〔1〕勿俾：勿使。

〔2〕二喬：即“二橋”。三國時橋公的兩個女兒，大橋嫁孫策，小橋嫁周瑜。後世傳“二橋”爲漢太尉喬玄之女，稱爲“二喬”。雙趙：漢成帝皇后趙飛

燕與妹趙合德。

〔3〕捧：奉承，捧場。底本作“棒”，誤。

其　三

並蒂雖云瑞，何如共一房。呈身皆國色，識面兩宮妝。不讓石華袖，寧卑白練裳[1]。影分形未別，尤物占孤芳[2]。

嚴平子評：氣出言外，渾然無涯。

【校注】

〔1〕石華：介類。附生於海中石上，殼如牡蠣而大，可作裝飾物。

〔2〕影分形未別，底本作“形分影未別”，不協律，疑抄誤。

友人作催雨詩依韻更作望雨篇

匝月黄塵蜚郊藪，何日何人不望雨。昔時雲漢有詩傳，今祈天澤亦詩取。哀吟欲取動神聽，歡舞方能御田祖[1]。龍湫瓶罐亦頻偷，其奈神物如盲瞽。想古隨車能潤物，傷今編户將懸釜[2]。恒望祝融收火旗，尤怪豐隆擊雷鼓[3]。世間萬物賴滋生，涸竭何民共九五[4]。山頭玉女不披衣，廷際商羊偏懶舞[5]。無計欲沾河畔澤，不暇先布潮頭弩[6]。倘得及時隨願至，萬寶醴盈真玉乳[7]。漫擬蘇髯賦歌謡，盡教滄海爲桑土[8]。

【校注】

〔1〕田祖：古代祭祀的農神。《詩·小雅·甫田》：“琴瑟擊鼓，以御田祖。”孔穎達疏：“以迎田祖先嗇之神而祭之。”

〔2〕隨車：隨車雨。《後漢書·鄭弘傳》：“政有仁惠，民稱蘇息。”李賢注：“謝承書曰：‘弘消息繇賦，政不煩苛。行春天旱，隨車致雨。’”後以“隨車雨”比喻加惠人民的好事或良吏。

〔3〕豐隆：古神話中的雲神。一説雷神。《離騷》：“吾令豐隆乘雲兮，求

宓妃之所在。”王逸注：“豐隆，雲師，一曰雷師。”

〔4〕共：古同“拱”。《論語·爲政》：“譬如北辰，居其所，而衆星共之。”九五：《易·乾》：“九五，飛龍在天，利見大人。”孔穎達疏：“言九五陽氣盛至於天……猶若聖人有龍德，飛騰而居天位。”後因以“九五”指帝位。

〔5〕商羊：傳説中的鳥名。《論衡·變動》：“商羊者，知雨之物也。天且雨，屈其一足起舞矣。”

〔6〕潮頭弩：相傳五代時吴越王錢鏐，在位時曾徵發民工修建錢塘江海塘，但錢塘潮神作對，尚未竣工時，潮水汹涌而至，眼看塘堤將毁於一旦。錢鏐與五百軍士急取弓箭，連發三千箭，將潮水射退。

〔7〕萬寶：萬物。醴盈：充滿甜美的雨水。《爾雅·釋四時》：“甘雨時降，萬物以嘉，謂之醴泉。”

〔8〕“漫擬”二句：蘇軾《送喬仝寄賀君六首》其二：“不驚渤海桑田變，來看龜蒙漏澤春。”蘇髯，蘇軾。

壽雪齋

歲歲黄金燦滿枝，吾師正比羡門期〔1〕。慚非南國風人句，莫獻東家作者詞。阿弟長吟添百福，孫兒學拜奉雙卮。更容猶子華封數，三代門生三祝奇〔2〕。

嚴平子評：極真率處，是極新奇處。

【校注】

〔1〕羡門：羡門子高，傳説中得道仙人。句意謂與仙人比壽。

〔2〕猶子：侄子。華封、三祝：華封三祝。祝頌之辭。《莊子·天地》：“堯觀乎華。華封人曰：‘嘻，聖人！請祝聖人壽……聖人富……聖人多男子。’”

松山懷文鐵庵先生長律時公因忤秦、孫，幾爲所害。旋以計脱，由黔出蜀

中心怫鬱倚新亭，拂淚含情不易醒[1]。裹足願同天下士，仰頭時望極旁星[2]。奮椎還欲摧秦焰，垂翅何堪渡楚汀[3]。相逐鷗波隨上下，思騎鶴背轉飄零。龍鍾裴相臨三鎮，真率温公已六齡[4]。我眼年枯如夸父，時時但願日輪停[5]。

嚴平子評：其調悠揚，其音悽切。

【校注】

〔1〕新亭：參《送文鐵庵往施州》注〔2〕。

〔2〕裹足：停步不前。李斯《諫逐客書》："使天下士，退而不敢西向，裹足不入秦。"

〔3〕奮椎：漢張良祖與父相繼爲韓國五世相。秦滅韓後，他圖謀恢復，結交刺客，在博浪沙狙擊秦始皇未中。

〔4〕裴相：裴度。唐代名相。元和十二年（817），以宰相兼淮西監慰處置使，充彰義軍節度使，督師進討淮西，破蔡州，擒吴元濟。三鎮：指唐河朔三鎮，即范陽、成德、魏博三個藩鎮割據勢力。真率温公：司馬光。北宋大臣。爲相八個月病死，追封温國公。稱司馬温公。熙寧四年（1071），罷政退居洛陽，常與故老游集，相約酒不過五行，食不過五味，號真率會。

〔5〕夸父：神話人物。他立志追趕太陽，趕上太陽時，感到焦渴，便喝幹了黄、渭兩河的水，仍感不足，終於渴死。遺下的杖化爲"鄧林"。

柬伍趾𡸣先生[1]

世事勿勞問，殷勤致所知。君心唯愛柳，余意或同葵[2]。懸榻非新意，綈袍有舊期[3]。休言南北异，憑寄兩相思。

【校注】

〔1〕巋，底本譌作“薜”，見田玄《送伍趾巋往添平》注〔1〕。

〔2〕同葵：猶葵心。葵花嚮日而傾，比喻向往渴慕之情。元稹《有酒》詩之四：“葵心傾兮何向，松影直而孰明。”

〔3〕綈袍：戰國時范雎先事魏中大夫須賈，遭其毁謗，笞辱幾死。後逃秦改名張禄，仕秦爲相，權勢顯赫。魏聞秦將東伐，命須賈使秦，范雎喬裝，敝衣往見。須賈不知，憐其寒而贈一綈袍。迨後知雎即秦相張禄，乃惶恐請罪。雎以賈尚有贈袍念舊之情，終寬釋之。見《史記·范雎蔡澤列傳》。後多用爲眷念舊情之典。

寄白珩兄

同君十載卧東山，君去孱陵我獨寒[1]。自喜一身猶謝杖，遥知兩膝欲成磻[2]。無才第學青門老，有識期要白社歡[3]。書事欲傾心底憾，潯陽愁積上眉端[4]。

嚴平子評：鏈琢處無限意致。

【校注】

〔1〕孱陵：古地名。即今公安一帶。

〔2〕謝杖：不用拐杖。底本作“謝枝”，誤。兩膝欲成磻：《史記齊太公世家》：“以漁釣奸周西伯。”張守節正義引酈道元：“東南隅有石室，蓋太公所居也。水次有磻石可釣處，即太公垂釣之所。其投竿跪餌，兩膝遺跡猶存，是有磻磎之稱也。”

〔3〕青門：漢初，故秦東陵侯召平種瓜於長安城東青門，味甜美。阮籍《咏懷》詩：“昔聞東陵瓜，近在青門外。”要（yāo）：相約，締結。白社：白蓮社。東晋慧遠於盧山東林寺，與人結社修佛，誓願共往生净土，又掘池植白蓮，稱白蓮社。

〔4〕潯陽愁積：白居易《琵琶行》詩中抒發“長安故倡”的“天涯淪落之

恨”，根本是在抒發自己的“天涯淪落之恨”。

感懷文鐵庵先生

公哭雙雲先兄文章，失去久矣。綠林屢噱[1]，手澤無存。偶於鄰宅拾此瑶篇，讀之泣下。傷公與先大人及小子輩交誼莫比，即往來尺牘湮没何限。是日，又得公寄長兄手書，所言在白帝城與楚藩争自立事也[2]。此等關係大事，千里之外，公必往返商之，則公之期兄又可知也。兩紙同日不期而得，感慨交集，爰筆賦此。

昔云情交淡如水，孤情獨許衆莫與。當時誰識生死要，尚論方知嘆莫已。公當先皇蠱上九，先子寵榮亦誰似[3]。中原失鹿公歸省，臨亂飄然溯江汜[4]。余家婁世作文翁，望氣占星迎至止[5]。一唱三和皆國愁，公亦垂綸遠虎兕。先子勉公無高卧，恐負蒼生望孔邇[6]。瑞氣還蜚舊楚西，遺老仍作鹽梅委[7]。公始出山先子疾，還轅臨視竟不起。誓江長欲拯横流，一哀碧血載公史[8]。寧知銅馬復猖狂，丸泥安得封洞壘[9]。秦煙三月盡蜚灰，藏之名山盡虚語。伯兄克荷不忘韓，公亦期之爲中砥[10]。手疏頻頻計國事，嗤他僭竊子陽比[11]。兄亡只隔兩星霜，公猶遠道寄哀誄。先賢所痛人云亡，可憐邦國疇爲美。余家猶賴有金仲，公竟泛宅何所指[12]。展讀憂家復憂公，當今東海誰投止[13]。咏諷一字一辛酸，何爲人事徒爾爾。

嚴平子評：纏綿愴惻，似有悲風颯颯行楮間。

【校注】

〔1〕綠林：土匪。此亦指李自成張獻忠餘部。噱（jué）：大笑，此當指綠林嘯聚，勢焰猖狂。義。或是“噳（yù）”之誤，群獸相聚貌。又或是“據”之誤，占據。

〔2〕楚藩：觀句意應是與“夔東十三家”争論脱離南明政權而自立爲王的

事。詩中“僭竊”一説當指此。

〔3〕蠱上九：蠱，六十四卦之一。《易·蠱》象曰：“山下有風，蠱，君子以振民育德。”《易·乾》：“上九，亢龍，有悔。”《文言》釋曰：“貴而無位，高而無名，賢人在下位而無輔，是以動而有悔也。”

〔4〕江汜（sì）：江邊。

〔5〕婁：假借爲屢，多次。望氣占星：中國古代方士的占候術與占星術。

〔6〕孔邇：甚近。《詩·周南》：“雖則如毁，父母孔邇。”《孔傳》：“孔，甚；邇，近也。”

〔7〕鹽梅：《書·説命下》：“若作和羹，惟爾鹽梅。”殷高宗命傅説作相之辭。鹽味咸，梅味酸，爲調味所須，比喻傅説是國家所需要的人。後因用來贊美作宰相的人。底本作“鹽枚”，誤。

〔8〕誓江：《晋書·祖逖傳》：“仍將本流徙部曲百餘家渡江，中流擊楫而誓曰：‘祖逖不能清中原而復濟者，有如大江。’”

〔9〕銅馬：銅馬軍。《後漢書·光武帝紀上》：“又别號諸賊銅馬、大彤……各領部曲，衆合數百萬人，所在寇掠。”指新莽末年湖北的起義軍。此指李自成張獻忠的農民起義軍。丸泥：據《東觀漢記》，隗囂將王元説囂曰：“……元請以一丸泥爲大王東封函谷關，此萬世一時也。”

〔10〕克荷（hè）：勝任，擔當。

〔11〕子陽：《後漢書》載：公孫述，字子陽，更始時起兵討宗成、王岑之亂，破之，遂有蜀土，僭立爲帝，都成都，色尚白，改成都郭外舊倉爲白帝倉，築城於魚復，號曰白帝城。述立十二年，爲光武所滅。

〔12〕金仲：不詳。或爲“金印”“金朱”之誤。

〔13〕投止：《後漢書·張儉傳》：“儉得亡命，困迫遁走，望門投止。”錢曄《贈周岐鳳》：“一身作客如張儉，四海何人是孔融。”孔融作過北海相，人稱孔北海。張儉亡命，孔融曾收留過。句中的東海，恐係北海之誤。

松山晚眺

高居輕四顧，松外暮雲浮。樹有洪崖飯，堂如范蠡舟[1]。龍鱗真自矯，鸞嘯孰同悠[2]。面薄東風厚，嚴霜時倒收。

嚴平子評：竟是松山圖。

【校注】

〔1〕洪崖：傳説中的仙人名。陶弘景《真誥》載其於青城山，服食琅琊樹花之後，登仙而去。蔡邕《郭有道林宗碑》："將蹈洪崖之遐迹，紹巢許之絶軌。"

〔2〕龍鱗：此形容松皮斑駁。鸞嘯：即蘇門嘯。參見《晋書·阮籍傳》。

長歌續短歌

長歌勉室人，短歌聊自吐[1]。天荒與地老，疇爲今可古。何忍交遍謫，天實爲之苦。年已過潘生，吾鬢未尚腐[2]。能過長沙岸，石床堪一補[3]。少年心正熱，泣涕莫如雨。

【校注】

〔1〕長歌：放聲高歌。李賀《長歌續短歌》："長歌破衣襟，短歌斷白髮。"

〔2〕潘生：潘岳。其《秋興賦·序》："余春秋三十有二，始見二毛。"

〔3〕長沙岸：或喻賈誼年壽之限。賈誼二十餘歲被文帝召爲博士，昇太中大夫。二十三歲時遭忌，被貶爲長沙王太傅。後被召回長安，爲梁懷王太傅。梁懷王墜馬而死後，賈誼深自歉疚，至三十三歲憂傷而逝。石床：供人坐卧的石制用品。《南史·宋紀上·武帝》："帝素有熱病……坐卧常須冷物。後有人獻石床，寢之，極以爲佳。乃嘆曰：'木床且費，而況石耶！'即令毀之。"

悲哉行

夏雲仲兄以先大人《意筆》《草笠浦》二集，命甘鈔録。甘因搜先長兄雙雲遺稿附編，存者無幾。蓋甘童子時尚能多記，今則憶少忘多矣。不禁愴懷，作悲哉行。

子明悲良友，京兆發緘書〔1〕。一閲老蘇集，安得不欷歔〔2〕。因思作者富，大蘇應有餘。忙忙探遺篋，十已九成疏。翻腸索耳受，腸枯實疑虚〔3〕。豈□富他帙，深山無蠹魚〔4〕。玄風石易暢，解易獨成車〔5〕。嗟已乎，郭象誰云美，隱茫自絶倫〔6〕。天不平，地不平。悲哉！悲哉！子雲有作死無文。不惟同氣應如焚，夜臺識氣也相嗔。

嚴平子評：所謂孝友之言，自然風雅也。

【校注】

〔1〕子明：舊傳陵陽子明釣得白龍，拜而放之。後三年，龍迎子明上陵陽山。後百餘年，山去地千餘丈，大呼下人令上山半，告言："溪中子安當來問，子明釣車在否？"後二十餘年，子安死，葬山下，有黄鶴棲其冢樹，鳴呼子安。見劉向《列仙傳·陵陽子明》。後以爲緬懷之詞。京兆：借"京兆田郎"之典喻夏雲（田既霖）兄。

〔2〕老蘇：蘇軾父蘇洵。此指田玄。北宋蘇洵與子蘇軾、蘇轍合稱"三蘇"，洵稱老蘇，軾稱大蘇，轍稱小蘇。

〔3〕疑虚，底本作"虚疑"，不押韻。

〔4〕□，底本缺，觀句意，似爲"能"字。

〔5〕玄風：謂道家清虚無爲思想。石，疑爲"實"字抄譌。成車：謂著述之豐。

〔6〕郭象：西晋玄學家，官至黄門侍郎、太傅主簿。好老莊，善玄談，著《莊子注》《論語隱》等。

夏日過先兄雙雲鏡池閣

久不至鏡池，偶步園中，桔花荷香，景物與疇昔無殊。撫兹成痛，因賦短章。

嘉樹何曾异，朱華仍昔開[1]。謝公時自悵，賀監已成乖[2]。對景愁高侶，微吟動古哀。蓬門絶馬迹，不忍尚頻來[3]。

嚴平子評：存亡之感，往往情深。

【校注】

〔1〕嘉樹：對橘樹的美稱。《楚辭・九章・橘頌》："后皇嘉材，橘徠服兮。"朱華：此指荷花。曹植《公宴》："秋蘭被長坂，朱華冒緑池。"

〔2〕謝公：謝公扶病。《晋書・謝安傳》："安雖受朝寄，然東山之志始末不渝，每形於言色。及鎮新城，盡室而行，造泛海之裝，欲須經略初定，自江道還東。雅志未就，遂遇病篤。"謂不能隱居，未遂素志。賀監：賀知章。官秘書監，自號"四明狂客"。天寶三載，因病恍惚，告老還鄉爲道士，求周宫湖數頃爲放生之所。詔許之，賜鏡湖一曲。詩人或由此産生鏡湖與鏡池的聯想。

忠溪雜咏四首[1]

漁人消息幾年迷，養定何妨等氣泥[2]。彭澤心情歸五柳，蘇公醉醒問諸黎[3]。滔滔幸免儒冠誤，得得還將穡事稽[4]。學圃學農安所就，欲將愚字换忠溪。

【校注】

〔1〕忠溪：在鶴峰芭蕉河上游的天泉寨下。

〔2〕漁人：指《桃花源記》中那個進入世外桃源的漁郎。氣泥：隨順之物。

〔3〕"蘇公"句：諸黎，黎族，多居於海南島。古稱其聚居之地爲黎母國。

蘇試曾貶居昌化軍（今海南儋州）。

〔4〕滔滔：比喻言行之連續。穡事：農事。底本作“樯事”，誤。

其　二

不愛奔競各奏能，一溪雲水在家僧[1]。草亭未許探奇字，宗旨還憑説上乘[2]。已任馬牛隨世唤，寧藏面目免人憎[3]。少年萬斛愁分半，日逐村醪減數升。

【校注】

〔1〕在家僧：特指黄庭堅。戲稱持戒謹嚴的佛教居士。黄庭堅《謝楊履道送銀茄》詩之三：“戎州夏畦少蔬供，感君來飯在家僧。”許尹注：“《集福德三昧經》曰：‘若有菩薩作是三昧，雖在家，當説是人名爲出家。’山谷持律頗嚴，故自謂在家僧。”

〔2〕上乘：佛教語。即大乘。比喻能運載衆生到達解脱彼岸的種種教法。

〔3〕馬牛：牛馬走。謂像牛馬般奔波勞碌。李宣遠《近無西耗》：“自憐牛馬走，未識犬羊心。”

其　三

翛然七尺自爲身，頭上空存漉酒巾。藤杖迎風詳鳥語，荷裳臨水玩魚鱗[1]。成行兒女悲衣敝，研老詩書得趣新。斗酒能消家國憾，阮家猶自不全貧。

【校注】

〔1〕荷裳：語本《楚辭·離騒》：“製芰荷以爲衣兮，集芙蓉以爲裳。”指人之高潔。

其　四

心閑何必事鉛華，落井時看水底花。鬼責已無天自樂，霜毛猶緩歲相加[1]。資身漫欲謀農事，習静全堪長道芽[2]。不忍分陰隨意過，服勞何處是王家[3]。

嚴平子評：深遠處，渾是錢劉一派。

【校注】

〔1〕鬼責：鬼神的斥責懲罰。《莊子·天道》："故知天樂者，無天怨，無人非，無物累，無鬼責。"

〔2〕道芽：疑作"道牙"。指佛牙。相傳釋迦圓寂後留下四顆佛牙。後用來比喻修道之功。金獻貞《海東故神行禪師碑》："灌法水於神器，長道牙於心田。"

〔3〕王家：王侯之家。

斗室與珠濤兄清談信宿兄去悵然余復往看喜而賦此

余生不喜務安居，一榻懸來亦自舒[1]。司馬未多迂覽趣，子公復少結交書[2]。但聽娓娓談千古，恍覺蘧蘧遍六虚[3]。况自欲歸歸不得，陶軒吾復架柴車[4]。

【校注】

〔1〕務：勉力從事。《論語·學而》："君子務本。"安居：生活安定。

〔2〕司馬：西漢司馬遷。子公：西漢山陽人陳湯，字子公。元帝時，爲西域副校尉。匈奴郅支單於奴役康居，攻略烏孫、大宛等，威脅西域。他與西域都護甘延壽發兵至康居，攻殺郅支單於。封關内侯。後屢遭免官，廢爲庶人。並徙敦煌、安定等地。結交書：漢成帝時，陳湯爲車騎將軍王音所信用，郡守陳咸多次給陳湯寫信以求"得入帝城"，後竟徵爲少府。事見《漢書·陳咸傳》。

〔3〕蘧蘧：驚動貌。謂無所不足於吾心。《莊子·齊物論》："……俄然覺，則蘧蘧然周也。"底本作"遽遽"，誤。六虚：上下四方。

〔4〕陶軒：或指詩人避居之陶莊，或喻陶淵明景況，陶淵明《歸去來兮》："或命巾車，或棹孤舟。"

溪流感咏十首

其　一

山間溪水流，溪水與石別。時獲石髓嘗，餘年誰能啜。寫憾付海潮，水浸愁肺切。净洗新卷葉，一波一沉滅〔1〕。

【校注】

〔1〕卷葉：未展開的嫩葉。喻細小之物。范成大《耳鳴》詩："一任大千都震吼，便從卷葉證圓通。"

其　二

急景凋年性，波濤信吾友〔1〕。苦無松鱸膾，咄咄書奇偶〔2〕。逝者如斯夫，憐余累八口〔3〕。欲學吹笙者，烟雲此處有〔4〕。

【校注】

〔1〕急景凋年：謂光陰急逝，年歲將盡。

〔2〕松鱸：松江所産的鱸魚。以四鰓著名，肉嫩味美。

〔3〕八口：指一家人。《孟子·梁惠王上》："百畝之田，勿奪其時，八口之家可以無飢矣。"

〔4〕吹笙：喻飲酒。張元幹《浣溪沙》詞題曰："諺以竊嘗爲吹笙云。"

其　三

當石一練白，神工幾千載。挽水洗秦塵，無須資渤澥〔1〕。吾心實如水，痴人笑狂騃[2]。胡然檣陣爲，胡然觀自在。允矣丁都護，英雄自可解[3]。

【校注】

〔1〕秦塵：秦國的灰塵。謂身上尚帶有暴政下的灰塵。

〔2〕騃（ái）：遲鈍，呆板。

〔3〕丁都護：丁都護歌。樂府《吳聲歌曲》名。相傳南朝宋武帝婿徐逵之爲魯軌所殺，由都護丁旿收屍埋葬。逵之妻問所以喪葬之事，每問輒嘆息説："丁都護！"聲甚悽切。後人則制爲《丁都護曲》。現存歌詞六首，與本事多有不合。

其　四

即能窮溪頭，焉能窮溪尾，横帶滿西川，豈盡朝東水[1]。男兒那刺促，反笑爲狂子[2]。何如忠溪流，澄清見根底。

嚴平子評：氣調甚賞。

【校注】

〔1〕横帶：指山間的溪流。

〔2〕刺促：勞碌不休；惶恐不安。

其　五

臨流者誰子，觀水亦有義[1]。溪傍古苔痕，擬作蒼氏字。澗深山鬼多，揶揄時爲祟。如呼祈孔賓，坡老同臭味[2]。石裂青泥出，天老吾亦醉[3]。滔滔者如是，何事非兒戲。

【校注】

〔1〕誰子：何人。楊萬里《春興》："詩成字字梅樣香，却把春風寄誰子。"

〔2〕祈孔賓：《晋書·隱逸傳·祈嘉》："祈嘉，字孔賓，酒泉人也。少清貧，好學。年二十餘，夜忽聞窗外有人呼曰：'祈孔賓，祈孔賓！隱去來，隱去來！修飾人世，甚苦不可諧。所得未毛銖，所喪如山崖。'旦而逃去，西至敦煌，依學官誦書，貧無衣食，爲書生都養以自結。遂博通經傳，精究大義。"蘇軾《石芝》："了然非夢亦非覺，有人夜呼祈孔賓。"

〔3〕青泥：相傳神仙服用的一種泥漿。葛洪《神仙傳·王烈》："石中有一穴口，徑闊尺許，中有青泥流出如髓。烈取泥試丸之……氣如粳米飯，嚼之亦然。"

其　六

松山巍巍，宛在水中央。溪流有聲，澗岡棲鳳凰。有時欲歌欲嘯，尋舊路，回顧林莽，危栗踏石梁。停杯問溪，平生有幾歡。微雲淡雨，且邇人高張〔1〕。

【校注】

〔1〕高張：謂微雲淡雨之美景在人前高高張挂。

其　七

玩溪流，時草聖。好朋友，求性命〔1〕。顔蹠綱，不同令〔2〕。老與稚，誠我性。佩韋弦，水爲證〔3〕。蘭笑人，丘壑盛。諸侯門，下求問。怪我癖，揚雄病〔4〕。

【校注】

〔1〕性命：指朋友間要過命相交。亦指本性。

〔2〕顔蹠綱：顔，顔回。孔子的學生，賢者。蹠，同"跖"，盗跖。春秋時奴隸起義的領袖，叛逆。不同令：不同尊卑貴賤。

〔3〕韋弦：《韓非子·觀行》："西門豹之性急，故佩韋以自緩；董安于之性緩，故佩弦以自急。"韋，熟皮；弦，弓弦。韋求軟韌，弦求緊張，佩帶韋

弦，隨時警戒自己。

〔4〕揚雄病：西漢文學家楊雄因口吃之病，不能劇談。

其　八

臨泮見佳賓，亭亭誰可人。方知造化力，合浦非溪倫[1]。碧翁不虚生，良車必有輪。擲却進賢冠，垂綸帶角巾[2]。

【校注】

〔1〕合浦：古郡名。郡治在今廣西合浦縣東北。以産珍珠著名。

〔2〕進賢冠：古時朝見皇帝的一種禮帽。原爲儒者所戴，唐時百官皆戴用。

其　九

雲從爲風，龍躍於水。蟲沙射人，展矣君子[1]。奮翮能蜚，青蠅難躍[2]。溪愁吾愁，溪樂吾樂。叩彼天工，天没於淵[3]。俯彼青淵，淵高於天。吾非爲摩，亦非逃禪[4]。

【校注】

〔1〕蟲沙：蜮。古代相傳爲一種能含沙射人，致人於病的動物。《詩・小雅・何人斯》："爲鬼爲蜮。"

〔2〕青蠅：《詩・小雅》有此篇名。《詩序》説是周大夫刺幽王之作。《詩》有"營營青蠅，止於樊。豈弟君子，無信讒言"之語，後因以喻讒言小人。陳子昂《宴胡楚真禁所》："青蠅一相點，白璧遂成冤。"

〔3〕叩：探尋。天工：天的職司；自然造成的。

〔4〕摩：切磋。爲摩，或爲"維摩"之譌。

其　十

與流相終始，不駕終南車[1]，再植陶門柳。

嚴平子評：此等作，猶天籟之刁刁調調，非復比竹之響，若以字句求之，則失之遠矣。

【校注】

〔1〕終南車：指“終南捷徑”典。

選佛場詩四首

取溷俗世，多學難酬，因思事理無礙，各有最上一乘，豈得終爲不到岸之頭陀耶？或曰：“子之所遇，亦不遇，且男子生而不聞，不如無生。子且不生於空桑，亦欲作此行徑耶？”余曰：“昔人謂子非魚，安知魚之樂？今亦子非我，安知吾之苦？語不云乎？青岑可浪，碧海可塵[1]。古固有選佛者矣，安得徘徊岐步於色界，不作徹底乾净之頭陀耶？”一言至此，神游五嶽，因爲選佛場詩。

前生定是老頭陀，何事塵沙任逝波。坡老只因名自苦，樂天亦覺戀還多。形逃水鏡人難見，思入風雲倍取磨[2]。八節灘頭猶可續，從今到處覓行窩[3]。

【校注】

〔1〕青岑可浪，碧海可塵：指官場險惡，塵世混濁。袁宏道《宦海風波》：“惟有一段没證見的是非，無形影的風波，青岑可浪，碧海可塵，往往令人躲避不及，逃遁無地，難矣！難矣！”

〔2〕水鏡：猶明鏡。蘇軾《次韻僧潛見贈》：“道人胸中水鏡清，萬象起滅無逃形。”

〔3〕八節灘：在河南洛陽市附近。白居易《開龍門八節灘詩》序：“東都龍門潭之南，有八節灘、九峭石。”行窩：宋人爲接待邵雍，仿其所居安樂窩而建造的居室。後因指可以小住的安適之所。

其　二

豈容道轍議融員，選佛猶難讓謝先〔1〕。百歲三公猶是夭，千秋一局仍疑仙〔2〕。未辭福地將南邁，莫買清風向北眠。試問洪爐一點雪，何堪火舌幾爲煎〔3〕。

【校注】

〔1〕融員：員通“圓”，爲“圓融”之倒裝。佛教術語，意爲融會圓通，無差别境界。讓謝先：猶先讓謝。

〔2〕夭（ǎo）：未成年謂之夭。仍，平聲拗，或爲“乃”之譌。

〔3〕洪爐一點雪：往大火爐裏放入一點雪，傾刻間便會融化蒸發。比喻領悟、接受迅速，思想轉變快。底本作“一點雲”，誤。火舌，底本作“火話”，誤。

其　三

爲僧不復念牛衣，三紀參禪了妄迷〔1〕。詩史無慚司馬後，净因初學講猿啼〔2〕。資糧只愛榮三世，臭腐何能夢一屍〔3〕。冉冉百年機易盡，難將皮袋貯愁悲〔4〕。

嚴平子評：看破一切，又非蔬笋中語。

【校注】

〔1〕牛衣：給牛禦寒用的遮蓋物。《漢書·王章傳》：“初，章爲諸生，學長安，獨與妻居。章疾病，無被，卧牛衣中，與妻决，涕泣。”後以“牛衣對泣”喻夫妻共守貧困。妄迷：暗於事理，虚誕荒謬。

〔2〕講猿啼：猶“猿心”。佛教語。謂躁動散亂之心。

〔3〕夢屍：夢屍得官，古代迷信。《晋書·殷浩傳》：“或問浩曰：‘將莅官而夢棺，將得財而夢糞，何也？’浩曰：‘官本腐臭，故將得官而夢屍；錢本糞土，故將得財而夢穢。’時人以爲名言。”

〔4〕皮袋：臭皮囊。舊時信釋道者厭惡人的肉體，以爲其中藏有涕、痰、糞、尿等污物。

其　四

禪心不肯與泥同，一喝難承耳已聾[1]。孱體久如聊示病，忘懷相似得偏空。瓦全溷世餘非念，玉隱昆丘孰與攻[2]。捷徑承禎終不隱，欲求無入大神通[3]。

嚴平子評：妙語足令古人心服，今人眼綻。

【校注】

〔1〕與泥同：醉酒之後的形象。杜詩有“先拼一飲醉如泥”，“拼將一醉與泥同”等詩句。

〔2〕溷世：苟且過活。

〔3〕承禎：司馬承禎。唐時盧藏用想入朝作官，就隱居於京城附近的終南山，以冀徵召。後果被召入仕。司馬承禎也嘗被召，欲歸山，藏用指終南山說：“此中大有嘉處。”承禎説：“以僕視之，仕宦之捷徑耳。”事見《新唐書·盧藏用傳》。

答六十九翁賓虞唐丈

詩工窮處已腸寬，飯顆山前帶笑看[1]。食屏葛砂常善飯，家無燕玉不知寒[2]。黄虞自唱銷霜鬢，泉石初營隱釣竿。滿眼風埃猶未盡，老翁矍鑠莫辭難。

嚴平子評：暖老思燕玉，又得此翻案句。

【校注】

〔1〕飯顆山：相傳是唐代長安附近的一座山。李白《戲贈杜甫》：“飯顆山頭逢杜甫，頭戴笠子日卓午。借問何來太瘦身，總爲從前作詩苦。”

〔2〕燕（yān）玉：如玉的燕地美女。亦泛指美女。杜甫《獨坐》詩之一：“暖老須燕玉，充飢憶楚萍。”

夏雲兄忠溪署舍復成敬賦二首

舊署在八峰山下，忠溪之築爲避秦。其復葺也，爲趙寇所煨之故[1]。古人一丘一壑皆有所定制，趙何能煨吾忠溪？故復葺耳。

其　一

頻年泛宅了何期，大小山頭隱自宜。半畝白雲飛野外，四圍流火繞前池[2]。初歸不假營新壘，重整如同覆敗棋。爰笑爰居寧有意，憑教雲水作相知[3]。

【校注】

〔1〕趙寇：不詳其事。《田霈霖世家》載：“時永曆元年（1647）丁亥也，公方鋭意勤王，欲修匡扶之業，無何殘寇一只虎由清江奔入容地。公初視爲降丁，不爲備，遂至庫藏寶玩、官廨名舍，以及野積公儲，一時劫擄殆盡。尤傷心者，太保仁忠公柩並太夫人寢墓俱被掘發。”或指此事。

〔2〕流火：火即心宿。點出署舍復成的時間。夏曆五月黄昏時心宿在中天，六月以後漸漸偏西，署熱開始減退。《詩・豳風・七月》：“七月流火，九月授衣。”

〔3〕爰：作前置賓語，猶“是”。

其　二

七八年間轉徙身，重開緑野滌荒塵[1]。依然妍景催佳句，尚有花枝礙角巾。畏壘壺樽歡祝杜，芳園桃李樂天倫[2]。八峰未盡煙嵐好，出入還看兩地巡。

嚴平子評：落筆皆有意致，由其胸坎富有丘壑也。

【校注】

〔1〕緑野：即緑野堂。唐裴度在河南洛陽的别墅。爲晚年辭官後建，凉臺署館，花木萬株，與白居易、劉禹錫等作詩酒之會。

〔2〕畏壘：山名。《莊子·庚桑楚》："北居畏壘之山。"此借指山居。

小園閒步

三徑雖荒僻，猶堪宿野雲。羊求無舊侶，麋鹿入新群〔1〕。埽葉清花氣，穿林晝鳥文〔2〕。聊將歌一闋，燦爛破紛紜。

【校注】

〔1〕羊求：漢高士羊仲、求仲的並稱。晋趙岐《三輔決録·逃名》："蔣詡歸鄉里，荆棘塞門，舍中有三徑，不出，唯求仲、羊仲從之游。"

〔2〕埽：同"掃"。清除。

得覃次公書無規語三復致嘆〔1〕

從來不解接簪纓，每得君函眼自明。敢以頭風需好賦，總期良藥愈吾生〔2〕。前言贈我如金擲，時語學人啞鐵聲〔3〕。都道兩人能耐久，莫於耐久締新盟。

【校注】

〔1〕無規語：猶直言無諛詞。汪輝祖《學治臆説》："居官時不患無諛詞，而患無規語。"

〔2〕頭風需好賦：曹操患有頭風病，尋華佗醫。華佗説要砍開腦袋，取出風涎方可。操大怒，拘華佗而殺之。後來劉備與袁紹聯合抗曹時，紹之秘書陳

琳寫的討曹檄文送到曹操手中，操被文中辛辣鋒利的語言嚇得毛骨悚然，大汗淋漓，頭風病頓時痊癒。

〔3〕贈我，底本作“贈吾”，平聲拗。

余既還司雪齋師亦還公安牛頭村以詩別余至興坪感念難禁取原章和之

青山芷草佩來香，清溪鯉魚望斷腸。理篋開篇字字珠，讀之恐盡意何長。師去牛首天民笑，吾亦初從人間到〔1〕。山水依舊城廓新，猿鶴較多人事少。再整竹馬迎仙翁，鐵峰仍自完八峰。虎溪有緣對面看，洞口桃花如舊容〔2〕。

【校注】

〔1〕牛首：指詩題中的牛頭村。天民：賢者。因其明乎天理，適夫天性，故稱。

〔2〕虎溪：水名。在江西廬山東林寺前。傳説慧遠送客不過溪。一日，與陶淵明、陸修静共話，不覺逾溪，虎輒驟鳴，三人大笑而別。緣，底本譌作“緑”。

歐啓虞六十

君登甲子介雙眉，携得青錢學醉泥〔1〕。唯對醉侯飛鶴羽，莫教少婦笑鷄皮〔2〕。養生不用尋黄石，治圃新將種紫芝〔3〕。欲把花籌多勸祝，寒梅摘取幾枝枝。

嚴平子評：整練無痕。

【校注】

〔1〕介雙眉：介眉。祝壽之詞。《詩・豳風・七月》：“爲此春酒，以介眉

壽。”

〔2〕醉侯：對好酒善飲者的美稱。陸游《百歲》：“莫悲晚節功名誤，即死猶堪贈醉侯。”

〔3〕黄石：方解石的别名。古人用以煉養生丹藥。

即事有感

蘇囊書去槁形容，苦澀詩思亦似窮[1]。山月窺人全冷淡，村雲罩立失華濃[2]。一身愁重翻成夢，百口懷輕轉覺空[3]。記得會稽架上語，道旁苦李問王戎[4]。

嚴平子評：全體皆佳。

【校注】

〔1〕蘇囊：或指飾有流蘇的書信袋、荷包。

〔2〕立，疑作“里”。

〔3〕懷輕，底本作“輕懷”，不對仗，應係倒文。

〔4〕道旁苦李：魏晋時竹林七賢中的王戎，兒時與群小兒戲，見路邊有李，群小兒争相采摘，獨王戎不動。人問其故，答曰，道旁李無人採，必是苦李。嘗之，果然。

賦得草屈金鈎緑未回

休疑造化信偏遲，淑氣潛通爲展期[1]。芳照銀樽邀俗賞，媚藏金穴少人知[2]。鬢邊膏沐誰同旦，鏡裏螺光尚隱幃。生意窗前須細認，旋看葱蒨逐晨滋[3]。

【校注】

〔1〕展期：寬延日期。《宋史·王次翁傳》：“益令堂厨豐其燕具，如此展

期以待者六七日。”底本作“展欺”，形譌。

〔2〕媚藏金穴：美人藏在富貴人家。

〔3〕葱蒨：草木青翠而茂盛。底本作“葱菁”，平聲拗。

端午詩未成後一日獨酌

雨歇沙棠渡未暇，蒲根冷氣泛禿芽。劉郎擱筆詩難就，賈傅追吟賦已遐〔1〕。到景翻成蜃氣遠，過情轉覺彩絲奢〔2〕。最嫌午日歌騷曲，芳節空教説怨嗟。

嚴平子評：何其跌宕？

【校注】

〔1〕劉郎擱筆：宋邵博《邵氏聞見録》：“劉夢得作《九日詩》，欲用‘糕’字，以五經中無之，輟不復爲。”

〔2〕過情：超過實際情形。《孟子·離婁下》：“故聲聞過情，君子耻之。”孫奭疏：“虚聲過實，君子耻之。”

六弟亡旬日肝裂膽碎思之淚涌偶過園頭口占一律

荆花慘淡訴離群，泣盡南珠天未聞〔1〕。老大何堪悲弱弟，才多早善事先君。雁行隻影鳴徒切，池草虚生意倍棼〔2〕。試向園居尋舊迹，陰陰芳樹結愁雲。

嚴平子評：用經語脱化乃爾。

【校注】

〔1〕荆花：見《寄懷故園諸兄弟》注〔2〕。泣盡南珠：傳説南海有鮫人，泣而成珠。此指悲傷的眼淚。

〔2〕池草：謝池草。《南史·謝惠連傳》：“族兄靈運嘉賞之，云：‘每有

篇章，對惠連輒得佳語。’嘗於永嘉西堂思詩，竟日不就，忽夢見惠連，即得‘池塘生春草’，大以爲工。常云‘此語有神功，非吾語也。’”後遂以“謝池草”爲懷念弟弟之典。

兒舜孫炳爲老人初度丐大拙禪師於百森堂昇座説法下座説偈步韻和之六絶句

嶺梅香捧佛衣來，彈指還能换俗胎[1]。自是逆風聞較遠，當時笑口至今開。

【校注】

〔1〕彈指：捻彈手指作聲。佛家多以喻時間短暫。王維《六祖能禪師碑銘》：“彈指不流，水流燈焰，金身永謝，薪盡火滅。”

二

少日曾觀恒水來，詎知皺面裏靈胎[1]。當機仍是波斯眼，試舉金鎞已頓開[2]。

【校注】

〔1〕少日：年少之時。恒水：指大藏經第一册《恒水經》。靈胎：神奇之胎。

〔2〕波斯眼：波斯商人多經營珍寶古董，善於識别真僞。因以波斯眼借指識别力很强的眼睛。金鎞：亦作“金錍”。古代醫眼病的工具。

三

如意珠中雨寶來，真丹一粒轉凡胎[1]。即看揮尺自雄際，片片黄花冒雨開[2]。

【校注】

〔1〕如意珠：用佛舍利制成之佛珠。《智度論》："此寶珠名如意……是寶常能出一切寶物，衣服飲食，隨意所欲，盡能與之。"雨寶：《地藏十輪經》："如如意珠，雨衆財寶，隨所希求，皆能滿足。"

〔2〕尺，戒尺，爲佛教法器。或疑作"斥"，揮斥，散發。《明史·韓雍傳》："疾惡嚴，坦中不爲崖岸，揮斥財帛不少惜。"

四

摩空相餉遠方來，擬就中林毓聖胎[1]。更得泥牛消息否，莫將菜葉引山開[2]。

【校注】

〔1〕中林：林野。諸葛亮《宅銘》："迹逸中林，神凝岩端。"聖胎：聖人之胎。

〔2〕菜葉引山開：明陳繼儒《筆記》卷二："雪峰、岩頭、欽山、自湘中入江南。至新吴山之下，欽山濯足澗側，見菜葉而喜，指以謂二人曰：'此山必有道人，可沿流尋之。'雪峰恚曰：'汝智眼太濁，他日如何辨人？彼不惜福如此，住山何爲哉！'後入山，果無名衲。"

五

靈源活水入池來，安養先呈菡萏胎。招得淵明歸社裏，不知酒戒可能開[1]。

【校注】

〔1〕"招得"句：指慧遠書招陶淵明歸白蓮社事。

六

雲横谷口道人來，遮莫崖前石女胎[1]。吾問空王覓覺處，儒生自把頂門開〔2〕。

嚴平子評：偈乎？詩乎？奇逸如此，知是透網金鱗。

【校注】

〔1〕石女胎：怪胎。齊己《寄文浩百法》："鐵牛無用真成角，石女能生是怪胎。"

〔2〕頂門：頂門眼。佛教傳説摩醯首羅天有三眼，其中一眼，竪生額頭，稱頂門眼。高低一顧，萬類齊瞻，徹底明了，最超常眼。

陶莊感舊題壁五首

陶莊秋雨舊嵐煙，太守來嘗太守泉。相奉當時真率味，新添活水煮鱗鮮〔1〕。

【校注】

〔1〕真率味：即"真味"，本來的味道。

其　二

婆娑老樹記年華，屈指當時豹隱賒〔1〕。秋水馬蹄情詎幻，胡麻飯裏出丹砂。

【校注】

〔1〕豹隱：劉向《列女傳·陶答子妻》："妾聞南山有玄豹，霧雨七日而不下食者，何也？欲以澤其毛而成文章也，故藏而遠害。"後因以喻潔身自好，隱居不仕。

其　三

曩作逋臣戒履冰，龍媒天駟我何能〔1〕。蕉衫葛屨經霜日，曾送翩翩舊五陵[2]。

【校注】

〔1〕履冰：行於冰上。比喻身處險境，戒慎恐懼之至。我，手鈔本作“吾”，不協律，今改。

〔2〕蕉衫葛屨：用麻布縫成的衣，用葛草編成的鞋。

其　四

鵝籠幻出小諸侯，坐擁高車尚黑頭[1]。一過枕流漱石處，還携舊興上山樓。

【校注】

〔1〕鵝籠：鵝籠書生。吴均《續齊諧記》載：陽羨許彦負鵝籠而行，遇一書生以脚痛求寄籠中。至一樹下，書生出，口吐器具肴饌，與彦共飲，並吐一女子共坐。書生醉卧，女子吐一男子。女子卧，男子復吐一女子共酌。書生欲覺，女子又吐錦帳遮掩書生，即入内共眠。男子另吐一女子酌戲。後次第各吞所吐，書生以銅盤一贈彦而去。後用作幻中生幻，變化無常之典。

其　五

懶瓚撥灰煨芋時，十年領取豈先知[1]。蒼顔落影金樽裏，還被哀猿引夢思。

嚴平子評：格調清新。

【校注】

〔1〕懶瓚：即“懶殘”。唐代衡岳寺僧明瓚，性疏懶而好食殘餘飯菜，人以懶殘稱之。李泌讀書寺中，以爲非凡人，中夜往謁。懶殘撥火取芋以啗之，曰：“慎勿多言，領取十年宰相。”泌拜而退。見《宋高僧傳·唐南嶽山明瓚》。

陶莊行

陶莊者，鐵漢處困之一枝，與亡妻覃諱美玉，字楚璧，持贈夫人，向同長讒斂迹，卧泣牛衣者也。辛卯歲同離此地，吾妻捐身以安夫子，並安舜、慶兩子女。今鐵漢偕兒携孫，高車駟馬，過當日之窮途，履今時之康莊，相兒女輩各悲風木，豈鐵漢不念感存亡乎！二十餘年，詩若文俱無一字及陶莊，於情何安？且此上下數里，溪山屈曲，夫妻游賞，如在眉睫間。覃不僅識字，頗知音律，其諫諍勉勵事實，盡載容陽志傳中。今特就陶莊詩以紀大概，使兒女識當時之陶莊云。

韓山之石久墟矣，追憶卧泣牛衣耻[1]。老夫題橋歌玉憶，據鞍持轡是孫子。陶莊當日美少年，今日微霜點鬢邊。溪山應有人琴怨，心情如過酒壚前。射影蟲沙安在哉[2]，海市蜃樓瞥眼開。眼中之人吾雖老，陶莊陶冶昔多才。踏破陶莊路，尋問陶莊民。休驚少傅新來意，原是陶莊舊醉人[3]。

嚴平子評：序已周詳，詩復愴惋，二十年前事，真不堪回想。

【校注】

〔1〕韓山之石：即“韓陵石”。張鷟《朝野僉載》卷六：“庾信從南朝初至北方，文士多輕之。信將《枯樹賦》示之，於後無敢言者。時温子昇作《韓陵山寺碑》，信讀而寫其本，南人問信曰：‘北方文士如何？’信曰：‘唯韓陵山一片石堪共語……’”後因以“韓陵石”借指好文章。墟：荒廢。底本作“寒山之石”，誤。

〔2〕射影蟲沙：見《溪流感咏十首》其九注〔1〕。

〔3〕少傅：田甘霖曾獲封少傅。從現發現四舜年、田慶所爲其父母所立碑載“清故王考榮禄大夫都招討使少傅田鐵峰、妣一品夫人覃氏之墓”可知。

步毛廓庵先生見懷韻且訂前約[1]

十年夢寐想豐姿，痛定方圖舊日規。馬角頓生天有眼，左驂相贖事真奇[2]。多君不負蓬門約，而我先訂下榻期[3]。山斗在今那不望，可能天意慰遐思[4]。

嚴平子評：老氣無敵。

【校注】

〔1〕毛廓庵：字恭則。公安人，明崇禎時授兵部四駕司。

〔2〕左驂相贖：《史記·晏嬰傳》："越石父，春秋齊國賢人也。齊相晏嬰解左驂贖之於縲紲之中，歸而久未延見。越石父以爲辱己，欲絶交。晏嬰謝過，延爲上客。"縲紲，拘繫犯人的繩索，引申爲囚禁。後因以"左驂相贖"謂解人於危難之中。

〔3〕多君：贊君。詳見《寥山會佘斗山使君》注〔5〕。我，底本作"吾"，不協律，今改。

〔4〕天意：上天的旨意。詩意應如此。底本作"无意"，誤。

附毛廓庵詩

帶礪千年螭虎姿，崎嶇修復壯新規。啓山應致門材麗，徹座難忘瀆木奇。家世簡編留嗜好，交游縞纻有襟期。勞君遠寄烟霞訊，洞口雲封係吾思。

步雪齋樹宿韻

崖旁古樹腹枵虚，過客瞑歸傳舍如[1]。自是翁身能隱栝，不關山木大於魚[2]。

嚴平子評：每鵠非大，竫人自小。

【校注】

〔1〕暝：日暮，夜晚。底本作“瞑”，誤。傳舍：古時供來往行人居住的旅舍。《漢書·酈食其傳》：“沛公至高陽傳舍。”

〔2〕隱栝（kuò）：矯揉彎曲竹木等使平直或成形的器具。《淮南子·修務訓》：“木直中繩，揉以爲輪，其曲中規，隱栝之力。”底本作“隱桔”，誤。

次雪齋山行韻二首

把袂歡迎放早衙，對看雙鬢各添華。再來作客初非客，正喜離家即到家。未問灞橋雪時句，且嘗谷口雨前茶。緑天庵裏翹相待，老筆重題去後巴〔1〕。

【校注】

〔1〕緑天：唐代書法家懷素的居所。在今湖南永州市東門外。

其　二

老挈奚囊度舊關，馬蹄秋水信人間。當年禿節平生志，此日衡門太古山〔1〕。夫子甘逃塵世遠，門人敢續賦居閑。倩翁綉出容城譜，傳我詩書百代艱〔2〕。

嚴平子評：句韻整。

【校注】

〔1〕禿節：因長期操持致節旄脱落的符節。《漢書·蘇武傳》：“杖漢節牧羊，卧起操持，節旄盡落。”《後漢書·張衡傳》：“蘇武以禿節效貞。”

〔2〕容城譜：指雪齋的華麗詩章。我，底本作“吾”，不協律，今改。

戲東宋仕仁因姚談心招之不至

姚宋名家舊並稱，況今邀共五侯鯖〔1〕。主人不是王毛仲，坐上何無宋廣平〔2〕。

【校注】

〔1〕姚宋：唐玄宗開元時，姚崇與宋璟相繼爲相。舊史以開元之治二人之力爲多，世稱姚宋。五侯鯖：參見本卷《甲申除夕感懷和家大人韻十首》其九注〔1〕。

〔2〕王毛仲：高句麗人。初爲唐玄宗家奴，後做到禁衛軍將領。曾參與平定韋后、太平公主之亂。乾女兒出嫁，玄宗問他還缺什麽，王毛仲説有位客人請不來，玄宗説那一定是宋璟了。宋廣平：宋璟於開元八載罷相後，被封爲廣平郡公，世稱宋廣平。

賦得霜葉紅於二月花和文長韻

絢爛凌霜殿歲時，秋山意外景如斯〔1〕。不隨群卉争芳艷，偏向蕭晨著异姿。金井已無留翠黛，酡顔何自染胭脂。若添黄鳥嚶嚶囀，應擬桃林折一枝。

【校注】

〔1〕殿：居後而出衆。蘇軾《雨晴後至四望亭》詩之一：“殷勤木芍藥，獨自殿餘春。”

坡公贈潞公詩有細閲後生真有道欲談前事已無人感而賦此以示兒輩即以一聯爲起句三首〔1〕

細閲後生真有道，欲談前事已無人。讀書種玉皆爲果，奮志經邦即是因〔2〕。豈以瞠乎甘蠖屈，願將展矣效龍伸〔3〕。兒曹莫負鬚眉態，幸與老髯一解嗔。

【校注】

〔1〕潞公：文彦博。封潞國公。

〔2〕種玉：舊稱孝行。《搜神記》卷十一謂楊伯雍“性篤孝，父母亡，葬無終山，遂家焉，山高八十里，上無水，公汲水作義漿於坂頭，行者皆飲之。三年，有一人就飲，以一斗石子與之，使至高平好地有石處種之，云：‘玉當生其中。’楊公未娶，故又云：‘汝後當得好婦。’語畢不見。乃種其石。數歲，時時往視，見玉子生石上，人莫知也。有徐氏者，右北平著姓，女甚有行，時人求，多不許。公乃試求徐氏，徐氏笑以爲狂，因戲曰：‘得白璧一雙來，當聽爲婚。’公至所種玉田中，得白璧五雙，以聘。徐氏大驚，遂以女妻公。天子聞而异之，拜爲大夫”。後以比喻締結姻緣。

〔3〕蠖屈：蠖，即尺蠖。形容物形屈曲，狀如尺蠖。徐陵《玉臺新咏序》：“三臺妙迹，龍伸屈蠖之書。”亦爲“蠖屈求伸”的略語。意謂尺蠖之所以彎曲它的身體，爲的是向前伸展。

其　二

細閲後生真有道，欲談前事已無人。不鳴且作羊公鶴，退處聊垂嚴子綸〔1〕。傀儡登場皆逐隊，豺狼當道漫相親。微言曠絶空傾耳，安得公明遇子春〔2〕。

【校注】

〔1〕羊公鶴：劉義慶《世説新語·排調》：“劉遵祖少爲殷中軍所知，稱之於庾公。庾公甚忻然，便取爲佐。既見，坐之獨榻上，與語，劉爾日殊不稱。庾小失望，遂名之爲羊公鶴。昔羊叔子有鶴善舞，嘗向客稱之。客試使驅來，氃氋而不肯舞。故稱比之。”後因以“羊公鶴”比喻名不符實的人。

〔2〕公明：管輅。字公明，三國魏術士。子春：單子春。三國魏琅琊太守。

輅深明《周易》，仰觀、風角、占、相之道，無不精通。子春聞其名，召輅相見。時有坐客百餘人，飲畢，於是與輅講論易理。輅亹亹而談，言言精奥。子春反復辯難，輅對答如流。從曉至暮，酒食不行。子春與衆賓客，無不嘆服。事見《三國志·管輅傳》裴松之注引《輅别傳》。

其　三

細閲後生真有道，欲談前事已無人。宫中老婦傳天寶，世外高僧説净因[1]。荆國詭辭吟畫虎，韓公莊對作純臣[2]。蠹魚亦有成仙日，枕卷寧辜七尺身。

嚴平子評：悲歌慷慨。

【校注】

〔1〕“宫中”句：天寶，指唐玄宗年號。白居易《上陽白髮人》：“外人不見見應笑，天寶末年時世妝。”元稹《行宫》：“白頭宫女在，閑坐説玄宗。”

〔2〕“荆國”句：王安石被封荆國公。神宗時力主變法，擅長説理辯論。曾作《陰山畫虎圖》詩。“韓公”句：韓公，韓琦。曾有爲相十載、輔佐三朝的輝煌時期，也有被貶在外前後長達十幾年的地方任職生涯。但無論在朝中爲相，還是任職在外，始終替朝廷着想，忠心報國。

錢牧齋先生仿元微之何處生春早舜子和十章頗覺解頤嚴平子有云老人正當賦艷詩也老夫遂和十章[1]

其　一

何處生春早，春生好口中。微顰窺粲白，買笑倩桃紅[2]。巧囀喈喈似，濃情款款通。欲調鸚䳇語，徐步一開籠。

【校注】

〔1〕錢牧齋：錢謙益，明末清初常熟人。萬曆進士，崇禎初官禮部侍郎。清兵南下，率先迎降，以禮部侍郎管秘書院事。博覽群籍，詩文在當時均負盛名。元微之：元稹。唐詩人。曾作“艷詩”百餘首，其《生春》：“何處生春早，春生柳眼中。”甘霖所仿即此體。

〔2〕買笑：薔薇花的别名。《賈氏説林》：“漢武與麗娟看花，薔薇始開，態若含笑。帝曰：‘此花絶勝佳人笑也。’麗娟戲曰：‘笑可買乎？’帝曰：‘可。’娟奉金百斤，爲買笑錢。薔薇名買笑以此。”

其　二

何處生春早，春生美目中。眉言看麗景，睇語盼和風。把卷頻神往，停針有意通。最堪傾國處，睥睨宋墻東[1]。

【校注】

〔1〕宋墻東：宋玉東墻。宋玉《登徒子好色賦》謂其東鄰有一女，姣好爲楚國之冠，登墻窺視宋玉三年而宋玉不與之交往。

其　三

何處生春早，春生靨輔中[1]。堪憐紙共薄，豈必酒爲紅。滴滴迎朝露，盈盈鬥暖風。喜嗔俱帶媚，掩映畫簾東。

【校注】

〔1〕靨輔：面頰上的笑窩。靨，笑窩。輔，面頰。《楚辭·大招》：“靨輔奇牙，宜笑嘕只。”底本作“厭輔”，誤。

其　四

何處生春早，春生睡起中。鬢雲垂䰀䰀，夢雨散蒙蒙[1]。抛枕嬌無力，鈎帷懶未融。倩卿相挽起，携手就妝櫳[2]。

嚴平子評：字字句句，皆有新調。

【校注】

〔1〕鬉鬉：濃密貌。此指青絲如雲而略帶散亂。底本作“鬉鬔”，不與“蒙蒙”對仗。

〔2〕倩（qìng）卿：倩，請。黄庭堅《即席》詩：“不當愛一醉，倒倩路人扶。”卿，夫婦間的愛稱。底本作“倩即”，誤。

其　五

何處生春早，春生角枕中。風琴來綉帳，蝶夢寄芳叢[1]。香靨依魂切，蓮肌倚暈融。迢迢清夜裏，寧户各西東[2]。

【校注】

〔1〕風琴：檐馬。懸於檐間的鐵片，風吹則相擊而發聲，亦稱鐵馬。

〔2〕寧户，底本作“寧盧”，誤。

其　六

何處生春早，春生袖翠中[1]。携將花氣落，迎取柳條風。芳草痕添緑，雕欄影借紅。未能瞻雪藕，睗復露銀葱[2]。

【校注】

〔1〕袖翠：疑爲“翠袖”之倒。翠袖，女子裝束。

〔2〕雪藕：藕生節而潔白，喻女子手臂。睗（shì）：疾視。《文選·左思〈吴都賦〉》：“忘其所以睒睗，失其所以去就。”手鈔本作“睊”，應係形譌。

其　七

何處生春早，春生小院中。緑窗歸蝶夢，白纻落梅風。煮茗勤看火，攤書愛倚櫳。卷簾香霧散，掩映一枝紅。

其　八

何處生春早，春生畫舫中，沿溪迎練白，卷袖采蓮紅。紈扇斜遮日，榴裙乍舞風。扣舷歌一闋，不是大江東〔1〕。

【校注】

〔1〕大江東：蘇軾《念奴嬌·赤壁懷古》首句爲"大江東去"。氣勢雄渾，須關西大漢執鐵板以唱。畫舫中女孩兒唱歌就相對柔婉了。

其　九

何處生春早，春生寶鏡中。整容鬥月狡，拭吻點脂紅〔1〕。自覺相憐切，天然底事同。幾回遠近看，緩步向簾櫳。

【校注】

〔1〕鬥月狡：和月亮比美。狡，通"姣"，美好。吻，底本作"物"，按詩意當爲"吻"。

其　十

何處生春早，春生新浴中。燭摇玉笋白，雨泛海棠紅。净滑浮炎膩，温柔遍體融。凝脂曾有惑，細認果相同〔1〕。

嚴平子評：其閨情院體，又復新俊，如是真不可測。

【校注】

〔1〕惑，底本作"感"，形譌。

得覃次公書誌喜

幾回讀罷復挑燈，深入南華較幾層。吾説世情輕似雪，君看浮俗不如冰。酒腸澆溉寧從感，詩價高騰倘倍增〔1〕。兩地心知千里近，知心斯不愧良朋。

【校注】

〔1〕酒腸：酒腸，“酒有别腸”的略寫。《十國春秋·閩·景宗紀》：“帝（王曦）曰：‘維岳（周維岳）身甚小，何飲酒之多？’左右曰：‘酒有别腸，不必長大。’”詩價：詩的聲價。李洞《和淮南太尉留題鳳州王氏別業》：“野人陪賞增詩價，太尉因居著谷名。”

雜言咏酒次雪齋師韻一字至十字

酒，酒，黄封，紅友〔1〕。浮三白，傾一斗。飲他狂藥，勿責苦口。麯生風味好，曹家厲禁醜〔2〕。登臨不借在脚，持杖酤錢隨手。定國雅量生平無，劉伶妙頌從來有〔3〕。興來時每怕籌添少，情到處亦唯君耐久。黨家帳内豈不聞絲音，趙王會上也聽他擊缶〔4〕。願學玄石直醉中山千日，尤喜白衣恰輳東籬重九〔5〕。

【校注】

〔1〕黄封、紅友：均爲酒名。

〔2〕曹家：未詳。曹操曾“表制酒禁”。厲禁：遮擋；禁止。

〔3〕定國：不詳其人。雅量：荆州牧劉表好酒，爲三爵，大曰伯雅，受七升；次曰中雅，受六升；小曰季雅，受五升。後世因稱人善飲爲“雅量”。

〔4〕黨家：宋代陶穀之妾本是黨進家姬，一日下雪，穀命取雪水煎茶，問之曰：“黨家有此景？”對曰：“彼粗人，安識此景，但能知銷金帳下，淺斟低唱，飲羊羔美酒耳。”後因以比喻粗俗的富豪人家。擊缶：《史記·廉頗藺相如

傳》："於是，秦王不懌，爲一擊缶。相如顧召趙御史書曰：'某年月日，秦王爲趙王擊缶。'"

〔5〕白衣：指江州刺史王弘遣白衣使給陶淵明送酒的故事。

聞黔中晋李秦孫構難奉詔解之事與五代晋梁符合感而賦此〔1〕

千古同符史册殘，憂時冷眼發長嘆〔2〕。鳳翔解甲垂明詔，天復還宫出暫安〔3〕。此日邯鄲方入夢，當時傀儡再登壇。傷心莫話黔中事，王氣蕭蕭不忍看。

嚴平子評：真不忍看。

【校注】

〔1〕晋李秦孫：指李定國和孫可望。二人皆張獻忠義子，於永曆三年（1649）歸南明，李封晋王，孫自封秦王。五代晋梁：當指後五代後梁太祖朱温和後晋高祖石敬瑭事。朱温先參加黄巢起義軍，後叛變降唐，天祐四年（907）代唐稱帝。石敬瑭，沙陀部人，後唐時任河東節度使，鎮守太原。清泰三年（936），向契丹乞援，得以攻滅後唐，並受册封稱帝。割幽薊十六州予契丹，年獻帛三十萬匹，稱契丹主爲"父皇帝"，自稱"兒皇帝"。

〔2〕嘆（tān）：嘆息聲。

〔3〕鳳翔：稱頌帝王的興起或遷都。此指南明永曆政權建立。解甲：指軍事行動間歇期的休整。天復還宫：唐昭宗事。初爲壽王，僖宗死，由宦官楊復恭迎立。乾寧二年（895）因李克用之逼，逃入南山。次年，又因李茂貞之逼，逃往華州。天復元年被宦官韓全誨劫赴鳳翔依李茂貞。三年，朱温迫使李茂貞交出皇帝。天祐元年（904）被朱温、迫遷洛陽，旋被殺。

忠溪憶友人

昔年同上楚王城，此夕寒溪百感生。吾賦屋梁初見月，君聞黄鳥應求聲[1]。折將堤柳愁難寄，幽對瓶梅夢不成。何似少陵堂上客，瀼西頻□獨多情[2]。

【校注】

〔1〕賦屋梁：杜甫《夢李白二首》其一："落月滿屋梁，猶疑照顔色。"此處借指對友人的思念。

〔2〕瀼西：指重慶奉節瀼水西岸地。杜甫居夔州時曾遷居於此，有《瀼西寒望》："瞿塘春欲至，定卜瀼西居。"□，底本缺，疑作"勸"。

忠溪春日遣懷效李長吉南園四首

書生原不止雕蟲，摩筆空中看玉弓[1]。珍重好天休放去，攢眉信是使君風。

【校注】

〔1〕雕蟲：比喻從事不足道的小技藝。常指寫作詩文辭賦。李賀《南園》詩之六："尋章摘句老雕蟲，曉月當簾挂玉弓。"

其　二

買盡山園招野鶴，孤群能耐此春遲[1]。當春無計留春住，空費檐蛛一縷絲[2]。

【校注】

〔1〕招野鶴：蘇軾《和劉長安題薛周逸老亭周最善飲酒未七十而致仕》："買園招野鶴，鑿井動潛虬。"

〔2〕檐蛛：檐下結網的蜘蛛。古稱"畫檐蛛"。蘇軾《虚飄飄》："虚飄

飄，畫檐蛛結網，銀漢鵲成橋。”

其　三

漫惱孤琴問蔡邕，當時何自損高風[1]。一溪藏盡愚生拙，春去春來聽碧翁[2]。

【校注】

〔1〕“漫惱”句：東漢蔡邕妙解音律，曾師事胡廣，善操琴，遠近聞名，曾制焦尾琴。

〔2〕碧翁：猶天公。袁宏道《天壇》詩：“碧翁難道是無情，分合千年議不成。”

其　四

收拾溪山圍虎落，消磨歲月煮龍牙[1]。爲秦爲晋非關我[2]，不染閒心一嶺霞。

【校注】

〔1〕煮，底本作“著”，誤。龍牙：亦作龍芽。茶名。謝宗可《茶筅》詩：“萬縷引風歸蟹眼，半瓶飛雪起龍牙。”

〔2〕我，底本作“吾”，不協律，今改。

荷　珠

微風摇動警龍眠，葉裏珠田賽玉田[1]。鮫淚傾來猶有限，晶盤捧出却無邊。幕賓足供三千履，摻手倩誰九曲穿[2]。解是清操賢太守，遺將池畔鬥清妍[3]。

【校注】

〔1〕警龍眠：警通“驚”。形容荷珠落下驚醒了荷塘裏的眠龍。

〔2〕九曲：九曲珠。一種珠孔曲折難通的寶珠。

〔3〕賢太守：還珠守。《後漢書·循吏傳·孟嘗》載，合浦産蚌珠，因地方官貪污，採求無厭，蚌珠遷至界外日南地方。後孟嘗任太守，革除前弊，去珠復還。

荷　筆[1]

不染鉛華不拂箋，虚將秋水擬新篇[2]。書空咄咄初無字，臨草翩翩若有玄。毛穎豈從囊底出，胭脂猶帶捻紅鮮[3]。可知造化憑吾補，疇與中書試較妍[4]。

【校注】

〔1〕荷筆：含苞未放的荷花。

〔2〕秋水：《莊子》篇名。

〔3〕毛穎：毛筆。捻紅：楊妃一捻紅。牡丹花品種名。見鈕琇《觚賸·牡丹述》。

〔4〕疇：同“儔”。中書：中書君。毛筆的别稱。

二月六日游石門瓜子溪水際流觴次友人韻

斯裏難狂笑，探奇問壑幽[1]。主人非蔣詡，客子類羊求[2]。嗅得山花味，還臨澗水流。蘭亭幅内景，無過此歡游。

【校注】

〔1〕斯裏：此處；這裏。

〔2〕蔣詡：西漢人，官兖州刺史。王莽專權時告病辭官，隱居鄉里。底本

作“將詡”，誤。

讀明倪尚書鴻寶集感賦〔1〕

拈來奇偉擬蘇黄，落筆風生舊玉堂〔2〕。往誦文山專節義，今欽鴻寶擅文章。佳懷總結冰霜色，正氣遍攄錦綉腸。一字一吟香冷齒，仰看箕尾識光芒〔3〕。

【校注】

〔1〕倪鴻寶：倪元璐。字玉汝，號鴻寶。浙江上虞人。明末官員、書法家。天啓二年（1622）進士，歷官至户、禮兩部尚書。李自成入京，自縊死。詩題中“明”字多餘。

〔2〕玉堂：宋以後稱翰林院爲玉堂。

〔3〕冷齒：齒冷。因張口牙齒會感到冷，故稱。

禁酒詩

予少不嗜酒，然喜與二三良朋舉觴小飲。後經亂離家，所向牢騷無由遣謝，遂時時引入醉鄉。今返故園，宗社是懼，作禁酒詩。

微封不與酒泉同，却愛陶然憩此中〔1〕。已愧獨醒拚楚客，幸邀一斗學無功。愁城欲破元多壘，山徑雖遥自可通。更效淵明聊止止，何須相餉過墻東〔2〕。

嚴平子評：真翁所謂醉翁之意不在酒矣。

【校注】

〔1〕酒泉：即今酒泉市。漢設福禄縣，爲酒泉郡治。隋改酒泉縣，俗傳城下有金泉，泉味如酒，故名。

〔2〕墻東：東漢王君公遭亂自隱。時人語曰："避世墻東王君公。"後用作避世不化之典。

中秋雲孫臺看桂有懷舊友

一臺桂魄迥生凉，誰作朋徒共點妝。王謝主人從未改，應劉客子不如常〔1〕。定知天上羞娥影，料得山頭吹如香〔2〕。把酒同酣花萼内，荀家兄弟自翱翔〔3〕。

嚴平子評：多情多興，宜乎觴咏擅勝也。

【校注】

〔1〕應劉：三國時應瑒、劉楨，皆以文著名當時，與曹植等同爲建安七子。爲曹丕曹植兄弟所禮遇。後因以"應劉"喻賓客才人。

〔2〕如香：指桂花的香味。如，通"汝"。

〔3〕荀家兄弟：指三國荀彧。傳説他曾得异香，用以薰衣，餘香三日不散。

立秋日同諸友賦得秋聲隨步去得燈字

山容明净水容澄，爽氣先分席上燈。蛩響草根愁漸老，風吹紈扇似相淩。碧空欲授登高興，紅葉將成耐久朋。坐客漫懷摇落嘆，試聽天籟警懵騰〔1〕。

嚴平子評：淡而不厭，可謂醇乎其醇。

【校注】

〔1〕天籟：自然界的聲響。懵騰：蒙朧，迷糊。

兒子舜從白珩兄受經誌喜

吾家居上碧桐枝，每對常兒作壽眉[1]。投博只緣陰可惜，帶鋤猶憾學爲遲[2]。文翁舊業驚無補，伏老傳經幸有師[3]。但使阿翁開口笑，不須章句遠求知。

【校注】

〔1〕常兒：不詳。或是“舜”字剥蝕，誤作“常”；或是田舜年的小名。

〔2〕投博：六箸十二棋的局戲。《孔子家語》：“君子不博，爲其兼行惡道故也。”只緣，底本作“只緑”，誤。

〔3〕伏老傳經：伏老即伏勝，西漢濟南人，今文《尚書》的最早傳授者。曾任秦博士。漢初，以《尚書》教於齊魯間。漢文帝時，派晁錯向他學《尚書》，相傳其女（名佚，或作羲娥）曾幫助傳授。西漢的《尚書》學者，都出其門下。今本今文《尚書》二十八篇，即由他傳授而存。

兒子慶對經史悶悶不快談稗官口若懸河竟日忘倦志嘆以勉之[1]

開言人擬是書厨，阿大中郎亦丈夫[2]。三復顔家家訓好，免教竊笑牧猪奴[3]。

【校注】

〔1〕兒子慶：田慶年，舜年弟。

〔2〕阿大中郎：晋謝道韞嫁王凝之，以爲凝之不及謝氏一門的叔伯兄弟，曾説“一門叔父則有阿大（謝尚）中郎（謝據），群從兄弟則有封（謝韶）、胡（謝朗）、遏（謝玄）、末（謝川），不意天壤中仍有王郎”。

〔3〕牧猪奴：指賭徒。朱熹《觀洪遵雙陸譜有感》：“只恐分陰閑過了，更教人誚牧猪奴。”

晴雪落長松步倪太史韻

新曦昭冷幹，縞縞孝人容〔1〕。繁滴連山溜，輕批震玉峰。光來如近練，濤響似朝宗。辛苦王摩詰，終朝畫祀供。

【校注】

〔1〕昭：明亮。《楚辭·大招》："青春受謝，白日昭只。"底本作"照"，仄聲拗。縞：白色。謝莊《月賦》："連觀霜縞，周除冰净。"孝人：居喪之人。

戲贈内弟覃使君

知君無意愛驊騮，自寶娥眉貯翠樓。且笑當年石子拙，明珠何故暗中投〔1〕。

【校注】

〔1〕石子：璞中的玉。小石頭。

獨坐遣懷雙溪作〔1〕

閑庭獨坐覺秋凉，覓醉難禁鄉夢長。世事幻如壇際霧，人情薄似菊前霜〔2〕。幸因狎虎同鷗鳥，却笑封侯賴澼洸〔3〕。試把九歌收淚讀，先尋桂酒奠東皇。

嚴平子評：警語可列座右。

【校注】

〔1〕雙溪：浙江湖州的苕溪、霅溪合稱雙溪。詩的首聯有"鄉夢"一説，或是指此雙溪。至少不在容美境内。

〔2〕壇際霧：古時積石築土爲壇，將玉帛、犧牲置於柴上。燔柴於泰壇，以煙氣上達於天，稱爲祭天。底本作“炭際霧”，仄聲拗。

〔3〕澼洸：應作“澼絖”。即“洴澼絖”。《莊子·逍遥游》：“宋人有善爲不龜手之藥者，世世以洴澼絖爲事，客聞之，請買其方百金。聚族而謀曰：‘我世世爲洴澼絖，不過數金，今一朝而鬻技百金，請與之。’客得之，以説吴王。越有難，吴王使之將，冬與越人水戰，大敗越人，裂地而封之。”詩人作“澼洸”，洸乃水波動盪閃光貌。應是發現“絖”字讀去聲，不能用於律詩韻脚處，用“洸”字代替。

鏡中美人再和六休韻

曉步曇花鏡，光生攬一堂。夢殘思費理，眉舊欲添妝。形與形相課，身從身較長。幾回頻自顧，顧影倍徬徨。

獨酌酡矣出觀山色偶成

酒罷還吟咏，斜陽已就曛。眼光摇素幌，山色雜流雲[1]。閉户如逃客，清齋只斷葷。侍倪疑解事，嗤我醉中文[2]。

嚴平子評：醉中之人，因任人嗤者，然亦非易嗤也。

【校注】

〔1〕素幌：白色的簾幔、酒旗。

〔2〕侍倪：年紀幼小的使僕、使婢。解事：通曉事理。我，底本作“吾”，不協律，今改。

將晴復微雨

彌月未開眼，微晴復帶憂。山秃青漸出，泉響咽還秋[1]。漫訝曝衣好，仍愁彴木浮[2]。樵蘇難供爨，莫謾駡蒼頭。

【校注】

〔1〕咽（yè）：聲音因阻塞而低沉。漢樂府《隴頭歌辭》："隴頭流水，鳴聲幽咽。"秋：奔騰貌。《漢書・楊雄傳》："秋秋蹌蹌。"顔師古注："秋秋蹌蹌，騰驤之貌。"

〔2〕彴木：獨木橋。蘇軾《游蔣山》："略彴横秋水，浮圖插暮煙。"

松山大雪同珠濤文田賦得折足雙鐺愁斷煙得焚字

一抹青山失翠文，寒風侵逼似僵閩[1]。過厨愁説無黔突，出户難分欲凍雲[2]。堅卧蒿床誰却掃，欲吟米桶不相聞。何從覓得衡山芋，拾取松枝帶葉焚。

【校注】

〔1〕青山，底本作"青出"，不協韻，形譌。閩：通"蚊"，蚊蟲。《論衡・感虚》："使賢者處深野之中，閩虻能不入其舍乎？"

〔2〕黔突：熏黑了的烟囱。

雪後晚眺二首

一山猶白一山青，疑是寒温氣未平。吾亦無心難作解，閉門且去叩莊生。

其　二

青女難將雙眼開，告予齊物且平懷[1]。山光未有參差意，明日俱將紫翠來。

嚴平子評：此二首互爲問答。

【校注】

〔1〕青女：神話中霜雪之神。底本作“青山”，不協韻，據詩意補。

楚大中丞林柱楚告歸書至賦此奉餞[1]

攀轅何許留夫子，坐嘆高軒去楚鄉。豈獨三湘煙月冷，更看九點佛燈涼[2]。心知國士慚無報，手澤家珍襲有香[3]。寄與蒼生休下淚，更多膏雨自天將。

【校注】

〔1〕大中丞：明清時用對巡撫的稱呼。林柱楚：生平不詳。

〔2〕九點佛燈：一幹九枝的燭燈。泛指一幹多枝的燈。

〔3〕手澤：猶手汗。後多用以稱先人或前輩的遺墨、遺物等。

中秋病起作

平生百事付尋常，惟展青編眼倍光[1]。枕畔蕓芬尋舊夢，窗邊桐葉照新涼[2]。客疏且喜應酬韻，食節偏增氣味長。閑裏細參齊物論，頓知軀體在濠梁[3]。

【校注】

〔1〕青編：泛指書籍。王禹偁《館中春值偶題》：“春風老盡詩情淡，翻卷青編獨繞廊。”

〔2〕蕓芬：用蕓香作的枕頭發出的香味。

〔3〕濠梁：《莊子·秋水》：“莊子與惠子游於濠梁之上。莊子曰：‘鯈魚出游從容，乃魚之樂也。’惠子曰：‘子非魚，安知魚之樂？’莊子曰：‘子非我，安知我之不知魚之樂？’”後多用來比喻別有會心、自得其樂的境地。

祝友歌

新安宋子，俠士也，交將念載。曩余困巴東，宋子形影相隨。今五十初度，予理殘疆，官貧無贈，作歌以祝。

宋生傲骨俠者流，囊底無錢氣不柔[1]。岐路勉余説重耳，不向他邦嘆蒯緱[2]。維昔蹈阱去巴東，天將大任在微躬[3]。怡顔和吾醉時歌，免教穴處徒書空。厚意不報覺已久，知非猶然袖兩手。佳兒應門乏僮役，數畝之外但烏有[4]。瀟灑泛杯莫惜樂，家徒四壁人性卓。俠傲滑稽雖不倫，吾却願子如方朔。是處溪山把臂游，逍遥甲子君莫愁。吾聞人生貴在逢知遇，雲烟同醉等封侯。

嚴平子評：宋子得此，可以不朽矣。

【校注】

〔1〕囊底，底本作“囊低”，誤。

〔2〕重耳：春秋時晋國君文公，名重耳。

〔3〕蹈阱：踏入陷阱。

〔4〕應門：管開關門户。李密《陳情表》：“内無應門五尺之童。”僮役：未成年的奴僕。

鳩兹過伍相庵莊宅[1]

高人據勝境，仍是輞川莊。水東溪南北，林森樹短長。野航時自槳，静月暗生香[2]。露滴空庭曉，蒹葭遍地蒼。

【校注】

〔1〕鳩兹：古邑名。《左傳》襄公三年：“楚子重伐吴，爲簡之師，克鳩兹。”楊伯峻注：“鳩兹，吴邑，當在今安徽蕪湖市東南二十五里。”後作蕪湖

的古稱。伍相庵：生平不詳。

〔2〕野航：農家小船。静月：月不能生香。或是“静客”之誤。蓮花的别稱。

聖媽塔〔1〕

盛迹没荒田，塵封千百年〔2〕。蟒螭收智勇，魚鱉種因緣〔3〕。南北交燈影，隋唐獲塔磚〔4〕。摩耶佛媽首，説法共周旋〔5〕。

【校注】

〔1〕聖媽塔：即聖母塔。在湖北公安縣茅穗里。

〔2〕盛迹：猶勝境。

〔3〕魚鱉種因緣：《佛説善惡因果經》：“盗食僧水，來生作水中魚鱉。”

〔4〕南北：指佛教禪宗的兩個派别，南宗爲慧能所創，主張“頓悟説”；北宗爲神秀所創，主張“漸悟説”。交燈影：佛燈的光影交錯會合。陳陶《題豫章西山香城寺》：“祇園老樹梵聲小，雪嶺花香燈影長。”

〔5〕摩耶：釋迦牟尼之母。

大雨因思陶靖節重九日

菊殘瓶粟盡，乞食復冲泥。小舁愁柴紫，高僧隔虎溪〔1〕。兒饑仇紙筆，婦老慮荒畦。堪笑王弘輩，治具不敢賫〔2〕。

【校注】

〔1〕小舁：籃輿。《宋書·隱逸傳·陶潛》載，陶潛晚年隱居柴桑，有脚疾，外出輒命二兒以籃輿舁之。舁，疑爲“臾”字之譌。臾，同“蕢”，草筐。《論語·憲問》：“子志磬於衛，有荷蕢而過孔氏之門者，曰：‘有心哉，擊磬乎！’”荷蕢，喻懂音樂之隱士。柴紫：通“柴茈”，“柴池茈虒”的簡稱。司

馬相如《上林賦》："柴池茈虒，旋還乎後宫。"謂不齊貌。

〔2〕王弘：東晋人，淵明歸隱時任江州刺史。《晋書·陶潜傳》："因慕潜爲人，自訪之，潜稱病不見。弘遣人携酒，候潜於道，潜既遇酒，仍引酌野亭。弘乃出與相見，遂飲宴終日。"

過鷄鳴城城在孱陵龍墻河上，相傳爲昭烈夫人築〔1〕

委士知何日，雄圖百代深〔2〕，敢將脂粉意，没却霸王心〔3〕。野父悠樵牧，寒鴉滿樹林。興亡亦偶爾，懷古獨沾襟〔4〕。

【校注】

〔1〕孱陵：古地名。在今湖北公安縣南。昭烈夫人：三國時劉備妻孫夫人。

〔2〕委士：托付給能够勝任的人。

〔3〕敢：不敢、豈敢的省詞。《左傳》莊公二十二年："敢辱高位，以速官謗？"

〔4〕亦，仄聲拗，且不合詩意，疑爲"非"字形譌。

哭文相國時困巴東作

炎海瘴江幾度深，君恩未報却相侵。經綸漫措擎天手，慷慨孤懸夾日心〔1〕。虎豹重關何處覓，嘯吟多句獨堪欽。可憐杜宇春來恨，啼向愁人淚滿襟〔2〕。

【校注】

〔1〕夾日：在太陽兩旁。《史記·楚世家》："十月，昭王病於軍中，有赤雲如鳥，夾日而蜚。"吕温《狄仁傑頌》："潜授五龍，夾日以飛。"後用以比喻輔佐天子。底本作"夾目"，誤。

〔2〕杜宇：傳説中的古代蜀國國王。周代末年，在蜀始稱帝，號望帝。後歸隱，讓位於其相開明。時適二月，子鵑鳥鳴，蜀人懷之，因呼鵑爲杜鵑。一説通於其相之妻，羞愧而亡，其魂化爲杜鵑。

賦得游魚唼花影三首

誰遣花枝傍水津，縱横隱躍動潛鱗。偶然雨灑疑飛餌，乍覺風來動釣輪。似有招尋頻出入，憑何得失亦逡巡。天然一片空明鏡，譜出幽光示與人。

其　二

群泛春和逐隊行，忽驚芳信忽相争〔1〕。狂蜂倒影池塘亂，蛺蝶粉披芳餌盈。乍起復沉如想像，欲吞還吐費經營〔2〕。漢家天子姗姗曲，紗影朦朧恰似卿〔3〕。

【校注】

〔1〕芳信：花信風。指花期。底本作“方信”，誤。

〔2〕欲吞，底本作“欲喬”，誤。

〔3〕朦朧，底本作“朧朦”，應係倒文。

其　三

空中咽盡百花餐，耐可幽人仔細看。乳燕忽來競避影，流鶯傳語報平安〔1〕。置身鮒轍池塘狹，引類群游天地寬。莫向天池謀憩息，桃花浪暖也堪安〔2〕。

【校注】

〔1〕競，仄拗，疑作“兢”，小心戒懼之義。

〔2〕天池：大海。《莊子·逍遥游》：“南冥者，天池也。”

晚望二首

野景平無際，晚來望更賒。煙縫萬井屋，月亂一池蛙[1]。人影籬邊小，雁群天外斜。輞川無限意，繪不到山家。

【校注】

〔1〕縫：連綴。萬井：古制八家爲井，引申爲鄉里，家宅。義正而仄拗，疑作“千井”。

其　二

晚起田間望，前村户户開。修巢燕出入，浴水鴨毰毸[1]。煙闊山如失，林幽鄉欲來[2]。縱看望立久，雙足没青苔[3]。

【校注】

〔1〕毰毸：鳥羽張開貌。

〔2〕鄉：通“響”，回聲。泛指聲音。

〔3〕望，或爲“忘”字之譌。

和荆艷詩九首

荆州費尚書制荆艷廿題，彝陵文相國、萊陽王暗子，每題賦七言八句，屬嚴平子先生和。先生以題有荆字，故作荆人語。予以己意和其詩，不必屬艷於荆也，聊以消永日爾。

月　華

光華不復旦，糾漫難繼作[1]。偶然逢此盛，簫鼓雜弦索[2]。

【校注】

〔1〕糾漫：亦作“糾漫漫”“糾縵縵”。紆緩繚繞貌。《尚書大傳・卿雲

歌》：“卿雲爛兮，糺縵縵兮。日月光華，旦復旦兮。”相傳是舜將禪位給禹時，和臣僚們一起唱的歌。

〔2〕簫鼓，底本作“蕭鼓”，誤。

虹　梁

飛梁渡天津，或西時或東。幸未架南北，四海地天通。

石　笋

何年篔簹谷，種此石龍孫〔1〕。要制古時冠，籜皮惜無存〔2〕。

【校注】

〔1〕篔簹谷：多竹的山谷。陝西洋縣有此谷名。石龍孫：竹笋别稱龍孫，所以石笋稱石龍孫。

〔2〕古時冠：指用籜皮做的竹皮冠（斗笠）。

冰　花

迷迷幾萬柯，江山返太素〔1〕。正合素心人，惡其□□□〔2〕。

【校注】

〔1〕太素：樸素，質樸。

〔2〕素心人：心地純潔，世情淡泊的人。陶潛《移居》詩之一：“聞多素心人，樂與數晨夕。”逯欽立校注：“數晨夕，算過了幾朝幾夕，言過日子。“惡其”句，脱三字。

麥　浪

麥苗平似水，風起作回瀾。遠望荷蓧客，款□□□□〔1〕。

【校注】

〔1〕荷莜（diào）：亦作“荷蓧”。《論語·微子》：“遇丈人，以杖荷蓧。”楊伯峻注：“蓧，古代除田中草的工具。”底本作“荷筱”，誤。詩末句，脱四字。

麯　　塵[1]

醒石去醉鄉，相違幾萬里[2]。酒民倘問路，但看塵所起[3]。

【校注】

〔1〕麯塵：酒麯上所生菌。

〔2〕醒石：醒酒之石。

〔3〕酒民：好酒的人。

花　　影

拓出天然貌，大地爲繒帛[1]。却异畫蘭人，不著土與石。

荷　　珠

頓使鮫人賤，盤中個個圓。不須作意抵，風起自投淵[1]。

【校注】

〔1〕作意：故意。投淵：《莊子·讓王》：“舜以天下讓其友人北人無擇，北人無擇曰：‘异哉後之爲人也，居於畎畝之中而游堯之門！不若是而已，又欲以其辱行漫我，吾羞見之。’因自投清泠之淵。”後以喻潔身自好。

鶯　　梭

往來頻不倦，豈是大小東[1]。爲問花樣成，年年同不同。

【校注】

〔1〕大小東：《詩·小雅·大東》：“小東大東，杼柚其空。”詩寫周室對

東方諸侯國的嚴重榨取，反映了周室與遠近東方諸侯之間的矛盾。惠周惕《詩説》："小東大東，言東國之遠近也。"

客有一剪梅詞取而和之〔1〕

思懶心慵夢乍醒，欲舍温存，難舍温存。青天好月亦隨人。形也相親，影也相親。　　無奈紅顔解惱人，鑒得辛勤，惹得辛勤〔2〕。爲問如何虛度春。想見音塵，未見音塵。

【校注】

〔1〕一剪梅：詞牌名。宋周邦彦詞有"一剪梅花萬樣嬌"句，故名。雙調六十字，上下闋各三平韻。亦有句句叶韻者，此詞即是。

〔2〕惹：挑逗。

搗練子·咏扇上葡萄和雪齋韻二闋〔1〕

香泛泛，露漙漙〔2〕，堆冗明珠照眼寒〔3〕。釀就瓮頭春故好〔4〕，只愁兒齒不禁酸。

其　二

芳影密，曉花漙，馬乳尤須帶露寒〔5〕。架底酣清擬細嚼〔6〕，儒家風味覺微酸。

嚴平子評：二首確切精瑩，嘲弄生姿。

【校注】

〔1〕搗練子：詞牌名。以咏搗練而得名。單調二十七字，雙調三十八字，皆平韻。此單調。

〔2〕漙漙：露多貌。一説爲露珠圓貌。《詩·鄭風·野有蔓草》有"零露漙

兮”，毛傳：“溥溥然盛多也。”底本作“溥溥”，誤。

〔3〕堆冗：累叠繁多。底本作“堆安”，誤。

〔4〕瓮頭春：剛釀好的酒。

〔5〕馬乳：葡萄的一種。劉禹錫《和謝蒲萄》詩：“魚鱗含宿潤，馬乳帶殘霜。”

〔6〕擬，仄聲拗，疑作“凝”。

阮郎歸·採花臺賞花有感〔1〕

連朝淫雨淚如垂，寒雲壓皺眉。妒殺香魂過此期，花期不耐遲。　空憶舊，懶裁詩，相看只自知。往昔花前不暫離，此意詎堪思。

【校注】

〔1〕阮郎歸：詞牌名。唐教坊曲。雙調四十七字。上下闋各四平韻。

鷓鴣天·松山除夜〔1〕

高頂浮家似葉舟，羅浮景幻是耶不。惟餘一夕占春色，瞧破蒼苔亂點頭。　斟柏酒，數花籌。年年除歲不除愁。此時此景堪描畫，難寫驚魂不放憂。

【校注】

〔1〕鷓鴣天：詞牌名。雙調五十五字。上下闋各三平韻。

如夢令〔1〕

三百六旬盈數，此夕縱留難住。明日喜回陽，刻刻還愁夕燧。烏兔，烏兔，空照兵戈朝暮。

【校注】

〔1〕如夢令：詞牌名。單調三十三字，四仄韻兩叠韻。雙調者名《如意令》。

浣溪沙・席上以杯中松菊爲白珩壽〔1〕

買得神針五色絲，欲綉平原壽吾師〔2〕，枯管難爲仁者詞〔3〕。 松自蒼兮菊自傲，集向杯中成二妙，石髓入口老人笑。

【校注】

〔1〕浣溪沙：唐教坊曲名，後用爲詞牌。一作《浣紗溪》，又名《小庭花》等。雙調四十二字，平韻。李煜有仄韻之作。此首及後面《續夢中句》，底本未冠詞牌名。按結構，當屬《浣溪沙》。

〔2〕欲綉平原：平原綉。李賀《浩歌》："買絲綉作平原君，有酒惟澆趙州土。"此謂對平原君表示懷念。後因以"平原綉"喻對人的敬仰。

〔3〕枯管：未蘸墨的毛筆。喻文思枯竭。

浣溪沙・續夢中句

吹入佳人細耳中，哦來字字飛香雨夢中句，夢裏烟花亦起舞。 心情蘭蕙軟玉妝，不道卿卿呼爾汝〔1〕，含情默坐將花數。

嚴平子評：輕艷。

【校注】

〔1〕爾汝：彼此親昵的稱呼。表示不拘形迹，親密無間。

荆楚文库

田珠濤詩集

田商霖 著

目　録

田珠濤詩小引

從伯珠濤，名商霖，即叔祖圭之子。其爲人勤幹忠實，敢於有爲。先少傅常以政事委之，珠濤悉力匡持，咸有成緒。不以遠近盛衰易慮，偶因鄰難致殞，惜哉！余家因世以文章相嬗，至先少傅尤加意焉。匪但予小子箕裘罔懈〔1〕，既先後群從，亦彬彬可觀，各有篇什。兹姑未暇多取，而獨及珠濤者，則以其忠，且才有難忠者，故籍其詩以傳之云爾。

從侄舜年九峰甫題。

【校注】

〔1〕箕裘：比喻祖上的事業。罔懈：不懈。

買舟下九溪[1]

路盡山南到水湄，解鞍臨水問前期。歸舟省價尋相售，吝僕藏錢付與遲。短棹乍開驚馬驟，重灘連下覺神馳。此身去國輕如葉，未慮還時泝浪危[2]。

嚴平子評：氣格高遠，旨趣幽深。

【校注】

〔1〕九溪：在今湖南慈利縣江埡鎮。

〔2〕泝浪：逆水而上。底本作"沂浪"，誤。

道上一絶

去家千里夢千回，魂繞青山識路隈。檢束行裝毋更遠，故園松菊待余培。

林　溪

短劍行清曉，盤旋細路通[1]。薜蘿翳少日，湍瀨響無風。遠望愁難任，畏途興莫同。安知白跖弩，不在此林中[2]。

嚴平子評：描出畏途行色，仍自精警。

【校注】

〔1〕細路：狹窄的路徑。杜甫《山寺》："野寺殘僧少，山園細路高。"

〔2〕白跖：使用白弩的大盗。唐時巴蜀商人對蘇涣的稱呼。《新唐書·藝文志四》："《蘇涣詩》一卷：涣少喜剽盗，善用白弩，巴蜀商人苦之，號白跖，以比莊蹻。後折節讀書，進士及第。"

有人自家園來細訊音問感懷

長揖傳鄉信，羈人感慨生。故園誰是主，浮迹浪多名。舉目雲還近，捫心氣未平。何知留滯迹，不是爲憂貧。

嚴平子評：入之高岑集中，不辨誰手〔1〕。

【校注】

〔1〕高岑：高適與岑參的並稱。嚴羽《滄浪詩話·詩評》："高岑之詩悲壯，讀之使人感慨。"底本作"高岑"，誤。

子牧脱蜀難病於夜郎余去家病於澧水牧簡余有同病相憐之語因復寄詢〔1〕

多難乃多病，堪憐士一雙。遠難相救助，每共憶鄉邦。辛苦身同在，驅馳氣未降〔3〕。早謀歸聚首，剪燭話西窗〔4〕。

【校注】

〔1〕子牧：生平不詳。

八月廿二日得少傅公六月自蜀寄書〔1〕

一函九夏嘆羈愁，歸帶金風八月秋。折簡應多鄉國淚，傾卮難釋弟兄憂〔2〕。蜀江尚許迎歸棹，楚客無須賦遠游〔3〕。日日天邊勞悵望，今晨先喜霧將收。

【校注】

〔1〕少傅公：指田甘霖。

〔2〕折簡：指裁紙寫信。

〔3〕蜀江：蜀郡境内的江河。唐甄《潛書·利才》："天下之險，莫如蜀江，莫如滄海。"

九日雨中上白龍觀飲村舍〔1〕

短褐穿林濕氣饒，行來身已在層霄〔2〕。白龍方蟄向煩雨，黄菊須開及此朝。令節偶從高處過，村酤恰值渴時邀。把觴漫目家山路，幾縷浮雲不易消。

嚴平子評：全幅間整，字字可思。

【校注】

〔1〕九日，底本作"九月"，誤。詩中有"黄菊""令節""高處"，當指重陽節。白龍觀：在容美土司七王冲之巔。

〔2〕短褐：古時貧苦人穿的粗布衣服。

中秋夜遲月不至有懷

良夕懷佳士，寒光未肯明。微聞疏漏滴，略見彗星横〔1〕。自伏烏皮卧，誰同白酒傾〔2〕。好秋虚此夜，兀坐至深更。

嚴平子評：洗盡秋月，套語另有佳致。

【校注】

〔1〕彗星：穿越大氣層的流星。

〔2〕烏皮：指烏皮几。烏羔皮裹飾的小几案，古人坐時用以靠身。

春後三日步龍溪橋感懷時年閏臘月望日春

雪融新水漲春陂，灧灧輕寒愜意時。柳岸細垂將辦舞，鵲巢初架欲飼兒。暖生旸谷天行蚤，閏值嘉平漢臘遲[1]。洞口烟花經幾换，等閒衰却鬢邊髭[2]。

【校注】

〔1〕旸谷：古傳説中的日出處。《書·堯典》："分命羲仲，宅嵎夷，曰旸谷。"孔傳："日出於谷而天下明，故稱旸谷。"蚤：通"早"。

〔2〕嘉平：臘月。《史記·秦始皇本紀》："三十一年十二月，更名臘曰嘉平。"等閒：無端。

元日同諸友觀戲秋千

晴煙乍拂柳絲絲，艷婦妖童鬥舞肢[1]。偏是愁人偷着眼，莫將春意惹閑思。香醪滿盞情無限，闊褶弓身怪不時[2]。净洗詩腸聽簡點，數聲新鳥語幽枝[3]。

【校注】

〔1〕妖童：美少年。多指男色。

〔2〕闊褶：寬松的裌衣。

〔3〕簡點：選定。此處似爲手板聲。

懷三際禪師二首

積雨淹春事，悠然念遠公[1]。燕泥佛髻滓，梨雪戒壇空[2]。因子逋詩社，恣予湎曲風。房松今偃否，便可卜師東[3]。

【校注】

〔1〕遠公：即慧遠。借指三際禪師。

〔2〕佛髻：呈盤曲狀髮髻的美稱。底本作"拂髻"，誤。戒壇：佛教徒傳

戒之壇。

〔3〕房松：張良（字子房）和仙人赤松子。《漢書·張良傳》："願棄人間事，從赤松子游耳。"偃：停息。

其　二

泠泠龍華月，追陪久失公[1]。香消雲板静，塵鎖積橱空。欲學猿聲唄，虚疑虎嘯風。逢僧問所在，遥指碧霞東[2]。

【校注】

〔1〕泠泠：寒凉貌。龍華月：灑在龍華樹上的月光。龍華樹，彌勒成道時的道樹。

〔2〕碧霞：紫色的雲霞。多指隱士或神仙所居之處。

劉秉三民部典試雲南過其舊治松滋賦贈十韻[1]

使星天上至，聲名震要荒[2]。父老遮道迎，手拂舊甘棠。甘棠日以茂，舊澤日以芳。清時重文教，持衡擇循良。治行兼詞賦，班范而龔黄[3]。全才天下少，朱芾應煌煌。蘭弩驅屬吏，邊衣綴講堂[4]。行看大鐵綱，珊瑚十丈長[5]。德造從兹遠，雕題成化疆[6]。吾道喜南行，何庸伐鬼方。

【校注】

〔1〕劉秉三：不詳。民部：即户部。典試：主持考試之事。

〔2〕要（yāo）荒：古稱王畿外極遠之地。

〔3〕班范：漢班固和南朝范曄的並稱。班固著《漢書》，范曄著《後漢書》，是以並稱。龔黄：漢循吏龔遂與黄霸的並稱，亦泛指循吏。

〔4〕蘭：兵器架。屬吏：下屬官員。

〔5〕鐵綱：鐵網珊瑚。《新唐書·拂菻國傳》："海中有珊瑚洲，海人乘大

舶墮鐵網水底。珊瑚初生磐石上，白如菌，一歲而黄，三歲赤，枝格交錯，高三四尺。鐵發其根，繫網舶上，絞而出之。”後用以喻搜羅珍奇。此處指選拔人才。

〔6〕雕題：在額上刺花紋。古代南方少數民族的一種習俗。

天鳴

歲在辛丑夏秋之交[1]，先以亢旱，淫淖繼之。屆中秋朔後，忽爾天上作聲，予不知省，有驚以相告，未信也。越七日，乙丑，抵暮，果鳴。庚申又鳴，初從東南角起，漸至中央，次及於西。其聲有如沸鐺、松濤、風雨、攢螽，種種之態，聽至夜闌，露凉不能久待，未知其何時已也。生平所見地震、星孛之變多矣，未有如此之异者。因作詩紀其事，並誌感。

上天本無言，奚爲數有聲。搔首問碧落，毋乃亦不平。既非絲與竹，又非鏞與鉦。陰陽自磨蕩，其音何錚錚。初如風雨驟，復如波濤驚。須臾似蜂攢，變作沸塗羹[2]。仿佛非一伏，使我心怦怦[3]。嗟彼殺機發，沴氣干太清[4]。星辰木石怪，亦足兆佳兵[5]。矧此變非常，敢信爲休徵[6]。烽燧十二年，歲歲苦相攖。若更罹陽九，寧不哀此煢。我念高高在，皇矣必好生。願收震怒意，聽此機蛩鳴[7]。

【校注】

〔1〕辛丑：1661年。

〔2〕沸塗羹：《詩・大雅・蕩》：“如蜩如螗，如沸如羹。”鄭玄箋：“其笑語沓沓，又如湯之沸羹之方熟。”後以喻嘈雜的聲音。

〔3〕一伏，疑爲“一吠”。

〔4〕沴氣：灾害不祥之氣。楊炯《奉和上元輔宴應詔》：“妖星六丈出，沴氣七重懸。”

〔5〕佳兵：《老子》："夫佳兵者，不祥之器，物或惡之，故有道者不處。"後世沿用爲堅甲利兵、好用兵、兵灾戰禍之義。

〔6〕休徵：吉祥的徵兆。《漢書·終軍傳》："故周至成王，然後制定，而休徵之應見。"

〔7〕機蛩：蛩機。蟋蟀的别稱。底本作"蟣蛩"，誤。

初夏同方昇耳臣過益齋園林二首[1]

比來無宿約，携手反情專。賴有時游伴，恰逢新霽天。松苗栽似帚，笋竹長如椽。觀子經神處，心中病早痊[2]。

【校注】

〔1〕方昇耳臣：生平不詳。益齋園林：亦不詳。

〔2〕心中，底本作"心早"，仄聲拗，且句中有"早"字，當爲形譌。

其　二

古木修篁繞，尋行漸漸深。步痕埋蕪徑，花事驗遐心[1]。泥客旋燒笋，停言暫聽禽。村沽猶未足，歡意自沉沉[2]。

【校注】

〔1〕遐心：隱居之心

〔2〕沉沉：形容歡樂的程度深，興趣高。

望夫山戲題三首山去津市三十里

遺迹都將到處題，行人猶誤説磨笄[1]。生憎一縷盈盈水，只向東流不更西。

【校注】

〔1〕磨笄：《史記·趙世家》載：趙襄子姊爲代君夫人，因趙襄子謀代殺其夫代君而磨笄（磨利髮簪）自殺。代人憐之，所死地名之爲磨笄山。山在今河北張家口市東南。

二

儼然面目逐溪灣，盼到山城人未還。多少行舟齊下淚，家家恐有望夫山。

三

苔衣石髮結輕鬟，一夢遼西竟不還[1]。西望莫言秦法重，咸陽烟火也堪憐[2]。

嚴平子評：里俗奇傳，聊供吟資。

【校注】

〔1〕苔衣石髮：指苔蘚和生在水邊石上的苔藻。

〔2〕咸陽烟火：指項羽攻破秦都咸陽，縱兵屠城，一把火把咸陽燒了個精光。

鳩玆喜晤袁書田[1]

天涯萍散幾年踪，重對華陽隱者容[2]。蹈海殊慚身未死，浮槎何幸客相逢[3]。危冠闊袖儀刑古，玄髮丹顔道氣濃[4]。相看不須驚嘆甚，原來老子自如龍[5]。

【校注】

〔1〕袁書田：生平不詳。

〔2〕華陽隱者：在華陽隱居的人。泛指隱居山野，有仙風道骨的人。

〔3〕蹈海：投海自殺。見《史記·魯仲連鄒陽列傳》。浮槎：傳説中來往於海上和天河之間的木筏。

〔4〕儀刑：同“儀型”。儀容，風範。

〔5〕老子自如龍：《史記·老子韓非列傳》載孔子贊老子：“吾今日見老子，其猶龍邪！”

劉秉三民部以所梓瀨園集付李簡生見寄〔1〕

十載山中業，一朝與世公。譽非干沈約，傳豈後揚雄〔2〕。去伴山陰石，來隨布帆風〔3〕。可知名下士，憐愛自相同。

【校注】

〔1〕瀨園集：嚴守昇（平子）的詩文集。李簡生：生平不詳。

〔2〕沈約：南朝文學家，字休文，著有《宋書》。因醉心功名，追逐時譽，爲清議所譏。底本作“沉約”，誤。

〔3〕山陰：猶“山陰乘興”。布帆風：喻旅途平安。參《馬詩三首》其二注〔2〕。

喜少傅主還自虎營〔1〕

在昔武陵棹，嘗共漁樵宿。今去武陵久，夜夜夢林麓。如何神仙宅，龍蛇亦起陸〔2〕。幸能捋虎鬚，虎反爲之伏。雖由智勇全，亦仗神靈福。不然連城寶，寧止珠萬斛。從今得自愛，盤錯利器出。勾踐一男兒，沼吴亦何速〔3〕。當其保會稽，甲盾甚不足。况今民社在，前功詎難復。安危永勿忘，上下期同勖。

【校注】

〔1〕虎營：指劉體純等夔東十三家在巴東的軍營。

〔2〕神仙宅：比喻逍遥自在的住所。起陸：騰躍而上。形容平步青雲，大展鴻才。

〔3〕沼吴：猶言滅吴。《左傳》哀公元年："越十年生聚，而十年教訓，二十年之外，吴其爲沼乎！"

荆楚文库

白鹿堂詩集

田舜年 著

目　録

白鹿堂詩集序

田氏以勛爵居楚西南奥區，唐人所云“鳥飛猶是半年程”，渾乎天際矣。而詩文則所謂名山大業也，百年來與中原諸名家倡和，故風氣亦乘之屢變。當隆萬時，濟南瑯琅[1]，或歌或謂；迨天崇後，南岸復州[2]，吹笙鼓瑟。而金陵雕繪，雲間裘馬，紛争藝園[3]。田氏之詩，皆與之競爽，而同其瑜不同其瑕，又加於人一等久矣。

韶初使君博極群書，風采如高岡鳳，珠璣如萬斛泉。重振大雅，苦心構句，爛乎如金谷之方春，蕭然若山陰之欲秋，使人把玩過日，幾幾海上移情耳[4]。

己未秋，函近稿見貽，予展讀旬時，字字作數日解。又見其記日記月，長養以時。我等垂老風塵，虚此居諸[5]，乃益欿然矣[6]。予先世與田氏以風雅名家，頡頏一時[7]。迨忠襄公又以勛績同紀太常[8]，從來久矣。迨中葉有震[9]，而先君子頗效急難之誼，遂世好无尤。三十年來，予父事老伯鐵峰先生，今庭階玉樹，使君亦復命以諸父待予[10]，故視中原諸名家相倡和者有加。因弁數語於簡首，以付名山大業之末云爾。

伍騭[11]

【校注】

〔1〕瑯琅：讀書聲，瑯，同“琅”。疑爲“琅琊”或是“鄉邦”之譌。明代“前七子”之邊貢和“後七子”之李攀龍都是濟南人，因而在其同鄉中形成了一批追隨者，稱歷下詩派。是一個在鄉邦之誼基礎上由地域詩人群體形成的較松散的派别，其鄉黨意識較强而流派意識較弱。

〔2〕南岸復州：指竟陵派，以鍾惺、譚元春爲首，明竟陵縣歸復州衛轄。

〔3〕金陵雕繪，雲間裘馬：當時金陵無詩派，但有畫派，稱“金陵八家”。

上海松江有“雲間詩派”。

〔4〕海上移情：吴兢《樂府古題要解・水仙操》：“伯牙學鼓琴於成連先生，三年而成……成連云：‘吾師子春在海中，能移人情。’”

〔5〕居諸：《詩・邶風・柏舟》：“日居月諸，胡迭而微。”孔穎達疏：“居、諸者，語助也。”後用以借指日月、光陰。

〔6〕欿（kǎn）然：不自滿；憂愁。《孟子・盡心上》：“附之以韓魏之家，如其自視欿然，則過人遠矣。”

〔7〕頡頏，底本作“頡頑”，誤。

〔8〕忠襄公：伍文定。字時泰。湖北松滋人。弘治進士。知吉安府。謚忠襄公，爲世襲爵位。

〔9〕震：驚動。

〔10〕諸父：指伯父和叔父。

〔11〕伍騭：清人。伍文定後裔。生平不詳。

山居五首

學得尋仙法，無煩一念中。直覺詩難盡，還將畫比工。逡巡無事酒，斟酌喜花風。静釣煙蘿月，殘霞未斂紅[1]。

【校注】

〔1〕静釣：此指痴迷垂釣，不知不覺中，月亮已經昇起，晚霞尚有殘紅。底本作“静約”，誤。

其　二

着眼天無限，無非静者供。對雲覓好句，臨水認歡容。鳥語雜分籟，溪煙淡著松。輞川真景色，一半或堪踪。

其　三

一榻宜閑性，殘書日半窗。村農勤覓酒，熟客厭驚尨[1]。水落添清響，樵吟送遠腔。但能閑作賦，何必近三江。

【校注】

〔1〕尨（máng）：多毛的狗。

其　四

帶影尋溪上，閒心數泳魚。選藤充几杖，第石伴圖書[1]。小出能頻至，孤游勝索居。雖云殊汗漫，自喜得常如。

【校注】

〔1〕第：編次，擺放。

其　五

性不欺雲壑，情愍景自新。山山堪作畫，岸岸可垂綸。兀坐琴三弄，閑吟酒一巡。紅塵都不染，即是古皇民[1]。

【校注】

〔1〕古皇民：即上古人。陶淵明《與子儼等疏》："五六月中，北窗下卧，遇凉風暫至，自謂羲皇上人。"

奉和原韻

三楚文烽燼，章臺煉正離。漆園先往牒，釣澤慶傳支[1]。名字先朝大，襟懷歷代奇。金門稱獨對，丞相折安辭。有志維嘉運，何慳列爵縻。文場真宿將，翰海大宗師。三上匡時略，雙彎破賊眉。高天寧局蹐，大地免傾欹。義比龍鍾曳，德鄰井渫爲[2]。陶家處士在，嚴氏古民遺[3]。問字楊雄酒，閒游王粲棋[4]。正襟餐道味，潦倒著僧衣。達與才歧路，安同壽累兹。太玄身上顯，心史井中窺[5]。目擊全書出，牙籤富貴資。遐荒如賤子，入室飽常兒。氣紫頻勞望，河深隔展私。幸因文舉薦，得上禰衡知[6]。拜首陳先事，捫心述祖規。遂登太史傳，過勝百朋施[7]。蒲柳蒸蘭畹，康瓠重鼎彝。還叨收薄技，遥許接師貲[8]。自喜何緣分，從今穩决疑。報章慚下里，永以志銘思[9]。

【校注】

〔1〕傳支：謂一源而分流；分支。

〔2〕龍鍾：竹名，産羅浮山。韓愈《贈孟郊》詩："東野不得官，白首夸龍鍾。"曳：摇動。《丹鉛録》："龍鍾似竹，摇曳不自持也。"底本作"臾"，誤。井渫（xiè）：《易·井》："九三，井渫不食，爲我心惻。"孔穎達疏："渫，治去穢污之名也。井被渫治，則清潔可食。"喻潔身自持而不見任用。底

本作“井諜”，誤。

〔3〕嚴氏：嚴光，字子陵，東漢著名高士，與劉秀友善。此爲步嚴首昇韻詩，故又暗喻嚴首昇。

〔4〕“問字”句：《漢書·楊雄傳下》：“家素貧，嗜酒，人希至門。時有好事者載酒肴從游學。”“乃劉棻嘗從雄學作奇字。”

〔5〕太玄：《太玄經》，揚雄仿《周易》而作。心史：書名。傳爲南宋末年鄭思肖所撰。明崇禎十一年（1638），蘇州承天寺浚井時發現，因封藏於鐵函中，又稱“鐵函心史”。

〔6〕文舉：孔融字。

〔7〕百朋：指極多的貨幣。《詩·小雅·菁菁者莪》：“既見君子，錫我百朋。”高亨注：“朋，古代以貝殼爲貨幣，五貝爲一串，兩串爲一朋。”此聯指著書立説勝過積錢無數。底本作“百鵬”。

〔8〕貲，底本作“資”，律詩韻脚不能同字。

〔9〕報章：酬答别人的詩文或書信。杜甫《早發湘潭寄杜員外》：“相憶無來雁，何時有報章。”

附嚴守昇詩

贈容美田九峰宣慰

自古占雲氣，西南每陸離。荆峰連蜀道，涌壑散州支。大漢卿雲爽，先秦屈宋奇。容陽障半壁，田氏宿多辭。擅業雲誰美，競夸是我師。騷壇列爵土，賓國异羈縻。歷代開東閣，全家盡白眉。西京基肇造，中葉器持攲。茅胙隨封守，山河仗翼爲。介圭藏禹迹，金簡拾秦遺。拮據墉兼壑，優游琴與棋。和平頌式廓，安吉賦維祺。位極回班列，賞延永念兹。太常頻奏績，石室秘全窺。江表聲騰振，洛陽價不貲。高曾饒爾雅，遲暮益多姿。縮地嗟雲遠，承流鬱所思。河東則有日，南郭隱誰知。却愧黄車使，何緣白璧追。探奇君罄笈，謀野我成詞。此日疑觀海，平生慰秉彝。頻傾采葛意，過損買山貲。顧我髦將至，知君老不疑，青天道未阻，黄髮重堪思。

和羽伯復得虎韻

前虎久落陷，後虎復踵武[1]。嗟哉此迷昧，相續自投罟。貪腸不自戒，摇尾亦奚取[2]。獨殺不可傳，樊籠兩鑒汝。

【校注】

〔1〕踵武：跟着前面的脚步走。猶重蹈覆轍。

〔2〕奚取：何取，不可取。此處爲不予可憐之意。

荷　珠

瞥見和盤托出，輕圓怕觸封夷[1]。夜光放來璀燦，明月照見漣漪。拾取如供蓮座，盡教念念牟尼。

【校注】

〔1〕封夷：亦作“封姨”“風姨”。古時神話傳説中的風神。

荷　筆

孰向西湖試筆，芙蓉出水多姿[1]。果爾生花艷冶，宛然搦管陸離[2]。底事書空咄咄，烟雲錯落臨池。

【校注】

〔1〕西湖試筆：杭州西湖有十里荷花，在西湖十景中稱“曲苑風荷”。

〔2〕搦管：握筆。陸離：色彩絢麗。

荷 錢

水國散來阿堵，波心叠叠匀施。鵝眼幾穿荇蒂，鯨文欲貫耦絲[1]。買得水仙巧笑，花容濃淡相宜。

【校注】

〔1〕鵝眼：劣質錢的一種。鵝眼形容其小，一千錢長不盈三寸。

寄贈毛子霞先生[1]

江城風物近時清，爲有奇人把袂行。上客由來令楚重，仙翁端合作韓兄[2]。優游極浦蘭舟遠，縹緲高樓玉笛横。誰道在山爲遠志，僅從天際望長庚。

【校注】

〔1〕毛子霞：即毛會建。江蘇武進人。寄籍浙江，諸生。後僑居武昌因家焉。能文章，尤工擘窠書，往往作斗大字，勒崖石，題名其後。

〔2〕韓兄：八仙之一的韓湘子。傳説曾以法術點化韓愈，生前身後事，均皆應驗。

附毛會建詩

寄容美田韶初子霞毘陵人也[1]

笑傲烟波一老傖，誰知天外有詩盟。當年節度父而子，此日荆花弟與兄[2]。蓋代才華人磊落，一家風格句縱横。從今欲鼓漁郎棹，莫遣桃花隔風情[3]。

【校注】

〔1〕子霞，昆陵人也：此爲田舜年加注。昆陵，郡名。晋太康二年（281）置。轄常州、鎮江、無錫、武進、江陰、丹陽等市地。底本作“昆陵”，誤。

〔2〕當年節度：容美田氏以田弘正爲先世。田弘正爲唐魏博節度使，其叔田承嗣爲魏博節度使，承嗣侄田悦、孫田季安亦爲魏博節度使。此借指自田玄至田舜年三代均爲容美宣慰使。

〔3〕風（fèng）：吹拂。《説苑·貴德》：“春風風人。”

蔣玉淵先生與嚴平子毛子霞諸先生同集黄鶴樓爲九老會兼有清詩之選遥抒此贈

遥聞江漢集耆英，黄鶴樓前杖履輕。高士舊爲三徑主，德星近傍九秋明。方瞳待辨荆山璞，直釣應收渭水璜[1]。捧袂青雲難驟得，渴求長自仰金莖。

【校注】

〔1〕方瞳：方形瞳子，古人以爲長壽之相。《神仙傳》：“李根兩目，瞳子皆方。”《仙經》：“八百歲人瞳子方也。”荆山璞：即和氏璧。渭水璜（héng）：《尚書大傳》卷一載，吕尚（姜子牙）垂釣磻溪（渭水支流），得玉璜。

捕得病虎作病虎行

長戈强弩莫驚奔，巨牙利爪已難掀。斑文摧碎任棰擊，此際豈復能决蹯[1]。當其横行求弱肉，衆夫難逃况孤豚。禄山初收三道節，淮蔡負隅守堅屯[2]。逆孽目中無天子，亦如黄公老見吞。天道不可專獨殺，要知凡亡楚未存[3]。今不兩鬥已自傷，垂頭喪氣寂無喧。禄山肥盲元濟夢，官家不用鐵質頑。君不見，石頭曾斬病王敦[4]，天意助人除亂根。

【校注】

〔1〕決蹯：謂快速奔跑。決，《正韻》："呼決切音血，疾貌。"蹯，獸足。

〔2〕禄山：安禄山。唐營州柳城（今遼寧朝陽）胡人。通九蕃語言，驍勇善戰。爲玄宗和楊貴妃所信任，任平盧、范陽、河東三節度使，封東平郡王，有衆十五萬。天寶十四載（755）冬，在范陽起兵叛亂，南下攻陷洛陽。次年在洛陽稱帝，遣軍破潼關，陷長安。至德二載（757）春，子安慶緒奪帝位，將其殺死。淮蔡：淮西（唐方鎮名）蔡州。淮西節度使吴少陽之子吴元濟，於元和九年自領軍務，縱兵焚掠舞陽、葉縣等，威脅洛陽。後爲裴度討伐，將士多叛離。其割據地蔡州爲李愬乘夜襲破，被俘，斬於長安。

〔3〕凡亡楚未存：西周時荆國（楚國）和凡國。荆初建於今湖北西部一帶，凡國故址在今河南輝縣西南。《莊子・田子方》："楚王與凡君坐，少焉，楚王左右曰凡亡者三。凡君曰：'凡之亡也，不足以喪吾存，夫凡之亡不足以喪吾存，則楚之存不足以存存。由是觀之，則凡未始亡而楚未始存也。'"比喻興衰存亡無定。

〔4〕王敦：東晋大臣。西晋末，支持琅琊王司馬睿移鎮建康，任楊州刺史，都督征討諸事。因功昇鎮東大將軍，握重兵屯武昌。西晋滅亡，與堂弟王導等擁護司馬睿建立東晋政權，遷大將軍、荆州牧。以司馬睿抑制王氏勢力，日謀篡奪政權。太寧二年（324），明帝乘其病危，下詔討伐，他於進兵建康軍中病死。

喜遷鶯・中秋登子耀如聞喜樓〔1〕

微雨初歇，喜烟雲洗盡，對影唯月。萃出千山〔2〕，聲分萬籟，心事光明高揭。良宵佳境雙逢，樂事輝煌閥閲〔3〕。問嫦娥，何獨今夜裏，趁人眼滑〔4〕。　風流，安石久，南樓老子，興復堪超越〔5〕。對景揮毫，命體物騷〔6〕，不愧一門百笏。風月狂挑吟擔，江山養就豪骨。但願得，三萬六千塊，容光節鉞〔7〕。

【校注】

〔1〕喜遷鶯：詞牌名。有小令和長調兩體。此爲長調，一百零三字，上下闋各五仄韻，宜用入聲。亦有於上闋第八句增一字者，使上下闋同爲五十二字，稱《喜遷鶯慢》。詩人此首詞，經校勘後仍有十餘處不合律。耀如：舜年第三子。

〔2〕萃出千山，底本原作“千山萃出”，不協律，應係倒文。

〔3〕閥閱：或作“伐閱”。古代貼在門上的功狀。《玉篇·門部》：“在左曰閥，在右曰閱。”

〔4〕滑：繚亂貌。

〔5〕南樓：即武昌南樓。亦稱“庾公樓”。此喻指聞喜樓。老子：老人自稱。《晋書·庾亮傳》：“老子於此處興復不淺。”辛棄疾《瑞鶴仙·南劍雙溪樓》詞：“南樓老子，最愛月明吹笛。”全句應是化用典故。

〔6〕命體物騷：騷與體即詩體，意謂經觀察思索後决定采用哪種體裁。

〔7〕節鉞：符節和斧鉞。古代授予將帥，作爲加重權力的標誌。

附佚詞一首〔1〕

采桑子·山中聽禽

春來衆鳥偏饒舌，布穀提壺。自把名呼，格磔鈎辀是鷓鴣〔2〕。　都來只解催風雨，叫得泥塗。策杖難扶，杜宇枝頭月也無〔3〕。

【校注】

〔1〕此詞見於顧彩《草堂嗣響》。

〔2〕提壺：鵜鶘。此指四聲杜鵑叫聲的諧音

〔3〕格磔鈎辀：即“鈎辀格磔”。鷓鴣鳴聲。

田氏一家言跋

詩言志也，各言其所言而已。雖高岡之響，必遜鳳皇；而睍睆之音[1]，自娱黄鳥。天機所動[2]，將亦有自然之律吕焉。

果如人言，繩趨尺步[3]，詩必大曆以上，則自有盛唐諸名家在，後起者又何必尋聲逐響於千秋之上哉！十五國風，大都井里士女信口贈貽之物，今咸爲經，未聞周召吉甫正考[4]。奚斯而外，遂無當聖人之采擇者。由是而推，則求中原文獻於荒裔絶徼，不有如山鷄之羽文彩可觀，澤雉之性耿介足重者乎！彼夫虬髯客，不肯從龍而自娱遐域者，謂其一無所長[5]，不可也。

四始而後[6]，屈騷宋賦，孤行千古，又豈僅如司馬之詞傳於盛覽，盤本之歌入於漢廟而已哉[7]！况風雅一道流行於天壤，清廟明堂之上有傳書[8]，崇山大谷之間亦有傳人，其勢恒足以相埒[9]。眉山之集，流傳海外尚已，而屬國之使，會同有繹，又往往出其宴享贈答之章，爲薦紳先生所嘉嘆[10]，編之典籍，侈爲美譚[11]。少陵有云"五溪衣服共雲山"[12]，此物此志耳。然則四海九洲之大，此心此理之同，豈其有畛域限之耶[13]！

觀田氏一家言者，姑無過爲分别之見焉。倘有异地而神交[14]，曠世而相感者乎[15]？此非不肖所敢知也，亦曰自言其所言而已。

楚容美九峰主人田舜年題。

【校注】

〔1〕睍睆：形容鳥叫聲清和圓轉。《詩・邶風・凱風》："睍睆黄鳥，載好其音。"

〔2〕天機：猶靈性。謂天賦靈機。

〔3〕繩趨尺步：猶言循規蹈矩。謂法度嚴謹。

〔4〕周召：周成王時共同輔政的周公旦和召公奭的並稱。吉甫：指周宣王賢臣尹吉甫。

〔5〕遐域：邊遠之地。謂孤陋寡聞。

〔6〕四始：指《詩經》風、小雅、大雅、頌的爲首四篇。

〔7〕盤本之歌：或爲盤中詩。雜體詩名。題爲蘇伯玉妻作。作品年代未詳，一說爲漢代。

〔8〕清廟：太廟。明堂：古代天子宣明政教的地方。

〔9〕相埒：相等。《梁書·文學傳上·何遜》："時有會稽虞騫，工爲五言詩，名與遜相埒。"

〔10〕薦紳：縉紳。指官宦。

〔11〕侈：過分夸大。

〔12〕五溪衣服共雲山：見杜甫《咏懷古迹五首》之一。爲懷念庾信之作。

〔13〕畛域：界限，範圍。

〔14〕神交：彼此慕名而尚未見面的相交。

〔15〕曠世相感：曠代的交感相應。

編後記

從元代起，在少數民族聚居區，開始實行土司制度。這些土司由中央任命，可以世襲。這一制度是唐宋時期羈縻府州制度之流亞，對穩定邊疆，擴展版圖起到了一定的積極作用。《元史》："（至大三年，尚書省臣）又言：'四川行省紹慶路所隸容米洞田墨連結諸蠻，攻劫麻寮等寨，方調兵討捕，遣千户塔術往諭田墨施什用等來降。宜立黄沙寨，以田墨施什用爲千户……'上從之。""（至正十年）壬戌，立四川容美洞軍民總管府。"可知元時在今天的湘、鄂、渝、黔之交土家族傳統聚居區就已産生了容美土司的雛形。明代，容美土司不斷地發展和完善。至明中後期已經成爲施州衛最有實力的土司之一。清初顧彩在《容美紀遊》中説："容美宣慰司在荆州西南萬山中，距枝江縣六百餘里，草昧險阻之區也……惟桑植、永順、保靖及蜀之酉陽，勢位與之相埒。其餘忠峒、唐崖、散毛、大旺、高羅、木柵、東鄉、忠孝等名目，不可悉數，皆仰其鼻息而懔其威靈，若鄭衛、邾莒之事齊晉。合諸司地總計之，不知幾千百里。屏藩全楚，控制苗蠻，西連巴蜀，南通黔粤，皆在群山萬壑之中。然道路險側，不可以舟車，雖貴人至此，亦舍馬而徒行，或令土人背負。其險處，一夫當關，萬人莫入，宜乎自古迄今不能改土而設流也。假若宦轍可至，寧肯舉腹裏之地，棄同荒徼哉！"可見當時容美土司影響之盛。

容美土司雖然以武力起家，稱霸荆南，但是至田世爵襲職後，開始做出轉變，接受漢文。田世爵延名儒進司任教，"以詩書嚴刻諸男，有不嗜學者，叱犬同繫同食，以激辱之"。自此之後，田氏土司後人中産生了不少"淹貫練達""高才積學"之士，産生了容美土司最爲人所稱道的特色——容美土司田氏詩人群體。這種舉司主動積極學習漢文化，並取得不俗成就的現象在土司中是絕無僅有的。正如本書前言所説，在這一背景下産生的田氏詩人世家，構成了我國古代少數民族獨一無二的人文風景綫；而清康熙年間《田氏一家言》的出現就是對這道亮麗人文風景綫最忠實的記録。

《田氏一家言》爲清康熙時擔任容美土司司主的田舜年所編輯。原書共十二卷，其中詩十卷、文二卷，收録了田氏六代九位作者的詩文作品。這九位作者是田九齡、田宗文、田玄、田圭、田霈霖、田既霖、田甘霖、田商霖、田舜年，其中田玄、田霈霖、田既霖、田甘霖、田舜年都曾擔任司主。《田氏一家言》成書之後，逐漸散佚，其中文集全部丢失，僅五峰田氏後裔保留下來手抄殘本500餘首詩詞，並收録於1983年由鶴峰五峰兩縣統戰部組織編輯出版的《容美土司史料彙編》一書中。《田氏一家言》保留了容美田氏一族諸多文獻史料，對研究土司歷史、明清兩代土家族狀況和羈縻政策等皆有重要價值。2013年，周西之、熊先群兩先生曾在我社出版過《田氏一家言注》一書，就是以該手抄本爲底本整理而成的。此次整理出版仍然以手鈔本爲底本。因爲新發現了天啓七年（1627）刻本《田子壽詩集》（附《田國華詩集》），特將其列爲重要參校本。校注者對《田氏一家言》中與該明刻本部分重合的《紫芝亭詩集》《楚騷館詩集》進行了認真的比對，指出了異同。整理者對集中典故、人名、職官、地理以及詩詞中聲韻等做了校注，注釋詳明，校勘細緻，更難能可貴的是從聲韻平仄上指出了一些手抄本的疑誤之處。現將本書收入《荆楚文庫》，由湖北人民出版社出版。

湖北人民出版社

2019年7月